Origens da Fundação

Isaac Asimov
Origens da Fundação

Tradução
Maria Silvia Mourão Netto

ALEPH

ORIGENS DA FUNDAÇÃO

TÍTULO ORIGINAL:
Forward the Foundation

COPIDESQUE:
Opus Editorial

REVISÃO:
Mônica Reis

ILUSTRAÇÃO DE CAPA:
Eduardo Schaal

CAPA:
Giovanna Cianelli

PROJETO GRÁFICO E DIAGRAMAÇÃO:
Desenho Editorial

DIREÇÃO EXECUTIVA:
Betty Fromer

DIREÇÃO EDITORIAL:
Adriano Fromer Piazzi

DIREÇÃO DE CONTEÚDO:
Luciana Fracchetta

EDITORIAL:
Daniel Lameira
Andréa Bergamaschi
Débora Dutra Vieira
Luiza Araujo

COMUNICAÇÃO:
Fernando Barone
Nathália Bergocce
Júlia Forbes

COMERCIAL:
Giovani das Graças
Lidiana Pessoa
Roberta Saraiva
Gustavo Mendonça

FINANCEIRO:
Roberta Martins
Sandro Hannes

COPYRIGHT © NIGHTFALL, INC., 1993
COPYRIGHT © EDITORA ALEPH, 2014
(EDIÇÃO EM LÍNGUA PORTUGUESA PARA O BRASIL)

TODOS OS DIREITOS RESERVADOS.
PROIBIDA A REPRODUÇÃO, NO TODO OU EM PARTE, ATRAVÉS DE QUAISQUER MEIOS.

DADOS INTERNACIONAIS DE CATALOGAÇÃO NA PUBLICAÇÃO (CIP) DE ACORDO COM ISBD

A832o Asimov, Isaac
Origens da Fundação / Isaac Asimov ; traduzido por Maria Silvia Mourão Netto. - 2. ed. - São Paulo, SP : Editora Aleph, 2021. 448 p. ; 14cm x 21cm.

Tradução de: Forward the Foundation
ISBN: 978-65-86064-88-9

1. Literatura americana. 2. Ficção científica. I. Mourão Netto, Maria Silvia. II. Título.

2021-2633
CDD 813.0876
CDU 821.111(73)-3

Rua Tabapuã, 81 - cj. 134
04533-010 – São Paulo – SP – Brasil
Tel.: [55 11] 3743-3202
www.editoraaleph.com.br

ELABORADO POR ODILIO HILARIO MOREIRA JUNIOR
CRB-8/9949

ÍNDICES PARA CATÁLOGO SISTEMÁTICO:
1. Literatura americana : ficção científica 813.0876
2. Literatura americana : ficção científica 821.111(73)-3

Para todos os meus leitores fiéis.

Nota à edição brasileira 9

Parte 1 – ETO DEMERZEL 13

Parte 2 – CLEON I 117

Parte 3 – DORS VENABILI 217

Parte 4 – WANDA SELDON 317

Parte 5 – EPÍLOGO 441

NOTA À EDIÇÃO BRASILEIRA

Iniciada em 1942 e concluída em 1953, a *Trilogia da Fundação* é um dos maiores clássicos de aventura, fantasia e ficção do século 20. Os três livros que compõem a história original, *Fundação*, *Fundação e Império* e *Segunda Fundação*, receberam, em 1966, o prêmio Hugo Especial de melhor série de ficção científica e fantasia de todos os tempos, superando concorrentes de peso como *O Senhor dos Anéis*, de J. R. R. Tolkien, e *a* série Barsoom, de Edgar Rice Burroughs. Acredite, isso não é pouco. Mas também não é tudo.

A saga é um exemplo do que se convencionou chamar *Space Opera*, uma história que se ambienta no espaço. Todos os elementos estão presentes em *Fundação*: cenários grandiosos, ação envolvente, diversos personagens atuando num amplo espectro de tempo. Seu desenvolvimento é derivado das histórias *pulp* de faroeste e aventuras marítimas (notadamente de piratas).

Isaac Asimov, como grande divulgador científico e especulador imaginativo, começou a conceber em *Fundação* uma história grandiosa. Elaborou um cenário, dezenas de séculos no futuro, em que toda a Via Láctea havia sido colonizada pela raça humana, a ponto de as origens da espécie terem se perdido no tempo. Outros escritores, como Robert Heinlein e Olaf Stapledon, já haviam se aventurado na especulação sobre o futuro da raça humana. O que, então, *Fundação* possui de tão especial?

Um dos pontos notáveis é o fato de ter sido inspirada pelo clássico *Declínio e Queda do Império Romano*, do historiador inglês Edward Gibbon. Esta não é, portanto, uma história de glória e exaltação. Mas, sim, a epopeia de uma civilização que havia posto tudo a perder. E também a história de um visionário que havia previsto não apenas a inevitável decadência de um magnífico Império Galáctico, mas também o caminho menos traumático para que, após apenas um milênio, este pudesse renascer em todo o seu esplendor.

O autor fez questão de utilizar doutrinas polêmicas para basear seu futuro militarista, como o Destino Manifesto americano (a crença de que o expansionismo dos Estados Unidos é divino, já que os norte-americanos seriam o povo escolhido por Deus) e o nazismo alemão (que professava ser a democracia uma força desestabilizadora da sociedade por distribuir o poder entre minorias étnicas, em prejuízo de um governo centralizador exercido por pessoas intelectualmente mais capacitadas). *Fundação* se revela, pois, um texto que ultrapassa, e muito, aquela camada superficial de leitura. De fato, a cada página percorrida, o leitor notará os paralelos entre as aventuras dos personagens da trilogia e diversas passagens históricas. E mais: a percepção dos arquétipos psicológicos de cada personagem nos leva a apreciar, em todas as suas nuances, a maravilhosa diversidade intelectual de nossa espécie.

Além da *Trilogia da Fundação*, Asimov acabou atendendo a pedidos de fãs e de seus editores para retomar a história de Terminus: quase trinta anos depois do lançamento de *Segunda Fundação*, escreveu as continuações *Limites da Fundação* e *Fundação e Terra*. Em seguida, publicou *Prelúdio à Fundação* e *Origens da Fundação*, que narram os eventos que antecedem o livro *Fundação*.

Na mesma época em que começava a expandir sua trilogia original, Isaac Asimov também decidiu integrar seus diversos livros e universos futuristas, para que todas as histórias transcorressem em uma continuidade temporal. Ou seja, clássicos como *O Homem Bicentenário* e *Eu, Robô* se passam no mesmo passado da saga de *Fundação*. Para isso, ele modificou diversos detalhes em suas histórias, corrigindo datas e atitudes de personagens, e reordenando fatos. Esse processo, conhecido tradicionalmente como *retcon*, foi aplicado a quase todos os seus livros. A trilogia da *Fundação* era peça-chave nesse quebra-cabeça, e foi modificada em pontos fundamentais como, por exemplo, ajustes na cronologia. E é essa a versão editada pela Aleph desde 2009. A editora também publicou, pela primeira vez no Brasil, a trilogia em três volumes separados, de modo que o leitor pudesse apreciar a obra como concebida por seu criador.

Nas próximas páginas, as aventuras iniciadas em *Prelúdio à Fundação* continuam, mostrando como Hari Seldon foi capaz de alterar o curso da história de toda uma galáxia.

Tenha uma boa jornada.

Os editores

PARTE 1

ETO DEMERZEL

──── Demerzel, Eto...

Embora não haja dúvida de que Eto Demerzel era o verdadeiro poder em ação no governo durante a maior parte do reinado do Imperador Cleon I os historiadores se dividem quanto à natureza de seu comando. A interpretação clássica é que ele foi mais um na longa linha de opressores cruéis e impiedosos no último século do Império Galáctico não dividido, mas as interpretações revisionistas que vieram à tona insistem que, mesmo tendo sido despotismo, foi benévolo. Para essa corrente, o relacionamento de Demerzel com Hari Seldon tem grande importância, embora permanecendo para sempre um fato incerto, em particular durante o incomum episódio de Laskin Joranum, cuja ascensão meteórica...

ENCICLOPÉDIA GALÁCTICA*

---

*   Todas as citações da *Enciclopédia Galáctica* aqui reproduzidas foram retiradas da 116ª edição, publicada em 1020 E.F. pela Companhia Editora Enciclopédia Galáctica Ltda., Terminus, com permissão dos editores.

1

– Eu lhe digo mais uma vez, Hari – afirmou Yugo Amaryl – que seu amigo Demerzel está seriamente encrencado. – Ele enfatizou levemente a palavra "amigo" com um inconfundível tom de menosprezo.

Hari Seldon detectou o azedume, mas ignorou a insinuação. Tirando os olhos do tricomputador, respondeu:

– Eu lhe digo mais uma vez, Yugo, que isso é bobagem. E então (com uma pitada de impaciência, mas só uma pitada) acrescentou: – E por que você está ocupando meu tempo insistindo nisso?

– Porque acho que é importante. – Amaryl se sentou, numa atitude de desafio. Com esse gesto, indicava que não seria fácil afastá-lo. Ali estava e ali ficaria.

Oito anos antes, tinha sido um termopoceiro no Setor Dahl – a posição mais baixa possível na escala social. Seldon o havia tirado dessa posição, elevando-o à condição de matemático e intelectual e, ainda mais do que isso, à de psico-historiador.

Nem por um instante ele se esquecia do que tinha sido, de quem era agora e a quem devia sua mudança, o que queria dizer que, se fosse preciso falar duramente com Hari Seldon – pelo bem do próprio Seldon – não se deteria por nenhuma questão de respeito e amor por aquele senhor, ou por alguma consideração acerca de sua própria carreira. Ele devia a Seldon aquela aspereza – e muito mais.

– Hari, escute – Amaryl insistiu, cortando o ar com a mão esquerda –, por algum motivo que está além do meu entendimento, você tem muita consideração por esse Demerzel. Eu, não. Ninguém cuja opinião eu respeite, exceto você, pensa bem a respeito dele. Não me importo com o que aconteça a ele pessoalmente, Hari, mas como acho que *você* se importa, não tenho alternativa senão chamar sua atenção para esse assunto.

Seldon sorriu, tanto pelo empenho de Amaryl quanto pelo que lhe parecia a inutilidade de toda essa preocupação. Ele gostava muito de Yugo – ou mais do que isso. Yugo era uma das quatro pessoas – Eto Demerzel, Dors Venabili, Yugo Amaryl e Raych – que tinha conhecido durante o breve período de sua vida em que passara fugindo através do planeta Trantor. Quatro criaturas que considerava incomparáveis.

De maneiras especiais e específicas em cada caso, esses quatro lhe eram indispensáveis: Yugo Amaryl, por seu rápido entendimento dos princípios da psico-história e de sua criativa exploração de novas áreas. Era reconfortante saber que, se alguma coisa lhe acontecesse pessoalmente antes que a matemática do novo campo estivesse completamente elaborada – e como era lenta essa elaboração, quantas verdadeiras cadeias de obstáculos tinham de ser transpostas – pelo menos restaria uma boa cabeça para dar continuidade à pesquisa.

– Desculpe-me, Yugo – Hari disse. – Não quero perder a paciência com você, nem rejeitá-lo impensadamente, seja lá o que for que você esteja tão decidido a me fazer entender. É apenas esse meu trabalho, essa questão de ser chefe de departamento...

Amaryl achou que agora era a vez dele de sorrir, e abafou uma breve risadinha.

– Desculpe-me, Hari, e eu não deveria rir, mas você não tem aptidão natural para esse cargo.

– Também acho, mas vou ter de aprender. Tenho de dar a impressão de estar fazendo algo inócuo, e não existe nada, *nada*, mais inócuo do que ser chefe do Departamento de Matemática da Universidade de Streeling. Posso encher meu dia inteiro com tarefas sem importância para que ninguém precise saber nem indagar sobre o andamento de nossa pesquisa psico-histórica. O problema, todavia, é que *realmente* eu ocupo meu dia todo com tarefas sem importância e não tenho tempo suficiente para... – e os olhos dele vagaram em torno do gabinete, abrangendo o material armazenado nos computadores dos quais somente ele e Amaryl tinham os códigos e que, mesmo no caso de que alguém porventura conseguisse acessar, tinha sido cuidadosamente codificado em uma simbologia inventada que mais ninguém conseguiria entender.

– Assim que você se aprofundar na realização de suas tarefas vai precisar delegar algumas delas e, com isso, lhe sobrará mais tempo – ponderou Amaryl.

– Espero que sim – Seldon respondeu, com ar de dúvida. – Mas, diga-me, o que é que acontece com Eto Demerzel que é tão importante?

– O simples fato de que Eto Demerzel, o primeiro-ministro de nosso Imperador, está ocupadíssimo, fomentando uma insurreição.

Seldon franziu a testa.

– E por que ele iria querer uma coisa dessas?

– Eu não disse que ele quer. Ele simplesmente está fazendo isso (quer saiba, quer não) e com uma considerável ajuda de alguns de seus inimigos políticos. Por mim, veja bem, não tem nenhum problema. Acho que, dadas as condições certas, até seria uma boa coisa que ele saísse do palácio e de Trantor e, inclusive, até mesmo do Império. Mas você o tem em muito alta conta, como eu já disse, então quero alertá-lo porque desconfio de que você não esteja acompanhando o desenrolar dos últimos acontecimentos políticos tão de perto quando deveria.

– Há coisas mais importantes a se fazer – Seldon explicou, placidamente.

– Como a psico-história. Concordo. Mas como é que iremos desenvolver a psico-história com alguma chance de sucesso se continuarmos ignorando a política? Quer dizer, a política atual. Agora, *agora*, é o momento em que o presente está se transformando no futuro. Não podemos somente estudar o passado. Nós sabemos o que aconteceu no passado. É contra o pano de fundo do presente e do futuro imediato que temos de checar nossos resultados.

– Tenho a impressão de que já ouvi esse argumento antes – observou Seldon.

– E vai ouvir de novo. E tenho a impressão de que não adianta nada eu insistir nesse ponto.

Seldon suspirou, tornou a se sentar na cadeira e contemplou Amaryl com um sorriso. Aquele jovem era capaz de ser irritante, mas levava a psico-história a sério, e isso compensava tudo.

Amaryl ainda possuía a marca de seus anos de juventude passados como termopoceiro. Tinha os ombros largos e a musculatura de quem fora acostumado a um trabalho físico intenso. Ele não deixara que seu corpo ficasse flácido, o que era uma boa coisa. Isso inspirava Seldon a resistir ao impulso de também passar o tempo todo sentado diante de sua escrivaninha. Embora não dispusesse da crua força física de Amaryl, continuava tendo seus próprios recursos como mestre na arte do tufão – já que acabara de completar quarenta anos e não poderia manter aquilo indefinidamente. Por ora, contudo, ele continuaria em frente. Graças a suas sessões diárias de exercícios físicos, sua cintura continuava fina e seus braços e pernas, firmes.

– Essa preocupação com Demerzel não pode ser apenas uma questão de ele ser meu amigo – considerou Seldon. – Você deve ter outro motivo.

– Não se trata de nenhum enigma. Enquanto você for amigo de Demerzel, sua posição aqui na universidade está segura e você pode continuar trabalhando em sua pesquisa psico-histórica.

– Aí está! Portanto, eu *de fato* tenho motivos para ser amigo dele. Isso não está absolutamente além da sua compreensão.

– Você tem interesse em *mantê-lo* em seu círculo social. Isso eu compreendo. Mas, quanto a uma amizade, isso eu não compreendo. No entanto, se Demerzel perder o poder, além do efeito que isso possa ter sobre sua posição aqui, então o próprio Cleon estaria no comando do Império e a curva de seu declínio aumentaria. Com isso, a anarquia se instalaria sobre nós antes de termos examinado todas as implicações da psico-história e tornado possível à ciência salvar toda a humanidade.

– Sei. Mas, veja bem, eu honestamente não acho que iremos concluir a nossa psico-história a tempo de prevenir a Queda do Império.

– Ainda que não conseguíssemos prevenir essa Queda, poderíamos amortecer os efeitos, não é?

– Talvez.

– Então, agora, você vê. Quanto mais tempo tivermos para trabalhar em paz, maiores as chances de podermos prevenir a Queda, ou de, pelo menos, atenuar seus efeitos. Sendo esse o caso, trabalhando de trás para a frente, pode ser necessário salvar Demerzel quer queiramos ou, pelo menos *eu*, não.

– No entanto, você acabou de dizer que preferia vê-lo longe do palácio, de Trantor e até do Império.

– Sim, em circunstâncias ideais, eu disse que sim. Mas não estamos vivendo em circunstâncias ideais e precisamos do nosso primeiro-ministro, ainda que ele seja um instrumento de repressão e despotismo.

– Sei. Mas por que você acha que o Império está perto de ser dissolvido e que a perda de um primeiro-ministro será capaz de desencadear esse processo?

– Psico-história.

– Você a está usando para fazer previsões? Nem chegamos a montar sua estrutura básica! Que previsões você consegue fazer?

– Existe a intuição, Hari.

– A intuição *sempre* existiu. Queremos alguma coisa a mais, não é? Queremos um tratamento matemático que nos ofereça probabilidades de acontecimentos futuros específicos se desenrolarem sob este ou aquele caminho. Se a intuição for suficiente para nos conduzir, não precisamos da psico-história para nada.

– Hari, não é necessariamente uma questão de uma coisa ou a outra. Estou falando das duas: de uma combinação que possa ser melhor do que cada uma separadamente, até pelo menos que a psico-história tenha sido aperfeiçoada.

– Se é que isso ocorrerá um dia – resmungou Seldon. – Mas, me diga: de onde vem esse perigo para Demerzel? O que é que tem a chance de prejudicá-lo ou de derrubá-lo? Estamos falando da queda de Demerzel?

– Sim – Amaryl confirmou, e uma expressão taciturna cobriu seu rosto.

– Pois, então, me fale disso. Tenha piedade da minha ignorância.

– Isso é falsa modéstia, Hari – disse Amaryl, enrubescendo. – Sem dúvida, você ouviu falar de Jo-Jo Joranum.

– Claro que sim. É um demagogo... espere aí! De onde ele é que vem? Nishaya, certo? Um mundo bem sem importância. Pastores de cabras, creio eu. Queijos de alta qualidade.

– É isso mesmo. Mas ele não é apenas um demagogo. Ele comanda um grupo poderoso de seguidores e está cada vez mais forte. Ele diz que almeja a justiça social e um maior envolvimento político para o povo.

– Sim – Seldon concordou. – Ouvi isso mesmo. A frase de efeito dele é "O governo pertence ao povo".

– Não é bem isso, Hari. Ele diz "O governo *é* o povo".

Seldon aquiesceu.

– Bom, você sabe, até que simpatizo com essa noção.

– Eu também. Sou totalmente a favor, se Joranum quisesse mesmo dizer isso. Mas ele não quer, exceto para lhe servir de trampolim. Esse bordão é uma tática, não um alvo. Ele quer se livrar de Demerzel. Depois disso, será fácil manipular Cleon. Então, Joranum irá ocupar o trono e *ele* será o povo. Você mesmo me disse que já houve alguns episódios como esse na história imperial, e atualmente o Império está mais fraco e menos estável do que antes. Um golpe que, em séculos passados, apenas o deixaria trôpego, agora pode deixá-lo estilhaçado. O Império descambará em guerras civis e nunca mais se recuperará. E não teremos a psico-história em funcionamento para nos dizer o que deve ser feito.

– Sim, eu entendo o que você está dizendo, mas certamente não será assim tão fácil se livrar de Demerzel.

– Você não sabe como a força de Joranum está aumentando.

– Não importa quanto ele fique forte. – A sombra de um pensamento pareceu recobrir a fronte de Seldon. – Por que será que os pais dele o chamaram Jo-Jo? Esse nome parece infantil.

– Os pais dele não têm nada a ver com isso. O verdadeiro nome dele é Laskin, que é um nome muito comum em Nishaya. Ele mesmo escolheu Jo-Jo, possivelmente por causa da primeira sílaba de seu sobrenome.

– Mais tolo ainda, você não concorda?

– Não, não concordo. Os seguidores dele bradam esse nome *Jo... Jo... Jo... Jo...* sem parar. É uma coisa hipnótica.

– Bom – Seldon finalizou, fazendo um movimento para retornar ao tricomputador e ajustar a simulação multidimensional que fora criada –, veremos o que acontece.

– Você vai mesmo tratar essa questão com tanta indiferença? Estou lhe dizendo que o perigo é iminente.

– Não, não é – Seldon respondeu com olhos frios como o aço e a voz subitamente mais dura. – Você não está a par de todos os fatos.

– Quais fatos eu desconheço?

– Falaremos sobre isso em outro momento, Yugo. Por ora, continue fazendo seu trabalho e deixe que eu me preocupe com Demerzel e a situação do Império.

Amaryl contraiu os lábios, entretanto o hábito da obediência a Seldon era poderoso.

– Sim, Hari.

Mas não arrasadoramente poderoso. Ao chegar à porta, ele se virou e insistiu:

– Você está cometendo um erro, Hari.

Seldon esboçou um leve sorriso.

– Não acho, mas ouvi o seu aviso e não o esquecerei. No entanto, vai ficar tudo bem.

Porém, depois de Amaryl ter saído, o sorriso de Seldon se dissolveu. "Será que realmente tudo iria ficar bem?"

2

Embora não tivesse se esquecido da advertência de Amaryl, Seldon não se concentrou muito naquilo. Seu quadragésimo aniversário veio e passou, com seu costumeiro golpe psicológico.

Quarenta anos! Ele não era mais jovem. A vida não se estendia mais à sua frente como um vasto território desconhecido cujos horizontes se perdiam na distância. Ele havia ficado em Trantor por oito anos e o tempo tinha passado muito depressa. Mais oito anos e ele teria quase cinquenta. A velhice estava à espreita.

E ele nem tinha dado um começo decente à psico-história! Yugo Amaryl esboçara com brilhantismo algumas leis e formulara suas equações tendo feito algumas suposições audaciosas com base na intuição. Mas como seria possível testar essas suposições? A psico-história ainda não era uma ciência experimental. O estudo completo da psico-história iria exigir experimentos que terminariam por envolver vários mundos habitados, séculos e séculos – além de uma total ausência de responsabilidade ética.

Isso representava um problema irresoluto e ele se incomodava por ter de usar qualquer intervalo de tempo cumprindo tarefas departamentais. Por isso, no final do dia, voltava andando para casa se sentindo abatido.

Normalmente, Seldon sempre podia contar com a caminhada através do *campus* para melhorar seu estado de ânimo. O domo da Universidade de Streeling era bem elevado e dava a sensação de que o *campus* era ao ar livre, e não havia a necessidade de suportar o tipo de clima que ele havia provado em sua única visita ao Palácio Imperial. Havia árvores, gramados, caminhos pavimentados, quase como se estivesse no *campus* de sua antiga faculdade em Helicon, seu mundo natal.

A ilusão de um tempo nublado tinha sido criada para aquele dia com a luz do sol (não o sol, naturalmente, apenas a luz solar) aparecendo e desaparecendo a intervalos irregulares. E também estava fresco, mas só um pouco.

Seldon teve a impressão de que os dias frescos ocorriam com uma frequência um pouco maior do que anteriormente. Será que

Trantor estaria economizando energia? Seria um caso de aumento da ineficiência? Ou (e ele ficou intimamente carrancudo quando pensou nisso) estaria ficando velho e seu sangue estava afinando? Seldon enfiou as mãos nos bolsos do paletó e encurvou os ombros.

Ele não costumava se dar o trabalho de dirigir conscientemente seus passos, pois seu corpo conhecia à perfeição o caminho entre seu escritório e a sala onde estava seu computador, e de lá até seu apartamento, além de todo esse percurso de volta. Em geral, ele percorria o trajeto com seus pensamentos em outros lugares, mas hoje um som estava penetrando sua consciência. Um som que não tinha significado.

"Jo... Jo... Jo... Jo..."

Era um som muito suave e distante, mas lhe trouxe uma recordação. Ah, a advertência de Amaryl. O demagogo. Será que ele estava ali, no *campus*?

Suas pernas giraram em outro sentido sem que Seldon tivesse tomado uma decisão consciente a respeito e levaram-no ao alto da leve subida que alcançava o *campus* universitário, local usado para a prática de ginástica, esportes e oratória estudantil.

No meio do *campus* havia se reunido uma quantidade moderada de estudantes, cantando em coro com entusiasmo. Sobre uma plataforma estava uma pessoa que ele não reconheceu, alguém com voz alta de ritmo cadenciado.

Mas não era aquele sujeito, Joranum. Ele já tinha visto Joranum em holovisualização diversas vezes. Desde que Amaryl o alertara, Seldon passou a prestar mais atenção. Joranum era grande e sorria com uma espécie de camaradagem maldosa. Tinha cabelos claros, de fios grossos, e olhos azul-claros.

O orador era miúdo, se é que se podia falar assim: magro, boca larga, cabelos escuros, voz forte. Seldon não estava escutando as palavras, embora tivesse captado a expressão "poder de um para muitos", e o brado uníssono da multidão em resposta.

"Ótimo", Seldon pensou, "mas como será que ele pretende que isso aconteça? Será que está falando sério?"

Agora, estava perto da última fila de pessoas daquele ajuntamento e buscava entre elas encontrar alguém conhecido. Identificou Finangelos, estudante de pré-matemática. Não era um mau rapaz – um jovem negro de pele clara e de cabelos encaracolados.

– Finangelos – ele chamou em voz alta.

– Professor Seldon – respondeu o rapaz após um momento a encará-lo sem conseguir reconhecê-lo sem um teclado sob os dedos. Então veio a passos saltitantes até onde Hari estava. – O senhor veio ouvir este sujeito?

– Não vim por nenhum motivo específico, só para descobrir a razão do barulho. Quem ele é?

– O nome dele é Namarti, professor. Está falando em nome de Jo-Jo.

– Isso eu *ouvi* – Seldon retrucou, escutando novamente a cantoria. Aparentemente, toda vez que ele falava de algo marcante, o público reagia com o coro. – Mas quem é esse Namarti? Não reconheço esse nome. Em qual departamento ele está?

– Ele não é membro da universidade, professor. É um dos homens de Jo-Jo.

– Se ele não é da universidade, então não tem o direito de falar em público sem autorização. Você acha que ele tem autorização?

– Eu não saberia dizer, professor.

– Pois então vamos descobrir.

Seldon começou a avançar na direção da multidão, mas Finangelos o segurou pela manga.

– Não comece nada, professor. Ele anda com capangas.

Havia seis jovens atrás do orador, um tanto distantes um do outro, em pé de pernas abertas, braços cruzados na frente do peito, fazendo cara feia.

– Capangas?

– No caso de acontecer alguma encrenca, de alguém fazer gracinha ou coisa assim.

– Então, ele sem dúvida não é um integrante desta universidade e nem mesmo uma autorização incluiria a presença desses capangas, como você diz. Finangelos, avise os seguranças. Nesta altura, eles já devem estar por aqui, mesmo sem aviso.

– Acho que eles não querem criar confusão – Finangelos retrucou em voz baixa. – Por favor, professor, não tente nada. Se quer que eu busque os seguranças, eu vou, mas o senhor terá de esperar aqui até que eles cheguem.

– Talvez eu consiga acabar com isto antes de eles chegarem.

Seldon começou a abrir caminho pelo meio do grupo. Não foi difícil. Algumas pessoas o reconheceram e todos podiam ver o distintivo de professor no ombro dele. Ele chegou à plataforma, colocou as mãos no tablado e, com um grunhido, venceu os noventa centímetros e saltou para cima do estrado. Com pesar pensou que, dez anos antes, teria feito aquilo usando apenas uma das mãos e sem grunhir.

Seldon se aprumou. O orador tinha interrompido sua fala e estava olhando para ele com expressão duramente defensiva e gélida.

Calmamente, Seldon se dirigiu a ele:

– Sua autorização para falar aos estudantes, senhor.

– Quem é você? – indagou o orador, em voz alta, veemente.

– Sou docente desta universidade – Seldon respondeu com voz igualmente forte. – Sua autorização, senhor?

– Não reconheço seu direito de me questionar a esse respeito.
– Os valentões atrás do orador tinham se aproximado.

– Se você não tem autorização, aconselho que se retire imediatamente do *campus*.

– E se eu não me retirar?

– Bem, para começar, os seguranças estão a caminho. – Hari, então, se virou para a multidão. – Alunos – ele clamou –, neste *campus* temos o direito de nos expressar livremente e de nos reunir livremente, mas podemos perder esse direito se permitirmos que intrusos, sem autorização, façam pronunciamentos não autorizados...

Uma mão pesada caiu-lhe sobre o ombro e ele recuou. Quando se virou, percebeu que tinha sido um daqueles homens que Finangelos chamara de capangas.

Então, esse homem, com um sotaque carregado cuja procedência Seldon não pôde discernir de imediato, lhe ordenou:

– Saia daqui, agora... *rápido*.

– E de que isso vai adiantar? – respondeu Seldon. – Os seguranças estarão aqui a qualquer minuto.

– Nesse caso – Namarti atalhou, com um sorriso feroz –, haverá um levante. E isso não nos assusta de jeito nenhum.

– Claro que não – Seldon retrucou. – Você até que gostaria disso, mas não haverá nenhum motim. Vocês todos irão embora sem dar um pio. – E ele se voltou novamente para os estudantes, sacudindo o ombro para se desvencilhar da mão do sujeito. – Nós vamos garantir que seja assim, não é?

– É o professor Seldon! – alguém gritou, do meio da multidão. – Ele tem razão! Não batam nele!

Seldon captou certa ambivalência naquele aglomerado de ouvintes. Ele sabia que havia alguns ali que gostariam de um arranca-rabo com os seguranças da universidade, só por uma questão de princípio. Por outro lado, devia haver outros que gostavam dele pessoalmente e outros mais que, embora não o conhecessem, não iriam querer que um membro do corpo docente da universidade fosse alvo de violência.

Uma voz de mulher de repente se destacou em meio à turba:

– Cuidado, professor!

Seldon suspirou e encarou o jovem brutamontes à sua frente. Ele não sabia se era capaz de fazer aquilo, se seus reflexos seriam rápidos o suficiente, ou seus músculos vigorosos o bastante, apesar de toda a sua perícia como mestre na arte do tufão.

Um capanga se aproximara dele, naturalmente transbordando autoconfiança. Mas não tão depressa, o que deu a Seldon aquele pouco mais de tempo de que seu corpo já envelhecendo estava precisando. E o valentão ainda estendeu seu braço de uma maneira ostensiva, o que facilitou todas as coisas.

Seldon agarrou o braço, girou-o e dobrou, primeiro para cima e depois para baixo (com um grunhido – por que é que ele precisava grunhir tanto?) e o sujeito saiu voando pelo ar, em parte impelido por sua própria inércia. Aterrissou com um baque surdo na borda mais distante da plataforma, e seu ombro direito estava visivelmente deslocado.

Irrompeu da plateia um grito selvagem diante dessa reação totalmente inesperada. No instante seguinte, o orgulho institucional veio à tona.

– Acabe com eles, professor! – gritou alguém na multidão. E outras vozes ecoaram repetindo o apelo.

Seldon ajeitou o cabelo para trás, tentando não arfar. Com o pé, empurrou o capanga que gemia para fora do palanque.

– Mais alguém? – ele indagou em tom amistoso. – Ou agora irão embora calmamente?

Seldon encarava Namarti e seus cinco guarda-costas e, como eles tinham ficado imóveis, indecisos, prosseguiu:

– Estou avisando. Essas pessoas agora estão do meu lado. Se vocês tentarem me atacar, eles vão acabar com a raça de vocês. Muito bem. Quem é o próximo? Vamos lá. Um por vez.

Ele tinha elevado a voz ao enunciar a última sentença, enquanto fazia com os dedos pequenos movimentos convidando um deles a se aproximar. A multidão gritava empolgada.

Namarti estava parado, impassível. Com um salto, Seldon passou por ele e apanhou-o pelo pescoço usando a dobra do braço. Nesse momento, alguns estudantes escalaram a plataforma berrando "Um por vez! Um por vez!", colocando-se entre os guarda-costas e Seldon.

Seldon aumentou a pressão sobre a traqueia de sua vítima e cochichou no ouvido de Namarti:

– Tem um jeito certo de se fazer isso, e eu sei qual é. Eu o pratico há anos. Se você fizer algum movimento para tentar se soltar, vou destroçar sua laringe de tal maneira que nunca mais na vida você conseguirá dizer uma só palavra. Se dá valor à sua voz, faça o que lhe digo. Quando eu te soltar, mande seus valentões embora. Se disser alguma outra coisa, essas serão as últimas palavras que você dirá normalmente. E se algum dia você tornar a vir a este *campus*, eu não vou ser tão bonzinho. E vou acabar o serviço que comecei agora.

Por um momento, ele afrouxou a chave de braço. Namarti disse em voz rouca:

– Todos vocês, saiam daqui. – Os capangas recuaram rapidamente e foram ajudar o colega ainda esparramado no chão.

Quando os seguranças da universidade chegaram alguns minutos depois, Seldon disse:

– Desculpem-me, cavalheiros. Alarme falso.

Hari então saiu do *campus* e retomou o caminho para casa, mais do que apenas um pouco desgostoso. Havia revelado um lado de sua personalidade que preferia não ter exposto. Ele era Hari Seldon, o matemático, e não Hari Seldon, o sádico mestre da arte do tufão.

Além disso, ele ainda pensou de péssimo humor, Dors iria ficar sabendo daquele incidente. A propósito, era melhor que ele mesmo lhe contasse o que tinha acontecido, assim ela não ouviria nenhuma versão que fizesse aquilo parecer pior do que realmente fora.

E ela não iria gostar nada, nada.

3

E realmente não gostou.

Dors esperava por ele à porta do apartamento onde moravam, numa postura tranquila, com uma das mãos na cintura, um semblante que lembrava muito o momento em que Seldon a vira pela primeira vez naquela mesma universidade, oito anos atrás: esbelta, curvilínea, com cabelos ondulados de tom acobreado, linda aos olhos dele, mas não linda demais em nenhum sentido objetivo, embora ele nunca tivesse sido capaz de avaliá-la objetivamente após os primeiros dias da amizade que brotara entre eles.

Dors Venabili! Foi isso que pensou quando viu o rosto calmo da mulher. Havia muitos mundos, e até mesmo diversos setores em Trantor, onde teria sido simples chamá-la Dors Seldon, mas isso – como ele sempre pensara – seria marcá-la com ferro em brasa e isso ele não desejava, ainda que esse fosse um costume sancionado pela existência desde as mais difusas névoas do passado pré-imperial.

Suavemente, com um triste aceno de sua cabeça que praticamente nem movimentou os cachos soltos de seu cabelo, Dors comentou:

– Já fiquei sabendo, Hari. Mas, me diga, *o que* é que eu posso fazer com você?

– Um beijo não seria nada mal.

– Bom, talvez, mas somente depois de esclarecermos toda essa história. Entre. – A porta se fechou atrás deles. – Você sabe, querido, que eu tenho meu curso e minha pesquisa. Ainda estou fazendo aquela medonha história sobre o Reino de Trantor que, segundo suas próprias palavras, é essencial ao seu trabalho. Será que tenho de largar tudo isso e começar a zanzar com você por toda parte para protegê-lo? Esse ainda é o meu serviço, você sabe. E mais do que nunca é o meu serviço, agora que você está conseguindo avançar com a psico-história.

– Conseguindo avançar? Bem que eu queria. Mas você não precisa me proteger.

– Não preciso? Mandei Raych procurar você. Afinal de contas, você estava atrasado e fiquei preocupada. Normalmente você me avisa quando vai se atrasar. Desculpe-me se isso me faz parecer sua guardiã, Hari, mas eu *sou* sua guardiã.

– Já lhe ocorreu, Guardiã Dors, que de vez em quando eu posso querer andar sem coleira?

– E se acontece alguma coisa com você, o que é que eu digo para Demerzel?

– Estou muito atrasado para o jantar? Nós já chamamos o serviço de cozinha?

– Não, eu estava esperando por você. E, já que você está aqui, você chama. Você é muito mais exigente do que eu quando se trata de comida. E não mude de assunto.

– Raych não lhe contou que eu estava bem? Então, do que é que precisamos falar?

– Quando ele o encontrou, você tinha a situação sob controle e ele chegou aqui primeiro, mas por poucos instantes. Não fiquei sabendo de nenhum detalhe. Diga-me... o que... você... fez?

Seldon encolheu os ombros.

– Estavam fazendo uma reunião ilegal, Dors, e eu interrompi aquilo. A universidade poderia ter se encrencado bastante com algo desnecessário se não fosse a minha intervenção.

– E cabia a você impedir a tal reunião, Hari? Por favor, você não é mais um mestre tufão, e sim um...

– Um velho? – ele cortou, impulsivamente.

– Para um mestre tufão, sim. Você tem quarenta anos. Como se sente?

– Bem... um pouco travado.

– Posso imaginar. E um dia desses, quando tentar fingir que ainda é um jovem atleta heliconiano, vai acabar quebrando uma costela. Agora, me conte o que aconteceu.

– Bom, eu tinha comentado com você que Amaryl me havia alertado sobre um perigo que Demerzel estaria correndo por causa da demagogia desse tal Jo-Jo Joranum.

– Jo-Jo, sim. Até aí eu sei. O que é que eu *não* sei? O que aconteceu hoje?

– Havia um comício no *campus*. Um seguidor de Jo-Jo chamado Namarti estava discursando para um monte de gente que tinha se reunido...

– Namarti é Gambol Deen Namarti, mão direita de Joranum.

– Bem, então você sabe mais do que eu. De todo modo, ele estava falando para uma plateia numerosa sem ter autorização para isso e acho que estava esperando que houvesse algum tipo de comoção popular. Esses tipos adoram desordens de grandes proporções e, se ele conseguisse fechar a universidade mesmo que por pouco tempo, poderia acusar Demerzel de ter destruído a liberdade acadêmica. Acho que o culpam por tudo. Então, interrompi o discurso e despachei todo mundo dali sem causar confusão.

– Você parece orgulhoso.

– E por que não? Nada mau para um quarentão.

– Foi por isso que você fez o que fez? Para testar suas condições aos quarenta anos?

Pensativo, Seldon foi clicando no menu para o jantar. Então, respondeu:

– Não. Eu realmente estava preocupado com a possibilidade de a universidade ter algum problema desnecessário. E eu estava preocupado com Demerzel. Pode ser que as fantasias de perigo de Yugo tenham me impressionado mais do que eu tinha percebido. Aquilo foi uma idiotice, Dors, porque sei que Demerzel pode cuidar muito bem de si mesmo. Eu não poderia explicar isso para Yugo, nem para mais ninguém, exceto você. – Hari respirou fundo. – É incrível como me dá satisfação poder pelo menos falar com você sobre isso. Você sabe, eu sei e Demerzel sabe e mais ninguém sabe (pelo menos que eu tenha conhecimento) que Demerzel é intocável.

Dors pressionou um contato num painel recuado na parede e a divisória de jantar de seu apartamento se iluminou com uma suave claridade em tom de pêssego. Juntos, ela e Hari foram para a mesa, que já estava posta com toalha, taças e copos de cristal, e os demais utensílios. Quando se sentaram, o jantar começou a chegar. Nunca havia muita demora nessa hora do fim do dia, e Seldon aceitava aquilo tudo com naturalidade. Já há muito tempo ele se acostumara com a posição social que tornava desnecessário a eles participar dos jantares com os outros docentes.

Seldon saboreou os condimentos que tinham aprendido a apreciar durante sua estadia em Mycogen, a *única* coisa daquele setor estranho, androcêntrico, impregnado pela religião e apegado ao passado que não haviam detestado.

– O que você quer dizer com "intocável"? – perguntou Dors, suavemente.

– Ora, meu bem, ele pode alterar as emoções. Você se esqueceu disso? Se Joranum realmente chegar a se tornar perigoso, ele poderia ser... – e Hari esboçou um gesto vago com as mãos – alterado; suas ideias poderiam mudar.

Dors pareceu incomodada e a refeição prosseguiu em meio a um silêncio que não era habitual. Foi somente depois de terem terminado e de todos os objetos – pratos, talheres etc. – terem desaparecido no turbilhão do tubo de descarga no meio da mesa (que depois se fechou por si, suave e silenciosamente) que ela disse:

– Não estou certa de que quero conversar sobre isso, Hari, mas não posso deixar que você seja enganado por sua própria inocência.

– Inocência? – e ele franziu a testa.

– Sim. Nós nunca falamos sobre isso. Nunca pensei que o assunto viria à tona, mas Demerzel tem falhas. Ele não é intocável, ele pode ser atingido e Joranum é realmente um perigo para ele.

– Você está falando a sério?

– Claro que sim. Você não entende robôs, certamente não um tão complexo como Demerzel. Mas eu sim.

4

Novamente, um breve período de silêncio se impôs entre eles, mas apenas porque pensamentos são silenciosos, pois o que se passava na mente de Seldon era puro tumulto.

Sim, era verdade. Sua esposa parecia possuir um extraordinário conhecimento de robôs. Hari tinha matutado tantas vezes a respeito disso ao longo dos anos que finalmente desistira e deixara aquela indagação deslizar para o fundo de sua mente. Se não tivesse sido por Eto Demerzel – um robô –, Hari nunca teria conhecido Dors, pois ela *trabalhava* para Demerzel. Fora ele quem "designara" Dors para o caso de Hari, oito anos antes, com o objetivo de protegê-lo durante sua fuga pelos vários setores de Trantor. Ainda que agora ela fosse sua esposa, sua colaboradora, "a tampa da sua panela", Hari ainda se perguntava de vez em quando o que seria aquela estranha ligação entre Dors e o robô Demerzel. Aquela era a única área da vida de Dors de que Hari realmente sentia que não fazia parte, e onde inclusive não era bem-vindo. E isso lhe trouxe à lembrança a mais dolorosa de todas as dúvidas: seria por obediência a Demerzel que Dors continuava com ele, ou seria *por amor*? Hari queria muito acreditar na segunda possibilidade, mas ainda assim...

Ele levava uma vida feliz com Dors Venabili, mas isso tinha um custo: era uma existência atrelada a uma condição, ainda mais rigorosa porque havia sido imposta não por meio de uma discussão e de um acordo, e sim por um entendimento mútuo e silencioso.

Seldon entendia que em Dors encontrara tudo que poderia desejar em uma esposa. É verdade que ele não tivera filhos, mas nunca havia esperado ser pai e nem, para dizer a verdade, alimentado um forte desejo nesse sentido. Ele tinha Raych, que emocionalmente para ele representava tanto um filho quanto se o garoto tivesse herdado todo o genoma seldoniano – e talvez até mais.

O mero fato de Dors estar forçando-o a pensar a respeito daquela questão significava o mesmo que romper o acordo que havia mantido a paz e o conforto entre eles naqueles anos todos, e ele sentia um discreto mas crescente ressentimento por causa disso.

No entanto, mais uma vez afastou da mente esses pensamentos, essas dúvidas. Seldon tinha aprendido a aceitar o papel dela como sua protetora e continuaria a aceitá-lo. Afinal, era com ele que ela dividia a casa, a mesa e a cama, e não com Eto Demerzel.

A voz de Dors o trouxe de volta de seu devaneio.

– Eu perguntei se você está emburrado, Hari.

Ele começou a responder devagar, pois havia o som da repetição na voz dela, e ele se deu conta de que tinha mergulhado fundo numa autoanálise e de que desviara sua atenção para longe dela.

– Desculpe-me, querida. Não estou emburrado. Não de propósito, pelo menos. Apenas estou pensando sobre como é que deveria reagir à sua afirmação.

– Sobre os robôs? – ela parecia muito tranquila quando pronunciou essa palavra.

– Você disse que não conheço tanto a respeito deles quanto você. Como é que respondo a isso? – Ele parou e então acrescentou em voz baixa (sabendo que estava se arriscando): – Quer dizer, com todo o respeito.

– Eu não disse que você não *conhecia* robôs. Se é que vai citar o que eu disse, faça isso com exatidão. Eu disse que você não *entendia* de robôs. Estou certa de que você sabe muito, talvez até mais do que eu; mas saber não é necessariamente entender.

– Ora, Dors, você está falando de propósito de um jeito paradoxal só para ser chata. O paradoxo só surge de uma ambiguidade que é enganadora, seja por acaso ou de propósito. Não gosto disso na ciência e também não gosto disso numa conversa informal, a menos que sua intenção seja humorística, o que não me parece ser o caso agora.

Dors riu de sua maneira particular, suavemente, quase como se a diversão fosse preciosa demais para ser compartilhada de uma maneira excessivamente liberal.

– Aparentemente, o paradoxo o aborreceu até torná-lo pomposo, e você é sempre engraçado quando fica pomposo. No entanto, vou explicar. Não tenho a intenção de chatear você. – Ela estendeu o braço e lhe deu tapinhas carinhosos na mão, e foi uma surpresa para Seldon (e um pequeno motivo de vergonha) descobrir que tinha fechado a mão em punho.

– Você fala muito sobre a psico-história – Dors recomeçou. – Pelo menos comigo. Sabia disso?

Seldon pigarreou para limpar a garganta.

– Quanto a isso, estou à sua mercê. Esse é um projeto secreto, dada a sua própria natureza. A psico-história não funcionará a menos que as pessoas afetadas por ela a ignorem por completo. Assim, só posso falar sobre esse assunto com Yugo e com você. Para Yugo, tudo é uma questão de intuição. Ele é brilhante, mas tão propenso a saltar como um alucinado no escuro que tenho de fazer o papel do cauteloso e ficar o tempo todo trazendo o rapaz de volta. Mas eu também tenho as minhas ideias malucas e me ajuda ouvi-las em voz alta de vez em quando, ainda que – e ele sorriu – eu tenha a forte impressão de que você não entende uma só palavra do que estou dizendo.

– Eu sei que sou sua confidente e não me importo. Eu *realmente* não me importo, Hari, portanto não comece a tomar decisões a respeito de mudar de atitude. Naturalmente eu não acompanho seu raciocínio matemático. Sou apenas uma historiadora, e sequer historiadora da ciência. A influência das mudanças econômicas no desenvolvimento político é o que está tomando o meu tempo agora...

– Sim, e eu sou o *seu* confidente a respeito disso, ou você ainda não reparou? Vou precisar disso para a psico-história quando chegar o momento, então desconfio que você será para mim uma ajuda indispensável.

– Que bom! Agora que esclarecemos por que você fica comigo (eu sabia que não poderia ser por minha beleza etérea), deixe que eu continue explicando que, vez ou outra, quando sua argumentação se desvia dos aspectos estritamente matemáticos, a mim parece que eu entendo sua abordagem. Em diversas oportunidades, você explicou o que chama de a necessidade do minimalismo. Acho que isso eu entendo. Com essa expressão, você quer dizer...

– Eu sei o que quero dizer.

– Menos orgulho, Hari, por favor – Dors pareceu magoada. – Não estou tentando explicar essas palavras para você. Quero explicá-las a mim mesma. Você diz que é meu confidente, então, comporte-se de acordo. A reciprocidade é algo justo, não é?

– A reciprocidade é uma coisa boa, mas se você vai me acusar de ser orgulhoso quando eu digo só uma coisinha...

– Basta! Calado! Você me disse que o minimalismo é da mais alta importância na psico-história aplicada, na arte de tentar transformar um desenvolvimento indesejável em outro desejável ou, de todo modo, em algo menos indesejável. Você disse que a mudança a ser aplicada deve ser mínima, tão mínima quanto possível.

– Sim – Seldon concordou com intensidade –, e é assim porque...

– *Não*, Hari. *Eu* estou tentando explicar. Nós dois sabemos que *você* entende isso. Você precisa do minimalismo porque toda mudança, qualquer mudança, tem uma miríade de efeitos colaterais que nem sempre se podem permitir. Se a mudança for grande demais e os efeitos colaterais forem muito numerosos, então é uma certeza que o resultado ficará muito longe de qualquer coisa que tenha sido planejada e inclusive será inteiramente imprevisível.

– Correto – concordou Seldon. – Essa é a essência de um efeito caótico. O problema é se alguma mudança é pequena o suficiente para tornar a consequência razoavelmente previsível, ou se história humana é inevitável e inalteravelmente caótica em todos os sentidos. Foi isso que, no começo, me levou a pensar que a psico-história não era...

– Eu sei, mas você não está me deixando chegar ao ponto que quero esclarecer. A questão não é se a mudança é pequena o suficiente ou não. A questão é que qualquer mudança maior do que o mínimo *é* caótica. O mínimo exigido pode ser zero, mas, se não for zero, então ainda é muito pequeno. E poderia ser um problema e tanto encontrar alguma mudança pequena o bastante e, não obstante, significativamente maior do que zero. Ora, se entendi direito, é isso que você quis dizer com "necessidade de minimalismo".

– Mais ou menos – disse Seldon. – Claro que, como sempre, a questão é expressa de modo mais compacto e rigoroso com a linguagem matemática. Veja bem...

– Me poupe – cortou Dors. – Se você sabe disso a respeito da psico-história, Hari, então deve sabê-lo a respeito de Demerzel também. Você tem o conhecimento, mas não o entendimento porque, aparentemente, não lhe ocorreu aplicar as regras da psico-história às Leis da Robótica.

A isso Seldon respondeu em voz débil:

– Agora *eu* não entendo aonde você está querendo chegar.

– Ele também exige o minimalismo, não é mesmo, Hari? Segundo a Primeira Lei da Robótica, um robô não pode ferir um ser humano. Essa é a regra elementar para o robô comum, só que Demerzel é muito incomum e, para ele, a Lei Zero é uma realidade que tem precedência inclusive sobre a Primeira Lei. A Lei Zero determina que um robô não pode ferir a humanidade como um todo. Mas isso deixa Demerzel na mesma saia-justa que tolhe você em seu trabalho com a psico-história, percebe?

– Estou começando a entender.

– Espero que sim. Se Demerzel tem a capacidade de mudar a mente das pessoas, ele tem de fazer isso sem provocar efeitos colaterais indesejáveis e, como ele é o primeiro-ministro do Imperador, os efeitos colaterais com os quais ele tem de se preocupar são realmente numerosos.

– E a aplicação ao caso presente?

– Pense nisso! Você não pode falar com ninguém (exceto comigo, naturalmente) que Demerzel é um robô porque ele ajustou você de modo a impedi-lo de fazer isso. Mas qual foi a extensão do ajuste que ele praticou? Você quer dizer às pessoas que ele é um robô? Você quer arruinar a eficácia dele quando depende da proteção e do apoio dele para receber subsídios, e da influência que é discretamente exercida para beneficiá-lo, Hari? Claro que não. A mudança que ele teve de introduzir, então, foi ínfima, só o suficiente para impedir que você despejasse a informação num momento de descuido ou de empolgação. É uma mudança tão diminuta que não existem efeitos colaterais particulares. É dessa mesma maneira que Demerzel tenta comandar o Império, no geral.

– E o caso de Joranum?

– Claro que é completamente diferente do seu. Sejam quais forem os motivos, ele opõe-se a Demerzel de maneira obstinada. Sem nenhuma dúvida, Demerzel poderia mudar isso, mas essa mudança só poderia ocorrer ao custo de uma considerável interferência no pensamento de Joranum, o que acarretaria resultados que Demerzel não conseguiria prever. Em vez de correr o risco de ferir Joranum e de produzir efeitos colaterais capazes de ferir outras pessoas, possivelmente a humanidade inteira, ele deve deixar Joranum em paz até conseguir encontrar alguma pequena mudança, *pequena* mesmo, que salve a situação sem causar danos. É por isso que Yugo tem razão e Demerzel é vulnerável.

Seldon ouviu tudo, mas não deu nenhuma resposta. Parecia perdido em seus pensamentos. Passaram-se vários minutos até que ele dissesse:

– Se Demerzel não pode fazer nada a esse respeito, então eu tenho de fazer.

– Se ele não pode fazer nada, o que você pode fazer?

– Comigo o caso é diferente. Eu não sou limitado pelas Leis da Robótica. Não preciso me preocupar obsessivamente com o minimalismo. E, para início de conversa, devo conversar com Demerzel.

– Será mesmo? – Dors pareceu levemente ansiosa. – Certamente não seria a mais sensata das atitudes revelar que há uma ligação entre vocês.

– Chegamos a um ponto em que não podemos fingir mais que não existe uma ligação. Naturalmente não irei ao encontro dele precedido por uma fanfarra e um anúncio por holovisualização, mas irei falar com ele.

5

Seldon sentiu-se enfurecido com o fato de o tempo ter passado. Oito anos antes, quando era um recém-chegado a Trantor, sempre conseguia agir instantaneamente. Tinha apenas um quarto num hotel e podia deixar para trás o que havia ali dentro para perambular à vontade pelos setores de Trantor.

Agora, via-se enfiado em reuniões de departamento, com decisões a tomar e trabalho a ser feito. Não era mais tão fácil sair andando e ir ver Demerzel, quando bem quisesse... e se Demerzel também pudesse, afinal tinha sua própria agenda atarefada. Não seria fácil achar um momento em que ambos estivessem livres para se reunir.

Assim como não era fácil ver Dors balançando a cabeça para ele:

– Não sei o que você pretende fazer, Hari.

– Eu também não sei o que pretendo fazer, Dors – ele respondeu, impaciente –, e espero descobrir quando falar com Demerzel.

– Seu primeiro dever é com a psico-história. É o que ele lhe dirá.

– Pode ser. Vou descobrir.

E então, justamente quando tinha conseguido arrumar um tempo para se encontrar com o primeiro-ministro, dali a oito dias, recebeu uma mensagem na tela de parede em seu escritório no departamento, escrita em caracteres levemente arcaicos. E, para combinar com eles, palavras mais do que levemente arcaicas: ANSEIO POR UMA AUDIÊNCIA COM O PROFESSOR HARI SELDON.

Seldon contemplou aquilo, aturdido. Nem mesmo o Imperador era abordado com uma frase antiquadamente formal.

A assinatura também não estava impressa da maneira habitualmente utilizada para assegurar sua clareza. Estava grafada com um floreio que, embora não lhe roubasse a legibilidade, dotava-a da impressão de uma obra de arte executada com descuido por um mestre do ofício. A assinatura dizia LASKIN JORANUM. Era o próprio Jo-Jo ansiando por uma audiência.

Seldon acabou dando uma risadinha. Era óbvio o motivo daquela escolha de palavras e do estilo da redação. Transformava um simples pedido num artifício para despertar curiosidade. Seldon não tinha muita vontade de se encontrar com aquele homem – normalmente, não teria nenhuma vontade. Mas a que se devia todo aquele arcaísmo e seu efeito artístico? Isso ele queria descobrir.

Fez sua secretária marcar o horário e o local para o encontro. Seria em seu escritório, seguramente não em seu apartamento. A conversa seria protocolar, não social.

E teria que ocorrer antes da reunião já agendada com Demerzel.

– A mim não surpreende, Hari – Dors comentou. – Você feriu dois membros da equipe dele, um dos quais é o principal assistente de Joranum. Atrapalhou o comiciozinho que ele tinha organizado. E, por meio dos representantes dele, levou-o a fazer papel de bobo. Ele quer dar uma boa olhada em você e acho melhor eu estar junto.

Seldon meneou a cabeça.

– Levarei Raych. Ele sabe todos os truques que eu conheço, é forte e tem a agilidade dos seus 21 anos. Embora eu esteja seguro de que não haverá necessidade de proteção.

– E como você pode estar tão seguro?

– Joranum está vindo me ver no *campus*. Haverá diversos jovens ali perto. Não sou exatamente uma figura desconhecida para o corpo discente, e desconfio que Joranum é aquele tipo de homem que faz sua lição de casa e sabe que eu estarei a salvo em meu próprio território. Estou seguro de que ele será um perfeito cavalheiro, e completamente amistoso.

– Sei... – Dors bufou, torcendo de leve o canto da boca.

– E bastante letal – Seldon concluiu.

6

Hari Seldon manteve a fisionomia impassível e a cabeça inclinada apenas o suficiente para transmitir uma impressão de razoável cortesia. Tinha se dado ao trabalho de examinar uma variedade de holografias de Joranum, mas, como costuma acontecer, a figura real, não editada, em constantes mudanças diante de condições sempre variáveis, nunca é bem a mesma figura mostrada no holograma, por mais que ele tenha sido cuidadosamente configurado. "Talvez", Seldon pensou, "seja a resposta do espectador à 'figura real' que a torna diferente."

Joranum era um homem alto – da mesma altura de Seldon, no mínimo –, só que maior em outros sentidos. Não por causa de um físico musculoso, pois passava a impressão de estar fora de forma, embora não exatamente obeso. Seu rosto era redondo, a cabeça com fartos cabelos mais cor de areia do que louros, e olhos azul-claros. Usava um macacão discreto e seu rosto exibia um meio sorriso que dava a ilusão de um sujeito amistoso e que, ao mesmo tempo, deixava claro, de algum modo, que isso era apenas uma ilusão.

– Professor Seldon – ele saudou com a voz grave e estritamente controlada do orador profissional –, estou encantado em conhecê-lo. Muita bondade sua nos consentir esta reunião. Espero que não se sinta ofendido por eu ter vindo acompanhado por meu braço direito, embora não lhe tenha perguntado com antecedência se isso seria permitido. É Gambol Deen Namarti, três nomes, como você pode perceber. Acho que já o conheceu.

– Sim, de fato. Lembro-me muito bem do incidente. – Seldon olhou para Namarti com um toque sarcástico. No encontro anterior, Namarti estivera fazendo comício no *campus* da universidade. . Agora, em uma situação mais descontraída, Seldon espiava o assistente com cuidado. Namarti tinha altura média, rosto fino, compleição pálida, cabelos escuros e boca larga. Não ostentava o meio sorriso de Joranum, nem nenhuma expressão mais definida, exceto um ar de cautela e prudência.

– Meu amigo, o dr. Namarti, formado em literatura antiga, veio comigo de vontade própria – Joranum prosseguiu, e seu sorriso aumentou um pouco – para se desculpar.

Joranum olhou rapidamente para Namarti que, tendo contraído os lábios rapidamente a princípio, terminou dizendo com voz sem nenhuma inflexão:

– Desculpe-me, professor, pelo que aconteceu no *campus*. Não estava a par das regras rígidas que se aplicam à realização de comícios na universidade e me deixei levar um pouco por meu próprio entusiasmo.

– O que é muito compreensível – completou Joranum. – Assim como ele não estava totalmente a par de sua identidade, professor. Acho que todos nós agora podemos nos esquecer desse ocorrido.

– Posso garantir aos cavalheiros que não tenho nenhum desejo de ficar relembrando tal incidente – anuiu Seldon. – Este é meu filho, Raych Seldon, de modo que podem ver que também venho acompanhado.

Raych tinha deixado crescer um bigode preto e abundante, o sinal distintivo de masculinidade para os homens dahlitas. Oito anos antes, quando conhecera Seldon e estava longe de poder ter um bigode daqueles, ainda era um moleque de rua, maltrapilho e faminto. Era um rapaz baixo, embora fosse ágil e flexível, que adotara uma expressão altiva para acrescentar alguns centímetros invisíveis à sua estatura física.

– Bom dia, jovem – cumprimentou Joranum.

– Bom dia, senhor – respondeu Raych.

– Por favor, cavalheiros, queiram se sentar – convidou Seldon. – Posso lhes oferecer alguma coisa para beber ou comer?

Joranum estendeu as duas mãos num gesto educado de recusa.

– Não, senhor. Esta não é uma visita social. – Sentado no lugar que lhe fora indicado, acrescentou: – Embora eu tenha a esperança de que no futuro possamos vir a ter muitas visitas dessa natureza.

– Se vamos cuidar de negócios, então comecemos.

– Recebi a notícia, professor Seldon, do pequeno incidente que você tão gentilmente concordou em esquecer, e me perguntei por que decidiu correr o risco de fazer o que fez. Foi um risco, como você deve admitir.

– Na realidade, não achei que fosse.

– Mas eu sim. Por isso tomei a liberdade de descobrir tudo que pudesse a seu respeito, professor Seldon. O senhor é um homem interessante. Vem de Helicon, como fiquei sabendo.

– Sim, foi lá que nasci. Esse registro é claro.

– E está aqui em Trantor há oito anos.

– O que também é de conhecimento público.

– E, no princípio, tornou-se muito famoso por dar uma palestra de matemática sobre... como é que a chama? Psico-história?

Seldon fez um leve movimento com a cabeça. Quantas vezes havia lamentado aquela indiscrição. Claro que, naquela ocasião, nem lhe havia ocorrido que fosse uma indiscrição. Então, comentou:

– Um arroubo de entusiasmo juvenil. Não redundou em nada.

– É mesmo? – Joranum relanceou os olhos pelo aposento, com um ar de agradável surpresa. – Contudo, aqui está você, chefe do Departamento de Matemática de uma das maiores universidades de Trantor, e com apenas quarenta anos de idade, se não me engano. Estou com quarenta e dois, a propósito, então não posso considerá-lo como se eu fosse muito mais velho. Para ocupar essa posição, você deve ser um matemático muito competente.

Seldon deu de ombros.

– Não me importo com avaliações a esse respeito.

– Ou ter amigos muito poderosos.

– Todos gostaríamos de ter amigos poderosos, senhor Joranum. Mas acho que aqui você não encontrará nenhum. Professores universitários raramente têm amigos poderosos ou, como às vezes me parece, sequer têm amigos de algum tipo. – E então ele sorriu.

Joranum sorriu também.

– Você não consideraria o Imperador um amigo poderoso, professor Seldon?

– Claro que sim, mas o que isso tem a ver comigo?

– Tenho a impressão de que o Imperador é seu amigo.

– Estou certo de que os registros indicam, senhor Joranum, que tive uma audiência com Sua Majestade Imperial há oito anos. Durou talvez uma hora, ou menos, e, naquela ocasião, não percebi nada de amistoso da parte dele a meu respeito. Desde então, não falei mais com ele, nem o vi, exceto por holovisualização, naturalmente.

– Mas, professor, não é necessário falar com o Imperador ou vê-lo para tê-lo como um amigo poderoso. É suficiente ver Eto Demerzel ou falar com ele, que é o primeiro-ministro do Imperador. Demerzel é o seu protetor, professor, e, nesse caso, podemos muito bem dizer que o Imperador também é.

– Você localizou essa suposta proteção que o primeiro-ministro Demerzel estende a mim em alguma parte dos registros? Ou há nesses registros algum elemento a partir do qual essa proteção possa ser deduzida?

– Por que vasculhar registros quando é bem sabido que há uma ligação entre vocês dois? Você sabe disso e eu também. Vamos então considerar que isso é um dado e seguir adiante. E, por favor – ele ergueu as mãos –, não se dê ao trabalho de me apresentar a mais sincera negação desse fato. Será perda de tempo.

– Na realidade – Seldon rebateu –, eu ia lhe perguntar por que acha que ele iria querer me proteger. Com que finalidade?

– Professor! Você está tentando me ofender fingindo pensar que sou um monstro de ingenuidade? Mencionei sua psico-história, que é o que Demerzel deseja.

– E eu lhe disse que isso foi uma indiscrição juvenil que não deu em nada.

– Você pode me dizer um montão de coisas, professor, e não sou obrigado a aceitar aquilo que me disser. Ora, fale comigo francamente. Li seu artigo original e tentei entendê-lo com a ajuda de alguns matemáticos da minha equipe. Eles me disseram que é uma alucinação e altamente impossível...

– Com o que concordo inteiramente – interrompeu Seldon.

– Mas eu tenho a sensação de que Demerzel está esperando que essa hipótese seja desenvolvida e colocada em prática. E, se ele pode esperar, eu também posso. Para você, professor Seldon, seria mais útil que eu esteja esperando.

– E por quê?

– Porque Demerzel não resistirá por muito mais tempo em sua atual posição. A opinião pública está se voltando contra ele rapidamente. Pode ser que, quando o Imperador se cansar de um primeiro-ministro que não é popular e ameaça derrubar o trono em que ele está instalado, ele procure um substituto. Pode até ser que venha a ser este pobre coitado que agrade ao Imperador como substituto de Demerzel. E você continuará precisando de um protetor, de alguém que lhe garanta as condições necessárias para que continue trabalhando sossegado e com fundos suficientes que atendam a todas as suas necessidades de equipamento e assistência.

– E você seria esse protetor?

– Naturalmente, e pelas mesmas razões que levam Demerzel a sê-lo. Eu quero um técnico bem-sucedido em psico-história para que eu possa comandar o Império com mais eficiência.

Seldon aquiesceu com um movimento deliberado de cabeça, aguardou um instante e então indagou:

– Mas, nesse caso, senhor Joranum, por que devo me envolver nisso? Sou um mero estudioso, levando uma vida pacífica, ocupado com atividades matemáticas e pedagógicas bem pouco práticas. Você diz que Demerzel é meu atual protetor e que, no futuro, você será o meu protetor. Então, posso continuar tranquilamente com as minhas pesquisas. Você e o primeiro-ministro podem brigar entre si. Seja quem for vencedor, no fim continuarei tendo um protetor... pelo menos, é o que acabei de ouvir.

O sorriso fixo de Joranum pareceu murchar um pouco. Namarti, ao lado dele, virou o rosto taciturno na direção de Joranum como se fosse dizer alguma coisa, mas a mão de Joranum se moveu discretamente e Namarti tossiu, sem falar nada.

Então, Joranum perguntou:

– Doutor Seldon, você é patriota?

– Ora, claro que sim. O Império proporcionou à humanidade

milênios de paz (praticamente a paz, quero dizer) e promoveu um progresso consistente.

– De fato, fez isso mesmo, mas a um ritmo mais lento nos últimos dois séculos, aproximadamente.

Seldon encolheu os ombros

– Não estudei essas questões.

– E nem tem de estudar. Você sabe que, politicamente, os últimos dois séculos foram tempos tumultuados. Os reinados imperiais foram curtos e às vezes inclusive abreviados por assassinatos...

– A mera menção disso é quase um ato de traição – Seldon atalhou. – Prefiro que você não...

– Ora, ora – exalou Joranum, deixando-se de repente apoiar no encosto da cadeira. – Veja como você é inseguro. O Império está em decadência. Eu estou disposto a dizer isso abertamente. Os que me seguem também agem assim porque sabem muito bem que isso está de fato acontecendo. Precisamos de alguém que seja o braço direito do Imperador e que esteja em condições de controlar o Império, de subjugar os impulsos rebeldes que parecem irromper por toda parte, de conferir às forças armadas a liderança natural que devem ter, de comandar a economia...

Impaciente, Seldon usou o braço para esboçar no ar um gesto para o outro parar.

– E você é a pessoa certa para fazer isso, não é?

– Pretendo ser. Não será uma tarefa fácil e duvido que existam muitos outros voluntários... e por bons motivos. Certamente Demerzel não pode fazer esse trabalho. Sob seu comando, o declínio do Império está indo em ritmo acelerado rumo a um colapso total.

– Mas você pode deter esse processo?

– Sim, doutor Seldon, com a sua ajuda. Com a psico-história.

– Talvez Demerzel pudesse interromper o colapso com a psico--história, se ela existisse.

– Ela existe – Joranum acrescentou calmamente. – Não tentemos fingir que ela não existe. Mas sua existência não ajuda Demerzel. A psico-história é somente uma ferramenta. Ela precisa de um cérebro que a compreenda e de um braço que a empunhe.

– E é você que tem isso, se estou entendendo direito?

– Sim. Conheço as minhas próprias virtudes. Eu quero a psico-
-história.

Seldon balançou a cabeça.

– Você pode querê-la tanto quanto quiser. Eu não tenho a psico-história.

– Tem *sim*. Nem vou discutir isso. – Joranum inclinou-se mais, aproximando-se, como se desejasse insinuar sua voz para dentro dos ouvidos de Seldon, em vez de permitir que as ondas sonoras apenas a transportassem até lá. – Você se diz patriota. Devo substituir Demerzel para evitar a destruição do Império. No entanto, o processo dessa substituição poderia por si mesmo enfraquecer gravemente o Império. Não é isso o que eu quero. E *você* pode me aconselhar sobre como alcançar esse fim de modo suave e sutil, sem causar danos ou estragos, pelo bem do Império.

– Não posso – respondeu Seldon. – Você me acusa de um conhecimento que eu não possuo. Gostaria de poder ajudar, mas não posso.

Joranum se pôs em pé subitamente.

– Bem, você já sabe o que penso e o que quero de você. Reflita sobre isso. E peço que pense no Império. Você pode achar que deve sua amizade a Demerzel, esse saqueador de todos os milhões de planetas da humanidade. Tome cuidado. O que você faz pode abalar os alicerces do Império. Peço que me ajude, em nome dos quatrilhões de seres humanos que enchem a Galáxia. Pense no Império.

Sua voz foi baixando até se tornar quase um sussurro, excitante e poderoso. Seldon se sentiu quase tremendo.

– Eu sempre pensarei no Império – ele respondeu.

– Então, isso é tudo que lhe peço por ora – concluiu Joranum. – Obrigado por consentir em me receber.

Seldon acompanhou com os olhos Joranum e Namarti se afastarem, e as portas deslizarem e se fecharem silenciosamente depois de saírem do escritório. Sua testa estava franzida. Alguma coisa o incomodava bastante – e ele não conseguia identificar ao certo o que era.

7

Os olhos escuros de Namarti fixaram-se em Joranum, assim que se sentaram em seu escritório cuidadosamente protegido, no Setor Streeling. O quartel-general não era muito sofisticado; eles ainda eram fracos em Streeling, mas ganhariam forças.

Era notável como o movimento estava crescendo. Tinha começado do nada três anos antes, e agora seus tentáculos se haviam estendido através de Trantor, mais robustos em alguns lugares do que em outros, naturalmente. Em sua maioria, os Mundos Exteriores ainda não haviam sido atingidos. Demerzel havia se empenhado vigorosamente para mantê-los contentes, mas esse fora o erro *dele*. Era ali, em Trantor, que as rebeliões eram perigosas. Em qualquer outra parte poderiam ser controladas. Ali, porém, Demerzel poderia ser derrubado. Era estranho que ele não tivesse notado isso, mas Joranum sempre defendera a hipótese de que a reputação de Demerzel era inflacionada, que ele se revelaria apenas um saco vazio se alguém ousasse se opor a ele, e que o Imperador rapidamente o descartaria se sua própria segurança parecesse em risco.

Até aquele momento, pelo menos, as previsões de Joranum se haviam sustentado. Em nenhuma oportunidade sequer ele tinha perdido o comando da situação, exceto em casos de pouca importância, como aquele recente comício na Universidade de Streeling no qual o tal Seldon havia interferido.

Talvez tivesse sido esse o motivo pelo qual Joranum insistira em ter aquela entrevista com ele. Até mesmo o menor obstáculo deveria ser resolvido. Joranum apreciava se sentir infalível e Namarti tinha de admitir que um horizonte de constantes sucessos seguidos era o meio mais seguro de garantir a continuidade do processo. As pessoas costumam evitar a humilhação do fracasso tomando o partido do lado evidentemente vencedor, ainda que contrariando suas próprias opiniões.

Agora, essa entrevista com o tal Seldon tinha sido bem-sucedida ou, ao contrário, um novo contratempo a se somar ao primeiro? Namarti não tinha gostado de ter sido arrastado para aquele encontro com a obrigação de humildemente se desculpar; em sua maneira de ver, isso não tinha ajudado em nada.

E ali estava Joranum, sentado e obviamente mergulhado em seus pensamentos, mordiscando a ponta do dedo como se dela extraísse alguma espécie de alimento mental.

– Jo-Jo – chamou Namarti, educadamente. Ele era uma das pouquíssimas pessoas que podiam tratar Joranum pelo diminutivo que as multidões usavam incessantemente quando se reuniam para ouvi-lo. Em público, Joranum despertava assim o amor da audiência, mas em particular exigia das pessoas ser tratado com respeito, exceto no caso de amigos especiais que já vinham com ele desde o início.

– Jo-Jo – ele tornou a chamar.

Joranum ergueu os olhos.

– Sim, G. D., o que é? – ele indagou, parecendo um pouco irritado.

– O que é que vamos fazer com esse tal de Seldon, Jo-Jo?

– Fazer? Nada, por enquanto. Pode ser que ele se una a nós.

– Por que esperar? Podemos pressioná-lo. Podemos mexer alguns pauzinhos na universidade e fazer a vida dele virar um inferno.

– Não, não. Até agora, Demerzel tem nos permitido agir como queremos. Aquele tolo é confiante demais. A última coisa que queremos fazer, porém, é instigá-lo a agir antes de estarmos perfeitamente preparados. Uma atitude peso-pesado contra Seldon pode justamente ser esse gatilho. Desconfio que Demerzel atribui uma enorme importância a Seldon.

– Por causa dessa psico-história de que vocês dois falaram?

– Justamente.

– O que é isso? Nunca tinha ouvido falar.

– Pouquíssimas pessoas ouviram. É uma maneira matemática de analisar a sociedade humana que culmina em fazer previsões para o futuro.

Namarti franziu a testa e sentiu-se afastando ligeiramente de Joranum. Será que Joranum estava fazendo piada com ele? Será que estava pensando em fazê-lo rir? Namarti nunca fora capaz de perceber quando ou por que as pessoas esperavam que ele risse. Ele nunca sentira vontade de rir. Mas questionou:

– Prever o futuro? Como?

– Ah! Se eu soubesse, para que precisaria de Seldon?

– Para ser sincero, Jo-Jo, não acredito nisso. Como é que alguém pode prever o futuro? É o mesmo que cartomancia.

– Eu sei, mas depois que Seldon acabou com aquele pequeno comício que você estava fazendo, mandei que pesquisassem a seu respeito. De cabo a rabo. Há oito anos, ele veio a Trantor e apresentou um artigo sobre psico-história numa convenção de matemáticos e depois disso o assunto morreu de uma vez. Nunca mais se ouviu uma referência ao artigo, da parte de ninguém. Inclusive do próprio Seldon.

– Dá a impressão de que não havia nada de substancial ali, então.

– Oh, não, justamente o contrário. Se o assunto tivesse desaparecido aos poucos, se tivesse sido ridicularizado, eu teria dito que ali não havia nada que prestasse. Mas ser abolido de uma maneira tão completa e repentina significa que a coisa toda tinha sido levada para a mais secreta das geladeiras. É por isso que Demerzel talvez não esteja fazendo nada para nos deter. Talvez ele não esteja sendo guiado por algum tolo excesso de confiança; talvez esteja sendo norteado pela psico-história, que deve estar prevendo algo de que Demerzel planeja se aproveitar no momento certo. Nesse caso, corremos o risco de fracassar a menos que nós mesmos tenhamos a psico-história do nosso lado.

– Seldon afirma que ela não existe.

– E você não diria o mesmo no lugar dele?

– Continuo achando que devemos fazer pressão nele.

– Isso seria inútil, G. D. Você nunca ouviu falar da história do Machado de Venn?

– Não.

– Se você fosse de Nishaya, saberia. É um conto popular muito conhecido por lá. Em resumo, Venn era um lenhador que tinha um machado mágico que, com um único e leve golpe, era capaz de derrubar qualquer árvore. Era um machado imensamente valioso, e Venn nunca tomou nenhum cuidado para escondê-lo ou preservá-lo, e mesmo assim nunca foi roubado porque ninguém, além do próprio Venn, conseguia levantar ou usar o machado. Bem, por ora, ninguém consegue lidar com a psico-história além do próprio Seldon. Se ele estivesse do nosso lado somente porque o forçamos a isso, jamais poderíamos estar seguros quanto à sua lealdade. Facilmente ele poderia sugerir um curso de ação que parecesse nos favorecer, mas que seria elaborado com tal sutileza que, depois de algum tempo, terminaria por nos destruir de repente. Não; ele deve vir para o nosso lado voluntariamente e trabalhar para nós porque deseja a nossa vitória.

– Mas como poderemos trazê-lo para o nosso lado?

– O filho de Seldon. O nome dele é Raych, creio eu. Você já o observou?

– Não especialmente.

– G. D., G. D., você perde aspectos importantes se não observar tudo. Esse jovem me ouviu com toda a atenção. Ele ficou impressionado; pude perceber isso. Se tem uma coisa que eu consigo perceber é o quanto consigo impressionar os outros. Sei quando entro na cabeça de alguém e quando mexo com as ideias de uma pessoa a ponto de abrir caminho para sua conversão.

Joranum sorriu. Não aquele sorriso falsamente afetuoso e sedutor que exibia em público, mas um sorriso genuíno, dessa vez: frio e, em certa medida, também ameaçador.

– Vamos ver o que conseguimos com Raych – ele murmurou – e, se por meio dele, conseguimos atingir Seldon.

8

Raych olhou para Hari Seldon depois que os dois políticos tinham partido e cofiou as pontas de seu bigode. Acariciá-lo dava-lhe satisfação. Ali, no Setor Streeling, alguns homens usavam bigode, mas em geral não passavam de coisinhas ralas e desprezíveis de cor indefinida, ainda que de tom escuro. A maioria dos homens não tinha bigode e padecia com lábios superiores expostos. Seldon, por exemplo, não tinha bigode e para ele isso era vantajoso; com aquela cor de cabelo, um bigode teria sido uma imitação ridícula.

Raych fitou Seldon com intensidade, esperando que ele retornasse de seu mergulho nos próprios pensamentos, e então sentiu que não aguentava mais esperar.

– Pai! – ele chamou.

Seldon levantou os olhos e perguntou:

– O quê? – com um tom de voz levemente irritado por aquela interrupção em seu fio de ideias, como Raych logo percebeu.

Este então confidenciou:

– Não acho que você tenha agido certo recebendo esses dois.

– É? E por que não?

– Bom, o magrinho, sei lá o nome dele, foi o cara que causou problemas no *campus*. Ele não pode ter gostado daquilo.

– Mas ele se desculpou.

– Mas não de verdade. Quanto ao outro, Joranum, ele pode ser perigoso. E se eles tivessem vindo com armas?

– O quê? Aqui, dentro da universidade? No meu escritório? Claro que não. Não estamos em Billibotton. Além disso, se tivessem tentado alguma coisa, eu poderia ter dado conta deles dois juntos. Facilmente.

– Não sei, pai – Raych falou com uma ponta de dúvida na voz. – Você está ficando...

– Não diga nada, seu monstrinho ingrato – Seldon cortou, erguendo um dedo em sinal de advertência. – Parece a sua mãe falando e já me cansei dessa conversa. *Não* estou ficando velho, não... pelo menos, não *tão* velho. Além do mais, você estava comigo e é um mestre tufão quase tão habilidoso quanto eu.

– A arte do tufão num é tão boa – Raych contrapôs, enrugando o nariz. (Não adiantava. Raych percebeu como estava falando e soube que, embora já estivesse há oito anos longe da escória de Dahl, ele ainda escorregava e voltava a usar o sotaque dahlita que o identificava claramente como membro da classe inferior. Além disso, ele era baixo a ponto de às vezes se sentir subdesenvolvido. Porém, tinha o seu bigode e ninguém jamais posava de superior diante dele duas vezes.) E acrescentou: – O que é que você vai fazer com Joranum?

– Nada, por enquanto.

– Bom, pai, é o seguinte. Vi Joranum umas duas vezes no TrantorVisão. Inclusive gravei algumas holofitas com os discursos dele. Todo mundo está falando dele, então achei que devia saber o que ele tem a dizer. E, sabe de uma coisa, até que ele faz sentido. Não gosto dele, não confio nele, mas o que ele diz *faz* certo sentido. Ele quer que todos os setores tenham direitos e oportunidades iguais, e não há nada de errado nisso, há?

– Certamente que não. Todos os povos civilizados afirmam isso mesmo.

– Então, por que é que nós *não* temos esse tipo de coisa? Será que o Imperador também pensa assim? E Demerzel?

– O Imperador e o primeiro-ministro têm um Império inteiro com que se preocupar. Eles não podem concentrar todos os seus esforços apenas em Trantor. É fácil para Joranum falar de igualdade: ele não tem responsabilidades. Se estivesse numa posição de comando, iria constatar que seu trabalho seria grandemente diluído através de um Império com vinte e cinco milhões de planetas. Não somente isso, como ele acabaria se percebendo interrompido a cada ponto pelos próprios setores. Cada um deles quer uma grande dose de igualdade para si mesmo, e não tanta igualdade para os demais. Diga-me, Raych, você acha que Joranum deveria ter uma chance de governar, apenas para mostrar o que é capaz de fazer?

– Não sei – Raych deu de ombros. – Talvez... Mas, se Joranum tivesse tentado alguma coisa contra você, eu teria voado na garganta dele antes que ele conseguisse se mexer dois centímetros.

– A sua lealdade para comigo, então, excede a sua preocupação com o Império.

– Sem dúvida. Você é meu pai.

Seldon olhou afetuosamente para Raych, mas, sob aquele olhar ele sentiu um pouco de incerteza. Até que ponto a influência quase hipnótica de Joranum seria capaz de se estender?

9

Ao se sentar, Hari Seldon apoiou as costas na cadeira e o encosto vertical cedeu ao seu movimento, o que lhe permitiu chegar a uma posição semi-inclinada. Pôs as mãos atrás da cabeça e continuou com os olhos desfocados. De fato, respirava muito suavemente.

Dors Venabili estava no outro lado do aposento, com o visualizador desligado e os microfilmes de volta ao lugar. Tinha concluído um período de revisão bastante concentrada de suas opiniões sobre o Incidente em Florina, ocorrido no início da história de Trantor, e achava muito repousante interromper o trabalho por alguns instantes e especular sobre o que Seldon estaria ponderando.

Tinha de ser a psico-história. Isso provavelmente ocuparia o resto da vida dele, delineando os caminhos obscuros dessa técnica semicaótica, e ele não conseguiria concluir a tarefa, deixando que outros a completassem (Amaryl, no caso, se aquele rapaz também não se esgotasse no estudo desse assunto) e ficando de coração partido por causa dessa necessidade.

Todavia, isso dava a ele uma razão para viver. Ele viveria mais tempo, com aquele problema ocupando-o do começo ao fim, e isso a agradava. Um dia ela iria perdê-lo, sabia disso, e percebeu como esse pensamento a afligia. No começo, Dors não achava que isso a deixaria tão aflita, quando sua incumbência tinha sido apenas protegê-lo por conta de seus conhecimentos.

Quando é que aquilo tinha se tornado uma necessidade pessoal? Como é que poderia haver uma necessidade assim tão pessoal? O que havia naquele homem que a deixava desassossegada quando ele não se encontrava ao alcance de seus olhos, mesmo que soubesse que estaria seguro e que os comandos profundamente instalados em seu ser não a obrigassem a entrar em ação? A segurança dele era tudo que lhe fora ordenado manter, sua única preocupação. Como é que o resto havia se emaranhado dentro de si?

Há muito tempo ela havia conversado com Demerzel a esse respeito, assim que esse sentimento se tornara inquestionável. Ele a havia contemplado com gravidade, antes de dizer:

– Você é complexa, Dors, e não existem respostas simples. Houve diversos indivíduos em minha vida em cuja presença eu era capaz de pensar com mais facilidade, e para os quais era mais agradável de se responder. Tentei julgar se a facilidade de minhas respostas na presença deles em oposição à dificuldade de minhas respostas com a ausência final desses indivíduos fazia com que eu fosse basicamente beneficiado ou prejudicado. Durante esse processo, uma coisa ficou clara: a satisfação advinda de sua companhia era maior do que a lástima por seu desaparecimento. No geral, então, é melhor desfrutar o que você está sentindo agora do que não sentir.

Ela pensou: "Um dia Hari deixará um vazio e a cada momento que passa, esse dia se torna mais próximo, e não devo pensar nisso".

Foi para se livrar desse pensamento que ela finalmente o interrompeu:

– No que está pensando, Hari?

– Quê? – Seldon focou os olhos, fazendo um esforço perceptível.

– Deve ser na psico-história. Imagino que você deparou com outro beco sem saída.

– Bem, até que não. Não é nada disso que tenho em mente. – E de repente ele riu. – Quer saber no que eu estava pensando? Em cabelo!

– Cabelo? De quem?

– Neste exato momento, no seu – e ele olhou para ela afetuosamente.

– Tem alguma coisa errada com ele? Devo pintar de outra cor? Talvez, depois de tantos anos, deva deixar grisalho.

– Ora! Quem é que precisa ou quer que *seu* cabelo fique grisalho? Mas essa ideia me levou a outras coisas. A Nishaya, por exemplo.

– Nishaya? O que é isso?

– Como nunca fez parte do reino pré-imperial de Trantor não me surpreende que você nunca tenha ouvido falar dele. É um mundo: pequeno, isolado, sem importância, esquecido. Só sei alguma coisa sobre Nishaya porque me dei ao trabalho de pesquisar. Pouquíssimos mundos dentre os vinte e cinco milhões habitados podem realmente chamar a atenção por muito tempo, mas duvido que haja outro tão insignificante quanto Nishaya. O que é, em si, muito significativo, entende?

Dors empurrou de lado o material de referência que estava estudando e reclamou:

– Mas que nova predileção é essa que você tem por paradoxos, que você sempre me diz que detesta? Que há de significativo nessa insignificância?

– Bom, não me importo com paradoxos quando sou *eu* quem os cria. Veja só, Joranum vem de Nishaya.

– Ah, você está preocupado com Joranum.

– Sim. Estive assistindo a alguns dos discursos dele, por insistência de Raych. Eles não fazem muito sentido, mas seu efeito final é quase hipnótico. Raych está muito impressionado com ele.

– Imagino que qualquer pessoa de origem dahlita acabe se impressionando, Hari. O constante apelo de Joranum por igualdade para os setores seria naturalmente muito atraente para termopoceiros tão desprestigiados. Você se lembra de quando estávamos em Dahl?

– Eu me lembro muito bem, e claro que não culpo o rapaz. É que me incomoda o fato de Joranum ser de Nishaya.

– Bem – Dors deu de ombros –, Joranum tem de ser de algum lugar e, por outro lado, Nishaya, como qualquer outro mundo, deve mandar nativos para outras partes às vezes, inclusive para Trantor.

– Sim, mas como eu disse, dei-me ao trabalho de investigar Nishaya. Consegui inclusive fazer um contato hiperespacial com um oficial subalterno de lá, o que me custou uma quantidade considerável de créditos que, em sã consciência, não posso cobrar do departamento.

– E você encontrou alguma coisa que tenha feito valer a pena usar esses créditos?

– Estou achando que sim. Veja, Joranum está sempre contando histórias para apresentar suas ideias, histórias que são lendas em sua terra natal, Nishaya. Para ele, isso representa uma vantagem aqui em Trantor, pois lhe permite causar a impressão de ser um homem do povo, repleto de uma filosofia nascida da vida cotidiana. Esses contos povoam todos os seus discursos. Fazem-no parecer que vem de um mundo pequeno, que foi criado numa fazenda retirada e isolada, em meio a uma ecologia natural. As pessoas gostam disso, especialmente os trantorianos, que prefeririam morrer a ficar presos um dia num ambiente de ecologia natural, mas que mesmo assim adoram sonhar com isso.

– Mas o que você tira de tudo isso?

– O esquisito é que nenhuma dessas histórias era conhecida por aquela pessoa de Nishaya com quem eu falei.

– Isso não é significativo, Hari. Pode ser um mundo pequeno, mas é um mundo. O que é de conhecimento comum no setor em que Joranum nasceu pode não ser naquele outro lugar de onde era o tal oficial.

– Não, não. Contos folclóricos, de uma forma ou outra, são normalmente difundidos por todo um determinado planeta. Mas, afora isso, foi um trabalho considerável compreender o sujeito. Ele falava em Padrão Galáctico, com um sotaque carregado. Falei com mais algumas pessoas desse mundo, só para conferir, e todos tinham o mesmo sotaque.

– E o que isso quer dizer?

– Joranum não tem esse sotaque. Ele fala um trantoriano bastante bom. Aliás, bem melhor do que o meu, inclusive. Eu acentuo a letra "r", como os heliconianos fazem. Ele, não. De acordo com os registros, ele chegou a Trantor aos dezenove anos. Na minha forma de ver, é basicamente impossível você passar vários anos de sua vida falando a versão bárbara nishayana do Padrão Galáctico e então chegar a Trantor e perder totalmente esse sotaque. Por mais tempo que tenha se passado, algum vestígio desse sotaque deveria ter permanecido. Veja Raych, por exemplo, e a maneira como ele retrocede de vez em quando à maneira dahlita de falar.

– E o que você deduz disso tudo?

– O que deduzo, pois fiquei sentado aqui a noite inteira deduzindo como se fosse uma máquina de deduções, é que Joranum não veio de Nishaya de jeito nenhum. Na realidade, acho que ele escolheu Nishaya como pretenso local de origem simplesmente porque é tão remoto, tão desconhecido, que ninguém iria pensar em pesquisar de onde ele vem. Ele deve ter feito uma pesquisa minuciosa de computador para encontrar um mundo que lhe desse menos chances de ser flagrado mentindo.

– Hari, mas isso é ridículo. Por que ele iria querer fingir que é de um mundo, quando não é? Isso representaria uma enorme falsificação de registros.

– E é bem provável que ele tenha feito justamente isso. Possivelmente, ele tem um número suficiente de seguidores no serviço público que conseguem tornar isso factível. É provável que ninguém tenha se dado ao trabalho de rever os tais registros e todos os seguidores dele são fanáticos demais para falar sobre isso.

– De novo... por quê?

– Porque desconfio que Joranum não quer que as pessoas saibam de onde ele realmente é.

– E por que não? Todos os mundos do Império são iguais, tanto por lei quanto por costume.

– Isso eu não posso confirmar. Todas essas teorias idealistas de algum modo nunca se verificam na vida real.

– Então, de onde ele é? Você tem alguma ideia?

– Tenho. E com isso voltamos à questão do cabelo.

– O que é que cabelo tem a ver com isso?

– Enquanto conversava com Joranum, eu ficava olhando para a cara dele e me sentindo inquieto, sem saber por que me sentia tão incomodado. Então, finalmente percebi que era o cabelo dele que estava me deixando daquele jeito. Havia algo nele, uma vitalidade, um brilho... uma *perfeição* naquele cabelo que eu nunca tinha visto antes. Foi então que eu percebi. O cabelo dele é artificial e cuidadosamente aplicado ao escalpo que deveria demonstrar total ausência de pelos.

– *Deveria*? – Os olhos de Dors se estreitaram. Era óbvio que subitamente ela havia entendido. – Você quer dizer...

– Sim, *quero* dizer sim. Ele é daquele setor de Trantor governado pelo passado e pela mitologia: Mycogen. É *isso* que ele vem se empenhando em mascarar.

10

Dors Venabili pensou friamente a respeito dessa questão. Essa era sua única maneira de pensar: friamente. Não era seu estilo misturar razão e emoção.

Ela fechou os olhos para se concentrar. Já haviam se passado oito anos desde que ela e Hari tinham visitado Mycogen, e não ficaram muito tempo por lá. Não havia muito o que admirar, além da comida.

As imagens começavam a surgir. A sociedade rígida, puritana, centrada nos homens; a ênfase no passado; a remoção de todos os pelos do corpo, num processo doloroso e deliberadamente autoimposto para se tornarem diferentes e assim "saberem quem eram"; suas lendas; suas lembranças (ou fantasias) acerca de uma época em que haviam dominado a Galáxia, quando tinham vidas prolongadas, quando existiam robôs.

Dors abriu os olhos e perguntou:

– Por quê, Hari?

– Por que o quê, querida?

– Por que ele iria fingir que não é de Mycogen?

Dors não achava que ele fosse se lembrar de Mycogen em mais detalhes do que ela; na realidade, ela sabia que ele não se lembraria, mas a cabeça dele era melhor do que a dela... ou diferente, sem dúvida. A mente de Dors era capaz de se lembrar e de obter inferências óbvias somente segundo as linhas de uma dedução matemática. Já Hari tinha a capacidade mental de realizar saltos inesperados. Ele gostava de fingir que a intuição era exclusividade de seu assistente, Yugo Amaryl, mas Dors não se deixava enganar. Seldon apreciava se apresentar como um matemático desapegado das coisas materiais, sempre fitando o mundo com olhos perpetuamente abstraídos, mas ela tampouco se deixava iludir com isso.

– Por que ele iria fingir que não é de Mycogen? – ela repetiu para ele, que continuava sentado à frente dela com o olhar perdido em seu mundo interno, numa expressão que Dors associava com a tentativa de Seldon de extrair mais uma gotinha que fosse de utilidade e validade dos conceitos da psico-história.

– É uma sociedade rígida, limitadora – ele finalmente respondeu. – Sempre existem aqueles que se sentem sufocados com a maneira como todas as ações e todos os pensamentos são socialmente determinados. Sempre existem aqueles que percebem que não poderão ser inteiramente domados, que anseiam por maiores liberdades como que as que estão disponíveis num mundo mais secular em outras partes. É compreensível.

– Então eles implantam cabelo artificial?

– Não; em geral, não. Os traidores (é assim que os mycogenianos chamam os desertores que, naturalmente, eles desprezam) em geral usam peruca. É muito mais simples, mas muito menos eficiente. O que ouvi falar foi que traidores convictos implantam cabelo artificial. É um processo difícil e dispendioso, mas praticamente imperceptível. Nunca vi ninguém assim, até agora, embora já tenha ouvido falar. Passei anos estudando todos os oitocentos setores de Trantor, tentando elaborar as regras básicas e matemáticas da psico-história. Infelizmente, tenho bem pouco a mostrar quanto a isso, mas pude aprender algumas coisas.

– Mas por que então os traidores têm de esconder o fato de que são de Mycogen? Que eu saiba, eles não são perseguidos.

– É, não são mesmo. Aliás, não há uma impressão geral de que os mycogenianos sejam inferiores. É pior do que isso. Eles não são levados a sério. São inteligentes (todos reconhecem isso), altamente educados, dignos, cultos, exímios na cozinha, quase assustadores em sua capacidade de manter a prosperidade de seu setor, mas ninguém os leva a sério. As pessoas que não são de Mycogen acham que as crenças dos mycogenianos são ridículas, engraçadas e inacreditavelmente tolas. E essa imagem acaba englobando, também, os traidores mycogenianos. O mycogeniano que tentasse se apossar do poder no governo seria esmagado pelas gargalhadas. Ser temido não é nada. Até mesmo ser alvo de desprezo é algo com que se pode conviver. Mas rirem de você, isso é fatal. E Joranum quer ser primeiro-ministro; portanto, precisa ter cabelo e, para ficar confortável, deve se apresentar como alguém que tenha sido criado em algum mundo obscuro e tão afastado de Mycogen quanto ele seja capaz de inventar.

– Claro que existem algumas pessoas naturalmente carecas.

– Mas nunca tão completamente depiladas quanto os mycogenianos se forçam a ser. Nos Mundos Exteriores, isso não teria tanta importância. Mas Mycogen é um murmúrio distante para os Mundos Exteriores. Os mycogenianos são tão fechados em sua própria realidade que é raro, inclusive, algum deles ter chegado a sair de Trantor. Aqui, em Trantor, porém, a coisa é diferente. As pessoas podem ser carecas, mas em geral têm algum vestígio de cabelo que as identifica como não mycogenianas; senão, deixam crescer pelos no rosto. Os pouquíssimos que não têm absolutamente nenhum pelo, em geral por causa de alguma doença, são azarados. Imagino que tenham de andar sempre com um atestado médico no bolso provando que não são mycogenianos.

Franzindo de leve a testa, Dors indagou:

– Isso nos ajuda de algum modo?

– Não sei ao certo.

– Você não poderia revelar que ele é de Mycogen?

– Não tenho certeza de que isso poderia ser feito com facilidade. Ele deve ter apagado bem seus rastros e, ainda que isso pudesse ser feito...

– Sim?

– Não quero criar incidentes com base em intolerância – Seldon deu de ombros. – A situação social em Trantor está ruim o suficiente sem que precisemos correr o risco de atiçar paixões desenfreadas que nem eu, nem ninguém, seria capaz de controlar. Se eu tiver de recorrer a essa questão de Mycogen, será somente em último caso.

– Então, você também está praticando o minimalismo.

– Claro que sim.

– Então, o que é que você *vai* fazer?

– Marquei uma reunião com Demerzel. Ele talvez saiba o que fazer.

– Hari – disse Dors enquanto olhava para ele de maneira penetrante –, você por acaso caiu na armadilha de esperar que Demerzel resolva todos os problemas para você?

– Não, mas talvez ele resolva este.

– E se ele não resolver?

– Então, terei de pensar em alguma outra coisa, não é mesmo?

– Como o quê?

– Dors, eu não sei – Seldon confessou, com uma expressão de dor em seu semblante. – Também não espere que *eu* resolva todos os problemas.

11

Eto Demerzel não era visto com frequência, exceto pelo Imperador Cleon. Ele adotara a política de permanecer nos bastidores por uma variedade de motivos, um dos quais era o fato de sua aparência mudar muito pouco com o passar do tempo.

Hari Seldon não o via fazia alguns anos e não havia conversado com ele em particular desde a época de seus primeiros dias em Trantor.

À luz da recente e inquietante entrevista que Seldon tivera com Laskin Joranum, tanto ele como Demerzel acharam que seria melhor não divulgar o fato de terem algum relacionamento. Uma visita de Hari Seldon ao escritório do primeiro-ministro no Palácio Imperial não passaria despercebida. Assim, por motivos de segurança, decidiram que iriam se reunir numa suíte pequena, mas luxuosa, do Hotel Dome's Edge, não muito longe do palácio.

Ver Demerzel naquele momento trazia o passado de volta de maneira dolorosa. O simples fato de sua aparência ser exatamente como antes tinha tornado a agonia de Seldon ainda mais intensa. O rosto de Demerzel ainda exibia os mesmos traços fortes e regulares. Continuava alto e com aparência robusta, os mesmos cabelos escuros com alguns fios louros. Não era belo, mas tinha um ar grave e distinto. Parecia a imagem ideal de como um primeiro-ministro imperial deveria se apresentar, muito diferente de qualquer outra figura de autoridade na história antes dele. Seldon pensou que devia ser a aparência dele que lhe dava metade de seu poder sobre o Imperador e, portanto, sobre a Corte Imperial e, por conseguinte, sobre todo o Império.

Demerzel avançou na direção de Seldon com um discreto sorriso curvando-lhe os lábios sem alterar em nada a gravidade de seu semblante.

– Hari – ele saudou –, é bom vê-lo novamente. Tive um pouco de receio de que você mudasse de ideia e cancelasse nossa reunião.

– E eu estava mais do que um pouco receoso de que o *senhor* fizesse isso, primeiro-ministro.

– Eto... se tiver receio de usar meu nome de verdade.

– Eu não poderia. Não sairia pela minha boca. Você sabe disso.

– Para mim, vai. Diga. Eu gostaria muito de ouvi-lo.

Seldon hesitou, como se não conseguisse acreditar que seus lábios pudessem formular as palavras ou que as cordas vocais de sua garganta pudessem formá-las.

– Daneel – ele disse, afinal.

– R. Daneel Olivaw – Demerzel completou. – Sim. Você jantará comigo, Hari. Se eu jantar com você, não precisarei comer, o que será um alívio.

– Com prazer, embora só uma pessoa comendo não seja exatamente a minha ideia de um tempo compartilhado. Sem dúvida um bocado ou dois...

– Para agradá-lo...

– Ainda assim – Seldon continuou –, não posso deixar de pensar sobre se é uma atitude sensata passarmos muito tempo juntos.

– É. Ordens imperiais. Sua Majestade Imperial quer que seja assim.

– Por quê, Daneel?

– Daqui a dois anos, a Convenção Decenal estará novamente reunida... Você parece surpreso. Tinha esquecido?

– Na verdade, não. Só não tinha pensado mais nisso.

– Você não estava pensando em comparecer? Na última, você foi um tremendo sucesso.

– Sim. Com a minha psico-história. Que sucesso.

– Chamou a atenção do Imperador. Nenhum outro matemático conseguiu isso.

– Foi você quem se sentiu atraído no começo, não o Imperador. Depois, tive de fugir e permanecer fora do alcance da atenção imperial até que chegasse a hora de eu poder lhe assegurar que tinha dado início à minha pesquisa psico-histórica. Depois disso, você me deixou prosseguir sob o manto de uma segura obscuridade.

– Ser o chefe de um prestigiado Departamento de Matemática dificilmente se pode chamar de obscuridade.

– Mas é, sim, uma vez que oculta a minha psico-história.

– Ah, os pratos estão chegando. Por enquanto, falemos de outras coisas, como fazem os amigos. Como vai Dors?

– Maravilhosa. Uma verdadeira esposa. Me persegue implacavelmente com sua preocupação acerca de minha segurança.

– Essa é a função dela.

– É exatamente o que ela me recorda... e com frequência. Falando sério, Daneel, nunca poderei agradecer-lhe o suficiente por ter nos unido.

– Obrigado, Hari, mas, para ser honesto, eu não havia previsto a felicidade conjugal para nenhum de vocês dois, principalmente para Dors...

– Mesmo assim, obrigado pelo presente, apesar de as consequências não terem correspondido exatamente às suas expectativas.

– Fico encantado, mas é um presente, como você irá perceber, que poderá ter consequências dúbias futuramente, assim como minha amizade.

A esse comentário Seldon não soube como responder. Assim, obedecendo a um gesto de Demerzel, voltou à refeição.

Depois de alguns instantes, contemplando o pedaço de peixe que estava espetado em seu garfo, ele apontou:

– Não consigo reconhecer realmente o organismo, mas sei que esse preparo é mycogeniano.

– É, mesmo. Eu sei o quanto você aprecia.

– Essa é a desculpa dos mycogenianos para sua existência. Sua única desculpa. Mas eles têm uma significação especial para você. Não devo me esquecer disso.

– Essa significação especial chegou ao fim. Os ancestrais deles, há muito, muito tempo, habitaram um planeta chamado Aurora. Viviam há mais de trezentos anos e eram os senhores dos Cinquenta Mundos da Galáxia. Foi um auroreano quem inicialmente me projetou e produziu. Eu não me esqueço disso, e me lembro com mais precisão, e menos distorções, do que seus descendentes mycogenianos. Mas depois, há muito, muito tempo, eu os deixei. Fiz minha escolha quanto ao que seria bom para a humanidade e durante todo esse tempo me mantive fiel a essa escolha, da melhor maneira que me foi possível.

Com um repentino acesso de apreensão, Seldon perguntou:

– Será que alguém pode nos ouvir?

Demerzel pareceu se divertir.

– Se você só pensou nisso agora, já seria tarde demais. Mas não tenha medo, tomei todas as precauções necessárias. Assim como você não foi visto por muita gente quando veio para cá. E nem o será quando for embora. E aqueles que o virem não ficarão surpresos. Todo mundo sabe que sou um matemático amador de grandes pretensões e escassa habilidade. Isso acaba sendo motivo de diversão para os cortesãos que não são totalmente meus amigos, e não iria surpreender a nenhum dos presentes que eu estivesse interessado em começar os preparativos para a próxima Convenção Decenal. É sobre essa convenção que quero consultá-lo.

– Não sei se posso ajudar. Só existe uma coisa sobre a qual eu poderia falar na convenção, e *não* posso falar sobre ela. Inclusive, se eu participar dessa convenção, será apenas na condição de ouvinte. Não pretendo apresentar nenhum artigo.

– Compreendo. Mesmo assim, se quiser ouvir algo curioso, Sua Majestade Imperial se lembra de você.

– Provavelmente porque você manteve viva essa lembrança na memória dele.

– Não. Não me esforcei para isso. No entanto, Sua Majestade Imperial de vez em quando me surpreende. Ele está ciente da próxima convenção e, ao que parece, se recorda de sua apresentação na última edição. Ele continua interessado no tema da psico-história e, devo alertá-lo, talvez venham mais coisas por aí, por causa disso. Não é algo totalmente impossível que ele venha a lhe solicitar uma entrevista. A corte seguramente considerará esse convite uma grande honra, quer dizer, receber um chamado imperial duas vezes numa mesma vida.

– Você só pode estar brincando. Que utilidade poderia ter eu ser recebido por ele?

– De qualquer modo, se você for chamado para uma audiência, dificilmente poderá recusar. E como vão seus jovens pupilos, Yugo e Raych?

– Você sem dúvida sabe. Imagino que me mantenha sob atenta vigilância.

– De fato. Acompanho sua segurança, mas não todos os demais aspectos de sua vida. Meus encargos ocupam a maior parte do meu tempo e não sou onisciente.

– E Dors não apresenta relatórios?

– Numa situação de crise, sim. Fora isso, não. Ela reluta em desempenhar o papel de espiã a respeito do que não é essencial... – e novamente ele deu aquele pequeno sorriso.

– Meus meninos vão bem – Seldon resmungou. – Está ficando cada vez mais difícil lidar com Yugo. É mais psico-historiador do que eu, e me dá a impressão de que ele acha que o estou atrasando. Quanto a Raych, é um malandrinho querido... e sempre foi. Ele me conquistou desde os tempos em que era um terrível moleque de rua e ainda mais surpreendente é ele ter conquistado Dors. Honestamente, Daneel, acredito que se Dors ficasse cansada de mim e quisesse me deixar, ela ainda continuaria comigo só por causa do amor que sente por Raych.

Demerzel aquiesceu e Seldon prosseguiu, em tom mais sombrio:

– Se Rashelle de Wye não o tivesse achado adorável, eu não estaria aqui hoje. Teria sido morto a tiros... – e ele se remexeu na cadeira, inquieto. – Detesto pensar nisso, Daneel. Foi um incidente tão completamente imprevisível e acidental. Como a psico-história poderia ter ajudado, enfim?

– Você não me disse que, na melhor das hipóteses, a psico-história só consegue lidar com probabilidades e com grandes números, e não com indivíduos?

– Mas se o indivíduo calha de ser crucial...

– Desconfio de que você vai constatar que nenhum indivíduo é realmente crucial, jamais. Nem mesmo eu, ou você.

– Talvez você tenha razão. Percebo que, seja qual for a maneira como eu siga trabalhando conforme essas suposições, acabo sempre me considerando crucial, numa espécie de egotismo supranormal que transcende todo o bom senso. E você também é crucial, o que é uma questão que vim discutir com você aqui, hoje, o mais francamente possível. Eu tenho de saber.

– Saber o quê? – Os restos da refeição tinham sido removidos por um serviçal e a iluminação do aposento fora diminuída um pouco de modo a fazer as paredes parecerem mais próximas e a ensejar maior privacidade.

– Joranum – Seldon pronunciou essa palavra entredentes, como se apenas provar o gosto de mencionar esse nome já fosse o suficiente.

– Ah, sei.

– Você sabe a respeito dele?

– Claro. Como é que eu poderia *não* saber?

– Bom, eu também quero saber a respeito dele.

– E o que você quer saber?

– Ora, Daneel, não brinque comigo. Ele é perigoso?

– Claro que ele é perigoso. Você tem alguma dúvida disso?

– Quero dizer, para você? Para a sua posição como primeiro-ministro?

– É exatamente isso que quero dizer. É nesse sentido que ele é perigoso.

– E você deixa?

Demerzel inclinou-se para a frente e apoiou o cotovelo esquerdo na mesa entre eles.

– Algumas coisas não esperam pela minha autorização, Hari. Sejamos filosóficos a respeito disso. Sua Majestade Imperial, Cleon, Primeiro desse Nome, já está no trono há dezoito anos e, durante todo esse tempo, fui seu chefe de gabinete e depois o primeiro-ministro. Durante os últimos anos do reinado de seu pai, ocupei postos apenas ligeiramente inferiores. É um tempo longo e raramente primeiros-ministros duram tanto tempo no poder.

– Você não é um primeiro-ministro qualquer, Daneel, e sabe disso. Você *tem* de permanecer no poder enquanto a psico-história está sendo desenvolvida. Não sorria para mim. É verdade. Na primeira vez em que nos vimos, há oito anos, você me disse que o Império estava em decadência, em estado de declínio. Mudou de opinião a respeito disso?

– Não, claro que não.

– Inclusive, esse declínio mostra-se mais acentuado agora, não é?

– Sim, de fato, embora eu esteja me empenhando para impedir isso.

– E, sem você, o que aconteceria? Joranum está instigando o Império contra você.

– Trantor, Hari, Trantor. Os Mundos Exteriores estão sólidos e razoavelmente bem com minhas realizações até o momento, ainda que em meio a uma economia em declínio e a uma retração na atividade comercial.

– Mas Trantor é o que conta. Trantor, o mundo imperial em que estamos vivendo, a capital do Império, o núcleo, o centro administrativo, é que pode derrubar você. Você não conseguirá manter seu cargo se Trantor disser "não".

– Concordo.

– E, se você cair, quem então irá cuidar dos Mundos Exteriores e o que impedirá o declínio de ser acelerado e o Império de se desintegrar rapidamente num estado de anarquia?

– Essa certamente é uma possibilidade.

– Então, você deve estar fazendo alguma coisa a esse respeito. Yugo está convencido de que você corre um perigo mortal e que não conseguirá sustentar seu cargo. É o que lhe diz a intuição.

Dors é da mesma opinião, e explica a situação em termos das Três ou Quatro Leis da... da...

– Robótica – ajudou Demerzel.

– O jovem Raych parece atraído pelas doutrinas de Joranum, sendo como é de origem dahlita. E eu... eu estou inseguro, então vim procurá-lo em busca de conforto, imagino. Diga-me que está com essa situação perfeitamente sob controle.

– Se pudesse, eu diria. No entanto, não tenho conforto nenhum a oferecer. *Estou* em perigo.

– E não está fazendo nada?

– Estou fazendo muitas coisas para conter os descontentes e neutralizar a mensagem de Joranum. Se não tivesse agido assim, então talvez já tivesse perdido meu cargo. Mas o que estou fazendo não é o bastante.

Seldon hesitou. E, finalmente, disse:

– Acho que Joranum, na realidade, é de Mycogen.

– É mesmo?

– Essa é a minha *opinião*. Pensei que poderíamos usar isso contra ele, mas hesito em desencadear as forças da intolerância.

– Você faz bem em hesitar. Há muitas coisas que poderiam ser feitas cujos efeitos colaterais nós não desejamos. Veja, Hari, não teria medo de deixar o meu cargo, se pudéssemos encontrar um sucessor capaz de dar continuidade aos princípios que venho usando para manter o declínio tão lento quanto possível. Por outro lado, se o próprio Joranum vier a me suceder, então, em minha opinião, isso seria fatal.

– Então, qualquer coisa que possamos fazer para detê-lo seria adequada.

– Não totalmente. O Império pode se tornar anárquico, mesmo se Joranum for destruído e eu permanecer. Portanto, não devo fazer nada que possa destruir Joranum e permitir que eu continue, se esse próprio ato causar a Queda do Império. Ainda não consegui pensar em nada que eu possa fazer e que tenha condição de destruir Joranum seguramente e que, com a mesma eficiência, evite a anarquia.

– Minimalismo – sussurrou Seldon.

– Como disse?

– Dors explicou que você ficaria preso pelo minimalismo.

– E estou mesmo.

– Então, minha reunião com você é um fracasso, Daneel.

– Você quer dizer que veio em busca de conforto e não o obteve.

– Parece que sim, infelizmente.

– Mas eu concordei com este encontro porque também estava em busca de conforto.

– De mim?

– Da psico-história, que deveria vislumbrar a rota de segurança que eu não consegui enxergar.

Seldon soltou um suspiro intenso.

– Daneel, a psico-história ainda não chegou a esse ponto.

O primeiro-ministro olhou para Seldon com estranheza.

– Você teve oito anos, Hari.

– Podem ser oito ou oitocentos e talvez não esteja desenvolvida a esse ponto. É um problema intratável.

– Não espero que a técnica tenha sido aperfeiçoada – esclareceu Demerzel –, mas você talvez tenha algum esboço, um esqueleto, alguns princípios que possa usar à guisa de orientação. De modo imperfeito, quem sabe, mas melhor do que meros palpites.

– Não mais do que eu tinha há oito anos – Seldon repetiu, lastimando-se. – Eis então o que temos: você deve continuar no poder e Joranum deve ser destruído de maneira tal que a estabilidade imperial seja mantida tanto tempo quanto possível para que eu tenha uma chance razoável de desenvolver a psico-história. Mas isso não pode ser feito a menos que, primeiro, eu desenvolva a psico-história. É isso?

– Parece que sim, Hari.

– Então, ficamos discutindo num círculo vicioso enquanto o Império é destruído.

– A menos que algo imprevisível aconteça. A menos que você faça algo imprevisível acontecer.

– Eu? Daneel, como é que posso fazer uma coisa dessas sem a psico-história?

– Eu não sei, Hari.

E Seldon se levantou e partiu, tomado pelo desespero.

12

Durante vários dias depois dessa conversa, Hari Seldon negligenciou seus deveres departamentais para usar o computador no modo de coleta de notícias.

Não existiam muitos computadores capazes de processar as notícias diárias de vinte e cinco milhões de mundos. No quartel-general imperial, onde eram absolutamente necessárias, havia algumas dessas máquinas. Nas capitais de alguns dos Mundos Exteriores maiores também existiam máquinas com essa potência, embora a maioria deles se contentasse em ter uma hiperconexão com a Central de Postagem de Notícias em Trantor.

Um computador num Departamento de Matemática importante poderia, se fosse avançado o suficiente, ser modificado para se tornar uma fonte independente de notícias, e Seldon tinha tido o cuidado de fazer isso com o seu. Afinal, era necessário ao seu trabalho com a psico-história, embora a capacidade desse computador tivesse sido cuidadosamente justificada por outras razões, também perfeitamente plausíveis.

Em tese, o computador relataria qualquer coisa incomum em qualquer um dos mundos do Império. Um aviso luminoso codificado e discreto se acenderia e Seldon poderia rastrear facilmente sua origem. Raramente esse aviso se mostrava na tela do computador porque a definição de "incomum" era muito estrita e intensa, abrangendo catástrofes raras e em grande escala.

O que se fazia, na ausência desse aviso, era estabelecer conexão com vários mundos aleatoriamente; não todos os vinte e cinco milhões, é óbvio, mas algumas dezenas deles. Era uma tarefa deprimente e até exaustiva, pois não havia mundos que não tivessem suas pequenas catástrofes diárias, embora relativamente pequenas. Um vulcão que entrava em erupção aqui, uma enchente ali, um colapso econômico de algum tipo e, naturalmente, revoltas populares. Não havia se passado nenhum dia nos últimos mil anos sem alguma espécie de revolta popular por este ou aquele motivo, nos cento e tantos mundos monitorados.

Naturalmente, essas coisas tinham de ser descontadas. Dificilmente essas manifestações populares seriam motivo de preocupação maior do que alguma erupção vulcânica, uma vez que os dois tipos de evento eram constantes nos mundos habitados. Ao contrário, se algum dia se passasse sem notícia de alguma revolta em alguma parte, *isso* poderia ser um sinal de algo tão incomum que causaria sérias preocupações.

E preocupação era algo que Seldon não conseguia se obrigar a sentir. Os Mundos Externos, com todas as suas desordens e infortúnios, eram como um imenso oceano em dia de calmaria: ondulações suaves e marolas pequenas, e nada além disso. Ele não encontrava evidências de nenhuma situação geral que indicasse claramente um declínio nos últimos oito anos, ou sequer nos últimos oitenta. Ainda assim, Demerzel (na ausência de Demerzel, Seldon não conseguia mais pensar nele como Daneel) dizia que o declínio continuava e insistia em checar o pulso do Império, aferindo-o dia a dia de maneiras que Seldon não era capaz de reproduzir, até que chegasse o momento em que o poder orientador da psico-história estivesse à sua disposição.

Talvez fosse o caso de o declínio ser tão pequeno que fosse imperceptível até que chegasse a um ponto crucial, como a casa que lentamente se desgasta e deteriora sem exibir sinais dessa deterioração até o dia em que o teto desaba.

E quando esse teto iria desabar? Era esse o problema e Seldon não tinha uma resposta.

De vez em quando, Seldon checava o que se passava inclusive em Trantor. Lá, as notícias sempre eram consideravelmente mais substanciais. Antes de mais nada, Trantor era o planeta mais densamente povoado de todos, com seus quarenta bilhões de pessoas. Depois, seus oitocentos setores formavam um pequeno Império em si. Em terceiro lugar, era preciso acompanhar as tediosas rodadas de funções governamentais e os acontecimentos relativos à família imperial.

No entanto, o que chamou a atenção de Seldon foi algo no Setor Dahl. As votações para o Conselho do Setor Dahl tinham resultado na eleição de cinco seguidores de Joranum. Segundo os comentários correntes, essa era a primeira vez que os joranumitas conseguiam assento no Conselho.

O que não surpreendia. Dahl era o setor mais forte em termos do movimento de Joranum, mas Seldon entendeu aquele indício como um sinal perturbador do progresso que o demagogo vinha conseguindo. Encomendou um microchip desse item e, naquela noite, foi embora para casa com ele.

Raych tirou os olhos do seu computador quando Seldon entrou e aparentemente sentiu necessidade de se explicar:

– Estou ajudando mamãe com um material de referência de que ela precisa – ele disse.

– E o seu próprio trabalho?

– Já fiz, pai. Tudo.

– Bom. Então veja isto. – Ele exibiu o chip para Raych, que o pegou da mão de Seldon e o inseriu no microprojetor.

Raych passou os olhos pela notícia suspensa no ar diante de seus olhos e então comentou:

– Sim, eu sei.

– Sabe?

– Claro. Normalmente, eu acompanho o que acontece em Dahl. Meu setor natal, essas coisas, entende?

– E o que você acha disso?

– Não estou surpreso. Você está? O restante de Trantor trata Dahl como lixo. Por que não iriam apoiar as ideias de Joranum?

– Você também as apoia?

– Bem... – e Raych fez uma expressão pensativa. – Tenho de reconhecer que algumas coisas que ele diz fazem sentido para mim. Ele diz que quer igualdade para todos os povos. O que isso tem de errado?

– Absolutamente nada, se ele estiver sendo honesto. Se for sincero. Se não estiver simplesmente usando esse argumento como isca para obter votos.

– Muito verdade, pai, mas a maioria dos dahlitas provavelmente pensa assim: "O que temos a perder? Não temos igualdade agora, embora as leis digam que sim".

– Legislar não é fácil.

– Isso não serve de refresco de jeito nenhum quando você sua até a morte.

Seldon estava pensando rapidamente. Tinha começado a pensar desde que encontrara aquela notícia. Então perguntou:

– Raych, você ainda não voltou a Dahl desde que sua mãe e eu o tiramos desse setor, não é mesmo?

– Claro que sim, quando fui com você até lá, há cinco anos, numa visita sua a Dahl.

– Sim, sim – e Seldon fez um gesto como que descartando aquele dado –, mas essa vez não conta. Ficamos num hotel intersetorial, que não era de jeito nenhum dahlita e, se bem me lembro, Dors não deixou que você andasse sozinho pelas ruas em nenhum minuto. Afinal, você tinha somente quinze anos. O que me diz de visitar Dahl agora, sozinho, dono do próprio nariz, agora que já tem vinte anos completos?

Raych deu uma risadinha.

– Mamãe nunca iria deixar.

– Não digo que fico animado com a perspectiva de enfrentá-la por causa disso, mas não pretendo pedir licença para ela. A questão é: você estaria disposto a fazer isso por mim?

– Por pura curiosidade? Claro que sim! Gostaria de ver o que aconteceu com aquele lugar.

– Você consegue ficar algum tempo sem estudar?

– Claro! Vou perder uma semana, por aí. Além do mais, você pode gravar as aulas e eu tiro o atraso na volta. Posso receber essa licença. Afinal de contas, meu velho é do corpo docente... quer dizer, a menos que tenham despedido você, pai.

– Ainda não. Mas não estou pensando nessa viagem como algo divertido.

– Me espantaria se você pensasse. Nem acho que você saiba o que são férias para se divertir, pai. Até é uma surpresa que você conheça essa palavra.

– Não seja impertinente. Quando estiver lá, quero que veja Laskin Joranum.

Raych pareceu surpreso.

– E como faço isso? Não sei onde ele estará.

– Ele estará em Dahl. Foi convidado a discursar no Conselho do Setor Dahl com seus novos membros joranumitas. Descobriremos o dia exato desse pronunciamento e você irá com alguns dias de antecedência.

– E como conseguirei vê-lo, pai? Não imagino que ele mantenha as portas de sua casa abertas.

– Eu também não, mas isso eu deixo ao seu encargo. Aos doze anos você saberia fazer isso com um pé nas costas. Espero que sua astúcia não tenha perdido muito o gume nestes últimos oito anos.

– Espero que não – Raych sorriu. – Mas vamos imaginar que consiga vê-lo. E daí?

– Bom, descubra o que puder. O que ele está realmente planejando. O que está realmente pensando.

– E você acha mesmo que ele vai me dizer?

– Não me surpreenderia se ele dissesse, sim. Você tem o dom de inspirar confiança, seu moleque danado. Vamos falar disso.

E falaram, então. Diversas vezes.

Os pensamentos de Seldon eram dolorosos. Ele não tinha certeza do rumo que tudo isso iria tomar, mas não se arriscava a consultar Yugo Amaryl ou Demerzel e nem (principalmente) Dors. Eles poderiam impedi-lo de agir. Talvez provassem que essa era uma péssima ideia, e ele não queria nenhuma comprovação disso. O que ele planejava lhe parecia a única saída para a salvação, e não queria que esse caminho fosse interditado.

Mas será que haveria mesmo uma saída? Raych era o único, na visão de Seldon, que teria alguma chance de se infiltrar no círculo de confiança de Joranum, mas seria Raych o instrumento adequado para esse propósito? Ele era dahlita e aceitava as ideias de Joranum. Até que ponto Seldon poderia confiar nele?

Terrível! Raych era seu filho, e Seldon nunca tivera motivo para desconfiar dele.

13

Se Seldon duvidava da eficácia de suas ideias, se temia que pudessem fazer a situação explodir antes do tempo ou encaminhá-la desesperadamente no rumo errado, se estava cheio de dúvidas agonizantes quanto a se Raych poderia ser inteiramente confiável como agente capaz de desempenhar a contento seu papel, ele não tinha absolutamente a menor dúvida quanto a qual seria a reação de Dors quando ele a informasse do fato consumado.

E, de fato, ele não se decepcionou. Se é que tal termo serve para expressar o que ele sentiu.

Todavia, em certo sentido ele *ficou* um tanto decepcionado. Dors não elevou o tom de voz, horrorizada, como ele até havia imaginado que ela faria, e como havia se preparado para ouvir e enfrentar.

Mas como ele podia saber? Ela não era como as outras mulheres e ele nunca a tinha visto realmente zangada. Talvez não fosse do feitio dela ficar realmente zangada, ou sentir o que ele pensava ser raiva *de verdade*.

Ela se limitou a olhar para ele com frieza e falar com amargura, em um tom de voz contido, externando sua desaprovação.

– Você o mandou para Dahl? Sozinho? – tudo isso dito com muita suavidade, para se informar.

Por um instante, Seldon ficou sem saber o que pensar, ouvindo aquela voz tão modulada. Então respondeu com firmeza:

– Eu tive de fazer isso. Era necessário.

– Deixa ver se eu entendi. Você o mandou para aquele antro de ladrões, aquele covil de assassinos, aquele aglomerado de todas as espécies de criminosos?

– Dors! Você me dá raiva quando fala assim. Eu esperava que só uma criatura intolerante pudesse usar esses estereótipos.

– Você nega que Dahl seja do jeito que descrevi?

– Claro que sim. Há criminosos e favelas em Dahl. Sei disso muito bem. Nós dois sabemos. Mas Dahl não é todo assim. E há criminosos e favelas em todos os setores, inclusive no Setor Imperial e em Streeling.

– Existem graus, não existem? Um não é dez. Se todos os mundos têm altos índices de crimes, se todos os setores estão infestados de crimes, Dahl está entre os piores, não está? Você tem computador. Pesquise as estatísticas.

– Não preciso fazer isso. Dahl é o setor mais pobre de Trantor e existe uma correlação positiva entre pobreza, miséria e crime. Nisso eu concordo com você.

– Você *concorda* comigo! E o mandou para lá sozinho? Você poderia ter ido com ele, ou pedido que eu fosse com ele, ou mandado uma meia dúzia dos colegas de classe com ele. Tenho certeza de que todos teriam adorado a chance de fazer uma pausa nos estudos.

– O que preciso que ele faça exige que ele esteja sozinho.

– E para quê você precisa dele?

Quanto a isso, Seldon guardou um silêncio obstinado.

– Foi a isso que chegamos? – Dors indagou. – Você não confia em mim?

– É uma aposta arriscada. Prefiro correr esse risco sozinho. Não posso envolver você, nem ninguém mais.

– Mas não é você que está se arriscando. É o coitado do Raych.

– Ele não está correndo risco nenhum – Seldon cortou, impaciente. – Ele tem vinte anos de idade, é moço, vigoroso e resistente como uma árvore. E não estou me referindo às mudas que temos aqui, sob o domo de Trantor. Estou falando das velhas e sólidas árvores das florestas heliconianas. E ele é um mestre tufão; os dahlitas, não.

– Você e essa história do tufão – suspirou Dors com a mesma irredutível frieza. – Você acha que essa é a resposta para tudo. Os dahlitas andam com facas. Cada um deles. E com desintegradores também, tenho certeza.

– Não sei dessa coisa de desintegradores. As leis são muito rigorosas quando se trata desse tipo de arma. Quanto a facas, tenho certeza de que Raych leva a dele. Ele até anda com uma por aqui, no *campus*, onde isso é estritamente ilegal. Você acha que em Dahl ele não estará com uma à mão?

Dors ficou calada.

Seldon também continuou calado por alguns instantes e então achou que já era hora de acalmá-la. Em seguida, continuou:

– Olhe, vou lhe contar uma coisa. Pedi que ele tentasse ver Joranum, que estará visitando Dahl na ocasião.

– Ah! E o que você espera que Raych faça? Que o encha de arrependimentos amargos sobre a malévola política que ele pretende implantar e o despache de volta para Mycogen?

– Pare, por favor. Realmente. Se vai adotar uma atitude sarcástica, não tem sentido falarmos sobre isso. – Ele desviou os olhos para longe dela, e através da janela mirou o céu cinza-azulado sob o domo. – O que espero que ele faça – e então a voz dele fraquejou por um momento – é que salve o Império.

– Com certeza. Isso seria muito mais fácil.

A voz de Seldon soou firme novamente.

– Isso é o que eu *espero*. Você não tem a solução. O próprio Demerzel não tem. Ele chegou inclusive a dizer que a solução depende de mim. É isso que estou tentando encontrar e para isso é que preciso de Raych em Dahl. Afinal de contas, você sabe a capacidade que ele tem de inspirar afeto nas pessoas. Funcionou conosco e estou convencido de que funcionará com Joranum. Se eu estiver certo, ficará tudo bem.

Os olhos de Dors abriram-se um mínimo.

– E agora você vai me dizer que está sendo orientado pela psico--história?

– Não. Não vou mentir para você. Não alcancei o ponto em que possa ser guiado de jeito nenhum pela psico-história, mas Yugo fica falando o tempo todo sobre intuição, e além disso tenho a minha.

– Intuição! E o que é isso? Defina!

– Fácil. Intuição é a arte peculiar à mente humana de elaborar a resposta certa com base em dados que, em si mesmos, são incompletos ou, às vezes, inclusive enganosos.

– E você fez isso.

A isso, Seldon respondeu com firmeza e convicção:

– Sim, eu fiz.

Em seu íntimo, no entanto, ele pensava algo que não ousava compartilhar com Dors. E se o carisma de Raych tivesse desaparecido? Ou, o que era ainda pior, e se a consciência de ser um dahlita tivesse ficado forte demais para ele?

14

Billibotton continuava Billibotton: suja, intrincada, sombria, sinuosa, transpirando decadência e, não obstante, repleta de uma vitalidade que Raych estava convencido de não conseguir encontrar em nenhuma outra parte de Trantor. Talvez não se pudesse encontrar algo parecido em nenhum outro lugar do Império, embora Raych não conhecesse por experiência própria nenhum outro mundo afora Trantor.

A última vez que vira Billibotton ele não devia ter muito mais que doze anos, mas mesmo assim aquelas pessoas pareciam ser as mesmas. Ainda a mistura de velhacos e irreverentes, cheios de um orgulho sintético e um surdo, mas poderoso ressentimento. Os homens continuavam a se distinguir por seus bastos bigodes escuros, e as mulheres, por seus vestidos em formato de sacas, que agora pareciam tremendamente desmazelados aos olhos mais velhos e mais socialmente sofisticados de Raych.

Como é que mulheres usando aqueles vestidos poderiam atrair os homens? Essa, porém, era uma questão idiota. Mesmo quando tinha somente doze anos, fazia uma ideia muito clara da facilidade e da rapidez com que poderiam ser despidos.

Então, agora ele estava ali, imerso em pensamentos e recordações, passando por uma rua de vitrines de lojas e tentando se convencer de que se lembrava deste ou daquele lugar em especial, e se perguntando se, entre todas as pessoas, haveria alguém oito anos mais velho e de quem ele de fato se recordava. Talvez alguns que haviam sido seus amigos na infância e, com alguma inquietação, ele se deu conta de que, embora recordasse os apelidos que tinham dado uns aos outros, não era capaz de se lembrar de nenhum nome verdadeiro.

Na realidade, as lacunas em sua memória eram enormes. Não que oito anos fossem um tempo muito longo, mas representavam dois quintos da existência de um rapaz de vinte anos e, desde que deixara Billibotton, sua vida tinha sido tão diferente que tudo o que acontecera antes havia desaparecido como nas névoas de um sonho.

Os cheiros, porém, estavam ali. Raych parou na frente de uma padaria, baixa e caindo aos pedaços, e inspirou o aroma da cobertura de coco que vinha flutuando pelo ar – um aroma que nunca tinha conseguido sentir exatamente igual em nenhuma outra parte. Mesmo depois de ter parado de comprar broas com cobertura de coco, mesmo quando eram anunciadas como "broas ao estilo de Dahl", não passavam de fracas imitações, e nada mais.

Ele se sentiu fortemente tentado. Bom, por que não? Tinha os créditos e Dors não estava ali para torcer o nariz e questionar em alto e bom som se aquele lugar era mesmo limpo – o que realmente não era. Quem se preocupava com *limpeza* nos velhos tempos?

A padaria estava na penumbra e levou algus minutos até que os olhos de Raych se acostumassem. Havia algumas mesas baixas espalhadas no recinto, com umas duas cadeiras precárias junto de cada uma, sem dúvida para acomodar pessoas interessadas em uma refeição rápida, algo como um café com rosquinhas ou broas. Um rapaz estava sentado a uma delas com uma xícara vazia à sua frente; ele usava uma camiseta que um dia já fora branca e que provavelmente pareceria ainda mais imunda se a iluminação ali fosse melhor.

O padeiro, ou um atendente talvez, veio de uma sala nos fundos da padaria e perguntou com pouca boa vontade:

– Que que cê vai querer?

– Um refresca-goela – Raych respondeu, com a mesma falta de cortesia (ele não seria de Billibotton se fosse mais bem-educado), usando a gíria dos velhos tempos, que ele lembrava com facilidade.

Aquela expressão continuava em uso, pois o atendente entregou-lhe exatamente o que ele tinha pedido, com as mãos e sem luvas. O menino que Raych já fora teria aceitado isso sem nem piscar, mas, agora, o homem que já era se sentiu levemente incomodado.

– Vai querer no saquinho?

– Não – respondeu Raych. – Vou comer aqui.

Ele pagou o balconista e pegou o refresca-goela da mão do sujeito. Então, enfiou os dentes com vontade naquela iguaria, semicerrando os olhos para sentir melhor a gostosura. Essa tinha sido uma delícia que raras vezes ele provara enquanto menino; às vezes, quando havia surrupiado de algum jeito o crédito necessário para pagar o doce, às vezes quando podia dar uma mordida no de algum amigo temporariamente abastado, e no mais das vezes quando podia afanar um do balcão enquanto ninguém estava vigiando. Agora, podia comprar quantos quisesse.

– Ei – soou uma voz.

Raych abriu os olhos. Era o homem à mesa, fazendo cara feia para ele.

– Está falando comigo, camarada? – Raych perguntou, com educação.

– Tô. Que cê tá fazendo?

– Comendo um refresca-goela. E que cê tem cum isso? – Automaticamente, havia revertido ao modo de falar de Billibotton. Sem a menor dificuldade.

– Que cê tá fazendo em Billibotton?

– Nasci aqui. Cresci aqui; numa cama. Não na rua, que nem você. – O insulto brotou facilmente, como se ele nunca tivesse saído de casa.

– É mesmo? Cê se veste bem demais pra alguém de Billibotton. Muito arrumadinho. Tem fedô de perfume. – E dobrou no ar o dedo mindinho para insinuar que Raych era efeminado.

– Não vô nem falá do teu fedô. Subi na vida.

– Subiu na vida? *La-di-da.* – Outros dois homens entraram na padaria. Raych franziu de leve a testa, pois não tinha certeza de se aqueles tipos teriam sido chamados a entrar ou não. O homem sentado à mesa disse aos recém-chegados:

– Este cara subiu na vida. Diz que é de Billibotton.

Um dos dois fez um arremedo de continência e arreganhou os dentes sem nenhuma indicação de amabilidade. Os dentes dele eram descoloridos.

– Não é mesmo uma beleza? Sempre bom ver que alguém de Billibotton subiu na vida. Isso dá pro cara a chance de ajudar os pobres coitados do seu setor que continuam por lá. Com créditos, por exemplo. Cê tem um ou dois créditos pra doar pros pobres, não tem, não?

– Quantos cê tem, doutor? – rosnou o outro recém-chegado, fechando o sorriso.

– Ei – disse o homem atrás do balcão –, cês todos aí, vai todo mundo saindo da minha loja. Não quero confusão aqui dentro.

– Não haverá confusão – Raych frisou. – Estou saindo.

Ele fez menção de sair, mas o homem sentado estendeu uma perna para fechar o caminho. – Não vá não, meu chapa. Vamos sentir sua falta.

(O homem atrás do balcão, claramente temendo o pior, sumiu nos fundos da padaria.)

Raych sorriu e contou:

– Certa vez, quando eu morava em Billibotton, estava com meu velho e com minha velha, e vieram dez caras para nos segurar. Dez. Eu contei. Tivemos de dar um jeito naquilo.

– Foi, é? – continuou o que tinha falado antes. – Teu velho deu um jeito nos dez?

– Meu velho? Não... ele não tinha tempo para perder. Foi a minha velha. E eu faço melhor do que ela. E aqui só tem três de vocês. Então, se não se importa, tira a perna da minha frente.

– Claro. É só deixar os seus créditos. E um pouco das tuas roupas, de quebra.

O homem que estivera sentado se levantou. Com uma faca na mão.

– Olha só – disse Raych. – Agora, você vai me custar tempo. – Tinha acabado de comer a broa e estava meio de costas. Então, rápido como um pensamento, firmou-se na mesa e com a perna direita estendida acertou em cheio um chute de ponta de dedo na virilha do sujeito que mostrara a faca.

Este foi ao chão berrando alto. A mesa foi ao ar e com um golpe o segundo homem estava estatelado contra a parede e preso pelo tampo, enquanto o braço direito de Raych se esticava; depois, com a lateral da mão atacando violentamente a garganta do terceiro, deixou o último engasgado e dobrado no chão.

Tudo levara dois segundos e Raych agora estava em pé na frente dos três, com uma faca em cada mão, perguntando:

– E qual de vocês vai querer mais um pouco? – Os homens olhavam para ele espantados, mas imobilizados, e Raych completou: – Bom, nesse caso, vou embora.

O atendente, porém, depois de fugir para o fundo da loja, devia ter pedido ajuda, porque nesse momento três homens entravam na padaria, enquanto o balconista gritava:

– Encrenqueiros! Só encrenqueiros!

Esses três estavam vestidos do mesmo modo, usando o que evidentemente era um uniforme, mas de um tipo que Raych nunca tinha visto. As calças estavam dentro de botas, camisetas verdes folgadas estavam presas por um cinto, quepes esquisitos e semiesféricos, vagamente engraçados, estavam equilibrados no alto da cabeça. Na frente do ombro esquerdo da camiseta estavam impressas as letras GJ.

Tinham uma aparência de dahlitas, mas não exatamente o bigode clássico dos nativos. Todos mostravam um bigode preto e denso, mas cuidadosamente aparado na linha do lábio e mantido de modo a não crescer muito. Raych se permitiu um sorriso interior de escárnio. Faltava ao bigode deles o vigor do seu, basto e selvagem, mas tinha de reconhecer que aqueles homens tinham uma aparência limpa e bem cuidada.

– Sou o cabo Quinber – o líder do trio informou. – O que se passou aqui?

Os nativos de Billibotton que tinham sido derrotados por Raych estavam tentando se pôr novamente em pé, claramente em péssimas condições. Um ainda estava curvado para a frente, outro esfregava a garganta e o terceiro dava a impressão de que seus ombros tinham sido deslocados.

O cabo olhou atentamente para eles com expressão filosófica, enquanto seus dois companheiros bloqueavam a porta. Ele se virou para Raych, o único que parecia intacto:

– Você é de Billibotton, rapaz?

– Nascido e criado, mas vivi em outro lugar nos últimos oito anos. – Agora, tinha deixado em parte o sotaque local, mas ele continuava vibrando no fundo, pelo menos na mesma medida em que se fazia ouvir também na fala do cabo. Havia outras partes de Dahl além de Billibotton e algumas delas eram marcadas por uma considerável aspiração ao refinamento dos modos sociais.

– Vocês são guardas de segurança? – perguntou Raych. – Não estou reconhecendo os uniformes que estão...

– Não somos guardas de segurança. Você não vai encontrar muitos guardas em Billibotton. Somos da Guarda de Joranum e mantemos a paz por estas bandas. Conhecemos esses três sujeitos e eles já foram advertidos. Cuidaremos deles. Agora, *você* é nosso problema. Nome. Número de referência.

Raych deu as informações.

– E o que aconteceu aqui?

Raych narrou o ocorrido.

– E o que você veio fazer aqui?

– Vejam bem – Raych, então, objetou. – Vocês têm o direito de me interrogar? Se não são guardas de segurança...

– Ouça – interrompeu o cabo com voz dura –, não me venha com perguntas sobre direito. Somos tudo que existe em Billibotton e temos o direito porque o tomamos. Você disse que deu uma surra nesses três e acredito em você. Mas não vai bater em nós. Não temos autorização para andar com desintegradores... – dizia o cabo ao mesmo tempo que lentamente ia mostrando o seu desintegrador. – Agora, me diga o que veio fazer aqui.

Raych suspirou. Se tivesse ido diretamente ao salão do setor, como deveria ter feito, e se não tivesse parado para se deixar levar pela nostalgia por Billibotton e seu refresca-goela... Então, explicou:

– Vim para ver o senhor Joranum a respeito de um assunto muito importante, e como vocês parecem fazer parte da organização dele...

– Ver o líder?

– Sim, cabo.

– Carregando duas facas?

– Só para me defender. Não as teria comigo quando fosse ver o senhor Joranum.

– É o que você diz. Vamos levá-lo sob custódia, senhor. Vamos investigar isto a fundo. Pode levar algum tempo, mas investigaremos.

– Mas vocês não têm esse direito. Não são policiais legalmente const...

– Certo, então procure alguém para quem se queixar. Até lá, você é nosso.

As facas foram confiscadas e Raych foi levado preso.

15

Cleon não era mais o belo e jovem monarca que seus hologramas exibiam. Talvez ainda o fosse – nos hologramas –, mas seu espelho revelava outra história. Seu mais recente aniversário fora comemorado com a pompa habitual, e ainda assim ele completara quarenta anos.

O Imperador não conseguia achar nada de errado em ter essa idade. Sua saúde era perfeita. Tinha ganhado peso, mas bem pouco. Seu rosto talvez parecesse mais velho, não fosse pelos microajustamentos que eram feitos periodicamente para lhe conferir uma aparência levemente luminosa.

Já estava no trono havia dezoito anos – o que fazia do seu reinado um dos mais longos daquele século – e pensava que não existia nada que necessariamente pudesse impedi-lo de reinar por mais quarenta e, com isso, possivelmente registrar o mais longo reinado de toda a história imperial.

Cleon olhou-se ao espelho mais uma vez e achou que teria melhor aparência se não acionasse a terceira dimensão.

Agora, vejamos o caso de Demerzel, o fiel, confiável, necessário e *insuportável* Demerzel. Nenhuma mudança nele. Mantinha a mesma aparência e, até onde Cleon estava informado, tampouco não havia sido submetido a qualquer microajustamento. Sem dúvida, Demerzel era muito discreto a respeito de tudo. E nunca fora *jovem*. Não era jovem o seu semblante na época em que começara a servir ao pai de Cleon e ele, o Príncipe Imperial, ainda era um menininho. Também não havia nada de jovem na aparência dele agora. Era melhor ter parecido velho no começo e evitado mudar depois?

Mudar!

Isso lhe trazia à lembrança que mandara chamar Demerzel por um motivo e não somente para que ficasse ali em pé, como uma estátua, enquanto o Imperador ruminava. Demerzel interpretaria o excesso de ruminações imperiais como indício de senilidade.

– Demerzel – ele chamou.

– Majestade?

– Esse sujeito Joranum: estou cansado de ouvir falar dele.

– Não há motivo pelo qual o senhor deva ouvir falar dele, Majestade. Ele é um desses fenômenos lançados à superfície dos noticiários por algum tempo, e que depois desaparecem.

– Mas ele *não* desaparece.

– Às vezes permanecem por mais tempo, Majestade.

– Qual é sua opinião sobre ele, Demerzel?

– É perigoso, mas tem uma relativa popularidade. É sua popularidade que aumenta o perigo.

– Se você o considera perigoso e eu o considero um aborrecimento, por que devemos esperar? Será que ele não pode ser simplesmente preso, executado ou algo assim?

– A atual situação política em Trantor é delicada, Majestade...

– Ela é sempre delicada. Quando foi que você me disse que ela não é delicada?

– Vivemos numa época de incertezas, Majestade. Seria inútil tomar uma atitude enérgica contra ele quando isso apenas serviria para exacerbar o perigo.

– Não gosto disso. Posso não ter lido muito, afinal um Imperador não tem o tempo necessário para ler muito, mas pelo menos conheço a minha história imperial. Já houve uma série de casos de populistas assim, como são chamados, que se apossaram do poder nos últimos dois séculos. De todo modo, reduziram o Imperador reinante a mera figura de proa. Eu *não* desejo ser somente um testa-de-ferro, Demerzel.

– É impensável que o senhor viesse a sê-lo, Majestade.

– Não será impensável se você não tomar uma providência.

– Estou tentando tomar algumas medidas, Majestade, mas com cautela.

– Existe um sujeito, pelo menos, que não é cauteloso. Há um mês, mais ou menos, um professor universitário... um *professor*... interrompeu sozinho um possível tumulto provocado por joranumitas. Ele entrou em ação e deu um basta ao comício.

– De fato, ele fez isso, Majestade. Como foi que o senhor ficou sabendo?

– Porque ele é um professor que me desperta interesse. Como foi que você não mencionou esse episódio para mim?

Demerzel respondeu, quase obsequiosamente:

– Seria correto de minha parte vir perturbá-lo com cada detalhe insignificante que aparece em minha escrivaninha?

– Insignificante? Esse homem que tomou uma providência era Hari Seldon.

– Sim, de fato, esse é o nome dele.

– E o nome me parece familiar. Não foi ele que apresentou um artigo, há alguns anos, na última Convenção Decenal, que nos interessou?

– Sim, Majestade.

Cleon aparentava satisfação.

– Como pode ver, eu de fato *tenho* memória. Não preciso depender da minha equipe para qualquer coisa. Entrevistei esse sujeito Seldon a respeito de seu artigo, não foi?

– Sua memória é de fato impecável, Majestade.

– E o que aconteceu com aquela ideia dele? Era um dispositivo para prever o futuro. Minha memória impecável não consegue se lembrar de como ele o chamava.

– Psico-história, Majestade. E não era exatamente um dispositivo para prever o futuro, mas uma teoria sobre maneiras de prever tendências gerais no futuro da história humana.

– E o que aconteceu com ela?

– Nada, Majestade. Como expliquei naquela oportunidade, a ideia toda terminou se revelando inteiramente impraticável. Muito engenhosa, mas inútil.

– Ainda assim, ele é capaz de tomar uma atitude para parar um possível tumulto público. Será que ele teria ousado fazer isso se não soubesse antecipadamente que seria bem-sucedido? Não seria esse gesto dele uma evidência de que essa... como é mesmo?... psico-história está dando certo?

– Esse episódio apenas comprova que Hari Seldon é um temerário, Majestade. Mesmo que a teoria psico-histórica tivesse uma aplicação prática, não teria sido capaz de apresentar resultados relativos a uma só pessoa, ou a uma única atitude.

– Você não é o matemático, Demerzel. Ele é. Acho que está na hora de eu interrogá-lo de novo. Afinal de contas, não demorará muito para a próxima Convenção Decenal.

– Seria inútil...

– Demerzel, é o meu desejo. Providencie.

– Sim, Majestade.

16

Raych ouvia com uma impaciência torturante, que se esforçava para não demonstrar. Estava sentado numa cela improvisada, num dos recessos mais profundos de Billibotton, depois de ter sido escoltado através de becos que não lembrava mais que existiam. (*Ele* que, nos velhos tempos, teria atravessado aqueles mesmos becos sem erro e despistado qualquer perseguidor...)

O homem que estava com ele, usando os trajes verdes da Guarda de Joranum, ou era um missionário, ou um encarregado de fazer lavagem cerebral, ou alguma espécie de falso teólogo. De todo modo, tinha elucidado que seu nome era Sander Nee e seguia transmitindo uma longa mensagem, com um pesado sotaque dahlita, que evidentemente havia decorado do começo ao fim.

– Se o povo de Dahl quiser gozar de igualdade, deve se mostrar digno de tal graça. Boas regras, conduta pacífica, prazeres moderados são as exigências. A agressividade e o porte de facas são as acusações que os outros fazem contra nós para justificar sua intolerância. Devemos usar palavras limpas e...

– Concordo com o senhor, Guarda Nee – Raych interrompeu a ladainha –, palavra por palavra. Mas preciso ver o senhor Joranum.

– Você não pode – o guarda meneou a cabeça lentamente –, a menos que tenha algo agendado, ou uma autorização.

– Olhe, sou o filho de um importante professor da Universidade de Streeling, um professor de matemática.

– Não sei de nenhum professor. Pensei que você tivesse dito que era de Dahl.

– Claro que sou. Você não percebe pelo modo como eu falo?

– E você tem um pai que é professor numa grande universidade? Não me parece muito provável.

– É que ele é meu pai adotivo.

O guarda absorveu essa informação e balançou a cabeça.

– Você conhece alguém em Dahl?

– A Mãe Rittah. Ela me reconhecerá. (Mãe Rittah já era bem idosa quando o conhecera. Talvez agora já estivesse senil ou mesmo morta.)

– Nunca ouvi falar dela.

(Quem mais? Ele nunca conhecera ninguém capaz de penetrar a pouco iluminada consciência desse homem à sua frente. Seu melhor amigo tinha sido outro moleque, chamado Smoodgie; pelo menos, esse era o único nome pelo qual o conhecia. E, apesar de todo o seu desespero, Raych não se achava capaz de perguntar ao guarda se ele conhecia alguém chamado Smoodgie.)

Finalmente, ele murmurou:

– Tem Yugo Amaryl.

Uma fosca faísca pareceu acender os olhos de Nee.

– Quem?

– Yugo Amaryl – Raych repetiu, com ímpeto. – Ele trabalha para o meu pai adotivo na universidade.

– E ele também é dahlita? Todos nessa universidade são dahlitas?

– Somente ele e eu. Antes ele era termopoceiro.

– E o que ele faz na universidade?

– Meu pai o tirou dos poços termais há oito anos.

– Bom... vou chamar alguém.

Raych teve de aguardar. Ainda que conseguisse fugir, aonde iria naquela intrincada rede de labirintos de Billibotton sem ser instantaneamente capturado?

Vinte minutos se passaram antes que Nee voltasse com o cabo que tinha aprisionado Raych dentro da padaria. Raych sentiu uma ligeira esperança. Pelo menos do cabo se poderia esperar que tivesse um pouco de cérebro.

– Quem é esse dahlita que você conhece? – o cabo indagou.

– Yugo Amaryl, cabo, um termopoceiro que meu pai conheceu aqui, em Dahl, oito anos atrás, e levou com ele para a Universidade de Streeling.

– E por que ele fez isso?

– Meu pai pensou que Yugo poderia fazer coisas mais importantes do que trabalhar nos poços termais, cabo.

– Como o quê?

– Matemática. Ele...

O cabo ergueu a mão para calá-lo.

– Em que poço termal ele trabalhava?

Raych pensou por um momento.

– Naquela época eu era bem pequeno, mas acho que era no C-2.

– Quase acertou. C-3.

– Então, o senhor o conhece, cabo?

– Pessoalmente não, mas essa é uma história famosa nos poços termais e eu também trabalhei lá. E talvez tenha sido assim também que você ficou sabendo dela. Você tem alguma evidência de que realmente conhece Yugo Amaryl?

– Veja, vou lhe dizer o que eu gostaria de fazer. Vou escrever o meu nome num pedaço de papel e também o nome do meu pai.

Depois, vou acrescentar mais uma única palavra. Entre em contato, da maneira que quiser, com algum oficial do grupo do senhor Joranum. O senhor Joranum estará aqui em Dahl amanhã, e apenas leia para ele o meu nome, o nome do meu pai e essa palavra. Se não acontecer nada, então imagino que ficarei aqui até apodrecer, mas não acho que seja isso o que acontecerá. Aliás, tenho certeza de que irão me tirar daqui em três segundos e que você receberá uma promoção por ter transmitido essa informação. Se se recusar a fazer isso, quando descobrirem que estou aqui – e irão descobrir –, você estará na maior enrascada da sua vida. Afinal de contas, se você sabe que Yugo Amaryl foi embora com um matemático de prestígio, apenas acrescente na sua cabeça que esse figurão da matemática é o meu pai. O nome dele é Hari Seldon.

Em seu rosto, o soldado demonstrou nitidamente que aquele nome não lhe era desconhecido.

– Qual era a palavra que você ia anotar com os nomes? – ele perguntou.

– Psico-história.

O cabo franziu a testa.

– O que é isso?

– Não importa. Apenas transmita a informação e veja o que acontece.

O cabo lhe entregou uma folha pequena de papel que arrancou de um caderno.

– Muito bem. Escreva aí e vamos ver o que acontece.

Raych percebeu que estava tremendo. Ele queria muito saber o que aconteceria. Tudo dependia inteiramente de quem seria a pessoa com quem aquele soldado iria falar, e da magia que essa palavra pudesse operar por si só.

17

Hari Seldon acompanhava as gotas de chuva que se formavam na superfície das janelas panorâmicas do carro terrestre imperial e um intenso sentimento de saudade apunhalou-o com uma força intolerável.

Era somente a segunda vez em seus oito anos em Trantor que lhe havia sido ordenado que fosse a uma entrevista com o Imperador na única faixa de terra a céu aberto existente no planeta, e nas duas vezes o tempo estava fechado. Na primeira vez, o mau tempo havia somente provocado irritação. Aquela espécie de clima não tinha sido nenhuma novidade para ele. Afinal, Helicon, seu mundo natal, tinha sua dose de tempestades, especialmente na região em que passara a infância.

Agora, todavia, tinha vivido oito anos num clima fabricado em que as tempestades consistiam em um céu nublado a intervalos aleatórios por um programa de computador, que providenciava também chuvas leves e regulares durante as horas em que todos dormiam. Ventanias violentas eram substituídas por zéfiros e não havia temperaturas extremas de frio ou calor, apenas pequenas mudanças que faziam as pessoas abrirem alguns botões na roupa ou usarem uma jaqueta leve. E, ainda assim, tinha até ouvido algumas pessoas reclamarem de mudanças climáticas tão discretas.

Naquele momento, porém, Hari estava vendo chuva de verdade que descia voluptuosa de um céu frio – algo que não via há anos – e estava adorando: aquilo era de verdade. Trazia-lhe Helicon de volta à mente, a terra de sua mocidade, dos dias relativamente despreocupados, e pensou se conseguiria convencer o motorista a seguir pelo caminho mais longo até o palácio.

Impossível! O Imperador desejava vê-lo e o percurso já era longo o suficiente nesse carro terrestre, ainda que seguissem em linha reta, sem a interferência do tráfego. Claro que o Imperador não iria ficar esperando.

Cleon estava diferente daquela primeira vez em que Seldon o vira, oito anos antes. Tinha engordado pelo menos cinco quilos e seu rosto estava mais carrancudo. No entanto, a pele em torno dos olhos e nas bochechas parecia ter sido repuxada e Hari identificou ali os resultados de um número excessivo de microajustamentos. De certa maneira, Seldon sentia pena de Cleon: apesar de todo o seu poder e influência imperial, o Imperador era impotente diante da passagem do tempo.

Novamente, Cleon se viu sozinho com Hari Seldon, e na mesma sala luxuosamente mobiliada em que haviam tido o primeiro encontro. Como era o costume, Seldon esperou que a palavra lhe fosse dirigida.

Depois de avaliar rapidamente a aparência de Seldon, o Imperador disse, em tom de voz normal:

– Estou contente por vê-lo, professor. Vamos dispensar as formalidades, como fizemos na primeira ocasião em que nos vimos.

– Sim, Majestade – Seldon respondeu, rigidamente. Nem sempre era seguro ser informal apenas porque o Imperador, num momento efusivo, ordenara que você adotasse a informalidade.

Cleon gesticulou imperceptivelmente e no mesmo instante o aposento tomou vida com a automação que fez a mesa começar a ser preparada e surgir alguns pratos. Confuso, Seldon não conseguia acompanhar os detalhes.

O Imperador perguntou cordialmente:

– Você jantará comigo, Seldon?

A entonação formal era de uma pergunta, mas de alguma forma tinha a força de uma ordem.

– Ficarei honrado, Majestade – respondeu Seldon. Cautelosamente, ele olhou à sua volta. Sabia muito bem que não se fazem (ou, enfim, não se deveriam fazer) perguntas ao Imperador, mas ele não tinha outra saída. Então, em voz muito contida, tentando não parecer que fazia uma pergunta, ele indagou: – E o primeiro-ministro, não jantará conosco?

– Não, ele não virá – disse Cleon. – Neste momento, ele tem outros afazeres e, de todo modo, desejo conversar com você em particular.

Por algum tempo, comeram em silêncio. Cleon olhava para ele fixamente e Seldon tentava sorrir. Cleon não tinha fama de ser cruel, nem irresponsável, mas em tese poderia mandar prender Seldon alegando alguma vaga acusação e, se o Imperador quisesse exercer sua influência, o caso talvez nunca fosse levado a julgamento. Era sempre melhor evitar ser alvo de atenção e, naquele momento, Seldon não atingia esse objetivo.

Sem dúvida, oito anos antes tinha sido pior, pois fora então levado ao palácio sob a custódia de guardas armados. Entretanto, esse fato não permitira a Seldon sentir-se aliviado.

Então, Cleon falou:

– Seldon, o primeiro-ministro é de grande utilidade para mim, mas sinto que, às vezes, as pessoas podem achar que não sou capaz de pensar com a minha própria cabeça. Você acha isso?

– Nunca, Majestade – disse Seldon, calmamente. Não era boa política protestar com exagero.

– Não acredito em você. Entretanto, de fato tenho as minhas próprias ideias e lembro que, quando você veio a Trantor pela primeira vez, estava brincando com aquela sua psico-história.

– Estou certo de que o senhor igualmente se recorda, Majestade – Seldon corrigiu delicadamente –, que expliquei, naquela oportunidade, que se tratava de uma teoria matemática sem aplicações práticas.

– E você disse isso mesmo. Continua dizendo a mesma coisa?

– Sim, Majestade.

– E você continuou trabalhando nela desde então?

– De vez em quando brinco com ela, mas não chego a nada. Infelizmente, o caos interfere e a previsibilidade não é...

– Existe um problema específico que quero que você aborde – interrompeu o Imperador. – Por favor, sirva-se da sobremesa, Seldon. É muito boa.

– Qual é o problema, Majestade?

– Esse homem Joranum. Demerzel me disse, com grande educação, que não posso mandar prender o sujeito nem usar forças armadas para esmagar os seguidores dele. Segundo Demerzel, isso só irá piorar a situação.

– Se é o que diz o primeiro-ministro, suponho que seja isso mesmo.

– Mas eu não quero esse Joranum... de todo modo, eu *não* vou me prestar a ser marionete dele. Demerzel não faz absolutamente nada.

– Estou seguro de que ele está fazendo o que pode, Majestade.

– Se ele está trabalhando para diminuir esse problema, certamente não está me colocando a par.

– O que pode ser, Majestade, resultado de um desejo natural da parte dele de mantê-lo distante dos atritos. O primeiro-ministro pode achar que, se Joranum quiser, caso queira...

– Assumir o cargo de primeiro-ministro – disse Cleon com um tom de repulsa infinita.

– Sim, Majestade. Não seria sensato dar a impressão de que o senhor estava pessoalmente se opondo a ele. O senhor deve permanecer intacto, pelo bem da estabilidade do Império.

– Eu preferia muito mais assegurar a estabilidade do Império sem Joranum. O que sugere, Seldon?

– Eu, Majestade?

– Você, Seldon – Cleon insistiu, impaciente. – Quero dizer que não acredito em você quando me diz que a psico-história é somente um jogo. Demerzel mantém amizade com você. Você acha que sou tão idiota que não sei disso? Ele *espera* alguma coisa de você. Ele espera a psico-história de você e, como eu não sou idiota, espero também. Seldon, *você* é a favor de Joranum? Diga-me a verdade!

– Não, Majestade. Não sou a favor dele. Considero-o um enorme perigo para o Império.

– Muito bem, acredito em você. Você interrompeu um possível tumulto público de joranumitas no *campus* de sua universidade, e fez isso sozinho, como me informaram.

– Um puro impulso de minha parte, Majestade.

– Isso você diz para os idiotas, não para mim. Você tomou essa atitude baseado na psico-história.

– *Majestade!*

– Não proteste. O que você está fazendo a respeito de Joranum? Você tem de estar fazendo alguma coisa, se está do lado do Império.

– Majestade – Seldon prosseguiu, com cautela, inseguro a respeito de quanto o Imperador já sabia –, enviei meu próprio filho ao Setor Dahl para uma entrevista com Joranum.

– Por quê?

– Meu filho é dahlita, e astuto. Ele talvez descubra algo que nos seja útil.

– Talvez?

– Sim, apenas talvez, Majestade.

– E você me manterá informado?

– Sim, Majestade.

– E, Seldon, não insista em afirmar que a psico-história é só uma brincadeira, que ela não existe. Eu não quero mais ouvir isso. Espero que você faça alguma coisa a respeito de Joranum. Não posso saber o que isso venha a ser, mas você tem de fazer algo. *Não* vou aceitar outra coisa. Está dispensado.

Seldon regressou à Universidade de Streeling num estado de espírito muito mais sombrio do que quando partira. Cleon tinha deixado claro que não aceitaria um fracasso.

Agora, tudo dependia de Raych.

18

Raych aguardava, sentado na antessala de um edifício público em Dahl no qual nunca se havia aventurado – nunca *poderia* ter se aventurado – quando era um pilantrinha das ruas. A bem da verdade, sentia-se um pouco inquieto com aquela situação, como se estivesse invadindo o local.

Tentava parecer calmo, confiável, adorável.

Seu pai lhe havia dito que essa era sua qualidade natural, mas ele nunca tivera consciência disso. Se era algo espontâneo em seu temperamento, provavelmente estragaria esse traço favorável tentando exageradamente *parecer* ser o que de fato *era*.

Procurou relaxar ao mesmo tempo que acompanhava os movimentos de um oficial que estava mexendo no computador em uma escrivaninha. Esse oficial não era dahlita. Aliás, era o próprio Gambol Deen Namarti, que tinha acompanhado Joranum ao encontro com seu pai, ao qual o próprio Raych estivera presente.

De tempos em tempos, Namarti erguia os olhos de sua mesa de trabalho e espiava Raych com franca hostilidade. Aquele Namarti não ia entrar na onda de ser conquistado por sua afetuosidade. Isso ele já tinha percebido.

E tampouco tentou rebater a hostilidade de Namarti com sorrisos amistosos. Teria parecido muito forçado. Raych simplesmente esperava. Tinha conseguido chegar até ali. Se Joranum chegasse, como era esperado, Raych teria uma chance de falar com ele.

De fato, Joranum chegou, com alguma pompa, sorrindo seu sorriso público que transbordava calor humano e confiança. A mão de Namarti subiu e Joranum parou. Conversaram em voz baixa, enquanto Raych observava atentamente e fingia em vão dar a impressão de que não os estava vigiando. Raych tinha a clara impressão de que Namarti se opunha a que ele falasse com Joranum, e isso o deixava agoniado.

Então, Joranum olhou na direção de Raych, sorriu e empurrou Namarti. Raych pensou que, embora Namarti pudesse ser o cérebro da equipe, era Joranum quem claramente tinha o carisma.

Joranum atravessou a sala na direção dele e estendeu-lhe uma mão rechonchuda e ligeiramente úmida.

– Ora, ora, o filho do professor Seldon! Como vai?

– Bem, obrigado, senhor.

– Parece que você teve certa dificuldade para chegar aqui.

– Nada demais, senhor.

– E veio com uma mensagem do seu pai, se entendi direito. Espero que ele tenha repensado sua decisão e resolvido se juntar a mim em minha grande cruzada.

– Acho que não, senhor.

– Você está aqui sem conhecimento dele? – questionou Joranum, franzindo ligeiramente a testa.

– Não, senhor. Foi ele quem me enviou.

– Entendo. Está com fome, rapaz?

– No momento, não, senhor.

– Então, você se importa se eu comer? Não tenho muito tempo para as amenidades costumeiras do dia a dia – ele comentou, abrindo um largo sorriso.

– Por mim tudo bem, senhor.

Juntos, então, foram na direção de uma mesa e se sentaram em torno dela. Joranum desembrulhou um sanduíche e deu uma mordida. Com a voz levemente abafada ele perguntou:

– E por que ele o mandou aqui, filho?

– Acho que ele pensou que eu poderia descobrir algo a seu respeito que ele pudesse usar contra o senhor – Raych deu de ombros. – Ele é unha e carne com o primeiro-ministro Demerzel.

– E você não?

– Não, senhor. Sou dahlita.

– Sei que é, mas o que isso quer dizer?

– Quer dizer que sou oprimido e que estou do seu lado e quero ajudá-lo. Naturalmente, não gostaria que meu pai soubesse.

– Não há razão para que ele fique sabendo. Qual é a sua proposta para me ajudar? – Ele lançou rapidamente um olhar pra Namarti, que estava debruçado em sua escrivaninha, ouvindo a conversa, com os braços cruzados e uma expressão sombria. – Você sabe alguma coisa de psico-história?

– Não, senhor. Meu pai não fala comigo sobre isso, e, se falasse, eu não iria entender. Não acho que ele esteja conseguindo alguma coisa com aquilo.

– Tem certeza?

– Claro que tenho. Tem um sujeito lá com ele, Yugo Amaryl, outro dahlita, que às vezes fala sobre psico-história. Tenho certeza de que não está acontecendo nada.

– Ah! E você acha que eu poderia conversar com Yugo Amaryl alguma vez?

– Acho que não. Ele não é tão a favor de Demerzel, mas é completamente leal ao meu pai. Ele não o trairia.

– E você sim?

Raych pareceu infeliz enquanto resmungava obstinadamente:

– Sou dahlita.

Joranum pigarreou.

– Então quero lhe repetir a pergunta. Qual é a sua proposta para me ajudar, meu jovem?

– Tenho algo para lhe contar que talvez o senhor não acredite.

– Será mesmo? Tente. Se eu não acreditar, vou lhe dizer que não acreditei.

– É sobre o primeiro-ministro Eto Demerzel.

– Sim?

Raych relanceou os olhos à sua volta, desassossegado.

– Será que podem me ouvir?

– Somente Namarti e eu.

– Muito bem, então ouça. Esse sujeito Demerzel não é uma pessoa. É um robô.

– O quê?! – Joranum explodiu.

– O robô é um homem mecânico, senhor – Raych se sentiu compelido a explicar. – Não é humano. É uma máquina.

Namarti interrompeu com veemência.

– Jo-Jo, não acredite nisso. É ridículo.

Mas Joranum tinha levantado uma mão, em sinal de advertência. Seus olhos faiscavam.

– Por que diz isso?

– Uma vez meu pai foi a Mycogen. Ele me falou sobre isso. Em Mycogen falam muito sobre robôs.

– Sim, eu sei. Pelo menos, foi o que me disseram.

– Os mycogenianos acreditam que no passado os robôs eram muito comuns entre seus ancestrais, mas depois foram exterminados.

Os olhos de Namarti se apertaram.

– Mas o que o leva a pensar que Demerzel é um robô? Do pouco que ouvi sobre essas fantasias, parece que os robôs eram feitos de metal, não eram?

– Justamente – Raych disse, com ênfase. – Mas o que me disseram é que houve alguns robôs, poucos, que pareciam iguais a seres humanos e viviam para sempre...

– Lendas! – Namarti exclamou, sacudindo a cabeça impetuosamente. – Lendas ridículas! Jo-Jo, por que está dando ouvidos...

Joranum, porém, cortou-lhe prontamente a palavra.

– Não, G. D. Quero ouvir. Eu também fiquei sabendo dessa lenda.

– Mas é uma tolice, Jo-Jo.

– Não tenha tanta pressa em dizer que é tolice. E, mesmo que seja, as pessoas vivem e morrem por tolices. O que importa não é tanto o que uma coisa é, mas o que as pessoas *acham* que é. Diga--me, meu jovem, deixando de lado as lendas, o que o leva a acreditar que Demerzel seja um robô? Vamos imaginar que os robôs existem. O que existe nele, então, que revela que *ele* é um robô? Ele lhe disse isso?

– Não, senhor – Raych confirmou.

– Seu pai lhe disse que ele era? – continuou Joranum.

– Não, senhor. É somente o que eu penso, mas estou certo disso.

– E por quê? Por que tem tanta certeza?

– É só alguma coisa que ele tem. Ele não muda. Não fica mais velho. Não demonstra emoções. Tem alguma coisa nele que dá a *impressão* de que é feito de metal.

Joranum recostou-se na cadeira e ficou olhando para Raych por bastante tempo. Era quase possível ouvir o zumbido de seus pensamentos. Finalmente, ele disse:

– Supondo que ele *seja* um robô, rapaz, por que você se importa? Que importância isso pode ter para você?

– Claro que isso me importa – respondeu Raych, convicto. – Sou um ser humano. Não quero nenhum robô encarregado de comandar o Império.

Joranum se voltou para Namarti com uma expressão de decidida aprovação.

– Está ouvindo isso, G. D.? "Sou um ser humano. Não quero nenhum robô encarregado de comandar o Império." Coloque-o na holovisualização e faça com que repita essa declaração. Faça com que isso se repita muitas vezes, até penetrar na consciência de cada pessoa de Trantor...

– Ei – atalhou Raych, finalmente recuperando o fôlego –, eu não posso dizer isso na holovisualização. Não posso deixar que meu pai descubra...

– Não, claro que não – Joranum acrescentou rapidamente. – Não poderíamos permitir isso. Apenas usaremos essas palavras. Encontraremos algum outro dahlita. Uma pessoa de cada um dos setores, cada qual com seu próprio dialeto, mas sempre transmitindo a mesma mensagem: "Não quero nenhum robô encarregado de comandar o Império".

– E o que vai acontecer quando Demerzel provar que *não* é um robô? – questionou Namarti.

– Realmente – duvidou Joranum –, como é que ele vai fazer isso? Seria impossível para ele tal comprovação. Psicologicamente impossível. O quê? O grande Demerzel, o poder nos bastidores do trono, o homem que vem mexendo as cordinhas atadas a Cleon I durante todos esses anos e ao pai de Cleon, antes dele? Será que ele descerá do alto de seu pedestal para choramingar em público, afirmando que ele também é um ser humano? Isso seria quase tão destrutivo para ele quanto *ser* um robô. G. D., temos o vilão numa situação em que não pode ganhar, e devemos tudo isso a este belo jovem aqui conosco.

Raych corou.

– Raych, esse é o seu nome, certo? – Joranum acrescentou. – Assim que nosso partido estiver em condições para tanto, não esqueceremos. Dahl será bem tratado e você terá um bom cargo junto a nós. Algum dia, você se tornará o líder setorial de Dahl, Raych, e não irá se lamentar de ter feito isto. Você lamenta, agora?

– Não nesta vida – disse Raych, com ardor.

– Nesse caso, providenciaremos para que regresse ao seu pai. Você lhe dirá que não queremos prejudicá-lo de nenhuma maneira, e que o temos em grande estima. Transmita essa mensagem a ele, contando como descobriu isso da maneira que preferir. E, se descobrir qualquer outra coisa que venha a achar que será útil a nós, especialmente em termos da psico-história, nos informe.

– Pode apostar. Mas o senhor realmente falou a sério quando disse que tomará providências para que Dahl conquiste alguns benefícios?

– Absolutamente. Igualdade para os setores, meu jovem. Igualdade entre os mundos. Teremos um novo Império expurgado de todas as vilezas do privilégio e da desigualdade.

Ouvindo isso, Raych aquiesceu com vigorosos movimentos de cabeça.

– É isso que eu quero.

19

Cleon, Imperador da Galáxia, andava apressado pela passagem abobadada que conduzia de seus aposentos particulares no pequeno palácio aos escritórios da equipe relativamente numerosa que morava nos diversos anexos do Palácio Imperial, funcionando como centro nervoso do Império.

Vários de seus assistentes pessoais caminhavam atrás dele, com expressão grave e preocupada em seus semblantes. O Imperador não caminhava na direção dos outros. Ele os havia convocado e aqueles vinham até ele. Se de fato caminhasse, nunca exibia sinais de pressa ou abalo emocional. Como poderia fazer isso? Ele era o Imperador e, por isso, muito mais um símbolo de todos os mundos do que um ser humano.

Entretanto, nesse momento ele parecia um ser humano. Indicando com um aceno impaciente de sua mão direita que todos se posicionassem ao lado, estendeu com a esquerda um holograma cintilante.

– O primeiro-ministro – ele começou, com uma voz quase estrangulada que em nada lembrava o tom cuidadosamente controlado e educado que havia desenvolvido tão laboriosamente durante esses anos de mandato –, alguém sabe onde ele está?

E todos os altos funcionários que estavam na frente dele se atrapalharam, engasgaram e acharam impossível falar ou agir com coerência. Furioso, Cleon passou no meio do grupo e sem dúvida deixou todos eles sentindo que estavam vivendo um verdadeiro pesadelo.

Finalmente, irrompeu no escritório particular de Demerzel, arfando um pouco, e gritou, literalmente gritou:

– *Demerzel!*

Demerzel olhou para o Imperador em pé, denunciando uma leve surpresa, e suavemente se levantou, pois ninguém se mantinha sentado na presença do Imperador a menos que fosse especificamente convidado a isso.

– Majestade? – ele disse.

O Imperador bateu com força o holograma na mesa de Demerzel e perguntou:

– O que é isto? Você pode me explicar?

Demerzel olhou bem para o que o Imperador lhe havia dado. Era um lindo holograma, nítido e vivo. Era praticamente possível ouvir o garotinho – de dez anos de idade, talvez – pronunciando as palavras que apareciam como legenda para a imagem: "Não quero nenhum robô encarregado de comandar o Império".

– Também recebi uma dessas, Majestade – Demerzel comentou, em voz baixa.

– E quem mais?

– Majestade, tenho a impressão de que é um panfleto que está sendo amplamente distribuído em todas as partes de Trantor.

– Sim, e você vê a pessoa para quem esse moleque está olhando? – e ele batucou seu dedo imperial sobre a imagem. – Não é você?

– A semelhança é notável, Majestade.

– Estou enganado, ou a expressa intenção desse *panfleto*, como você disse, é acusá-lo de ser um robô?

– Essa parece ser a intenção, Majestade.

– E me interrompa se eu estiver errado, mas os robôs não seriam os lendários seres humanos mecânicos que existem em... em histórias de suspense e contos para crianças?

– Os mycogenianos consideram um artigo de fé, Majestade, que os robôs...

– Não estou interessado nos mycogenianos e em suas crenças. Por que o estão acusando de ser um robô?

– Estou certo, Majestade, de que é apenas uma questão metafórica. Eles querem me descrever como um homem sem coração, cujas opiniões são calculadas friamente, como se eu fosse uma máquina sem consciência.

– Sutil demais, Demerzel, não sou idiota. – Mais uma vez ele tamborilou um dedo sobre o holograma. – Eles estão tentando fazer o povo acreditar que você realmente é um robô.

– E dificilmente poderemos impedir que isso aconteça, Majestade, se as pessoas resolverem acreditar nisso.

– Não podemos nos dar a esse luxo. Isso denigre a dignidade dos seus serviços. Pior ainda, denigre a dignidade do Imperador.

A implicação é que eu, *eu*, escolheria um homem mecânico para ser meu primeiro-ministro. Isso é impossível de aturar. Veja bem, Demerzel, não existem *leis* que proíbam que autoridades públicas do Império sejam difamadas?

– Sim, existem, e inclusive são bem severas, Majestade. São da época dos grandes Códigos Legais de Aburamis.

– E difamar o próprio Imperador é um crime capital, não é?

– Punível com a morte, Majestade. Sim.

– Bem, isto não apenas denigre você, como a mim, e quem quer que tenha feito isso deve ser executado, como determina a lei. Evidentemente é esse Joranum que está por trás de uma coisa destas.

– Sem dúvida, Majestade, mas prová-lo pode ser relativamente difícil.

– Besteira! Tenho provas suficientes! Quero uma execução!

– O problema, Majestade, é que as leis contra difamação nunca foram postas em prática. Certamente, não neste século.

– E é por isso que a sociedade está se tornando tão instável e que o Império está sendo abalado em seus alicerces. As leis ainda estão nos livros, portanto, faça-as valer.

– Majestade, reflita bem se isso seria sensato – Demerzel contemporizou. – Daria a impressão de que o senhor é um tirano e um déspota. Seu reinado tem sido muito bem-sucedido, em sua moderação e generosidade...

– Sim, e veja o que me rendeu! Em vez de me amarem desse modo, vamos fazer com que sintam medo de mim, só para mudar um pouco o cenário.

– Recomendo fortemente que não faça isso, Majestade. Pode ser o estopim que iniciará uma rebelião.

– E o que você fará, então? Irá se apresentar em público e dizer "Olhem para mim, não sou um robô"?

– Não, Majestade, pois, como o senhor disse, isso destruiria minha dignidade e, o que é pior, a sua também.

– E então?

– Não estou certo, Majestade, ainda não tive tempo de refletir a respeito desta questão.

– Ainda não teve tempo para refletir a respeito? Quero que entre em contato com Seldon.

– Majestade?

– Mas o que é tão difícil assim de se entender nesta ordem? *Entre em contato com Seldon!*

– O senhor deseja que eu o convoque para uma audiência no palácio, Majestade?

– Não, não há tempo para isso. Imagino que você consiga criar uma linha de comunicação segura entre nós, incapaz de ser grampeada.

– Seguramente, Majestade.

– Então, faça isso. Agora!

20

Seldon não tinha o mesmo autocontrole de Demerzel, uma vez que era apenas de carne e osso. O chamado para ir ao escritório e o repentino brilho discreto e sonoro no campo misturador eram indícios suficientes de que algo incomum estava ocorrendo. Ele já havia falado por meio de linhas seguras antes, mas nunca no nível mais elevado da segurança imperial.

Esperava que algum agente do governo fizesse contato antes de Demerzel em si. Considerando o tumulto que lentamente ia aumentando com a divulgação do panfleto sobre o robô, não poderia esperar menos do que isso.

Mas tampouco esperava mais do que isso e, quando a imagem do próprio Imperador – com o tênue brilho do campo misturador para esboçá-lo – penetrou seu escritório, Seldon caiu sentado em sua cadeira, de queixo caído, e só conseguiu esboçar algumas inócuas tentativas de se pôr em pé.

Cleon acenou de maneira impaciente com a mão para que ele permanecesse sentado.

– Você deve saber o que anda acontecendo, Seldon.

– Vossa Majestade se refere ao panfleto sobre o robô?

– É exatamente isso que quero dizer. O que devemos fazer?

– Há mais coisas, Majestade. – Apesar da permissão para continuar sentado, Seldon enfim se levantou. – Joranum está organizando comícios em todas as partes de Trantor, para falar dessa questão do robô. Pelo menos, é isso que tenho ouvido nos noticiários.

– Isso ainda não chegou até *mim*. Claro que não. Por que o Imperador deveria saber o que está se passando?

– Não é o caso de ficar preocupado, Majestade. Estou certo de que o primeiro-ministro...

– O primeiro-ministro não faz nada, nem mesmo para me manter informado. Estou recorrendo a você e sua psico-história. Diga-me o que fazer.

– Majestade?

– Não vou ficar fazendo o seu jogo, Seldon. Você está trabalhando na psico-história há oito anos. O primeiro-ministro me diz que não devo tomar medidas legais contra Joranum. O que é que eu faço, então?

– M-majestade! – Seldon gaguejou. – Nada!

– Você não tem nada a me dizer?

– Não, Majestade, não foi isso que eu quis dizer. Quero dizer que o senhor não deve fazer nada. *Nada!* O primeiro-ministro tem toda razão quando lhe diz que o senhor não deve tomar medidas legais de nenhum tipo. Isso só vai piorar as coisas.

– Muito bem. E o que vai tornar as coisas melhores?

– O senhor não fazer nada. O primeiro-ministro não fazer nada. O governo deixar que Joranum faça o que quiser.

– E como isso será benéfico?

Então, tentando mascarar o tom de desespero em sua voz, Seldon respondeu:

– Isso se verá em breve.

De repente, o Imperador pareceu murchar, como se toda a raiva e a indignação tivessem sido sugadas dele. Então, ele exclamou:

– Ah! Entendo! Você está com a situação perfeitamente sob controle!

– Majestade, eu não disse isso...

– Não precisa dizer. Já ouvi o bastante. Você tem a situação perfeitamente sob controle, mas eu quero resultados. Ainda tenho o comando da Guarda Imperial e das forças armadas. Eles serão leais e, se chegarmos a ter distúrbios concretos, eu não hesitarei. Primeiro, porém, darei uma chance a você.

A imagem dele relampejou e sumiu, e Seldon continuou sentado ali, apenas olhando fixamente para o espaço vazio antes ocupado pela imagem de Cleon.

Desde aquele infausto primeiro momento em que mencionara a psico-história na Convenção Decenal, oito anos antes, ele tivera de encarar o fato de que não tinha aquilo que tão temerariamente anunciara.

A única coisa que tinha de fato eram vislumbres fantasmagóricos de pensamentos e o que Yugo Amaryl chamava de intuição.

21

Em dois dias, Joranum já havia varrido Trantor, em parte sozinho, e principalmente com a ajuda de seus tenentes. Como Hari resmungara para Dors, era uma campanha com todas as marcas da eficiência militar.

– Nos velhos tempos, ele teria sido um almirante – Seldon observou. – É um desperdício, na política.

– Desperdício? – Dors retrucou. – Bom, de todo modo, em uma semana ele se tornará primeiro-ministro e, se assim o desejar, Imperador em mais duas. Chegaram relatos de que algumas guarnições militares o estão apoiando.

Seldon balançou a cabeça.

– Vai cair por terra, Dors.

– O quê? O partido de Joranum ou o Império?

– O partido de Joranum. Aquela história do robô provocou uma agitação momentânea, especialmente com o uso eficaz daquele panfleto, mas um pouco de reflexão, um pouco de cabeça fria e o público verá que a acusação é ridícula.

– Mas, Hari – Dors comentou, incisiva –, você não precisa

fingir para *mim. Não* é uma história ridícula. Como é possível que Joranum tenha descoberto que Demerzel é um robô?

– Ah, *isso!* Ora, Raych contou para ele.

– Raych!

– Isso mesmo. Ele cumpriu perfeitamente o papel que lhe cabia e voltou a salvo, com a promessa de que, no futuro, viraria líder de Setor Dahl. Claro que acreditaram nele. Eu sabia que seria assim.

– Você quer dizer que você contou para Raych que Demerzel era um robô e fez com que ele levasse essa informação a Joranum? – Dors parecia perfeitamente horrorizada.

– Não, eu não poderia fazer isso. Você sabe que eu não poderia contar para Raych (assim como para mais ninguém) que Demerzel é um robô. Eu disse a Raych com toda a firmeza de que fui capaz que Demerzel *não* era um robô, e até isso foi bem difícil. Mas realmente lhe pedi que dissesse a Joranum que ele era. Ele está firmemente convencido de que mentiu para Joranum.

– Mas por quê, Hari; por quê?

– Não por causa da psico-história, isso posso lhe garantir. Não se junte ao Imperador para começar a achar que sou algum mágico. Eu apenas queria que Joranum acreditasse que Demerzel é um robô. Ele é um mycogeniano nativo, de modo que desde a juventude era bombardeado com os contos sobre robôs que caracterizam sua cultura. Portanto, estava predisposto a crer nisso e ficou convencido de que o público acreditaria, assim como ele.

– Bom, e o público não acreditará?

– Na realidade, não. Após o choque inicial se dissipar, o povo vai perceber que se trata da imaginação de um maluco, ou vai pensar que é. Convenci Demerzel de que ele deve fazer um discurso via holovisualização subetérica, que será transmitido a setores--chave do Império e a cada um dos setores de Trantor. Ele deverá falar sobre qualquer outra coisa que não a questão do robô. Como todos já sabemos, existem crises suficientes para render um discurso inteiro. As pessoas vão ouvir e não haverá nenhuma menção a robôs. Então, no final, perguntarão a ele sobre o panfleto. Ele não precisa dizer nenhuma palavra em resposta. Apenas rir.

– Rir? Nunca vi Demerzel rir. Ele quase nunca sorri.

– Desta vez, Dors, ele vai rir. É a única coisa que ninguém imagina que um robô seja capaz de fazer. Você já viu robôs em fantasias holográficas, não viu? São sempre apresentados como criaturas não humanas, com uma cabeça literal, desprovidas de emoções. É isso o que as pessoas seguramente esperam de um robô. Então, Demerzel só precisa rir. E, além disso, você se lembra do Mestre Solar Quatorze, o líder religioso de Mycogen?

– Claro que sim. Uma cabeça literal, desprovido de emoções, não humano. Ele também nunca ria.

– E, desta vez, também não rirá. Realizei um longo trabalho sobre esse caso Joranum, desde aquele embate no *campus*. Sei qual é o verdadeiro nome de Joranum. Sei onde ele nasceu, quem foram seus pais, onde recebeu seu treinamento inicial, e todas essas informações, acompanhadas de provas documentais, foram enviadas ao Mestre Solar Quatorze. Não acho que o Mestre Solar goste de traidores.

– E eu pensando que você tivesse dito que não queria instigar atos de intolerância.

– E não quero. Se eu tivesse passado essas informações para as pessoas em holovisualização, teria instigado justamente isso, mas eu as enviei ao Mestre Solar que, afinal de contas, é quem deve tê-las.

– E ele vai iniciar a campanha pela intolerância.

– Claro que não. Ninguém em Trantor prestará a menor atenção no Mestre Solar, seja lá o que venha a dizer.

– Então, qual o sentido disso?

– Bom, é justamente isso que vamos ver, Dors. Não tenho uma análise psico-histórica dessa situação. Não sei nem se seria possível fazer isso. Só espero que o meu julgamento esteja certo.

22

Eto Demerzel riu.

Não era a primeira vez. Ele estava ali, sentado, com Hari Seldon e Dors Venabili, numa sala à prova de escutas, e de vez em quando, a um sinal de Hari, ele ria. Às vezes, ele se reclinava e gargalhava ruidosamente, mas Seldon sacudia a cabeça:

– Isso nunca vai soar convincente.

Então, Demerzel sorriu e depois riu com dignidade, e Seldon fez uma careta.

– Estou perplexo – ele disse. – Não parece que está adiantando contar para você histórias engraçadas. Você só entende a coisa do ponto de vista intelectual. Simplesmente terá de memorizar o som adequado.

– Use a gravação holográfica de uma risada – sugeriu Dors.

– *Não!* Isso nunca seria Demerzel. Seria um bando de imbecis pagos para gargalhar. Não é isso que eu quero. Tente de novo, Demerzel.

Demerzel tentou algumas vezes, até Seldon dizer:

– Muito bem. Agora, memorize esse som e repita-o quando lhe fizerem aquela pergunta. Tem de parecer que você está achando muita graça naquilo. Mas não conseguirá produzir um som de risada, por mais real que pareça, se ficar com uma expressão de rosto grave. Sorria um pouco, só um pouco. Repuxe para cima os cantos da boca. – Devagar, a boca de Demerzel se alargou para exibir os dentes. – Não está de todo ruim. Você consegue fazer os olhos brilharem?

– O que quer dizer com "brilharem"? – Dors questionou, parecendo indignada. – Ninguém faz os próprios olhos brilharem. É uma expressão metafórica.

– Não é não – Seldon rebateu. – Ocorre um tênue vestígio de lágrimas nos olhos, seja de tristeza, alegria, surpresa ou outra emoção, e a luz refletida nesse vestígio de fluido é que provoca o brilho.

– Você realmente espera que Demerzel produza lágrimas?

Mas Demerzel interpôs, em tom pragmático:

– Meus olhos de fato podem produzir lágrimas para uma limpeza geral, e nunca em excesso. Talvez, então, se eu imaginar que meus olhos estão um pouco irritados...

– Tente – disse Seldon –; mal não vai fazer.

Quando a palestra via holovisualização subetérica se encerrou, e as palavras foram transmitidas para milhões de mundos a uma velocidade milhares de vezes superior à velocidade da luz – palavras que haviam sido graves, pragmáticas, informativas, desprovidas de toda a desnecessária retórica decorativa – e que tudo fora mencionado, exceto o assunto dos robôs, Demerzel se declarou aberto a perguntas.

Não teve de esperar muito. A primeira questão que lhe mandaram foi:

– Senhor primeiro-ministro, o senhor é um robô?

Demerzel simplesmente ficou olhando para a frente com calma, esperando que a tensão da expectativa aumentasse. Então abriu um sorriso, seu corpo teve uma pequena convulsão e ele riu. Não foi uma risada estridente, nem uma gargalhada, mas o riso intenso, bem-humorado, de alguém que estivesse apreciando um breve instante de fantasia em sua imaginação. Um tipo contagiante de riso. A audiência repercutiu o bom humor e acabou rindo junto com ele.

Demerzel esperou que a risada geral terminasse e então, com os olhos brilhantes, emendou:

– Será realmente preciso que eu responda? – e ele estava sorrindo quando a tela ficou escura.

23

– Estou seguro de que funcionou – Seldon comentou. – Naturalmente, não devemos esperar por uma completa inversão na situação em questão de instantes. Isso leva tempo, mas as coisas estão caminhando na direção certa, agora. Reparei nisso quando interrompi o discurso de Namarti no *campus*. A plateia estava ao lado dele até que o enfrentei e me comportei como um arruaceiro, contra todas as probabilidades. Imediatamente, aquele público começou a mudar de lado.

– E você acha que esta é uma situação análoga? – Dors indagou, duvidando.

– Claro que é. Se não tenho a psico-história, posso usar a analogia, e também a inteligência com que nasci, suponho. Lá estava o primeiro-ministro, acossado por todos os lados com aquela acusação, que ele enfrentou com um sorriso e uma risada, a reação mais não robótica que poderia ter tido, de modo que essa atitude, em si, foi a resposta à questão. Naturalmente as simpatias começaram a pender para o lado dele. Nada pode deter isso. Porém, esse é o somente o começo. Vamos aguardar o que Mestre Solar Quatorze tem a dizer a respeito.

– Você também está confiante quanto a ele?

– Absolutamente.

24

O tênis era um dos esportes prediletos de Hari, mas ele preferia jogar em vez de ver os outros jogando. Portanto, era com impaciência que estava assistindo ao Imperador Cleon, trajando as roupas típicas para a prática, correndo de lá para cá na quadra para devolver as bolas. Na realidade, era um jogo de tênis imperial, assim chamado por ser uma atividade favorita dos imperadores; era uma versão do jogo na qual era usada uma raquete computadorizada que podia modificar ligeiramente o ângulo em que era empunhada por meio de pressões correspondentes no cabo. Hari havia tentado desenvolver essa técnica em diversas ocasiões, mas percebeu que levaria muito tempo treinando para chegar a dominá-la, e o tempo de Hari Seldon era por demais precioso para o que sem dúvida não passava de um entretenimento trivial.

Cleon fez uma jogada em que a bola era indefensável e com isso venceu a partida. Saiu marchando da quadra sob os cuidadosos aplausos dos funcionários que haviam acompanhado o jogo, e Seldon lhe disse:

– Parabéns, Majestade. Magnífica atuação da sua parte.

– Acha mesmo, Seldon? – Cleon respondeu com ar indiferente. – Todos eles tomam tanto cuidado para me deixar vencer. Não tenho nenhum prazer nisso.

– Nesse, caso, Majestade – Seldon sugeriu –, o senhor poderia ordenar que seus adversários jogassem melhor.

– Não ia adiantar nada. Continuariam tomando cuidado para perder, do mesmo jeito. E, se chegassem a ganhar, eu teria ainda menos prazer em ter perdido do que se ganhasse porque o outro entregou o jogo para mim. Ser Imperador tem seus contratempos, Seldon. Joranum teria descoberto isso, se tivesse conseguido se tornar um.

Então, foi para o seu vestiário particular de onde voltou no devido tempo, lavado, penteado e vestido de maneira mais formal.

– Agora, Seldon – ele retomou, dispensando todos os demais com um aceno de mão –, a quadra de tênis é o local mais privado que poderemos encontrar e o tempo está maravilhoso. Fiquemos ao ar livre. Acabei de ler a mensagem mycogeniana desse Mestre Solar Quatorze. Será o suficiente?

– Inteiramente, Majestade. Como Vossa Majestade leu, Joranum foi denunciado como traidor de Mycogen e está sendo acusado de blasfêmia pelo artigo mais rigoroso da lei. .

– E isso acaba com ele?

– Diminui fatalmente a importância que tem, Majestade. Agora, são poucos os que aceitam aquela história maluca de o primeiro-ministro ser um robô. Além disso, foi revelado que Joranum é um mentiroso e um impostor e, para piorar, ele foi pego no flagra.

– Pego no flagra, sim – Cleon repetiu, pensativo. – Você quer dizer que ser fingido é ser astuto e isso pode ser admirável, mas ser flagrado é ser estúpido e isso nunca é admirável.

– Vossa Majestade se expressa de modo sucinto.

– Então, Joranum não é mais um perigo.

– Disso não podemos estar certos, Majestade. Ele pode se recuperar, mesmo agora. Ele ainda conta com uma organização e alguns de seus seguidores continuarão leais a ele. A história fornece muitos exemplos de homens e mulheres que regressaram após a própria decadência com a mesma grandeza de antes, ou até mais.

– Sendo assim, vamos executá-lo, Seldon.

Seldon balançou a cabeça, discordando.

– Isso não seria aconselhável, Majestade. Vossa Majestade não desejará criar um mártir nem se comportar como um déspota.

Cleon franziu o cenho.

– Agora, você parece Demerzel falando. Toda vez que quero tomar alguma atitude de mais força, ele me vem com essa coisa de "déspota". Houve imperadores antes de mim que agiram com extrema força e por causa disso se tornaram admirados, além de terem sido considerados fortes e decididos.

– Sem dúvida, Majestade, mas é que vivemos em tempos conturbados agora. Além do mais, essa não é uma execução necessária. Vossa Majestade pode realizar seu propósito de uma maneira que o faça parecer esclarecido e *também* benevolente.

– *Parecer* esclarecido?

– *Ser* esclarecido, Majestade, me expressei mal. Executar Joranum seria o mesmo que se vingar, o que poderia ser interpretado como uma reação ignóbil. Como Imperador, entretanto, Vossa Majestade pode ter uma atitude generosa, até mesmo paternal, com respeito às crenças de todas as pessoas. Vossa Majestade não faz distinção, pois é o Imperador de todos, igualmente.

– O que é que você está dizendo?

– Estou dizendo que Joranum maculou a honra dos mycogenianos e que Vossa Majestade está horrorizado com esse sacrilégio, uma vez que ele nasceu lá. O que Vossa Majestade poderia fazer ainda melhor do que entregar Joranum nas mãos dos mycogenianos e deixar que eles cuidem do problema? Vossa Majestade será aplaudido por sua correta atenção imperial.

– Então, os mycogenianos irão executá-lo?

– Pode ser que sim, Majestade. As leis deles contra blasfêmia são excessivamente severas. Na melhor das hipóteses, irão mantê-lo em prisão perpétua fazendo serviços forçados.

– Muito bom – Cleon sorriu. – Fico com o crédito de ter sido compassivo e tolerante e eles fazem o trabalho sujo.

– Isso mesmo, caso Vossa Majestade lhes entregasse Joranum. Ainda assim, contudo, ele se tornaria um mártir.

– Agora você está me deixando confuso. O que quer que eu faça, então?

– Deixe que Joranum escolha. Diga que sua preocupação com o bem-estar de todos os povos do seu Império impõe que Vossa Majestade o entregue aos mycogenianos para ser julgado, mas que seu lado humano teme que os mycogenianos venham a ser severos demais. Portanto, à guisa de alternativa, ele pode escolher ser banido para Nishaya, o mundo pequeno e remoto que ele *afirmou* ser sua terra natal, onde viverá o resto da vida em paz e no anonimato. Naturalmente, Vossa Majestade providenciará para que seja mantido sob vigilância.

– E isso resolve a questão.

– Certamente. Joranum estará praticamente cometendo suicídio se decidir voltar a Mycogen, e ele não me parece ser do tipo suicida. Ele certamente escolherá ir para Nishaya e, embora esse seja o caminho mais sensato, também está desprovido de heroísmo. Na qualidade de refugiado em Nishaya, ele dificilmente conseguirá liderar algum movimento destinado a tomar posse do Império. Seu grupo de seguidores seguramente será desmantelado. Eles poderiam seguir um mártir com um zelo sagrado, mas seria efetivamente muito difícil que seguissem um covarde.

– Incrível! Como foi que pensou em tudo isso, Seldon? – e na voz de Cleon soava um tom evidente de admiração.

Seldon apenas respondeu:

– Bem, pareceu razoável supor...

– Deixa para lá – Cleon interrompeu, abruptamente. – Não penso que você vá me dizer a verdade, e nem que eu a compreenderia mesmo que você dissesse, mas uma coisa eu posso afirmar: Demerzel será destituído. Essa última crise provou ser demais para ele e concordo quando diz que está na hora de ele se aposentar. Mas não posso ficar sem um primeiro-ministro e, deste momento em diante, é você.

– *Majestade!* – Seldon exclamou, preso de um sentimento misto de horror e estupefação.

– Primeiro-ministro Hari Seldon – Cleon arrematou, em voz calma. – É o desejo do Imperador.

25

– Não fique assustado – Demerzel disse. – Foi minha sugestão. Já fiquei aqui tempo demais e a sucessão de crises chegou ao ponto em que o cumprimento das Três Leis me paralisa. Você é o sucessor lógico.

– Eu *não* sou o sucessor lógico – Seldon rebateu com veemência. – O que é que *eu* sei sobre comandar um Império? O Imperador é tolo o bastante para acreditar que solucionei essa crise usando a psico-história. Claro que não fiz isso.

– Não importa, Hari. Se ele *acredita* que você deu uma resposta via psico-história, ele o ouvirá com muita atenção e isso fará de você um bom primeiro-ministro.

– Ele talvez me ouça e acabe indo direto no rumo da destruição.

– Acho que o seu bom senso, ou *intuição*, irão mantê-lo no caminho... com ou sem psico-história.

– E o que é que eu faço sem você, Daneel?

– Obrigado por me chamar assim. Não sou mais Demerzel, apenas Daneel. Quanto ao que você fará sem mim, que tal tentar colocar em prática algumas das ideias de Joranum sobre igualdade e justiça social? Talvez ele não tenha falado a sério, talvez só tenha usado esses ideais como estratégia para cativar aliados, mas em si não são maus conceitos. E veja como Raych é capaz de ajudá-lo nisso. Ele se manteve ao seu lado contrariando sua atração pessoal pelas ideias de Joranum, e pode estar se sentindo dividido e um tanto traidor. Mostre a ele que não é. Além disso, você pode se dedicar ainda mais à psico-história, pois o Imperador o apoiará nessa empreitada de corpo e alma.

– E *você*, Daneel, o que vai fazer?

– Há outras coisas na Galáxia às quais devo dar atenção. Ainda existe a Lei Zero e devo trabalhar pelo bem da humanidade, conforme me for possível determinar o que é esse bem. E, Hari...

– Sim, Daneel.

– Você ainda tem Dors.

Seldon concordou com um movimento de cabeça.

– Sim, eu ainda tenho Dors. – Ele parou por um momento antes de corresponder à firmeza do aperto de mão de Daneel. – Adeus, Daneel.

– Adeus, Hari – respondeu Daneel.

E com isso, o robô se virou e partiu, e seu pesado manto de primeiro-ministro farfalhava acompanhando suas passadas. Daneel se afastou de cabeça erguida, costas retas, atravessando o corredor do palácio.

Depois da saída de Daneel, Seldon ainda permaneceu ali por mais alguns instantes, perdido em seus pensamentos. De repente, começou a andar na direção dos aposentos do primeiro-ministro. Seldon tinha mais uma coisa a dizer a Daneel, a mais importante de todas.

Seldon hesitou, sob a suave iluminação do corredor antes de entrar no apartamento de Daneel, mas o aposento estava vazio. O manto escuro estava jogado sobre uma cadeira. As últimas palavras de Hari para o robô ecoaram na câmara vazia:

– Adeus, meu amigo.

Eto Demerzel não existia mais. E R. Daneel Olivaw havia desaparecido.

PARTE 2

CLEON I

——— Cleon I...

Embora tenha recebido elogios por ter sido o último Imperador sob cujo reinado o Primeiro Império Galáctico foi mantido razoavelmente unido e razoavelmente próspero, os vinte e cinco anos de Cleon I no trono constituíram um período de declínio contínuo. Ele não pode ser considerado diretamente responsável por esse processo, pois o Declínio do Império baseou-se em fatores políticos e econômicos fortes demais para que qualquer pessoa os pudesse controlar, naquela época. Cleon I foi afortunado na escolha de seus primeiros-ministros: Eto Demerzel e, depois, Hari Seldon, matemático desenvolvedor da psico-história, na qual o Imperador nunca deixou de acreditar. Cleon e Seldon, como alvos da derradeira conspiração joranumita e seu clímax bizarro...

ENCICLOPÉDIA GALÁCTICA

1

MANDELL GRUBER ERA UM HOMEM FELIZ. Certamente era o que parecia a Hari Seldon. Seldon interrompeu seus exercícios matinais para observá-lo.

Talvez se aproximando dos cinquenta anos, um pouco mais jovem do que Seldon, Gruber tinha a pele um tanto marcada por seu trabalho contínuo nos jardins do Palácio Imperial, mas sem dúvida seu rosto bem barbeado estava sempre alegre, e seu escalpo rosado não era muito protegido pelos cabelos ralos, cor de areia. Enquanto inspecionava as folhas dos arbustos em busca de sinais de alguma praga, seguia assobiando baixinho.

Naturalmente, ele não era o jardineiro-chefe do Palácio Imperial. Esse cargo era de um funcionário do alto escalão que tinha um escritório palaciano em um dos edifícios do enorme complexo imperial, com um verdadeiro exército de homens e mulheres sob seu comando. O mais provável era que ele inspecionasse as áreas externas do palácio não mais do que uma ou duas vezes por ano.

Gruber era apenas um integrante daquele exército. Seldon sabia que o título daquele funcionário era jardineiro de primeira classe e que fora bem merecido, após trinta anos de leais serviços prestados.

Tendo parado no caminho de pedrisco perfeitamente nivelado, Seldon comentou:

– Mais um dia maravilhoso, Gruber.

Gruber levantou o olhar e seus olhos cintilaram.

– É verdade, primeiro-ministro, e tenho dó daqueles que ficam presos em suas jaulas.

– Você quer dizer, como eu estarei, daqui a pouco.

– Não há muita coisa a respeito do senhor para as pessoas ficarem sentindo pena, primeiro-ministro, mas se o senhor está para desaparecer num desses prédios em um dia como o de hoje, isso dá um pouco de pena ao nosso pequeno grupo de felizardos que podem ficar ao ar livre.

– Agradeço sua simpatia, Gruber, mas você sabe que temos quarenta bilhões de trantorianos vivendo sob o domo. Você sente pena de todos eles?

– Sinto, sim. Sou grato por não ter nascido em Trantor, e por isso pude me candidatar para a vaga de jardineiro. Existem poucos de nós, neste mundo, que podem trabalhar a céu aberto, mas cá estou eu, um desses poucos afortunados.

– Mas o tempo nem sempre é tão ideal como o de hoje.

– Isso é verdade. E já estive ao ar livre embaixo de chuvas torrenciais e de ventos uivantes. Mesmo assim, desde que a pessoa esteja com o traje adequado... Olhe – e Gruber abriu os braços para os lados, tão amplo quanto seu sorriso, como se quisesse abarcar todo o vasto terreno em torno do palácio. – Tenho amigos: as árvores, os gramados, todas as formas de vida animal que me fazem companhia... e arbustos que preciso podar para que cresçam em formas geométricas, até mesmo no inverno. O senhor alguma vez *viu* a geometria dos jardins, primeiro-ministro?

– Estou olhando para ela neste exato momento, não estou?

– Quero dizer, o desenho do projeto, visto de cima, assim podemos realmente apreciá-lo em sua totalidade... e ele é mesmo maravilhoso. Esse paisagismo foi planejado por Tapper Savand, há mais de cem anos, e mudou muito pouco desde então. Tapper foi um grande paisagista, o melhor deles, e ele veio do meu planeta.

– Anacreon, se não me engano?

– Isso mesmo. Um mundo bem distante, perto da borda da Galáxia, onde ainda existe natureza selvagem e a vida pode ser amena. Vim para cá quando eu era jovem e inexperiente, na época em que o jardineiro-chefe foi empossado pelo antigo Imperador. Claro que, agora, estão falando de redesenhar os jardins. – Gruber deu um suspiro profundo e balançou a cabeça. – Isso seria um erro. Eles estão em ordem do jeito que estão agora, em proporções adequadas, bem equilibradas, agradáveis tanto aos olhos como ao espírito. Mas é verdade que, ao longo da história, estes jardins têm passado por modificações. Os imperadores se cansam do que é antigo e estão sempre em busca de algo novo, como se o que é novo fosse melhor de algum modo. Nosso atual Imperador, que tenha vida longa, está planejando um novo desenho para os jardins junto com o jardineiro-chefe. Pelo menos, é isso que os jardineiros andam comentando entre si. – Essa última sentença ele acrescentou rapidamente, como se o envergonhasse ajudar a espalhar os boatos palacianos.

– Pode ser que não aconteça tão em breve.

– Espero que não, primeiro-ministro. Por favor, se o senhor tiver oportunidade de separar algum tempo desse trabalho extenuante que o senhor deve estar realizando, estude o desenho destes jardins. O que temos aqui é de uma beleza rara e, se dependesse de mim, nenhuma folha deveria ser removida, nem uma flor, nem um coelho, nada, em todas estas centenas de quilômetros quadrados.

– Gruber, você é um sujeito dedicado – Seldon sorriu. – Não me surpreenderia se um dia você ainda se tornasse jardineiro-chefe.

– Que o destino me poupe disso. O jardineiro-chefe não respira ar puro, não contempla nenhuma vista natural, esquece-se de tudo que aprendeu com a natureza. Ele vive lá dentro – e Gruber apontou com ar de desprezo – e acho que não sabe mais a diferença entre uma moita e um riacho, a menos que algum serviçal pegue-o pelo braço e o faça enfiar a mão em um e depois no outro.

Por um instante, Gruber deu a impressão de que iria expectorar todo o seu desdém, mas não estava encontrando nenhum lugar onde cuspir o produto de sua indignação.

Seldon riu discretamente.

– Gruber, é sempre bom falar com você. Quando estou assoberbado pelas obrigações do dia, é um prazer tirar alguns minutos para ouvir sua filosofia de vida.

– Ah, primeiro-ministro, não sou filósofo, não. Minha educação foi muito precária.

– Você não precisa de instrução para ser filósofo. Só de uma mente ativa e de suas experiências de vida. Cuide-se, Gruber. É capaz de eu conseguir uma promoção para você.

– Se o senhor apenas puder me deixar onde estou, primeiro-ministro, contará com minha total gratidão.

Seldon continuava sorrindo quando seguiu em frente, mas seu sorriso se desfez assim que sua mente se voltou para os problemas atuais. Dez anos ocupando o posto de primeiro-ministro, e se Gruber soubesse quão profundamente esgotado esse cargo deixava Seldon, a simpatia do jardineiro teria aumentado ainda mais. Será que Gruber conseguiria compreender o fato de que os avanços de Seldon na técnica da psico-história traziam a promessa de colocá-lo diante de um dilema insustentável?

2

A meditativa caminhada de Seldon pelos jardins do palácio era o epítome da paz. Era difícil acreditar que ali, em meio aos domínios mais imediatos do Imperador, havia um mundo que, exceto por essa área, encerrava-se totalmente dentro de um domo. Ali, naquele ponto, ele podia estar em sua terra natal, Helicon, ou no mundo de onde Gruber viera, Anacreon.

Naturalmente, aquela sensação de paz era ilusória. Os jardins eram protegidos pelo numeroso corpo da guarda, incumbido de sua segurança.

Certa vez, mil anos atrás, a área do Palácio Imperial – muito menos palaciana, muito menos diferenciada de um mundo que estava somente começando a construir domos sobre regiões individuais – tinha se mantido aberta a todos os cidadãos e o próprio Imperador podia caminhar por suas trilhas, sem a proteção de guardas, cumprimentando seus súditos com leves acenos de cabeça.

Agora, não mais. Imperavam os dispositivos de segurança e ninguém, nem mesmo de Trantor, poderia invadir aquela área. Entretanto, isso não afastava o perigo, pois este por vezes se apresentava na forma de atitudes de funcionários imperiais descontentes ou de soldados corruptos e subornados. Era no âmbito *interno* de sua própria administração que o Imperador e sua equipe corriam o maior perigo. O que teria acontecido se, naquela ocasião, quase dez anos antes, Seldon não estivesse na companhia de Dors Venabili?

Havia sido durante seu primeiro ano como primeiro-ministro, e era bastante natural, ele supôs (após o incidente), que sua inesperada escolha para o cargo despertasse intensos sentimentos de inveja e rancor. Muitos outros possíveis candidatos, bem mais qualificados em termos de preparo – com anos de serviços e, principalmente, acreditando que eles mesmos eram melhores –, possivelmente encaravam aquela nomeação com muita raiva. Não estavam cientes do projeto da psico-história nem da importância que o Imperador lhe dava, e a maneira mais fácil de corrigir essa situação era corromper um dos protetores mais fiéis do primeiro-ministro.

Dors deveria ter desconfiado mais do que o próprio Seldon. Ou ainda, depois que Demerzel saíra de cena, suas instruções para a guarda de Seldon devem ter sido reforçadas. A verdade foi que, ao longo dos primeiros anos do mandato de Hari como primeiro-ministro, ela esteve pessoalmente ao lado dele com muita frequência.

E, no final de tarde de um dia quente e ensolarado, Dors captou o reflexo do sol poente – um sol nunca visto sob o domo de Trantor – no metal de um desintegrador.

– Abaixe, Hari! – ela gritou de repente, e suas pernas esmagaram a relva quando ela correu na direção do sargento.

– Dê-me esse desintegrador, sargento – ela disse rigidamente.

O provável assassino, momentaneamente imobilizado pela inesperada visão de uma mulher que vinha correndo na sua direção, reagiu com rapidez e ergueu o desintegrador desembainhado.

Mas ela já estava em cima dele, e a mão de Dors, que segurava o punho direito do soldado com uma força de aço, o levantou para o alto.

– Solte – ela ordenou, praticamente rosnando essa ordem.

O rosto do dele se contraiu quando tentou desvencilhar o braço.

– Nem tente, sargento – disse Dors. – Meu joelho está a poucos centímetros de sua virilha e, se você piscar, seus órgãos genitais vão ser destruídos. Portanto, fique parado. Muito bem. Certo. Agora, abra a mão. Se não deixar o desintegrador cair *agora* no chão, eu vou acabar com o seu braço.

Um jardineiro apareceu correndo, empunhando um rastelo. Dors o afastou com um aceno. O sargento deixou cair o desintegrador no chão.

Seldon tinha chegado.

– Agora, eu cuido disso, Dors.

– Você *não* vai cuidar disso. Vá para aquele grupo de árvores e leve o desintegrador. Pode haver outras pessoas envolvidas, e talvez prontas para agir.

Ainda apertando o braço do inimigo, Dors prosseguiu:

– Agora, sargento, quero o nome dessa pessoa que o convenceu a atentar contra a vida do primeiro-ministro... e também o nome de todos os outros que estão nisso com você.

Ele permaneceu calado.

– Não seja idiota – Dors insistiu. – Fale! – Ela torceu o braço do rapaz e ele caiu de joelhos. Ela forçou o pé contra o pescoço dele. – Se você acha que o silêncio o favorece, posso esmagar a sua laringe e você ficará em silêncio pelo resto da vida. E, inclusive antes disso, eu vou causar um *tremendo* estrago em você e não deixarei nenhum osso inteiro em todo o seu corpo. Então, é melhor você falar.

O sargento falou.

Mais tarde, Seldon disse a ela:

– Como você pôde fazer aquilo, Dors? Nunca pensei que você fosse capaz de tamanha... *violência.*

– Na realidade, eu não o machuquei muito, Hari – Dors respondeu, com frieza. – A ameaça foi suficiente. De todo modo, a sua segurança era prioridade.

– Você devia ter deixado que eu cuidasse dele.

– Por quê? Para salvaguardar seu orgulho masculino? Para início de conversa, você não teria sido rápido o suficiente. Em segundo lugar, fosse qual fosse a atitude que você tivesse conseguido tomar, ela seria considerada normal, vinda de um homem. Eu sou mulher e as mulheres, de acordo com a crença popular, não são consideradas criaturas tão ferozes quanto os homens e, em geral, a maioria não tem de fato a força para fazer o que eu fiz. Quanto mais repetirem essa história, mais ela vai aumentar e todos vão morrer de medo de mim. Ninguém mais vai ousar ferir você por temerem o que eu possa fazer.

– Vão morrer de medo de você e de ser executados. O sargento e seus cúmplices serão mortos, você sabe.

Ouvindo isso, uma expressão de angústia recobriu o semblante de Dors, normalmente sereno, como se ela não pudesse suportar a ideia de aquele sargento traidor ser executado, ainda que, se ele tivesse a oportunidade, liquidaria seu adorado Hari sem hesitar.

Ela então exclamou:

– Mas não há necessidade de executar os conspiradores. Mandá-los para o exílio será suficiente.

– Não, não será – afirmou Seldon. – É tarde demais. Cleon não aceitará nada além de uma execução e posso inclusive citar textualmente as palavras dele, se você quiser.

– Você quer dizer que ele já decidiu?

– No mesmo instante. Eu sugeri a ele que exílio ou encarceramento seria o suficiente, mas ele disse que não. As palavras dele foram: "Toda vez que tento resolver um problema usando diretamente a força, primeiro Demerzel e agora você ficam dizendo que sou um déspota e um tirano. Só que este é o *meu* Palácio Imperial. Aqui é o *meu* território. Estes são os *meus* guardas. Minha segurança depende da segurança deste lugar e da lealdade do meu povo. Você acha que algum nível de desvio da mais absoluta lealdade pode ser enfrentado com algo senão a morte instantânea? De que outro modo você estará seguro? De que outro modo *eu* estarei a salvo?". Eu disse que deveria haver um julgamento. E ele respondeu: "Claro, um rápido tribunal militar e não espero nem um único voto a favor de outra solução que não seja a execução. Deixarei isso perfeitamente claro".

– Você está acatando isso com muita facilidade – Dors pareceu aterrorizada. – Você concorda com o Imperador?

Relutando, Seldon meneou a cabeça.

– Não.

– Porque foi uma tentativa contra a *sua* vida. Você abandonou seus princípios por uma mera questão de vingança?

– Ora, Dors, não sou um sujeito vingativo. No entanto, eu não fui o único a correr o risco, nem mesmo o Imperador. Se uma coisa nos tem mostrado a história recente do Império é que os imperadores vêm e vão. É a psico-história que deve ser protegida. Sem dúvida, ainda que algo me aconteça, a psico-história será desenvolvida um dia, mas o Império está decaindo rapidamente e não podemos esperar... e só eu tenho progredido o suficiente para obter as técnicas necessárias a tempo.

– Então – Dors disse, em tom grave –, você deveria ensinar o que sabe a outras pessoas.

– Estou fazendo isso. Yugo Amaryl é um sucessor razoável e formei um grupo de técnicos que futuramente serão úteis, mas não serão tão... – e ele fez uma pausa.

– Não serão tão bons quanto você, tão sábios, tão capazes? Sério?

– Por acaso penso assim – Seldon confessou. – E por acaso sou humano. A psico-história é minha e, se eu conseguir concretizá-la, quero esse crédito.

– Humano... – Dors repetiu, com um suspiro, balançando a cabeça quase que com tristeza.

As execuções foram realizadas. Nenhum expurgo desse tipo tinha sido posto em prática em quase um século. Dois ministros, cinco oficiais de hierarquia inferior e quatro soldados, incluindo o desafortunado sargento, foram mortos. Todos os guardas que não foram isentados por uma investigação radicalmente rigorosa foram exonerados de seus postos e exilados no mais remoto local dos Mundos Exteriores.

Desde então, não se ouviu mais nenhum murmúrio sobre deslealdade, e o cuidado com o qual o primeiro-ministro era protegido pela guarda se tornara tão notório – sem mencionar a aterrorizante mulher, chamada "Mulher-Tigre" por muitos, que era a guardiã dele – que não era mais necessário que Dors o acompanhasse a toda parte. Sua presença invisível era um escudo adequado e o Imperador Cleon usufruiu quase dez anos de tranquilidade e segurança absoluta.

Entretanto, a psico-história por fim estava atingindo o ponto em que era possível fazer certo tipo de previsões e, enquanto atravessava o pátio para passar de seu escritório (como primeiro-ministro) para seu laboratório (de psico-história), Seldon estava incomodamente ciente da probabilidade de que essa era de paz talvez estivesse chegando ao fim.

3

Mas, apesar de tudo, Hari Seldon não conseguiu reprimir a onda de satisfação que o inundou quando entrou em seu laboratório.

Como as coisas tinham mudado!

Tudo havia começado vinte anos antes, com seus próprios rabiscos naquele computador de segunda categoria que ele tinha em Helicon. Fora naquela época que lhe ocorrera, de maneira nebulosa, o primeiro vislumbre daquilo que viria a se tornar a matemática paracaótica.

Depois, tinham se passado aqueles anos na Universidade de Streeling durante os quais ele e Yugo Amaryl haviam trabalhado juntos para tentar renormalizar as equações, livrar-se das infinidades inconvenientes e achar um jeito de evitar os piores efeitos caóticos. Na realidade, tinham progredido pouco.

Agora, porém, após dez anos ocupando o cargo de primeiro--ministro, ele possuía um andar inteiro de computadores de última geração e uma equipe completa de profissionais ocupados com uma ampla variedade de problemas.

Por precaução, ninguém da equipe – além de Yugo e de Seldon, naturalmente – podia realmente saber muito além do problema imediato com o qual estivesse ocupado. Cada membro daquele grupo trabalhava em apenas uma pequena ravina ou afloramento na face da gigantesca cadeia montanhosa da psico-história que apenas Seldon e Yugo eram capazes de enxergar como uma cadeia montanhosa, e ainda assim eles a podiam divisar apenas vagamente, pois seus cumes se escondiam entre as nuvens e suas encostas eram veladas pela névoa úmida.

Claro que Dors Venabili estava certa. Ele teria de começar a iniciação de sua equipe na totalidade do mistério. A técnica estava avançando para uma dimensão que ficaria bem além do que apenas dois homens poderiam lidar. E Seldon estava envelhecendo. Mesmo que ainda pudesse esperar ter mais algumas décadas de vida, seus anos mais produtivos como inovador e pioneiro seguramente já haviam ficado para trás.

Até mesmo Yugo Amaryl completaria trinta e nove anos em um mês e, embora essa ainda fosse pouca idade, talvez não fosse claramente pequena para um matemático. E Yugo já vinha trabalhando naquela problemática quase tanto tempo quanto o próprio Seldon. Sua capacidade para raciocinar de maneira nova e tangencial também deveria estar enfraquecendo.

Amaryl vira Hari entrar e, então, se aproximou dele. Seldon olhou para ele afetuosamente. Amaryl era tão dahlita quanto seu filho adotivo, Raych, mas, apesar de seu físico musculoso e da baixa estatura, não parecia dahlita de jeito nenhum. Não usava o clássico bigode, não tinha o sotaque característico e, ao que parecia, não apresentava nenhum vestígio da consciência dahlita. Inclusive, fora imune ao fascínio exercido por Jo-Jo Joranum, o demagogo que tão profundamente impressionara o povo de Dahl.

Era como se Amaryl não reconhecesse nenhum tipo de patriotismo setorial, planetário ou até mesmo imperial. Completa e inteiramente, ele pertencia à psico-história.

Seldon sentiu uma fisgada de insuficiência. Ele mesmo permanecia consciente de seus primeiros vinte anos em Helicon e não havia meios de impedir que pensasse como um cidadão heliconiano. Por um momento, Seldon se perguntou se essa consciência não o acabaria traindo, levando-o a enviesar seus pensamentos sobre a psico-história. Num plano ideal, para usar adequadamente a psico-história, a pessoa deveria estar alheia a mundos e setores, lidando somente com a humanidade no abstrato sem rosto, e era isso que Amaryl fazia. E ele não – Seldon admitiu para si mesmo, suspirando baixinho.

– Hari, acho que *estamos* progredindo – informou Amaryl.

– Você acha, Yugo? Só acha?

– Não quero saltar no espaço sideral sem um traje pressurizado – comentário feito com total seriedade (Seldon sabia que Amaryl não tinha um senso de humor muito desenvolvido). Os dois foram então para seu escritório particular, pequeno, mas bem protegido.

Amaryl sentou-se e cruzou as pernas. Então continuou:

– Seu mais recente método para contornar o caos pode ser parcialmente funcional, mas perde em precisão, naturalmente.

– Claro que sim. O que ganhamos indo em frente, perdemos em rodeios. É desse jeito que o universo funciona. Temos apenas de enganá-lo de algum modo.

– Nós o enganamos um pouco. É como espiar através de uma vidraça coberta de geada.

– Melhor do que todos os anos em que ficamos tentando enxergar através de chumbo.

Amaryl resmungou alguma coisa consigo mesmo e então emendou:

– Podemos captar lampejos de luz e escuridão.

– Explique!

– Não consigo, mas tenho o Primeiro Radiante no qual venho trabalhando como um... um...

– Que tal lamec? É um animal, uma besta de carga, que temos em Helicon. Ele não existe em Trantor.

– Se o lamec trabalha muito, então é assim que posso falar do meu trabalho com o Primeiro Radiante.

Yugo pressionou o botão de segurança em sua escrivaninha e uma gaveta se destravou e deslizou, abrindo-se silenciosamente. De lá, ele retirou um cubo escuro e opaco que Seldon examinou com interesse. Ele mesmo havia trabalhado nos circuitos do Primeiro Radiante, mas Amaryl tinha construído o objeto. Amaryl era muito habilidoso com as mãos.

A sala ficou escura e equações e relacionamentos reluziram no ar. Os números se difundiam debaixo delas, pairando logo acima da superfície da escrivaninha, como se estivessem suspensos por fios invisíveis de títeres.

– Maravilhoso – comentou Seldon. – Algum dia, se vivermos até lá, faremos o Primeiro Radiante produzir um rio de símbolos matemáticos que mapearão a história passada e a futura. Nesse rio, encontraremos correntes e remoinhos e descobriremos maneiras de transformá-los de tal modo que os obrigaremos a seguir outras correntes e remoinhos, conforme a nossa preferência.

– Sim – Amaryl concordou, seco. – Se conseguirmos viver com o conhecimento de que as atitudes que tomamos, inspiradas por nossas melhores intenções, podem acabar revelando os piores resultados.

– Acredite quando lhe digo, Yugo, que não há uma noite em que eu vá para a cama sem que esse mesmo pensamento não me acompanhe e torture. Ainda assim, não chegamos a tal ponto. A única coisa que temos é isto que, como você mesmo disse, não passa de lampejos de luz e escuridão que entrevemos de maneira difusa através de uma vidraça coberta de geada.

– É bem isso.

– E o que é que você acha que vê, Yugo? – Seldon observava Amaryl bem de perto, com uma expressão um tanto sombria. Ele estava engordando, ficando um pouco cheio demais. Passava tempo demais trabalhando diante do computador (e, agora, no Primeiro Radiante) e não fazia exercícios físicos suficientes. E, embora tivesse a companhia de uma mulher de vez em quando, Seldon sabia que ele nunca havia se casado. Que erro! Até mesmo um viciado em trabalho é forçado a parar um pouco de trabalhar para sentir prazer com sua parceira, para atender às necessidades dos filhos.

Seldon pensou em seu físico ainda em boas condições e em como Dors se esforçava para mantê-lo desse jeito.

– O que eu vejo? – indagou Amaryl. – O Império está numa enrascada.

– O Império sempre esteve numa enrascada.

– Sim, mas é algo mais específico. Existe a possibilidade de termos problemas no centro.

– Em Trantor?

– É o que presumo. Ou na Periferia. Ou haverá uma situação ruim aqui... talvez uma guerra civil... ou os Mundos Exteriores mais remotos começarão a se desmantelar.

– Seguramente, não precisamos da psico-história para assinalar tais possibilidades.

– O interessante é que parece existir uma mútua exclusividade. Uma coisa ou a outra. A probabilidade de as duas ocorrerem juntas é muito pequena. Aqui! Veja! É a sua própria matemática. Observe!

Por algum tempo, os dois ficaram curvados sobre a exposição do Primeiro Radiante. Finalmente, Seldon comentou:

– Não consigo enxergar *por que* os dois eventos devam ser mutuamente exclusivos.

– Eu também, Hari; mas qual é o valor da psico-história se ela só nos mostra o que veríamos de uma maneira ou de outra? Isto está nos mostrando algo que *não* veríamos. O que não nos mostra, porém, é, em primeiro lugar, qual a melhor alternativa, e, em segundo, o que fazer para que aconteça o melhor e para diminuir a chance de ocorrer o pior.

Seldon enrugou os lábios, e então completou, lentamente:

– Eu posso lhe dizer qual alternativa é melhor: perder a Periferia e manter Trantor.

– É mesmo?

– Sem dúvida. Devemos manter Trantor estável, se não por outro motivo, por estarmos aqui.

– Certamente o seu conforto pessoal não é o ponto decisivo.

– Não, mas a psico-história é. Que bem poderá advir de manter-mos intacta a Periferia se as condições em Trantor nos forçarem a parar de trabalhar na psico-história? Não digo que seremos mortos, mas que podemos nos tornar incapazes de trabalhar. O nosso destino depende do desenvolvimento da psico-história. Quanto ao Império, se a Periferia se desagregar do todo, apenas dará início a uma desintegração que levará um longo tempo até chegar ao núcleo.

– Mesmo que você esteja certo, Hari, o que temos de fazer para manter Trantor estável?

– Antes de mais nada, temos de pensar sobre isso.

Os dois ficaram em silêncio alguns instantes, mas, depois, Seldon completou:

– Pensar não é algo que me deixe feliz. E se o Império estiver totalmente no rumo errado, desde o início de sua história? Penso nisso todas as vezes que converso com Gruber.

– E quem é Gruber?

– Mandell Gruber, um jardineiro.

– Ah... Aquele que veio correndo com o rastelo para salvá-lo no dia em que tentaram assassinar você?

– Sim. Sempre fui grato a ele por isso. Ele tinha somente um rastelo contra possivelmente outros conspiradores portando desintegradores. Isso é lealdade. De todo modo, conversar com ele é como respirar ar puro. Não posso gastar todo o meu tempo falando com oficiais da corte e com psico-historiadores.

– Obrigado.

– Ora, Yugo! Você sabe o que quero dizer. Gruber gosta de liberdade, do ar livre. Ele quer o vento, a chuva e o frio que morde as carnes e mais qualquer outra coisa que o clima real possa oferecer a ele. Às vezes, eu mesmo sinto falta disso.

– Eu não. Não me importaria se nunca fosse para o ar livre.

– Você foi criado dentro do domo, mas imagine que o Império consistisse em mundos simples, não industrializados, organizados em torno do pastoreio e da lavoura, com populações reduzidas e espaços abertos. Não estaríamos todos vivendo melhor?

– Para mim parece horrível.

– Tive algum tempo livre para investigar essa possibilidade da melhor maneira que pude. Parece-me que é um caso de equilíbrio instável. Um mundo escassamente povoado como o que descrevi ou se torna moribundo e empobrecido, descambando para um nível próximo do animal, desprovido de cultura, ou se industrializa. Esse mundo está equilibrado no fio de uma navalha e pode cair para qualquer um dos lados e, como se viu, praticamente todos os mundos da Galáxia penderam para o lado da industrialização.

– Porque é melhor.

– Talvez. Mas não podemos continuar indefinidamente. Estamos assistindo aos resultados dos excessos dessa tendência industrial. O Império não pode existir muito mais tempo porque ele... ele se superaqueceu. Não consigo pensar em outra palavra para me expressar. O que virá em seguida eu não sei. Se, por meio da psico-história, conseguirmos prevenir a Queda ou, mais provavelmente, forçarmos uma recuperação após a Queda, seria apenas para garantir um próximo período de superaquecimento? Será esse o único futuro para a humanidade, empurrando a rocha, como Sísifo até o alto da colina, e então vê-la descer rolando a encosta até embaixo, mais uma vez?

– Quem é Sísifo?

– Um personagem de um mito primitivo. Yugo, você deve ler mais.

– Para eu poder me informar a respeito de Sísifo? Não é importante – Amaryl deu de ombros. – Talvez a psico-história nos mostre um caminho até uma sociedade inteiramente nova, completamente diferente de tudo que já vimos, e que seja estável e desejável.

– Espero que sim – Seldon suspirou. – Espero que sim, mas não há nenhum sinal disso, por ora. Quanto ao futuro próximo, teremos apenas de nos esforçar para deixar que a Periferia se vá. Isso marcará o início da Queda do Império Galáctico.

4

– Então, eu disse a Yugo: – Hari Seldon explicou – "Isso marcará o início da Queda do Império Galáctico". E marcará mesmo, Dors.

Dors ouvia, com os lábios apertados. Aceitara o mandato de Seldon como primeiro-ministro da mesma maneira como aceitava tudo: calmamente. Sua única missão era protegê-lo e proteger a psico-história em que ele trabalhava, mas ela sabia muito bem que essa tarefa tinha se tornado mais difícil com as imposições daquele cargo. A melhor segurança era passar despercebido e, enquanto a Espaçonave-e-Sol, o símbolo do Império, brilhasse sobre Seldon, todas as barreiras físicas atualmente existentes seriam insatisfatórias.

O luxo em que viviam agora – com o cuidadoso escrutínio de feixes-espiões e a meticulosa proteção contra interferências físicas, as vantagens para sua própria pesquisa histórica, uma vez que ela se tornara capaz de empregar fundos praticamente ilimitados, não a satisfazia. De bom grado, Dors teria trocado tudo isso por seus antigos aposentos na Universidade de Streeling. Ou, o que seria ainda melhor, por um apartamento anônimo num setor anônimo, onde ninguém os conhecesse.

– Tudo isso está muito bom, Hari, querido – ela respondeu –, mas não é o bastante.

– O que não é o bastante?

– A informação que você está me dando. Você diz que poderíamos perder a Periferia. Como? Por quê?

Seldon sorriu brevemente.

– Seria muito bom saber, Dors, mas a psico-história ainda não está no estágio de poder nos dizer isso.

– Muito bem. Dê sua opinião, então, Hari. É por causa da ambição dos governadores locais desses mundos remotos em declarar sua independência?

– Esse é um fator, certamente. Já aconteceu no passado, como você sabe muito melhor do que eu, com seus conhecimentos de história; mas nunca por muito tempo. Pode ser que, desta vez, seja em caráter permanente.

– Porque o Império está mais fraco?

– Sim, porque o comércio flui com menor liberdade do que antes, porque as comunicações estão mais emperradas do que eram, porque os governadores da Periferia, na realidade, estão mais próximos da independência do que em qualquer outro momento. Se um deles se destacar, com ambições particulares...

– Você poderia saber qual seria?

– De jeito nenhum. O máximo que podemos extrair da psico-história, neste estágio, é o conhecimento definitivo de que *se* surgir um governador com habilidade incomum e fortes ambições, ele topará com condições mais compatíveis com seus propósitos do que se isso acontecesse no passado. Também poderia ocorrer devido a outros fatores, como algum grande desastre natural ou uma guerra civil repentina entre duas distantes coalizões nos Mundos Exteriores. Por ora, nada disso pode ser previsto com precisão, mas podemos dizer que qualquer coisa desse gênero que venha a acontecer terá consequências mais sérias do que seria o caso há um século.

– Mas, se você não souber com mais precisão o que acontecerá na Periferia, como poderá guiar as ações para garantir que ela se vá, e não Trantor?

– Mantendo uma atenção concentrada nesses dois focos e tentando estabilizar Trantor, *sem* tentar estabilizar a Periferia. Não podemos esperar que a psico-história organize os eventos automaticamente sem um conhecimento muito mais amplo de como ela funciona, então precisamos recorrer constantemente a controles manuais, por assim dizer. No futuro, a técnica será refinada e a necessidade de um controle manual diminuirá.

– Mas isso ocorrerá no futuro, certo? – Dors questionou.

– Certo. E, mesmo então, é somente uma esperança.

– E exatamente que tipo de instabilidade ameaça Trantor, caso a Periferia seja mantida?

– As mesmas possibilidades: fatores econômicos e sociais, desastres naturais, rivalidades entre altas autoridades e suas ambições. E algo mais. Descrevi o Império para Yugo como um sistema superaquecido, e Trantor é a porção mais superaquecida do todo. Parece que está se fragmentando. A infraestrutura (abastecimento de água, de aquecimento, o descarte de detritos, as linhas de combustível, tudo) parece estar passando por problemas incomuns, e isso é algo que tem me chamado a atenção cada vez mais, ultimamente.

– E a morte do Imperador?

Seldon estendeu as mãos abertas.

– Isso é inevitável, mas Cleon está bem de saúde. Ele tem a minha idade (que eu gostaria que fosse menor), mas não é velho demais. O filho dele é totalmente inadequado para sucedê-lo, mas haverá candidatos em quantidade suficiente, até mais do que o necessário. E causarão problemas, tornando a morte dele um processo estressante. Entretanto, talvez não se torne uma catástrofe total... no sentido histórico.

– Digamos, então, que ele seja assassinado.

Seldon ergueu os olhos com uma expressão nervosa.

– Não diga isso. Ainda que estejamos numa sala à prova de escutas, não use esse termo.

– Hari, não seja tolo. É uma eventualidade que deve ser admitida. Houve um tempo em que os joranumitas poderiam ter tomado o poder e, se isso tivesse acontecido, o Imperador, de um jeito ou de outro...

– Provavelmente não. Ele teria tido mais utilidade como figura de proa. E, de todo modo, esqueça. Joranum morreu no ano passado, em Nishaya; uma figura deveras patética.

– Ele tinha seguidores.

– Claro. Todos têm seguidores. Alguma vez você leu sobre o Partido Globalista do meu mundo natal, Helicon, em seus estudos sobre o início da história do Reino de Trantor e do Império Galáctico?

– Não, não li. Não quero magoá-lo, Hari, mas não me lembro de ter lido nada sobre história em que Helicon tenha desempenhado algum papel.

– Não estou magoado, Dors. Feliz é o mundo sem uma história, eu sempre digo. De todo modo, há mais ou menos dois mil e quatrocentos anos surgiu um grupo em Helicon cujos integrantes estavam bastante convencidos de que aquele era o único globo habitado do universo. Helicon *era* o universo, e além dele existia somente uma esfera sólida de céu pontilhado por minúsculas estrelas.

– Mas como aquelas pessoas podiam acreditar nisso? – Dors se espantou. – Imagino que fossem parte do Império.

– Sim, mas os globalistas insistiam que todas as evidências apontando para a existência do Império eram uma ilusão ou um logro deliberado, e que os emissários e os oficiais imperiais eram heliconianos desempenhando aquele papel por algum motivo. Eram um grupo absolutamente imune à razão.

– E o que aconteceu?

– Imagino que sempre seja agradável pensar que o seu mundo particular seja *o* mundo. Em seu auge, os globalistas podem ter convencido em torno de 10% da população do planeta a participar de seu movimento. Somente 10%, mas eram uma minoria veemente que subjugou a maioria indiferente e ameaçou tomar o poder.

– Mas não chegaram a tanto, chegaram?

– Não, de fato não. O que aconteceu foi que o globalismo causou uma diminuição do comércio imperial e a economia heliconiana atravessou um período de depressão. Quando aquela crença começou a afetar o bolso da população, rapidamente perdeu sua popularidade. A ascensão e a queda do movimento surpreenderam muita gente naquela época, mas estou certo de que a psico-história teria demonstrado que era algo inevitável e teria provado que seria desnecessário dedicar-lhe muita atenção.

– Estou entendendo, Hari, mas qual é o ponto dessa história? Suponho que exista alguma ligação com o que estamos conversando.

– A ligação é que esses movimentos nunca morrem por completo, por mais ridículos que seus preceitos possam parecer às pessoas sensatas. Neste exato momento, em Helicon, *precisamente agora*, ainda existem globalistas. Não são muitos, mas de vez em quando uns setenta ou oitenta deles se reúnem no que chamam de Congresso Global, e sentem um imenso prazer em falar uns com os outros sobre o globalismo. Bom, só se passaram dez anos desde que o movimento joranumita pareceu-nos uma ameaça terrível a este mundo, e não seria nada surpreendente se ainda existissem alguns remanescentes. Podem inclusive existir remanescentes desse movimento daqui a mil anos.

– Não é possível que um remanescente seja perigoso?

– Duvido. Era o carisma de Jo-Jo que tornava o movimento perigoso, e ele morreu. Sequer teve uma morte heroica ou que fosse notável em algum sentido. Ele apenas murchou e morreu no exílio, um homem verdadeiramente alquebrado.

Dors se pôs em pé e atravessou rapidamente toda a extensão daquele aposento, balançando os braços ao lado do corpo e cerrando as mãos. Então voltou e tornou a se sentar diante de Seldon, que permanecera sentado.

– Hari, deixe-me dizer em que estou pensando – ela começou.

– Se a psico-história aponta a possibilidade de sérios distúrbios em Trantor, então, se ainda existem joranumitas, eles podem estar tramando a morte do Imperador.

Seldon soltou uma risada nervosa.

– Você se assusta com sombras, Dors. Relaxe.

Mas ele sentiu que não conseguiria se livrar tão facilmente das palavras que ela havia acabado de proferir.

5

O Setor Wye tinha como tradição se opor à dinastia Entun de Cleon I que vinha regendo o Império nos dois últimos séculos. Essa oposição datava de um tempo em que a linhagem dos prefeitos de Wye havia contribuído com membros que serviram ao Imperador. A dinastia wyana não tinha durado muito, nem fora declaradamente bem-sucedida, mas o povo e os governantes de Wye achavam difícil esquecer que houvera um período em que haviam sido supremos, embora temporariamente e de maneira imperfeita. O breve período em que Rashelle, como autoproclamada Prefeita de Wye, havia desafiado o Império, dezoito anos antes, tinha intensificado o orgulho de Wye e também sua frustração.

Tudo isso tornava razoável que o pequeno grupo de conspiradores principais se sentisse tão seguro em Wye quanto em qualquer outra parte de Trantor.

Cinco deles estavam em torno de uma mesa, numa sala situada em uma porção esquecida do setor. Era um aposento pobre em mobiliário, mas bem protegido.

Instalado em uma cadeira, discretamente superior em relação à qualidade das demais, estava o homem que poderia perfeitamente ser considerado o líder. Tinha um rosto fino, pele pálida e uma boca larga de lábios tão descorados que eram quase invisíveis. Havia alguns fios grisalhos em seu cabelo, mas seus olhos ardiam com uma raiva inextinguível.

Ele olhava fixamente para o homem sentado diretamente à sua frente, um sujeito nitidamente mais velho e mais suave, com o cabelo quase todo branco. Suas bochechas rosadas tendiam a tremer quando falava.

O líder ordenou, em tom incisivo:

– Então? É muito evidente que você não fez nada. Explique isso!

– Sou um antigo joranumita, Namarti – respondeu o mais idoso. – Por que tenho de explicar meus atos?

Gambol Deen Namarti, antigamente o braço direito de Laskin "Jo-Jo" Joranum, replicou:

– Há muitos antigos joranumitas. Alguns são incompetentes, alguns são indolentes, alguns nem se lembram. Ser um antigo joranumita pode significar apenas que você é um velho tolo.

O idoso se recostou em sua cadeira.

– Você está me chamando de velho tolo? A mim? Kaspal Kaspalov? Eu estava com Jo-Jo quando você ainda nem era do partido, quando ainda era um nada maltrapilho em busca de uma causa.

– Não estou chamando você de tolo – Namarti cortou, imediatamente. – Estou simplesmente dizendo que alguns antigos joranumitas são tolos. Você agora tem a chance de me mostrar que não é um desses.

– Minha ligação com Jo-Jo...

– Esqueça. Ele está morto!

– Prefiro pensar que o espírito dele está vivo.

– Se essa ideia nos ajudar em nossa luta, então o espírito dele segue vivo. Mas para os outros, não para nós. Nós sabemos que ele cometeu erros.

– Eu discordo disso.

– Não insista em criar um herói a partir de um homem comum que cometeu erros. Ele achou que poderia mover o Império com a força de sua oratória apenas, só usando palavras...

– A história nos mostra que as palavras já moveram montanhas.

– Não as palavras de Joranum, evidentemente, porque ele cometeu erros. Escondeu com muita imperícia o fato de ser de Mycogen. Pior do que isso, deixou-se cair na armadilha de acusar o primeiro-ministro Eto Demerzel de ser um robô. Eu sugeri a ele que não fizesse essa acusação, mas ele não me deu ouvidos, e isso o destruiu. Agora, vamos começar do zero, certo? Seja qual for o uso que façamos da memória de Joranum para os de fora, não nos deixemos hipnotizar por ela.

Kaspalov continuava sentado em silêncio. Os outros três desviaram o olhar de Namarti para Kaspalov e deste de volta para o primeiro, contentando-se em deixar Namarti carregar o ônus dessa discussão.

– Depois de Joranum ter sido exilado em Nishaya, o movimento joranumita se dissolveu e pareceu desaparecer – Namarti continuou agressivamente. – De fato, teria mesmo desaparecido se não fosse por mim. Pedaço por pedaço, de caco em caco, eu o reconstruí e formei uma rede que se estende por toda a extensão de Trantor. Imagino que esteja a par disso.

– Sim, eu sei, chefe – resmungou Kaspalov. Ao usar aquele título, ele deixava claro que estava buscando a reconciliação.

Namarti sorriu secamente. Ele não insistia no uso do título, mas sempre apreciava quando o ouvia. Então, acrescentou:

– Você faz parte dessa rede e tem seus deveres.

Kaspalov se remexeu na cadeira. Era evidente que estava debatendo a questão internamente e, afinal, respondeu devagar:

– Você está dizendo, chefe, que avisou Joranum para que não acusasse o primeiro-ministro de ser um robô. Diz que ele não lhe deu ouvidos, mas que pelo menos o alertou. Poderia eu agora gozar do mesmo privilégio e apontar o que me parece um erro, e fazer com que me ouça, assim como Joranum o ouviu, ainda que, como ele, não acate o conselho que lhe for dado?

– Sem dúvida pode expressar sua ideia, Kaspalov. Você está aqui para se manifestar. Qual é o seu comentário?

– Suas novas táticas, chefe, são um erro. Elas criam perturbações e causam danos.

– Naturalmente! São destinadas justamente a isso. – Namarti se mexeu na cadeira, controlando a raiva com visível esforço. – Joranum tentou a persuasão e não adiantou. Nós tomaremos Trantor pela *ação*.

– Por quanto tempo? E a que custo?

– Pelo tempo que for preciso, e a um custo muito pequeno, na realidade. Uma falha no fornecimento de energia aqui, uma interrupção no abastecimento de água ali, um entupimento na rede de esgotos, queda do sistema de ar-condicionado. Inconveniências e desconforto, é o que tudo isso significa.

Kaspalov balançou a cabeça.

– Essas coisas são cumulativas.

– Claro, Kaspalov, e queremos que a insatisfação e o ressentimento do público também sejam cumulativos. Ouça, Kaspalov. O Império está em decadência, todo mundo sabe disso. Todas as pessoas capazes de um raciocínio inteligente sabem disso. A tecnologia vai começar a falhar aqui e ali, ainda que nós não façamos nada. Estaremos apenas ajudando as coisas a seguirem seu rumo natural.

– É perigoso, chefe. A infraestrutura de Trantor é incrivelmente complicada. Um empurrão descuidado pode significar sua ruína total. Puxe os fios errados e Trantor vem abaixo como um castelo de cartas.

– Até agora isso não aconteceu.

– Mas, no futuro, acontecerá. E se o povo descobrir que estamos por trás disso? Iriam acabar conosco. Nem haveria necessidade de convocar os seguranças de Estado ou as forças armadas. A massa daria cabo de nós.

– E como é que tomariam conhecimento de tal fato para lançar a culpa em nós? O alvo natural para o rancor do povo será o governo, serão os conselheiros do Imperador. O povo nunca irá investigar além disso.

– E como iremos viver com nossa consciência, sabendo o que fizemos?

Essa última pergunta fora feita quase num sussurro, pois o velho estava visivelmente tomado por uma poderosa emoção. Olhando para seu líder do outro lado da mesa, Kaspalov implorou em silêncio pela compreensão daquele homem a quem jurara ser leal. Esse juramento ele fizera por acreditar que Namarti daria verdadeiramente continuidade ao ideal de liberdade promovido por Jo-Jo Joranum, mas agora Kaspalov se perguntava se era desse modo que Joranum idealizara seu sonho se tornando realidade.

Namarti estalou a língua, como se fosse um pai reprovando a conduta de um filho rebelde.

– Kaspalov, você não pode estar se deixando levar por sentimentalismos, certo? Assim que estivermos no poder, pegaremos tudo que restou e reconstruiremos o Império. Atrairemos o povo com todas aquelas antigas falas de Joranum sobre participação popular no governo, com uma representação maior. E, quando estivermos consolidados no poder, iremos instaurar um governo mais eficiente e robusto. Então, teremos um Trantor melhor e um Império mais forte. Estabeleceremos algum sistema de discussão por meio do qual representantes de outros mundos possam falar até ficarem tontos, mas *nós* é que governaremos.

Kaspalov continuou sentado, com ar indeciso.

Namarti sorriu, mas não de alegria.

– Você não tem certeza? Não podemos perder. Tem funcionado perfeitamente e continuará funcionando perfeitamente. O Imperador não sabe o que está acontecendo. Não tem a mais pálida noção. E seu primeiro-ministro é um matemático. É verdade que ele arruinou Joranum, mas desde então não fez mais nada.

– Ele tem algo chamado... chamado...

– Esqueça. Joranum deu muita importância a isso, mas era porque ele vinha de Mycogen, assim como sua mania de robôs. Esse matemático não tem *nada*...

– Psicanálise histórica ou algo assim. Ouvi quando Joranum falou disso um dia...

– *Esqueça*. Apenas faça a sua parte. Você cuida da ventilação no Setor Anemoria, não é? Muito bem, então. Faça com que não funcione direito, do jeito que preferir. Ele pode falhar e o teor de umidade aumentar, produzir um odor estranho, qualquer coisa. Nada disso vai matar alguém, portanto não se acendam as chamas de alguma culpa virtuosa. Você apenas deixará as pessoas desconfortáveis e elevará o nível de desconforto e de aborrecimento do povo. Podemos contar com você?

– Mas o que talvez seja somente desconforto e aborrecimento para os jovens e os saudáveis pode ser mais do que isso para os bebês, idosos e doentes...

– Você vai continuar insistindo que absolutamente ninguém deva ser ferido?

Kaspalov resmungou alguma coisa.

– É impossível fazer *qualquer coisa* com a garantia de que absolutamente ninguém será atingido – prosseguiu Namarti. – Apenas faça a sua parte. E faça de um modo que você atinja o menor número possível de cidadãos, se sua consciência lhe impõe isso... mas *faça*!

– Ouça! – emendou Kaspalov. – Há mais uma coisa que quero dizer, chefe.

– Então, diga – Namarti consentiu, cansado.

– Podemos levar anos fragilizando a infraestrutura. Haverá de chegar o momento em que você se aproveitará da insatisfação reinante para tomar o governo. Como pretende fazer isso?

– Você quer saber exatamente como faremos isso?

– Sim. Quanto mais depressa atacarmos, mais limitado será o dano e mais eficiente será a cirurgia que iremos realizar.

Namarti comentou sem pressa:

– Ainda não decidi qual será a natureza dessa "investida cirúrgica". Mas ela acontecerá. Até então, você vai cumprir a sua parte?

– Sim, chefe – Kaspalov aquiesceu, resignado.

– Muito bem; então, vão – Namarti encerrou a reunião, com um aceno incisivo de sua mão.

Kaspalov se colocou em pé e saiu. Namarti acompanhou-o com o olhar. Em seguida disse, para quem estava à sua direita:

– Kaspalov não é de confiança. Ele se vendeu e por isso é que, para nos trair, ele quer saber quais são meus planos futuros. Cuide dele.

O outro concordou com um movimento de cabeça e os três saíram, deixando Namarti sozinho na sala. Ele desligou os painéis de parede iluminados de modo que restasse apenas um quadrado solitário de luz no teto, capaz de fornecer a claridade suficiente para impedir que ele ficasse completamente no escuro.

Então, ele pensou: "Toda cadeia tem seus elos fracos, elos que devem ser eliminados. Tivemos de fazer isso no passado e, como resultado, temos uma organização intocável".

E, naquela penumbra, ele sorriu de leve, retorcendo o rosto numa expressão de alegria selvagem. Afinal de contas, a rede havia crescido e se insinuara inclusive dentro do próprio palácio; não com muita firmeza, nem de modo totalmente confiável, mas estava lá. E seria fortalecida.

6

O tempo continuava firme sobre a área fora do domo no terreno do Palácio Imperial: seguia quente e ensolarado.

Isso não acontecia com frequência. Hari se lembrou de Dors lhe dizendo, um dia, como essa região específica, com seus invernos rigorosos e chuvas frequentes, tinha sido o local escolhido.

– Não foi realmente *escolhido* – ela explicou. – Era a propriedade de uma família de morovianos, nos primeiros tempos do Reino de Trantor. Quando o reino se tornou um Império, havia inúmeros locais onde o Imperador poderia viver: balneários, palácios de inverno, herdades nos campos de caça, propriedades à beira-mar. E, como o planeta foi sendo lentamente recoberto pelo domo, um Imperador regente, que vivia aqui, gostou tanto do local original que o manteve fora do domo. E, só porque era a *única* área descoberta, tornou-se especial, um lugar à parte, e essa singularidade atraiu o Imperador seguinte... e o próximo... e o outro... e com isso nasceu a tradição.

E, como sempre quando ouvia uma descrição dessa natureza, Seldon pensava: "E como a psico-história teria lidado com isso? Como teria previsto que uma determinada área permaneceria fora do domo, sem ser absolutamente capaz de prever qual delas? Será que poderia ter ido mais além? Poderia prever que várias áreas ou que nenhuma delas ficaria fora do domo, e estar errada? Como iria levar em conta as preferências e as aversões pessoais de um Imperador que por acaso estivesse ocupando o trono no momento crucial e tivesse tomado a decisão num momento de capricho, e nada mais? Esse era o caminho do caos... e da loucura".

Cleon I estava evidentemente apreciando o bom tempo.

– Estou ficando velho, Seldon – ele resmungou. – Nem preciso lhe dizer. Temos a mesma idade, você e eu. Seguramente, é um sinal de velhice que eu não tenha o desejo de jogar tênis nem de ir pescar, embora tenham acabado de reabastecer o lago, mas estou disposto a fazer uma caminhada leve em meio aos jardins.

Enquanto falava continuava comendo sementes que, no mundo nativo de Seldon, Helicon, lembravam sementes de abóbora, mas aqui eram maiores e de sabor um pouco menos delicado. Cleon as partia delicadamente com os dentes, removia a casca fina e mastigava a polpa.

Seldon não gostava muito daquele sabor, mas, naturalmente, quando o Imperador lhe ofereceu um punhado, ele aceitou e comeu algumas.

O Imperador já estava com um bom punhado de cascas na palma da mão e olhou em volta para ver se achava algum recipiente onde pudesse descartá-las. Não viu nenhum, mas reparou na presença de um jardineiro, perfilado a uma pequena distância (numa expressão corporal correspondente à presença próxima do Imperador), com a cabeça respeitosamente abaixada.

– Jardineiro! – Cleon chamou.

O homem se aproximou rapidamente.

– Majestade!

– Livre-se destas cascas para mim – ele disse, e despejou-as na mão do jardineiro.

– Sim, Majestade.

– Também tenho um pouco, Gruber – acrescentou Seldon.

Gruber estendeu a mão e acrescentou, quase que intimidado:

– Sim, primeiro-ministro.

Ele se afastou apressado e o Imperador olhou-o partir, com alguma curiosidade.

– Você conhece o sujeito, Seldon?

– Sim, realmente, Majestade. Um velho amigo.

– O *jardineiro* é um velho amigo? O que ele é? Um colega matemático passando por uma fase difícil?

– Não, Majestade. Talvez o senhor se lembre do episódio em que... – ele pigarreou em busca do modo mais diplomático de trazer o incidente à baila – um sargento ameaçou minha vida pouco depois que fui nomeado para o meu cargo atual, graças à sua generosidade.

– A tentativa de assassinato. – Cleon ergueu os olhos para o céu como se buscasse paciência. – Não sei por que todo mundo tem tanto medo dessa palavra.

– Talvez – Seldon prosseguiu, com tom ameno e sentindo um leve desdém por si mesmo ao reconhecer a facilidade com que se tornara capaz de adulações – o restante de nós fique mais perturbado com a possibilidade de algo negativo acontecer ao nosso Imperador do que o senhor mesmo.

– Ouso dizer que sim – Cleon abriu um sorriso irônico. – E o que isso tem a ver com Gruber? É esse o nome dele?

– Sim, Majestade. Mandell Gruber. Tenho certeza de que o senhor se recordará, se voltar atrás em sua memória, que ele foi o jardineiro que veio correndo com seu rastelo para tentar me defender daquele sargento armado.

– Ah, sim. Foi esse sujeito que fez aquilo?

– Esse homem, Majestade. Desde então, eu o considero um amigo e o vejo por aqui praticamente todas as vezes que venho respirar ao ar livre. Acho que ele cuida de mim, ou se sente protetor ao meu respeito. E, o que é claro, tenho muita consideração por ele.

– Não o recrimino. E, falando nisso, como está sua formidável esposa, a dra. Venabili? Não a tenho visto muito.

– Ela é historiadora, Majestade. Mergulhada no passado.

– Ela não o assusta? Ela me assustaria. Fui informado de como ela lidou com o sargento. Quase que se poderia sentir pena dele.

– Ela vira uma fera para me proteger, Majestade, mas não tem tido oportunidade para tanto, ultimamente. Tudo tem estado muito tranquilo.

O Imperador olhou para a direção em que o jardineiro tinha ido e sumido de vista.

– Já recompensamos aquele homem?

– Eu cuidei disso, Majestade. Ele tem esposa e duas filhas e tomei providências para que cada uma das meninas tenha uma reserva financeira para a educação de todos os filhos que vierem a ter.

– Muito bom. Mas acho que ele precisa de uma promoção. Ele é bom jardineiro?

– Excelente, Majestade.

– O jardineiro-chefe, Malcomber... não tenho certeza de lembrar direito o nome dele... está ficando velho e talvez não consiga mais trabalhar como deveria. Já tem setenta e tantos anos. Você acha que Gruber seria capaz de assumir o cargo?

– Tenho certeza de que sim, Majestade, mas ele gosta muito de seu atual trabalho. Com isso, ele pode ficar ao ar livre seja qual for o tempo que estiver fazendo.

– Que recomendação peculiar para um emprego. Estou certo de que ele poderia se acostumar com a administração e eu *de fato* preciso de alguém para alguma espécie de reforma dos jardins. Hmmm... devo pensar sobre isso. Seu amigo Gruber pode ser justamente a pessoa que eu procuro. A propósito, Seldon, o que você quis dizer quando comentou que está tudo "muito tranquilo"?

– Eu realmente quis dizer, Majestade, que não tem havido nenhum sinal de discórdia na Corte Imperial. A tendência inevitável para intrigas parece estar no nível mais baixo que se poderia esperar.

– Você não diria a mesma coisa se fosse Imperador, Seldon, e tivesse de enfrentar todos aqueles oficiais e suas queixas. Como pode me dizer que está tudo tranquilo quando praticamente a cada duas semanas recebo relatórios de algum sério colapso aqui ou ali, em Trantor?

– É de se esperar que coisas assim aconteçam.

– Não me lembro de coisas assim acontecerem com tanta frequência em outros tempos.

– Talvez porque não acontecessem, Majestade. A infraestrutura envelhece com o tempo. Fazer os reparos necessários de maneira adequada levaria tempo, daria trabalho e geraria custos enormes. Este momento não é uma época favorável para aumento de impostos.

– Nunca houve tal momento. Percebo que o povo está sentindo uma séria insatisfação por causa desses colapsos. Isso tem de parar e você deve resolver a situação, Seldon. O que diz a psico-história?

– Diz o que o senso comum já sabe: tudo está envelhecendo.

– Bom, tudo isso está realmente me estragando esse dia tão agradável. Deixo a questão em suas mãos, Seldon.

– Sim, Majestade – disse Seldon, em voz baixa.

O Imperador se afastou e Seldon pensou que tudo aquilo também tinha acabado estragando o belo dia para ele. Esse colapso no centro era a alternativa que ele não queria. Mas como impedir que prosseguisse e transferir a crise para a Periferia?

A psico-história não dizia nada.

7

Raych Seldon estava se sentindo extremamente feliz, pois era o primeiro jantar em família que ele tivera nos últimos meses com as duas pessoas que considerava seu pai e sua mãe. Sabia perfeitamente que eles não eram seus pais biológicos, mas isso não tinha importância. E ele apenas sorriu para os dois, com todo o amor.

O ambiente não era tão acolhedor quanto o que tinham vivido no passado, quando sua casa tinha sido pequena e íntima, uma verdadeira raridade no contexto maior da universidade. Agora, infelizmente, nada podia ocultar a grandiosidade da suíte palaciana do primeiro-ministro.

Às vezes, Raych se olhava ao espelho e se perguntava como aquilo podia estar acontecendo. Ele não era alto, media apenas 1,63 metro, e era nitidamente mais baixo que seu pai e sua mãe. Era corpulento e musculoso, mas não gordo, com cabelos escuros e o típico bigode dahlita que cuidava para que sempre estivesse tão preto e basto quanto possível.

Diante do espelho, ele ainda podia enxergar o moleque de rua que um dia fora, antes que a mais aleatória de todas as chances tivesse determinado que ele conheceria Hari e Dors. Seldon era muito mais novo naquele tempo e sua aparência atual deixava claro para Raych que ele mesmo tinha, neste momento, a idade de Seldon quando haviam se conhecido. O notável era que Dors não havia mudado praticamente nada. Mantinha o mesmo corpo esguio e em boa forma de quando Raych a vira pela primeira vez, quando levou ela e Hari até Mãe Rittah, em Billibotton. E ele, Raych, filho da miséria e da pobreza, era agora membro do serviço civil, um pequeno departamento do Ministério da População.

– E como vão as coisas no Ministério, Raych? – Seldon perguntou. – Algum progresso?

– Em parte, pai. As leis foram aprovadas, decisões legais tomadas e discursos feitos. Apesar de tudo isso, é difícil mobilizar as pessoas. Você pode pregar a ideia da fraternidade tanto quanto quiser, mas ninguém se sente irmão. O que me incomoda é que os dahlitas são tão ruins quanto qualquer outro. Dizem que querem ser tratados como iguais, mas, se têm oportunidade, não mostram nenhum desejo de tratar os outros como iguais.

– É praticamente impossível mudar o modo como as pessoas pensam e sentem, Raych – comentou Dors. – Mas é suficiente tentar e talvez eliminar as piores injustiças.

– O problema – acrescentou Seldon – é que, praticamente ao largo de toda a história, ninguém trabalhou com esse problema. Os seres humanos tiveram toda a licença possível para se refestelar com o jogo destrutivo do sou-melhor-do-que-você, e não é tarefa fácil limpar essa sujeirada. Se deixarmos que as coisas sigam seu viés natural e piorem durante um período de mil anos, não podemos nos queixar de serem necessários, digamos, cem anos para operar alguma melhoria.

– Sabe, pai – Raych disse, pensativo –, às vezes eu acho que você me deu esse emprego para me castigar.

Seldon levantou as sobrancelhas.

– E que motivo eu poderia ter tido para te castigar?

– Eu ter me sentido atraído pelo programa de Joranum para a igualdade entre os setores e por uma maior representação popular no governo.

– Eu não recrimino você por isso. Essas sugestões são atraentes, mas você sabe que Joranum e seu bando estavam usando esses ideais apenas como engodo para chegar ao poder. Depois...

– Mas você fez com que eu encurralasse Joranum, apesar de minha identificação com o programa dele.

– Não foi fácil para mim pedir que você fizesse isso – confessou Seldon.

– E agora você me faz trabalhar na implantação do programa de Joranum, só para me mostrar como isso é difícil na realidade.

Seldon virou-se para sua esposa:

– O que você acha disso, Dors? Esse menino me atribui um caráter de manipulador ardiloso que simplesmente não faz parte de minha natureza.

– Você certamente não está atribuindo um traço assim ao seu pai – Dors retrucou com um vestígio de sorriso pairando nos lábios.

– Na realidade, não. No curso normal da vida, não existe ninguém mais correto do que você, pai. Mas se você *tiver* de fazer isso,

sabe que pode ditar as regras. Não é o que espera fazer com a psico-
-história?

Ao que Seldon retrucou, com tristeza na voz:

– Até agora, fiz muito pouco com a psico-história.

– Que pena. Fico pensando que deve haver algum tipo de solução psico-histórica para o problema da intolerância humana.

– Talvez exista; mas, se existe, não a encontrei.

Depois de terminado o jantar, Seldon convocou o filho:

– Agora, Raych, você e eu vamos ter uma conversinha.

– É mesmo? – interveio Dors. – Pelo visto não fui convidada.

– Assuntos ministeriais, Dors.

– Bobagens ministeriais, Hari. Você vai acabar pedindo que o
menino faça alguma coisa que eu não iria querer que ele fizesse.

– Certamente não irei pedir a ele que faça qualquer coisa que
ele não queira fazer – retrucou Seldon.

– Tudo bem, mãe – interrompeu Raych. – Deixe que o pai e eu
tenhamos essa conversa. Prometo lhe contar tudo depois.

Dors revirou os olhos.

– Vocês dois irão jurar que é "segredo de Estado", já sei.

– A bem da verdade, é exatamente sobre isso que iremos conversar. E envolve um segredo da mais elevada magnitude. Estou
falando sério, Dors – concluiu Seldon, inabalável.

Ela se levantou com os lábios apertados e saiu da sala após ter
deixado clara sua última instrução:

– Não atire o menino aos lobos, Hari.

Depois que ela havia saído, Seldon acrescentou em voz baixa:

– O pior é que acho que atirar você aos lobos é exatamente o
que terei de fazer, Raych.

8

Ficaram frente a frente no escritório particular de Seldon, que ele
chamava de seu "lugar de pensar". Ali, ele havia passado incontáveis
horas tentando refletir sobre um meio de enfrentar e atravessar a
complexidade dos governos imperial e trantoriano.

– Você tem lido bastante sobre os colapsos mais recentes que estão ocorrendo nos serviços planetários, Raych? – começou Seldon.

– Sim – Raych confirmou –, mas você sabe, pai, que este é um planeta velho. O que temos de fazer é tirar todo mundo daqui, escavar até o fundo, substituir tudo, introduzir os recursos mais recentes da informática e depois trazer todo mundo de volta, ou pelo menos metade. Trantor ficaria em muito melhor situação com somente vinte bilhões de pessoas.

– Quais vinte bilhões? – Seldon indagou, sorridente.

– Bem que eu queria saber – Raych respondeu, sombrio. – O problema é que não podemos refazer o planeta e então ficamos apenas remendando.

– Parece que sim, Raych, mas existem alguns fatos peculiares a esse respeito. Agora eu gostaria que você me acompanhasse. Tenho pensado no assunto.

De dentro do bolso, ele tirou uma esfera pequena.

– O que é isso? – Raych ficou curioso.

– É um mapa de Trantor, programado com muito cuidado. Faça-me o favor de limpar esta mesa, Raych.

Seldon colocou a esfera mais ou menos no centro do tampo e então apoiou a mão num teclado no braço da cadeira em sua escrivaninha. Usando o polegar, fechou um contato e a luz no aposento se apagou ao mesmo tempo que o tampo da mesa se iluminou com uma suave claridade em tom de marfim que dava a impressão de ter um centímetro de espessura. A esfera se havia achatado e expandido até chegar às bordas da mesa.

A luz foi lentamente escurecendo e formando pontos até assumir um padrão. Depois de trinta segundos, aproximadamente, Raych comentou, surpreso:

– É *mesmo* um mapa de Trantor.

– Claro que sim. Eu disse que era. Mas uma coisa destas não está à venda nos shoppings. É um daqueles dispositivos com que as forças armadas ficam brincando. Eu poderia apresentar Trantor como uma esfera, mas essa projeção bidimensional mostrará com mais clareza o que quero exibir.

– E o que é que você quer me mostrar, pai?

– Bem, nos últimos dois anos, mais ou menos, têm ocorrido esses colapsos. Como você diz, este é um planeta velho e podemos contar que ocorram tais colapsos, mas eles têm acontecido com mais frequência e, com alta uniformidade, parecem ser o resultado de erro humano.

– E isso não é razoável?

– Claro que é. Dentro de determinados limites. O que vale, ainda quando haja algum terremoto.

– Terremoto? Em Trantor?

– Sei que Trantor é um planeta relativamente livre de abalos sísmicos, o que é uma boa coisa, afinal não seria nada prático fechar um mundo dentro de um domo quando esse mundo será sacudido fortemente várias vezes por ano, destruindo uma porção do domo. Sua mãe diz que uma das razões pelas quais Trantor se tornou a capital imperial e não algum outro mundo é que ele está geologicamente moribundo... e foi essa expressão nada elogiosa que ela usou. No entanto, mesmo estando moribundo, não está morto. Há pequenos terremotos de vez em quando, e três deles ocorreram nos últimos dois anos.

– Eu não sabia disso, pai.

– Praticamente ninguém sabe. O domo não é um objeto único. Existe como centenas de seções, e cada uma delas pode ser erguida e deixada parcialmente aberta para aliviar o impacto e a compressão, no caso de algum terremoto. Como um terremoto, quando acontece, dura algo em torno de dez segundos a um minuto, a abertura no domo só é mantida por alguns instantes. Ela começa e termina tão rapidamente que os trantorianos debaixo desse domo nem tomam consciência do fato. Eles percebem muito mais um tremor moderado e um débil chacoalhar de louças do que a abertura e o fechamento do domo lá no alto e a ligeira penetração da condição climática exterior, seja ela qual for.

– E isso é bom, não é?

– Deveria ser. É tudo computadorizado, claro. O início de um terremoto, em qualquer parte, dispara os controles centrais para a abertura e o fechamento dessa seção do domo de modo que ele abra logo antes que a vibração se torne forte demais para causar-lhe danos.

– O que continua sendo bom.

– Mas, no caso dos três pequenos terremotos ocorridos nos últimos dois anos, os controles do domo falharam em todos eles. O domo não se abriu e, depois, foram necessários consertos. Isso custou tempo, dinheiro e os controles climáticos funcionaram pior do que deveriam durante um período considerável. Agora, Raych, quais são as chances de esse equipamento ter falhado em todas as três oportunidades?

– Não muito altas?

– Justamente. Menos de uma em cem. Podemos imaginar que alguém tenha adulterado os controles antes do terremoto. Agora, mais ou menos uma vez a cada cem anos, temos um vazamento de magma, que é algo muito mais difícil de controlar, e detesto pensar nos resultados disso se o fenômeno não fosse detectado antes de ser tarde demais. Felizmente, isso não aconteceu ainda e não é provável, mas pense... Aqui, neste mapa, você encontra a localização dos colapsos que nos incomodaram nos últimos dois anos e que parecem resultar de erro humano, embora em nenhuma ocasião tenhamos podido identificar o responsável por ele.

– Porque estão todos preocupados em salvar a própria pele.

– Infelizmente, acho que você está certo. Essa é uma característica de toda forma de burocracia, e a de Trantor é a maior da história. Mas o que você me diz dessas localizações?

O mapa tinha ficado iluminado com pequenas marcas vermelhas cintilantes que pareciam pequenas feridas cobrindo a superfície terrestre de Trantor.

– Bem – Raych comentou, cautelosamente –, parecem distribuídas de maneira uniforme.

– Exatamente, e *esse* é o ponto interessante. Seria de se esperar que as seções mais antigas de Trantor, as seções com os domos mais velhos, estivessem com a infraestrutura mais deteriorada e portanto fossem mais propensas a eventos que exigissem decisões humanas rápidas, o que poderia servir de base a possíveis erros humanos. Agora, vou sobrepor as seções mais antigas de Trantor nesse mapa, em azul, e você vai perceber que os colapsos não parecem estar atingindo nenhuma das áreas azuis, com mais regularidade.

– E?

– E o que acho que isso significa, Raych, é que os colapsos não têm uma origem natural, mas estão sendo propositalmente causados e distribuídos desse modo a fim de afetar o maior contingente possível do povo, e assim criar uma insatisfação tão ampla quanto possível.

– Não me parece provável.

– Não? Então vamos analisar a difusão dos colapsos pelo tempo, e não pelo espaço.

As áreas azuis e as vermelhas desapareceram e, por algum tempo, o mapa de Trantor ficou vazio. Depois, as marcas novas começaram a aparecer e a desaparecer uma por vez, em pontos dispersos.

– Observe – apontou Seldon. – As marcas também não aparecem em grupos de tempo. Aparece uma, depois outra, então outra, e assim por diante, quase como se estivesse acompanhando as batidas infalíveis de um metrônomo.

– E lhe parece que isso também é de propósito?

– Tem de ser. Quem está por trás disso quer causar tantos transtornos com o mínimo de esforço possível, por isso não precisa causar dois incidentes ao mesmo tempo, quando um irá cancelar em parte o outro nos noticiários e na consciência popular. Cada incidente deve manter-se em destaque e causar a maior irritação possível.

O mapa desapareceu e as luzes se acenderam. Seldon colocou de volta no bolso a esfera que se havia encolhido e retomado o tamanho original.

– Quem estaria fazendo tudo isso? – indagou Raych.

– Há poucos dias – Seldon respondeu, com ar pensativo –, recebi um relatório de um assassinato no Setor Wye.

– Isso não é incomum – apontou Raych. – Mesmo que Wye não seja um de seus setores realmente sem lei, devem ocorrer muitos assassinatos por lá, todo dia.

– Centenas – concordou Seldon, balançando a cabeça. – Em nossos dias mais difíceis, o número de mortes violentas em todos os setores de Trantor chega à marca de um milhão por dia. Em geral, não há muita chance de se achar cada culpado, cada assassino. Essa morte só passa para os registros como estatística. Todavia, esta morte à qual me referi foi incomum. O homem tinha sido esfaqueado, mas sem perícia. Ainda estava vivo quando foi encontrado, mas sua vida estava por um fio. Ele teve tempo de dizer uma única palavra antes de morrer: "chefe". Isso despertou alguma curiosidade e ele foi efetivamente identificado. Trabalhava em Anemoria e não sabemos o que estava fazendo em Wye. Mas algum oficial digno do seu trabalho conseguiu desenterrar o fato de que ele era um antigo joranumita. Seu nome era Kaspal Kaspalov e é famoso por ter sido um dos integrantes do círculo íntimo de Laskin Joranum. E agora está morto, esfaqueado.

– Você suspeita de alguma conspiração joranumita, pai? – Raych franziu a testa. – Não existem mais joranumitas por aí.

– Não faz muito tempo sua mãe me perguntou se eu achava que os joranumitas ainda estavam em atividade e eu disse a ela que todas as crenças espúrias sempre preservam seus fanáticos seguidores, às vezes durante séculos. Normalmente, não são muito importantes, apenas grupos precários que não importam muito. Mesmo assim, e se os joranumitas mantiveram sua organização? E se preservaram suas forças? E se são capazes de matar alguém que considerem um traidor de suas fileiras? E se estão provocando esses colapsos como medida preliminar para depois tomarem o controle?

– Você tem aí um número excessivo de "e se", pai...

– Eu sei. E eu talvez esteja redondamente enganado. O assassinato foi em Wye e, por coincidência, não houve nenhum colapso de infraestrutura em Wye.

– E o que isso prova?

– Poderia provar que o centro da conspiração está em Wye e que os conspiradores não querem eles mesmos passar por contratempos, somente o resto de Trantor. Também poderia significar que tudo isso não tem relação alguma com os joranumitas, mas com os membros da velha família wyana que ainda sonha em governar o Império de novo.

– Caramba, pai, você está enxergando muita coisa em poucas informações.

– Eu sei. Agora, imagine que *seja* outra conspiração joranumita. O braço direito de Joranum era Gambol Deen Namarti. Não temos registro de que Namarti tenha morrido, nem de que tenha saído de Trantor, nem de nada sobre sua vida nos últimos dez anos, mais ou menos. Tudo isso não é exatamente uma grande surpresa. Afinal, é fácil perder o rastro de alguém entre 40 bilhões de cidadãos. Houve uma época na minha vida em que tentei fazer justamente isso. Claro que Namarti deve estar morto. Essa seria a explicação mais fácil, mas pode ser que ele não esteja.

– E o que faremos quanto a isso?

Seldon suspirou.

– A coisa lógica seria acionar o departamento de segurança, mas não posso fazer isso. Não tenho a presença de Demerzel. Ele era capaz de subjugar as pessoas; eu, não. Ele tinha uma personalidade poderosa. Eu sou apenas um matemático. Nem deveria ser o primeiro-ministro; não tenho perfil para isso. E não seria, se não fosse a fixação que o Imperador tem pela psico-história, que é muito maior do que ela merece.

– Você está meio que se punindo, não está, não, pai?

– Sim, acho que sim, mas imagino a cena: vou até o departamento de segurança, por exemplo, com o que acabei de lhe mostrar no mapa – e ele apontou para o tampo da mesa, agora vazio – e digo que estamos correndo um grande risco de existir alguma espécie de conspiração de natureza e consequências desconhecidas. Os oficiais iriam me ouvir com ar solene e, assim que eu tivesse saído, cairiam na risada, divertindo-se à custa desse "matemático maluco". E não fariam nada.

– E o que faremos em relação a isso? – Raych tornou a perguntar.

– É mais o que você fará em relação a isso, Raych. Preciso de mais evidências e quero que você as obtenha para mim. Eu mandaria sua mãe, mas ela não me deixaria só sob nenhum pretexto. Eu mesmo não posso sair do território do palácio, neste momento. Além de Dors e de mim mesmo, eu só confio em você. Aliás, mais até do que em Dors e em mim. Você ainda é muito jovem, forte, e um heliconiano exímio na arte do tufão, melhor do que eu já fui. E é inteligente. Mas preste bem atenção. Não quero que coloque sua vida em risco. Não quero heroísmos, nem atos impensados. Eu não teria como encarar sua mãe se alguma coisa ruim acontecesse com você. Apenas descubra o que puder. Talvez você descubra que Namarti está vivo e em atividade, ou então morto. Talvez descubra que os joranumitas são um grupo ativo, ou moribundo. Talvez descubra que a família wyana regente está no comando, ou não. Qualquer uma dessas possibilidades será interessante, mas não vital. O que eu quero saber é se os colapsos na infraestrutura são, como penso, obra de uma intenção humana, e, o que é ainda mais importante, se estão sendo deliberadamente provocados, o que mais os conspiradores planejam fazer. Parece-me que eles devem ter planos para um golpe em escala maior e, nesse caso, devo saber qual é.

Raych indagou, com alguma cautela:

– Você tem alguma espécie de plano por onde eu possa começar?

– Na realidade, tenho, Raych. Quero que você vá até a área de Wye em que Kaspalov foi morto. Descubra, se puder, se ele era um joranumita ativo e tente você mesmo ser aceito numa célula joranumita.

– Isso pode ser possível. Sempre posso fingir ser um antigo joranumita. É verdade que eu era muito jovem quando Jo-Jo estava apregoando sua filosofia, mas fiquei muito impressionado com as ideias dele. Isso chega a ser até um pouco verdadeiro.

– Bem, sim, mas existe um perigo importante. Você poderá ser reconhecido. Afinal, é o filho do primeiro-ministro. Você tem aparecido em holovisualização de vez em quando e já foi entrevistado para dar seu parecer sobre a igualdade entre setores.

– Claro, mas...

– Sem "mas", Raych. Você vai usar sapatos mais altos, que aumentem sua estatura em três centímetros, e alguém lhe mostrará como modificar o desenho de suas sobrancelhas e deixar seu rosto mais cheio, além de mudar seu timbre de voz.

Raych deu de ombros.

– Tanto trabalho por nada.

– *E* – Seldon acrescentou, com um nítido tremor em sua voz – você terá de raspar o bigode.

Os olhos de Raych se arregalaram e, por um momento, ele ficou pregado na cadeira num silêncio apavorado. Finalmente, num sussurro que sua voz rouca pôde formular, insistiu:

– Raspar o bigode?

– Radicalmente. Ninguém poderá reconhecê-lo sem ele.

– Isso não dá. É como cortar o... é como ser castrado.

– É somente uma curiosidade cultural – Seldon sacudiu a cabeça. – Yugo Amaryl é tão dahlita quanto você e não usa bigode.

– Yugo é um *doido*. Nem acho que ele esteja plenamente vivo, exceto pela matemática.

– Ele é um grande matemático e a ausência de bigode não muda em nada esse fato. Além disso, *não* é o mesmo que uma castração, e seu bigode crescerá de novo em duas semanas.

– Duas semanas! Levará dois *anos* para chegar a este... este...

E ele levantou a mão como se quisesse tapar e proteger seu bigode.

– Raych, você tem de fazer isso – Seldon foi inexorável. – É um sacrifício que você deve fazer. Se agir como meu espião usando esse bigode, você poderá... ser atacado, e eu não posso correr esse risco.

– Eu *prefiro* morrer – Raych disse com veemência.

– Não seja melodramático – Seldon o reprimiu com severidade. – Você *não* prefere morrer e isto é algo que você *deve* fazer. No entanto – e Seldon então hesitou –, não diga uma palavra a este respeito para sua mãe. Eu cuido disso.

Frustrado, Raych encarou o pai, e então acrescentou em voz baixa e desesperada:

– Está bem, pai.

– Mandarei alguém para supervisionar seu disfarce e então você seguirá para Wye por aerojato. Fique firme, Raych, não é o fim do mundo – Seldon concluiu.

Raych sorriu, derrotado, e Seldon o viu se afastar, com uma verdadeira máscara de agonia no rosto. Bigodes crescem de volta com facilidade; um filho, não. Seldon sabia perfeitamente bem que estava mandando Raych para uma missão perigosa.

9

Todos temos nossas pequenas ilusões e Cleon – o Imperador da Galáxia, Rei de Trantor, dentro de uma larga coleção de outros títulos que, em raras ocasiões, poderiam ser enunciados numa longa e retumbante lista –, estava convencido de ser uma pessoa com espírito democrático.

Sempre ficara muito zangado quando era aconselhado por Demerzel (ou por Seldon, depois) a evitar alguma ação que pudesse ser considerada "tirânica" ou "despótica".

Cleon não tinha o temperamento de um tirano ou de um déspota, disso estava certo. Ele só queria agir de maneira firme e decidida.

Muitas vezes, falava com uma nostálgica aprovação dos tempos passados em que os imperadores podiam estar livremente em contato com seus súditos. Agora, naturalmente, quando a história de golpes e assassinatos – fossem tentativas ou bem-sucedidos – tinha se tornado um fato sombrio da vida diária, o Imperador se vira forçado a manter distância do mundo real.

É duvidoso que Cleon, que nunca na vida tinha estado com pessoas exceto sob as condições mais rigorosamente controladas, teria de fato se sentido à vontade em encontros imprevistos com desconhecidos, mas ele sempre imaginava que iria gostar disso. Portanto, ficou empolgado com a rara oportunidade de falar com um subalterno, ao ar livre, de sorrir e por alguns instantes se despir de toda a complexa etiqueta das interações imperiais. Ela o faria se sentir democrático.

Por exemplo, aquele jardineiro de quem Seldon falara. Seria adequado, e até mesmo prazeroso, que ele fosse – ainda que tardiamente – recompensado por sua bravura e lealdade e que ele mesmo cuidasse disso, em vez de despachar algum funcionário para essa incumbência.

Por conseguinte, providenciou para se encontrar com o sujeito no espaçoso roseiral, onde todos os botões encontravam-se abertos. Cleon achou que seria apropriado, mas, é claro, primeiro teriam de levar o jardineiro até lá. Era impensável que o Imperador esperasse por alguém. Uma coisa é ser democrático, outra é ter de aturar inconveniências.

O jardineiro esperava por ele entre as roseiras, de olhos arregalados e lábios trêmulos. Ocorreu a Cleon que era possível que ninguém tivesse dito ao homem o exato motivo pelo qual ele se reuniria com o Imperador. Bem, ele o tranquilizaria com cordialidade, embora, agora que estava pensando melhor nisso, não conseguisse lembrar do nome do funcionário.

Voltando-se para um dos oficiais ao seu lado, ele perguntou:

– Qual é o nome do jardineiro?

– É Mandell Gruber, Majestade. Ele é jardineiro aqui há trinta anos.

O Imperador fez um movimento de reconhecimento com a cabeça e disse:

– Gruber, olá. Estou feliz por conhecer um jardineiro digno e trabalhador.

– Majestade – Gruber murmurou, com os dentes batendo dentro da boca. – Não sou um homem de muitos talentos, mas sempre tento fazer o meu melhor pelo jardim de Sua Graça.

– Claro que sim, claro que sim – o Imperador disse enquanto pensava se por acaso o jardineiro estaria achando que ele fora sarcástico. Esses homens das classes inferiores não possuíam a refinada sensibilidade que resultava de mais educação e sofisticação, e isso sempre atrapalhava as tentativas de se comportar de modo democrático.

Cleon, então, esclareceu:

– Ouvi do primeiro-ministro como você foi leal naquela oportunidade em que o ajudou, e também de sua competência para cuidar dos jardins. O primeiro-ministro me disse que vocês são muito amigos.

– Majestade, o primeiro-ministro é muito generoso comigo, mas eu sei qual é o meu lugar. Nunca falo com ele a menos que ele primeiro me dirija a palavra.

– Muito bem, Gruber. Isso demonstra sua boa educação, mas o primeiro-ministro, assim como eu, é um homem de impulsos democráticos e eu confio no julgamento que ele faz das pessoas.

Gruber fez uma profunda inclinação com a cabeça.

– Como você sabe, Gruber – prosseguiu o Imperador –, Malcomber, o jardineiro-chefe, está muito idoso e deseja se aposentar. As responsabilidades estão aumentando e ficando maiores do que ele pode arcar.

– Majestade, Malcomber é muito respeitado por todos os jardineiros. Que ele ainda possa viver por muitos anos para todos podermos procurá-lo e nos beneficiar de sua sabedoria e discernimento.

– Muito bem dito, Gruber – o Imperador comentou de modo negligente –, mas você sabe muito bem que isso é só da boca para fora. Ele não vai durar muito tempo, pelo menos não com o vigor e a força necessários para exercer seu cargo. Ele mesmo já solicitou sua aposentadoria para daqui a um ano e eu concordei. Resta apenas encontrar um substituto para ele.

– Oh, Majestade, existem cinquenta homens e mulheres neste grande lugar que poderiam ser o jardineiro-chefe.

– Acredito que sim – concordou o Imperador –, mas minha escolha recaiu sobre você. – O Imperador sorriu generosamente. Esse era o momento que ele estava esperando. Agora, ele pensava, Gruber cairia de joelhos diante dele, tomado pela êxtase da gratidão.

Como isso não aconteceu, o Imperador franziu a testa.

– Majestade – Gruber balbuciou –, é uma honra grande demais para mim, creia.

– Besteira – Cleon rebateu, ofendido por sua avaliação ter sido questionada. – É hora de suas virtudes serem reconhecidas. Você não ficará mais exposto a toda sorte de clima, o ano inteiro. Terá o apartamento do jardineiro-chefe, um belo lugar, que farei com que seja redecorado para você, e para onde poderá levar sua família. Você tem família, não é, Gruber?

– Sim, Majestade, esposa e duas filhas. E um genro.

– Muito bem. Você ficará muito confortável e apreciará sua nova vida, Gruber. Permanecerá dentro de um recinto fechado, a salvo das intempéries, como um verdadeiro trantoriano.

– Majestade, lembre que fui criado como anacreoniano...

– Eu levei isso em conta, Gruber. Todos os mundos são iguais para o Imperador. Considere resolvido. Um novo emprego é o que você merece.

Com uma breve inclinação de cabeça, o Imperador se retirou em passadas duras. Cleon estava satisfeito com essa sua última demonstração de benevolência. Claro que o sujeito poderia ter demonstrado um pouco mais de gratidão, um pouco mais de alegria, mas pelo menos a missão fora cumprida.

E era muito mais fácil conseguir fazer *isso* do que resolver o problema da infraestrutura decadente.

Num momento de irracionalidade, Cleon tinha dito que sempre que um colapso pudesse ser atribuído a um erro humano, o ser humano em questão deveria ser imediatamente executado.

– Umas poucas execuções e será notável constatar como todo mundo passará a tomar cuidado – ele dissera na ocasião.

– Penso, ao contrário, Majestade, que esse tipo de conduta despótica não atingirá o objetivo que o senhor almeja – apontara Seldon. – Provavelmente, forçaria os demais trabalhadores a entrar em greve, e se o senhor tentar obrigá-los a voltar ao trabalho provocará uma insurreição. Caso tente substituí-los com soldados, comprovará que os soldados não sabem controlar os maquinários e que os colapsos passarão a acontecer com frequência ainda maior.

Não admira que Cleon tivesse se dedicado ao assunto de nomear Gruber para o cargo de jardineiro-chefe com tanto alívio.

Quanto a Gruber, ele ficou acompanhando a partida do Imperador sentindo um frio na espinha de puro horror. Acabara de ser arrancado da liberdade do ar livre para ser condenado ao confinamento de quatro paredes. Todavia, como é que alguém pode recusar uma ordem do Imperador?

10

Raych olhou-se no espelho do quarto do hotel em Wye onde se hospedava, e sua expressão era sombria (o quarto era bem vagabundo, mas afinal Raych não deveria carregar consigo muitos créditos). Ele não gostava nada do que estava vendo. Seu bigode não existia mais; suas costeletas tinham sido bem aparadas; seu cabelo havia sido cortado rente nos lados e atrás.

Ele parecia tosado.

Pior do que isso. Como resultado da mudança em sua estética facial, seu rosto agora parecia o de um bebê.

Era nojento.

E ele também não estava fazendo nenhum progresso. Seldon lhe havia fornecido os relatórios da segurança a respeito da morte de Kaspal Kaspalov, que ele estudara em detalhes. Não traziam muitas informações, apenas que Kaspalov fora morto e que os guardas da segurança local não tinham encontrado nada importante que estivesse ligado a esse assassinato. Parecia bem evidente que essas autoridades davam pouca ou nenhuma importância ao caso, de todo modo.

Isso não era surpreendente. No último século, o índice de criminalidade tinha subido acentuadamente na maioria dos mundos, *certamente* também no mundo grandiosamente complexo de Trantor, e em nenhuma parte os oficiais de segurança locais se mostravam capazes de corresponder à tarefa de fazer algo de útil a respeito. Aliás, o departamento de segurança tinha registrado uma piora nos números e na eficiência por toda parte, além de (embora isto fosse difícil de provar) ter se tornado mais corrupto. Era inevitável que assim fosse quando os vencimentos dos funcionários pareciam incapazes de fazer frente ao aumento no custo de vida. Era preciso *pagar* os oficiais civis se se quisesse que continuassem honestos. Quando isso não acontecia, eles seguramente compensariam as deficiências dos salários inadequados com métodos escusos.

Seldon já vinha pregando essa doutrina havia alguns anos, mas não estava adiantando. Não era possível aumentar os salários sem elevar os impostos, e a população não aceitaria de bom grado um aumento nos encargos gerais. Parecia que preferiam muito mais perder dez vezes os créditos em subornos.

Tudo isso fazia parte, como dissera Seldon, da deterioração geral da sociedade imperial ao longo dos últimos dois séculos.

Bem, e o que Raych podia fazer? Ali estava ele, no mesmo hotel em que Kaspalov vivera nos dias que haviam antecedido sua morte. Em alguma parte desse hotel deveria haver alguém que tivesse algo a ver com esse assassinato, ou alguém que soubesse de algo a respeito.

Raych pensava que devia chamar a atenção para si. Devia demonstrar interesse pela morte de Kaspalov e então alguém sentiria interesse por *ele* e o escolheria. Era perigoso, mas, se ele pudesse dar a impressão de ser inócuo, talvez não o atacassem de imediato.

Bem...

Raych olhou para seu bracelete temporal. Haveria hóspedes no bar, tomando aperitivos antes do jantar. Era uma ideia juntar-se a eles e ver se alguma coisa acontecia em seguida.

11

Em certos aspectos, Wye podia ser um setor bastante puritano. (Isso valia para todos os setores, embora a rigidez de um pudesse ser completamente diferente da de outro.) Ali, os drinques não eram alcoólicos, tendo sido elaborados sinteticamente para estimular as pessoas de outras maneiras. Raych não gostou do sabor, estranhando totalmente aquela bebida, mas isso implicava que ele podia bebericar lentamente o seu drinque enquanto olhava ao redor.

Ele percebeu uma moça que olhava para ele, sentada a uma mesa distante, e foi difícil desviar o olhar dela. Era atraente e estava claro que os costumes de Wye não eram puritanos em *todos* os aspectos.

Após alguns momentos, a moça sorriu de leve e se levantou. Veio caminhando na direção da mesa onde Raych estava, enquanto ele acompanhava com curiosidade a movimentação dela. Embora lamentando intensamente, Raych sabia que não poderia se dar ao luxo de uma aventura romântica neste momento.

Quando chegou perto de Raych, ela parou por um momento e então deixou-se deslizar e sentar numa cadeira ao lado da dele.

– Olá – ela o cumprimentou. – Você não parece um cliente habitual.

– Não sou – Raych sorriu. – Você conhece todos os que são?

– Praticamente – ela concordou, sem o menor constrangimento. – Meu nome é Manella. E o seu?

Raych lamentou mais do que nunca. Ela era uma moça alta, mais alta do que ele sem os sapatos de salto – o que sempre o atraíra –, com uma pele branca como leite e cabelos longos e suavemente ondulados que emitiam um discreto brilho ruivo. Seu traje não era chamativo demais e, se tivesse se esforçado um pouco mais, poderia ter passado por uma mulher respeitável de uma classe não totalmente operária.

– Meu nome não importa – respondeu Raych. – Não tenho muitos créditos.

– Oh, que pena. – Manella fez uma careta. – Não pode arranjar alguns?

– Bem que eu gostaria. Preciso de trabalho. Você sabe de alguma coisa?

– Que tipo de trabalho?

Raych encolheu os ombros.

– Não tenho experiência em nada especial, mas não sou orgulhoso.

Manella olhou para ele com ar pensativo.

– Vou lhe dizer uma coisa, senhor Anônimo. Às vezes nem é preciso ter crédito nenhum.

Raych ficou imediatamente paralisado. Ele já tivera bastante sucesso com as mulheres, mas quando tinha bigode, o seu bigode. O que ela poderia ter achado atraente em seu rostinho de bebê?

Então, ele acrescentou:

– Ouça, tive um amigo que morou aqui há algumas semanas e não consigo encontrá-lo. Como você conhece todos os frequentadores habituais, talvez o conheça. O nome dele é Kaspalov. – Ele elevou a voz um pouco. – Kaspal Kaspalov.

Manella olhou para ele sem nenhuma alteração em sua expressão e balançou a cabeça.

– Não conheço ninguém com esse nome.

– Que pena. Ele era joranumita e eu também sou. – Novamente, a mesma expressão vazia. – Você sabe o que é um joranumita?

– N-não – ela sacudiu a cabeça. – Já ouvi essa palavra, mas não sei o que significa. É algum tipo de serviço?

Raych se sentiu desapontado. Então completou:

– Seria uma explicação comprida demais.

Isso parecia um final de conversa e, depois de alguns instantes incerta, Manella se levantou e desapareceu. Ela não sorria e Raych se sentia surpreso por ela ter ficado ali tanto tempo.

(Bem, Seldon sempre insistira que Raych tinha a capacidade de inspirar afeto, mas certamente não numa mulher de negócios como aquela. Para elas, a única coisa que importava era o pagamento.)

Os olhos dele seguiram automaticamente Manella quando ela parou em outra mesa, onde um homem estava sozinho. Ele era de meia-idade, com cabelos loiros cor de manteiga, lisos e penteados para trás. Seu rosto estava muito bem escanhoado, mas pareceu a Raych que ele deveria deixar a barba crescer, pois seu queixo um tanto proeminente era assimétrico.

Aparentemente, Manella também não teve sorte com aquele imberbe cavalheiro. Trocaram apenas algumas palavras e ela foi embora. Que pena, mas seguramente era impossível que ela fracassasse muitas vezes. Sem sombra de dúvida, era uma mulher desejável.

Raych se flagrou pensando, até espontaneamente, qual seria o risco se, afinal de contas, ele pudesse... e então se deu conta de que outra pessoa se aproximara de sua mesa. Desta vez, um homem. Na realidade, o homem com quem Manella tinha acabado de falar. Ele estava pasmo por ter ficado tão absorto em suas preocupações que alguém pudera chegar ao lado dele desse modo, inclusive pegando-o de surpresa. Ele não podia se permitir esse tipo de coisa.

O homem olhou para ele com uma expressão de curiosidade nos olhos.

– Você estava falando com uma amiga minha.

Raych não pôde deixar de sorrir de orelha a orelha.

– Ela é bem amistosa.

– Sim, é. E *muito* amiga minha. Não pude deixar de escutar o que você disse a ela.

– Nada de errado, imagino.

– De jeito nenhum, mas você disse que é joranumita.

O coração de Raych deu um salto no peito. Aquele seu comentário a Manella tinha acertado o alvo, afinal de contas. Para ela, não tivera nenhum significado, mas para esse "amigo" parecia que sim.

Será que agora ele estava no caminho certo? Ou simplesmente se enfiara em alguma encrenca?

12

Raych fez o que pôde para avaliar o recém-chegado, sem permitir que seu rosto perdesse sua marcante ingenuidade. O homem tinha olhos verdes penetrantes e seu punho direito estava fechado quase que ameaçadoramente sobre a mesa.

Raych olhou para o outro com expressão atenta e aguardou.

Mais uma vez, o outro disse:

– Entendi que você se descreveu como joranumita.

Raych fez o possível para parecer inquieto. Não foi difícil. Então perguntou:

– Por que está perguntando isso, senhor?

– Porque não acho que você tenha idade suficiente para isso.

– Tenho idade suficiente. Costumava assistir aos discursos de Jo-Jo em holovisualização.

– Você pode citar algum?

Raych deu de ombros.

– Não, mas entendia o que queriam dizer.

– Você é um rapaz corajoso, declarando abertamente ser joranumita. Algumas pessoas não gostam disso.

– Soube que há muitos joranumitas aqui, em Wye.

– Pode ser. Foi por isso que veio para cá?

– Estou procurando trabalho. Talvez outro joranumita pudesse me ajudar.

– Também há joranumitas em Dahl. De onde você é?

Não havia dúvida de que ele havia reconhecido o sotaque de Raych. Isso não podia ser disfarçado.

– Nasci em Millimaru – ele explicou –, mas morei basicamente em Dahl quando menino.

– Fazendo o quê?

– Nada de mais. Um pouco de escola.

– E por que você é um joranumita?

Raych sentiu-se esquentando um pouco. Ele não poderia ter vivido em Dahl, alvo de tantos preconceitos e desprestigiada, sem nutrir motivos óbvios para ser um joranumita. Então respondeu:

– Porque acho que deveria haver maior representatividade no governo imperial, mais participação do povo, mais igualdade entre os setores e os mundos. Será que qualquer pessoa com cérebro e coração não pensaria assim?

– E você deseja a abolição do regime imperial?

Raych fez uma pausa. Era possível se manifestar sem grandes problemas fazendo colocações subversivas, mas qualquer comentário abertamente contra o Imperador era ultrapassar os limites. Então, ele acrescentou:

– Não estou dizendo isso. Eu acredito no Imperador, mas comandar um Império é excessivo para um homem só.

– Não é um homem só. Existe toda uma burocracia imperial por trás. O que você acha de Hari Seldon, o primeiro-ministro?

– Não acho nada dele. Não sei sobre ele.

– A única coisa que você sabe é que o povo deveria ser mais representado nas questões governamentais. É isso?

Raych se permitiu parecer confuso.

– É isso que Jo-Jo Joranum costumava dizer. Não sei como você chama. Ouvi alguém uma vez falar em "democracia", mas não sei o que isso quer dizer.

– Democracia é algo que alguns mundos tentaram. E alguns ainda tentam. Não sei se esses mundos funcionam melhor do que os outros. Então, você é um democrata?

– É assim que você chama? – Raych deixou a cabeça pender como se estivesse refletindo profundamente. – Eu me sinto mais à vontade como joranumita.

– Claro, sendo dahlita...

– Eu só morei lá durante algum tempo...

– ... você só pode mesmo ser a favor de igualdade entre os povos e coisas assim. Os dahlitas, que são um grupo oprimido, naturalmente pensam desse modo.

– Ouvi dizer que Wye tem uma forte presença da filosofia joranumita. *Eles* não são oprimidos.

– Por um motivo diferente. Os antigos prefeitos de Wye sempre quiseram ser Imperadores, sabia disso?

Raych balançou a cabeça.

– Há dezoito anos – o homem continuou –, a prefeita Rashelle claramente empreendeu um golpe nesse sentido. Então os wyanos são rebeldes, e não tanto joranumitas. Eles são mais anti-Cleon.

– Não sei de nada disso – comentou Raych. – Não sou contra o Imperador.

– Mas é a favor da representação popular, certo? Você acha que algum tipo de assembleia eleita poderia comandar o Império Galáctico sem se afundar em picuinhas políticas e partidárias? Sem paralisar o governo?

– Ahn? – Raych indagou. – Não entendo o que quer dizer.

– Você acha que um grande número de povos poderia chegar a uma decisão rapidamente numa emergência? Ou simplesmente ficariam sentados, batendo boca?

– Não sei, mas não me parece direito que apenas alguns povos mandem em todos os mundos.

– Você estaria disposto a brigar por suas ideias? Ou você apenas gosta de falar sobre elas?

– Ninguém me pediu para brigar – respondeu Raych.

– Imagine que alguém lhe peça. Até que ponto suas ideias sobre democracia, ou sobre a filosofia joranumita, são importantes para você?

– Eu lutaria por elas, se achasse que isso adiantaria alguma coisa.

– Aqui está um rapaz corajoso. Então, você veio a Wye para lutar por seus ideais.

– Não – Raych afirmou, incomodado. – Não posso dizer isso. Vim em busca de trabalho, senhor. Não está fácil achar trabalho ultimamente. E não tenho mais créditos. A gente tem de sobreviver.

– Concordo. Qual é o seu nome?

Essa pergunta foi feita sem nenhum aviso, mas Raych já estava com a resposta pronta.

– Planchet, senhor.

– Esse é o seu nome ou o sobrenome?

– Até onde eu saiba, só tenho nome.

– Se entendi direito, você não tem créditos e estudou pouco.

– Infelizmente.

– E não tem experiência em nada mais especializado?

– Não trabalhei muito, mas tenho boa disposição.

– Muito bem. Vou lhe dizer uma coisa, Planchet.

O homem tirou do bolso um pequeno triângulo branco e o pressionou de maneira a produzir uma mensagem impressa nele. Então, passou o polegar sobre ela e a congelou.

– Vou lhe dizer aonde ir. Leve isto com você e pode ser que consiga um trabalho.

Raych pegou o cartão e olhou. Os sinais pareciam ser fluorescentes, mas Raych não conseguiu lê-los. Ele mirou o homem com certa preocupação.

– E se acharem que eu roubei isto?

– Não pode ser roubado. Tem meu sinal nele e agora tem seu nome.

– E se me perguntarem quem você é?

– Não perguntarão. Diga que você procura trabalho. Essa é a sua oportunidade. Eu não garanto, mas aqui está sua chance. – Então, o homem lhe deu outro cartão. – Aqui é onde você deve ir. – Esse segundo cartão Raych conseguiu ler.

– Obrigado – ele disse baixinho.

O homem fez pequenos gestos com a mão demonstrando que agradecimentos não eram necessários.

Raych se levantou e saiu, pensando no que será que tinha acabado de se meter.

13

Para cima e para baixo. Para cima e para baixo. Para cima e para baixo.

Gleb Andorin estava acompanhando Gambol Deen Namarti andar para cima e para baixo. Namarti estava evidentemente impossibilitado de se sentar e ficar quieto, dada a intensidade arrebatadora de seus sentimentos.

Andorin pensou que aquele não era o homem mais inteligente do Império; nem mesmo em termos do movimento, não era o mais astuto, e certamente não o mais capaz de ideias racionais. Aquele era um homem que tinha de ser contido constantemente, mas era mais impetuoso do que qualquer um dos demais. Nós poderíamos desistir, abrir mão, mas ele *não*. Força, força, em frente, chute. Bom, talvez precisemos, sim, de alguém desse jeito. *Devemos* ter alguém desse jeito ou nada jamais acontecerá.

Namarti parou, como se tivesse sentido os olhos de Andorin perfurando-lhe as costas. Virou-se para ficar de frente para ele e disse:

– Se vai me fazer outro sermão sobre Kaspalov, não perca seu tempo.

Andorin deu de ombros levemente.

– Por que me dar ao trabalho de lhe passar um sermão? O que está feito, está feito. O dano, se houve algum, já foi feito.

– Que dano, Andorin? Que dano? Se eu não tivesse feito aquilo, *então* teríamos sofrido danos. O homem estava por um fio para se tornar um traidor. Em um mês, no máximo, teria fugido...

– Eu sei. Eu estava lá. Eu ouvi o que ele disse.

– Portanto, você compreende que não houve escolha. Nenhuma escolha. Você não acha que eu gosto de mandar matar um velho companheiro, acha? Eu não tive escolha.

– Muito bem. Você não teve escolha.

Namarti retomou a marcha impetuosa e então se virou novamente para seu interlocutor.

– Andorin, você acredita em deuses?

– Em quê? – Andorin questionou, arregalando os olhos.

– Em deuses.

– Nunca ouvi essa palavra. O que quer dizer?

– Não é um termo do Padrão Galáctico – explicou Namarti. – Influências sobrenaturais. Entendeu?

– Ah, influências sobrenaturais. Por que não disse logo? Não, não acredito nessas coisas. Por definição, algo é sobrenatural se existe fora das leis da natureza e nada existe fora das leis da natureza. Você estaria se tornando místico? – Andorin perguntou como se estivesse brincando, mas seus olhos de repente se apertaram, dada sua repentina apreensão.

Namarti olhou para ele de tal modo que o fez baixar os olhos. Aquele olhar ardente de Namarti era capaz de fazer qualquer um baixar os olhos.

– Não seja idiota. Tenho lido a respeito disso. Trilhões de pessoas acreditam em influências sobrenaturais.

– Eu sei – Andorin concordou. – Sempre acreditaram.

– As pessoas têm agido assim desde antes do início da história. A palavra "deuses" é de origem desconhecida. Aparentemente, é uma espécie de resquício de alguma língua ancestral da qual não restam vestígios, exceto por esse termo. Você sabe quantas variedades de crenças existem em deuses dos mais diversos tipos?

– Eu diria que aproximadamente tantas quantas as variedades de tolos entre a população galáctica.

Namarti ignorou o aparte.

– Algumas pessoas acham que esse termo data da época em que a humanidade inteira existia num único mundo.

– O que é, em si, um conceito mitológico. Essa é uma noção

tão lunática quanto a de que existem influências sobrenaturais. Nunca houve um único mundo humano original.

– Deve ter havido, Andorin – Namarti corrigiu, aborrecido. – Os seres humanos não podem ter evoluído em mundos diferentes e continuado uma só espécie.

– Mesmo assim, não existe um mundo humano *efetivo*. Ele não pode ser localizado, não pode ser definido, portanto não pode ser comentado de forma sensata, de modo que *efetivamente* ele não existe.

– Quanto a esses deuses – Namarti prosseguiu, dando continuidade à própria linha de pensamento –, supõe-se que protejam a humanidade e a mantenham a salvo, ou, pelo menos, eles cuidam daquelas porções da humanidade que sabem fazer uso dos deuses. Na época em que existia apenas um único mundo humano, faz sentido imaginar que eles tivessem um interesse particular em cuidar daquele mundinho com tão poucas pessoas. Provavelmente, eles cuidavam desse mundo como se fossem irmãos mais velhos, ou pais.

– Muito bom da parte deles. Eu gostaria de vê-los lidar com o Império inteiro.

– E se eles conseguissem fazer isso? E se eles fossem infinitos?

– E se o sol congelasse? Que utilidade tem tantos "e se"?

– Estou somente especulando. Só pensando. Alguma vez você já deixou que sua mente divagasse livremente? Você sempre mantém tudo firmemente sob controle?

– Prefiro pensar que este é o modo mais seguro, manter as coisas sob controle. O que sua mente divagadora lhe diz, chefe?

Os olhos de Namarti dispararam na direção do outro, como se tivesse desconfiado de uma interrogação sarcástica, mas o rosto de Andorin continuava plácido e bem-intencionado. Namarti, então, respondeu:

– O que a minha mente está me dizendo é isto: se existem deuses, eles devem estar do nosso lado.

– Ótimo, se isso for verdade. Onde está a evidência para tanto?

– Evidência? Sem os deuses, tudo seria uma coincidência, imagino, mas até que bem proveitosa. – Subitamente, Namarti bocejou e se sentou, parecendo exausto.

"Bom", pensou Andorin. "A mente galopante de Namarti finalmente usou toda a energia e pode ser que agora ele fale alguma coisa mais sensata."

– Essa questão do colapso interno da infraestrutura... – iniciou Namarti, com um tom de voz nitidamente mais baixo.

– Sabe, chefe – Andorin interrompeu –, Kaspalov não estava inteiramente errado a respeito disso. Quanto mais tempo nós mantivermos esse programa, maiores as chances de as forças imperiais descobrirem a causa desses defeitos. Mais cedo ou mais tarde, esse programa inteiro irá explodir bem em cima de nós.

– Ainda não. Até aqui, tudo está explodindo em cima do Imperador, isso sim. A inquietação em Trantor é algo que se pode sentir. – Ele levantou as mãos, esfregando os dedos uns nos outros. – Posso sentir. E *estamos* quase terminando. Estamos prontos para o próximo passo.

Andorin sorriu, mas sem achar graça. – Não estou pedindo que me dê os detalhes, chefe. Kaspalov pediu e olha só o que aconteceu com ele. Não sou Kaspalov.

– Justamente porque você não é Kaspalov é que posso lhe dizer. E porque agora eu sei de uma coisa que não sabia antes.

– Suponho – Andorin experimentou, quase sem acreditar no que estava dizendo – que você pretenda atacar o próprio sítio do Palácio Imperial.

Namarti levantou os olhos.

– Claro. O que mais se pode fazer? Entretanto, o problema é como penetrar na área do palácio de modo eficiente. Tenho lá as minhas fontes de informação, mas eles são somente espiões. Precisarei de homens de ação no local.

– Conseguir colocar homens de ação dentro da região mais bem guardada de toda a Galáxia não será exatamente fácil.

– Sem dúvida que não. É isso que vem me dando uma dor de cabeça insuportável até agora, e então os deuses intervieram...

Andorin acrescentou delicadamente (e ao preço de todo o seu autocontrole para não deixar vazar sua repugnância):

– Não me parece que precisemos de uma discussão metafísica. O que aconteceu, deixando de lado essa questão dos deuses?

– Minha informação é que Sua Graça e Para Sempre Bem-Amado Imperador Cleon I decidiu nomear um novo jardineiro-chefe. Esse será o primeiro novo nomeado para um cargo em quase vinte e cinco anos.

– E, nesse caso...?

– Você não percebe o significado?

Andorin pensou por um momento.

– Não sou um favorito dos deuses. Não vejo nenhum significado.

– Se você tem um novo jardineiro-chefe, Andorin, é a mesma situação de se ter um novo administrador de qualquer outro tipo; é o mesmo que ter um novo primeiro-ministro ou um novo Imperador. O novo jardineiro-chefe certamente irá querer a sua própria equipe. Ele forçará a aposentadoria daqueles que considerar madeira podre e contratará novos jardineiros aos montes.

– Isso é possível.

– É mais do que possível, é certo. Aconteceu exatamente isso quando o atual jardineiro-chefe foi nomeado e também quando seu antecessor foi empossado, e assim por diante. Centenas de estrangeiros dos Mundos Exteriores...

– Por que dos Mundos Exteriores?

– Use o cérebro, Andorin, se é que você tem. O que os trantorianos sabem sobre jardinagem, se viveram dentro de domos a vida inteira, cuidando de jardins envasados, zoológicos e plantações cuidadosamente organizadas de grãos e árvores frutíferas? O que eles sabem sobre a vida na natureza selvagem?

– Ahhh... agora estou entendendo.

– De modo que haverá estrangeiros infestando a área do Palácio Imperial. Imagino que serão cuidadosamente examinados, mas não serão tão rigidamente testados quanto se fossem trantorianos e, com certeza, isso quer dizer que poderemos fornecer alguns dos nossos, com identificações falsas, e conseguir que entrem. Mesmo que alguns sejam checados e dispensados, outros podem ser capazes de entrar e uns poucos *devem* conseguir isso. Nosso pessoal irá entrar, apesar da rigorosíssima segurança instituída desde o golpe fracassado nos primeiros tempos do primeiro-

-ministro Seldon. – E ele praticamente pronunciou cuspindo esse nome, como sempre fazia. – Finalmente, teremos a nossa chance.

Agora era a vez de Andorin se sentir zonzo, como se tivesse sido tragado por um redemoinho em alta velocidade.

– Parece-me estranho dizer isso, chefe, mas alguma coisa tem a ver com essa história de "deuses" afinal de contas, porque estive esperando para lhe contar uma coisa que agora eu vejo como é útil aos nossos objetivos.

Namarti olhou para Andorin com suspeita e esquadrinhou aquele aposento como se de repente estivesse incerto quanto à segurança deles. Mas era um temor infundado. Aquele aposento ficava no fundo de um antiquado complexo residencial e era muito bem protegido. Ninguém poderia ouvir a conversa de mais ninguém, e ninguém – mesmo contando com instruções detalhadas – poderia encontrar aquele local facilmente, nem atravessar as camadas de proteção formadas por membros leais da organização.

Namarti então indagou:

– Do que você está falando?

– Encontrei um homem para você. Um jovem, muito ingênuo. Uma pessoa de quem é fácil gostar, aquele tipo de sujeito em quem você sente que pode confiar no instante em que o vê. Tem um rosto largo e olhos sinceros. Viveu em Dahl. É defensor da igualdade. Ele acha que Joranum foi o que de mais importante aconteceu desde a invenção dos refresca-goela dahlitas. E estou certo de que você poderá facilmente levá-lo a fazer qualquer coisa pela causa.

– Pela causa? – Namarti atalhou, ainda bastante desconfiado. – Ele é um dos nossos?

– Na realidade, ele não é de nenhum movimento. Tem algumas vagas noções na cabeça acerca de Joranum querer a igualdade entre os setores.

– Essa era a isca, com certeza.

– E é a nossa também, mas o rapaz *acredita* nisso. Ele fala sobre igualdade e participação popular no governo. Chegou inclusive a mencionar a democracia.

Namarti teve uma reação sarcástica.

– Em vinte mil anos, a democracia nunca foi praticada por muito tempo sem desmoronar.

– Sim, mas nossa preocupação não é essa. Isso é o que motiva o rapaz e posso lhe garantir, chefe, que eu soube que tínhamos nosso instrumento no momento em que o vi, mas ainda não sabia exatamente como poderíamos utilizá-lo. Agora eu sei. Podemos infiltrá-lo nos jardins do Palácio Imperial como jardineiro.

– E como? Ele sabe alguma coisa sobre jardinagem?

– Não, estou certo de que não sabe. Ele nunca trabalhou em outra coisa que não serviços gerais. Está operando um rebocador por ora, e acho que tiveram de ensiná-lo a fazer isso. Mesmo assim, se conseguirmos colocá-lo lá dentro como auxiliar de jardineiro, se ele apenas souber como segurar um par de tesouras de poda, então estamos feitos.

– Estamos feitos?

– Sim, pois teremos alguém capaz de se aproximar de qualquer pessoa, e conseguiremos isso sem despertar a menor suspeita. Poderemos nos aproximar o suficiente para desferir nosso golpe. Estou lhe dizendo que ele transmite uma espécie de estupidez honrosa, uma espécie de virtude tola que inspira confiança.

– E ele fará tudo que lhe dissermos?

– Seguramente.

– Como foi que você o conheceu?

– Não fui eu. Foi Manella quem realmente o identificou.

– Quem?

– Manella. Manella Dubanqua.

– Ah, aquela sua amiga – e a face de Namarti se torceu numa careta de pudica desaprovação.

– Ela é amiga de muita gente – Andorin respondeu em tom tolerante. – Essa é uma das características que a torna tão útil. Ela é capaz de avaliar um homem muito rapidamente e com base em pouquíssimas informações. Ela foi falar com esse sujeito porque se sentiu atraída por ele à primeira vista, e posso lhe garantir que Manella *não* é aquele tipo de mulher que costuma se sentir atraída por ninguém além dos mais comuns, portanto, veja bem, este homem é bem incomum. Ela conversou com ele... a propósito, o nome dele é Planchet... e então me disse: "Tenho um para você e ele está vivo, Gleb". Quando ela diz que alguém está "vivo", eu confio nela de olhos fechados.

– E o que você acha que esse instrumento maravilhoso que você arrumou poderia fazer assim que fosse infiltrado por nós na área do palácio, hein, Andorin? – Namarti indagou, astuciosamente.

Andorin inspirou fundo.

– O que poderia ser? Se fizermos tudo direito, ele irá descartar por nós nosso amado Imperador Cleon, Primeiro desse Nome.

O rosto de Namarti ficou rubro de raiva.

– O quê? Você ficou louco? Por que iríamos querer matar Cleon? Ele é nossa âncora no governo. É a fachada por trás da qual podemos comandar. É nosso passaporte para a legitimidade. Onde está o seu cérebro? Precisamos dele como testa de ferro. Ele não irá interferir em nosso regime e a existência dele nos tornará mais fortes.

A face de Andorin foi tomada por manchas vermelhas e seu bom humor finalmente chegou ao fim.

– O que é que você quer fazer, então? – ele explodiu. – O que está planejando? Estou cansado de ficar o tempo todo tentando adivinhar o que se passa na sua cabeça.

– Tudo bem, tudo bem, calma – apaziguou Namarti, erguendo a mão. – Não fiz por mal. Mas raciocine um pouco, que tal? Quem destruiu Joranum? Quem destruiu nossas esperanças, dez anos atrás? Foi o matemático. E é ele quem governa o Império agora, ele e aquela idiotice da psico-história. Cleon não é nada. É Hari Seldon que devemos destruir. É Hari Seldon que venho tentando ridicularizar com esses colapsos constantes. Os problemas que isso causa chegam à porta da casa *dele*. Tudo está sendo interpretado como incompetência *dele*, como incapacidade *dele*. – Havia vestígios de saliva grossa nos cantos da boca de Namarti. – Quando ele for destituído, haverá manifestações de júbilo por todo o Império que irão inundar todos os relatos por holovisão durante horas. Não importa se souberem quem fez isso. – Novamente, ele ergueu a mão e deixou-a cair, como se estivesse enterrando uma faca no coração de alguém. – Seremos vistos como heróis do Império, como os salvadores. E então? Você acha que esse jovem é capaz de acabar com a raça de Hari Seldon?

Andorin havia recuperado, pelo menos aparentemente, seu autocontrole.

– Tenho certeza de que sim – ele disse, forçando-se a parecer leve. – Por Cleon ele até pode sentir algum respeito. O Imperador tem uma aura mística, como você sabe. (E ele acentuou discretamente o "você" da sentença, e Namarti fez uma careta.) – Mas por Seldon ele não tem esse sentimento.

Por dentro, no entanto, Andorin estava realmente furioso. Não era aquilo que ele desejava. Estava se sentindo traído.

14

Manella afastou os fios de cabelo que caíam sobre seus olhos e sorriu para Raych.

– Eu não lhe disse que não iria precisar de créditos?

Raych piscou e coçou seu ombro nu.

– Mas agora você vai me cobrar?

Ela encolheu os ombros e sorriu de maneira maliciosa.

– E por que eu faria isso?

– Por que não faria?

– Porque tenho direito de me proporcionar um pouco de prazer, de vez em quando.

– Comigo?

– Não tem mais ninguém aqui.

Houve uma pausa demorada, e depois Manella completou, em tom conciliador:

– Além do mais, você não tem tantos créditos assim. Como vai o trabalho?

– Não é muito, mas é melhor do que ficar sem fazer nada –

disse Raych. – Bem melhor. Você disse para aquele sujeito que me arranjasse trabalho?

– Você está falando de Gleb Andorin? – Manella sacudiu a cabeça devagar. – Não disse a ele para fazer nada. Só disse que ele talvez se interessasse por você.

– Será que ele vai ficar chateado porque você e eu...

– E por que ele deveria? Não é da conta *dele*. E nem da *sua*, a propósito.

– O que é que ele faz? Quer dizer, no que ele trabalha?

– Não acho que ele trabalhe em nada. Ele é rico. É parente dos antigos prefeitos.

– De Wye?

– É. Ele não gosta do governo imperial. Nenhum dos parentes dos antigos prefeitos gosta. Ele diz que Cleon deveria...

De repente, ela se calou e depois acrescentou:

– Estou falando demais. Não saia por aí repetindo nada do que eu lhe disse.

– Eu? Eu nem ouvi você falando. E não vou abrir o bico.

– Tudo bem.

– E quanto a esse Andorin? Ele é um maioral dos joranumitas? Ele é alguém importante lá para eles?

– Não sei dizer.

– Ele nunca fala sobre esse tipo de coisa?

– Comigo, não.

– Ah – Raych exclamou, tentando não parecer desapontado.

Manella olhou de lado para ele, suspeitando de algo.

– Por que você está tão interessado?

– Quero me aproximar deles. Imagino que desse jeito vou me dar melhor. Melhores trabalhos, mais créditos. Essas coisas, entende?

– Talvez Andorin possa ajudá-lo. Ele gosta de você. Isso eu sei.

– Você poderia fazer com que ele gostasse mais?

– Posso tentar. Não sei por que ele gostaria. *Eu* gosto de você. E mais do que gosto dele.

– Obrigado, Manella. Eu também gosto de você. Muito. – Ele

deslizou a mão pelo lado do corpo dela, e desejou ardentemente que pudesse se concentrar mais nela do que em sua missão.

15

– Gleb Andorin – Hari Seldon explicou, extenuado, esfregando os olhos.

– E quem ele é? – Dors Venabili quis saber. Seu estado de ânimo continuava frio desde o dia da partida de Raych.

– Até há poucos dias eu nunca tinha ouvido falar nele – Seldon confessou. – Esse é o problema de se tentar comandar um mundo com quarenta bilhões de pessoas. Você nunca ouve falar de ninguém, exceto daqueles que se impõem de algum modo à sua atenção. Mesmo tendo todas as informações computadorizadas do mundo, Trantor continua sendo um planeta de anônimos. Podemos pesquisar as pessoas por seu número de referência e suas estatísticas, mas *quem* é que pesquisamos? Acrescente os vinte e cinco milhões dos Mundos Exteriores e é deveras surpreendente que o Império Galáctico tenha permanecido este fenômeno funcional, ao longo de todos esses milênios. Francamente, acho que o Império só vem existindo porque ele mesmo se comanda, em termos bem gerais. E agora, finalmente, está decaindo.

– Basta de tanto filosofar, Hari – Dors cortou. – Quem é esse Andorin?

– Alguém que, confesso, eu já *deveria* conhecer. Consegui convencer o departamento de segurança e eles puxaram alguns arquivos a respeito do sujeito. Ele é membro da família wyana de prefeitos (aliás, o de maior destaque entre eles), de modo que o pessoal da segurança tem mantido atualizados os dados a respeito de Andorin. Acham que ele nutre algumas ambições, mas que é muito mais interessado na boa vida do que em fazer algo para realizá-las.

– E ele está envolvido com os joranumitas?

Seldon fez um gesto de incerteza.

– Tenho a impressão de que o departamento de segurança não sabe nada sobre os joranumitas. Isso pode querer dizer que os joranumitas não existem mais ou que, se existem, não são importantes. E também pode indicar que o departamento de segurança simplesmente não está interessado. Tampouco existe algum meio a que eu possa recorrer para fazer com que se interessem. Só posso me mostrar grato àquelas autoridades por me darem informações, e pronto. E eu *sou* o primeiro-ministro.

Em tom seco, Dors acrescentou outra pergunta:

– Será possível que você não seja um primeiro-ministro muito bom?

– Isso é mais do que possível. Provavelmente, já se passam várias gerações desde que fora nomeado para esse cargo alguém menos indicado do que eu. Mas isso não tem nada a ver com o departamento de segurança, que é um braço totalmente independente do governo. Duvido que o próprio Cleon saiba mais a esse respeito, embora teoricamente o departamento de segurança deva se reportar a ele por meio de seu diretor. Acredite em mim quando digo que, se soubéssemos mais sobre o departamento de segurança, estaríamos tentando encaixar suas ações nas equações psico-históricas de que dispomos atualmente.

– Os oficiais da segurança pelo menos estão do nosso lado?

– Acredito que sim, mas não posso jurar.

– E por que você está interessado nesse... qual é o nome dele?

– Gleb Andorin. Porque recebi uma mensagem indireta de Raych.

Os olhos de Dors faiscaram.

– Por que você não me contou? Ele está bem?

– Até onde eu sei, sim, mas espero que ele não tente enviar mais nenhuma mensagem. Se for apanhado tentando se comunicar, ele *não* ficará bem. De todo modo, ele fez contato com Andorin.

– E com os joranumitas também?

– Acho que não. Teria parecido improvável, pois esse contato não é uma coisa que faria sentido. O movimento joranumita é predominante entre as classes mais baixas. É um movimento do proletariado, por assim dizer. O que ele estaria fazendo com os joranumitas?

– Se ele pertence à família dos prefeitos de Wye, poderia ter aspirações ao trono imperial, não poderia?

– Eles nutrem essas aspirações há muitas gerações. Você se lembra de Rashelle, imagino. Ela era tia de Andorin.

– Então, talvez ele esteja usando os joranumitas como trampolim, você não acha?

– Se existirem, é capaz. E se for assim (e se esse trampolim é o que Andorin quer), acho que estará envolvido num jogo muito perigoso. Se os joranumitas de fato existem, eles com certeza têm seus próprios planos, e um homem como Andorin pode acabar percebendo que só está montado num greti...

– E o que é um greti?

– Um animal extinto de grande ferocidade, é o que me parece. Em Helicon, essa se tornou uma frase proverbial, nada mais do que isso. Se você está montado num greti, você percebe que não consegue desmontar porque, nesse caso, ele te devoraria. – Seldon fez uma pausa. E depois completou: – Mais uma coisa. Raych parece ter-se envolvido com uma mulher que conhece Andorin e por intermédio dela, acha possível colher informações importantes. Estou lhe contando isso agora para que depois você não me acuse de ter guardado algum segredo de você.

– Uma mulher? – Dors franziu a testa.

– Pelo que entendi, essa mulher conhece um grande número de homens que falam para ela coisas que não deveriam, às vezes, devido à intimidade da situação.

– Uma *dessas*. – E a testa dela se franziu ainda mais. – Não gosto da ideia de Raych...

– Ora, ora, convenhamos. Raych tem trinta anos e sem sombra de dúvida é muito experiente. Pode deixar essa mulher (ou qualquer outra, inclusive) seguramente sob o controle. – Então, ele virou e olhou para Dors com uma expressão muito desgastada, exausta, e completou: – Você acha que eu gosto disso? Você acha que eu gosto de *alguma* dessas coisas?

E, finalmente, Dors ficou sem ter o que dizer.

16

Gambol Deen Namarti não era, mesmo em seus melhores momentos, conhecido por sua educação e suavidade, mas o clímax iminente de uma década de planejamento amargara seu temperamento.

Ele se levantou da cadeira um tanto agitado e repreendeu:

– Você custou a chegar aqui, Andorin.

Andorin encolheu os ombros.

– Mas estou aqui, agora.

– E esse rapaz, seu indicado, esse notável instrumento que você vem alardeando. Onde está?

– Logo mais ele estará aqui.

– E por que não agora?

A cabeça de belo formato de Andorin afundou um pouco, como se ele estivesse mergulhado em seus pensamentos, ou atinando sobre como chegar a uma decisão. Mas então respondeu, com brusquidão:

– Não quero trazê-lo até aqui antes de saber onde estou me metendo.

– O que isso quer dizer?

– Palavras simples, em Padrão Galáctico. Há quanto tempo você tem como objetivo se livrar de Hari Seldon?

– Desde sempre! Desde sempre! É assim tão difícil de entender? Merecemos nos vingar depois do que ele fez a Jo-Jo. Mesmo que não tivesse feito nada, como se tornou primeiro-ministro temos de tirá-lo do caminho.

– Mas é Cleon, *Cleon*, que deve ser derrubado. Se não somente ele, então, pelo menos ele, além de Seldon.

– Por que um testa de ferro o incomoda tanto?

– Você não nasceu ontem. Nunca precisei explicar o meu papel em tudo isto porque você não é tão ignorante nem tão bobo que não saiba. Qual o possível interesse que seus planos teriam para mim se não incluíssem uma substituição no trono?

– Mas é claro! – Namarti riu. – Faz muito tempo que sei que

você me considera a banqueta na qual subirá para alcançar o trono imperial.

– E você esperaria qualquer outra coisa?

– De jeito nenhum. Eu cuido de todo o planejamento, corro os riscos e depois, quando tudo estiver terminado, você vem e colhe os frutos. Faz sentido, não faz?

– Sim, claro que faz, pois será uma recompensa para você também. Você não se tornaria o primeiro-ministro? Não poderia ser capaz de contar com o total apoio de um novo Imperador, um Imperador cheio de gratidão? Não serei eu – e a esta altura seu rosto se tornou uma máscara de ironia, enquanto ele desferia essas últimas palavras – o novo testa de ferro?

– É isso que você está planejando se tornar?

– Planejo ser o Imperador. Adiantei muitos créditos para você quando não os tinha, forneci grupos em posições-chave quando você não tinha nenhum. Adicionei a respeitabilidade de que você precisava para construir uma grande organização aqui, em Wye. E posso retirar tudo isso que investi no plano.

– Acho que não.

– Você gostaria de correr esse risco? Também não pense que pode me tratar do jeito como tratou Kaspalov. Se alguma coisa acontecer comigo, Wye se tornará inabitável para você e seus seguidores, e você irá constatar que nenhum outro setor lhe proporcionará o que você necessita.

– Então, você insiste que o Imperador seja morto – suspirou Namarti.

– Eu não disse "morto". Eu disse "destronado". Deixo os detalhes por sua conta. – Essa última sentença veio acompanhada de um aceno de mão quase de despedida, um meneio de punho, como se Andorin já estivesse instalado no trono imperial.

– E então você será o Imperador?

– Sim.

– Não, você não será. Você estará morto, e não por obra minha. Andorin, vou lhe esclarecer agora alguns fatos básicos. Se Cleon for morto, então virá à baila a questão da sucessão e, para

186

evitar uma guerra civil, a Guarda Imperial matará imediatamente todos os membros da família wyana de prefeitos que puder encontrar, e você será o primeiro. Por outro lado, se somente o primeiro-ministro for morto, você estará a salvo.

– Por quê?

– O primeiro-ministro é somente um primeiro-ministro. Eles vão e vêm. É possível que o próprio Cleon já esteja cansado dele e providencie o assassino. Certamente faremos a nossa parte para garantir que boatos desse tipo sejam espalhados. A Guarda Imperial hesitaria e nos daria a chance de instalar um novo governo. De fato, é bastante possível que eles mesmos se sintam gratos com o fim de Seldon.

– E, estando estabelecido o novo governo, o que farei? Continuarei esperando? Para sempre?

– Não. Assim que eu me tornar primeiro-ministro, haverá meios de dar cabo de Cleon. Pode ser inclusive que eu consiga fazer algo a respeito da Guarda Imperial, e até mesmo com o departamento de segurança, usando-os como meus instrumentos. Então, acharei um meio seguro de me livrar de Cleon e colocar você no lugar dele.

Andorin então explodiu:

– E por que você faria isso?

– O que você quer dizer com "por que eu faria isso"? – indagou Namarti.

– Você tem um rancor antigo por Seldon. Depois que ele tiver saído de cena, por que você correria riscos desnecessários no mais alto nível? Terá feito as pazes com Cleon, nessa altura, e eu terei de me retirar para minha propriedade em ruínas e meus sonhos impossíveis. E, talvez, para manter tudo bem seguro, você mande me matar.

– Não! – exclamou Namarti. – Cleon nasceu para o trono. Ele vem de várias gerações de Imperadores, a orgulhosa dinastia Entun. Seria muito difícil lidar com ele, uma verdadeira praga. Você, por outro lado, chegaria ao trono como membro de uma nova dinastia, sem nenhum vínculo mais forte com a tradição; afinal, como você mesmo poderá reconhecer, os antigos imperadores wyanos foram totalmente sem distinção. Você estará instalado num trono frágil e precisará de alguém que o apoie: *eu*. E eu precisarei de alguém que dependa de mim e que, portanto, eu conseguirei administrar: *você*. Andorin, compreenda, o nosso não é um casamento de amor, que desaparece em questão de um ano, mas, sim, de conveniência, que pode durar até que a morte nos separe. Vamos confiar um no outro.

– Você jura que eu serei Imperador?

– De que adianta jurar se você não consegue confiar na minha palavra? Digamos que eu o considere um Imperador extraordinariamente útil e que quero que você substitua Cleon assim que isso possa acontecer com toda a segurança. Agora, apresente-me a esse jovem que você acha que será o instrumento perfeito para atingirmos os nossos propósitos.

– Muito bem. Lembre-se do que faz dele alguém diferente. Eu o estudei. Ele não é um idealista muito brilhante. Fará o que lhe disserem para fazer, sem se preocupar com perigos, sem ficar matutando sobre os motivos disso. Ele transmite uma sensação de confiabilidade e, por isso, a vítima irá confiar nele, ainda que ele esteja com um desintegrador na mão.

– Isso eu acho difícil de acreditar.

– Espere até conhecê-lo – Andorin concluiu.

17

Raych manteve seus olhos voltados para baixo. Tinha olhado rapidamente para Namarti e isso fora tudo de que precisara. Ele o tinha visto dez anos antes, quando Raych fora enviado para atrair Jo-Jo Joranum a cair na armadilha que enfim o destruíra, e uma olhada era quanto bastava.

Namarti tinha mudado pouco nesses dez anos. Raiva e ódio ainda eram as características dominantes que se podiam encontrar nele, ou que Raych pôde ver nele, afinal, pois percebia que não estava sendo uma testemunha imparcial. Aqueles traços pareciam ter marinado na fisionomia de Namarti e se transformado numa máscara permanente. Agora, seu rosto era um pouco mais macilento, seu cabelo um pouco mais riscado por fios grisalhos, mas os lábios finos continuavam retesados numa linha dura, e seus olhos escuros continuavam tão brilhantes e perigosos quanto antes.

Essa análise fora suficiente e agora Raych mantinha os olhos no chão. Ele sentia que Namarti não era o tipo de pessoa que aceitaria alguém que o encarasse diretamente.

De sua parte, Namarti parecia devorar Raych com os olhos, mas a expressão ligeiramente sarcástica que seu rosto sempre exibia continuava presente.

Ele se voltou para Andorin, que se havia colocado de lado, evidentemente incomodado, e disse – como se o sujeito de seu comentário não estivesse presente:

– Então, esse é o homem.

Andorin aquiesceu e seus lábios se moveram para dizer quase que sem som:

– Sim, chefe.

Bruscamente, Namarti interrogou Raych:

– Seu nome?

– Planchet, senhor.

– Você acredita em nossa causa?

– Sim, senhor. – Ele falou com cuidado, de acordo com as instruções de Andorin. – Sou um democrata e quero uma participação maior do povo no processo de governo.

Os olhos de Namarti voltaram-se rapidamente para Andorin.

– Um orador. – Então, tornou a olhar para Raych. – Está disposto a correr riscos pela causa?

– Qualquer risco, senhor.

– Você obedecerá às instruções que lhe forem dadas? Sem questionamentos? Sem hesitação?

– Cumprirei as ordens.

– Você sabe alguma coisa de jardinagem?

Raych hesitou.

– Não, senhor.

– Você é trantoriano, então? Nasceu sob o domo?

– Nasci em Millimaru, senhor, e cresci em Dahl.

– Muito bem – Namarti concluiu. E, para Andorin, acrescentou: – Leve-o daqui e entregue por enquanto aos homens que esperam por lá. Eles cuidarão bem dele. Em seguida, volte aqui, Andorin. Quero conversar com você.

Quando Andorin retornou, uma profunda mudança havia se operado em Namarti. Os olhos dele cintilavam e sua boca expressava um sorriso feroz.

– Andorin – ele exclamou –, os deuses de que falamos no outro dia estão do nosso lado numa medida que eu não poderia ter imaginado.

– Eu lhe disse que aquele rapaz era adequado para os nossos propósitos.

– Muito mais adequado do que você possa pensar. Você naturalmente conhece a história de como Hari Seldon, nosso respeitável primeiro-ministro, enviou seu filho (filho adotivo, melhor dizendo) para falar com Joranum e armar a cilada na qual ele caiu, ainda que eu o tivesse alertado.

– Sim – Andorin concordou com um movimento cansado de sua cabeça –, conheço bem essa história. – E ele falou com o tom de quem sabia daquilo de trás para diante.

– Eu vi aquele rapaz uma vez só, mas a imagem dele ficou marcada a ferro na minha memória. Você acha que dez anos, sapatos de salto alto e um bigode raspado poderiam me enganar? Esse seu Planchet é Raych, o filho adotivo de Hari Seldon.

Andorin ficou pálido e sem fôlego por um momento.

– O senhor tem certeza, chefe?

– Tanta certeza quanto eu tenho de você estar plantado bem na minha frente e de que trouxe o inimigo para o seio do nosso grupo.

– Eu não tinha ideia...

– Não fique nervoso – Namarti continuou. – Considero esta a melhor coisa que você já fez em toda a sua inútil vida de aristocrata. Você desempenhou o papel que os deuses lhe reservaram. Se eu não tivesse reconhecido quem ele é, poderia ter cumprido a função para a qual sem dúvida ele estava destinado: ser um espião entre nós e um informante de nossos planos mais secretos. Mas, como sei quem ele é, isso não dará certo. Em vez disso, nós agora temos *tudo*. – E Namarti esfregou as mãos de contentamento e, aos poucos, como se estivesse se dando conta de como isso era uma novidade, ele sorriu, e riu.

18

– Acho que não o verei mais, Planchet – murmurou Manella, com ar pensativo.

– E por que não? – perguntou Raych, que estava se secando, depois de ter tomado uma ducha.

– Gleb Andorin não quer.

– E por que não?

Manella encolheu seus ombros macios.

– Ele diz que você tem um trabalho importante a fazer e não tem mais tempo para ficar se divertindo. Talvez ele queira dizer que você vai arranjar um trabalho melhor.

Raych ficou tenso.

– Que tipo de trabalho? Ele mencionou alguma coisa específica?

– Não, mas ele disse que estava indo até o Setor Imperial.

– Ele disse? E ele costuma falar esse tipo de coisa para você?

– Você sabe como são as coisas, Planchet. Quando o sujeito está na cama com você, ele fala muitas coisas.

– Eu sei – concordou Raych, que sempre tomava cuidado justamente para não falar demais. – E o que mais ele disse?

– Por que você quer saber? – ela franziu de leve a testa. – Ele sempre pergunta de você, também. Reparei que os homens têm isso. São curiosos a respeito uns dos outros. Por que você acha que é assim?

– O que disse a ele sobre mim?

– Pouca coisa. Só que você é um cara muito decente. Naturalmente, eu não disse a ele que gosto mais de você do que dele. Isso iria magoá-lo, e poderia me magoar também.

Raych estava se vestindo.

– Então, isto é um adeus.

– Por enquanto, acho que é sim. Gleb pode mudar de ideia. Claro que eu gostaria de ir ao Setor Imperial, se ele me levasse. Nunca estive lá.

Raych quase se denunciou, mas conseguiu tossir e disfarçar, e depois emendou:

– Eu também nunca estive lá.

– Tem os maiores edifícios e os palácios mais bonitos, além dos melhores restaurantes. É lá que vivem os ricos. Eu gostaria de conhecer alguma pessoa rica, além de Gleb, quer dizer.

– Imagino que não haja muito que você possa aproveitar de uma pessoa como eu – Raych ponderou.

– Você é legal. Não precisa ficar pensando em créditos o tempo todo. Mas precisa pensar nisso de vez em quando. Especialmente porque Gleb está ficando cansado de mim.

Raych sentiu-se impelido a contradizer:

– Ninguém conseguiria se cansar de você – e então, até para sua discreta surpresa, percebeu que dissera isso com sinceridade.

– É isso que os homens sempre dizem – Manella retrucou –, mas você ficaria surpreso. De todo modo, foi bom, você e eu, Planchet. Cuide-se e, quem sabe, um dia nos encontremos de novo.

Raych concordou com um movimento de cabeça e notou que não lhe ocorriam as palavras certas para dizer naquele momento. Não tinha como dizer ou fazer algo para demonstrar seus sentimentos.

Então, voltou sua mente em outra direção. Ele tinha de descobrir o que o pessoal de Namarti estava planejando. Se o estavam separando de Manella, a crise deveria estar se aproximando rapidamente. Tudo o que tinha para seguir em frente era aquela estranha questão da jardinagem.

Também não podia transmitir mais nenhuma informação para Seldon. Desde sua reunião com Namarti, vinha sendo vigiado de muito perto e todas as vias de comunicação tinham sido cortadas, outro indício da aproximação de uma crise.

Mas, se ele descobrisse o que estava acontecendo somente depois que tudo tivesse ocorrido – e se só pudesse transmitir as notícias depois que já fossem todas conhecidas –, então teria fracassado.

19

Hari Seldon não estava tendo um bom dia. Ele não recebia notícias de Raych desde aquele primeiro contato e não tinha ideia do que estava acontecendo.

Além de sua natural preocupação com a segurança de Raych (ele sem dúvida saberia se alguma coisa realmente ruim tivesse acontecido), ainda estava aflito com o que poderia estar sendo planejado.

Teria de ser sutil. Um ataque direto ao palácio em si estava totalmente fora de cogitação. A segurança ali era muito forte. Mas, nesse caso, o que mais poderia ser planejado que pudesse ter eficiência suficiente?

Aquela questão toda o mantinha acordado à noite e avoado durante o dia.

O sinal luminoso piscou.

– Primeiro-ministro, sua reunião das duas horas, senhor...

– Qual reunião das duas horas é mesmo?

– Mandell Gruber, o jardineiro. Ele tem a autorização necessária.

Seldon então se lembrou.

– Sim, mande-o entrar.

Não era uma boa hora para falar com Gruber, mas ele havia concordado com esse encontro num momento de fraqueza, e o homem estava agoniado. O primeiro-ministro não deveria ter tais momentos de fraqueza, mas Seldon sempre fora Seldon, muito antes de ter se tornado primeiro-ministro.

– Entre, Gruber – ele disse, cordialmente.

Gruber permaneceu em pé à frente de Seldon, com a cabeça abaixada num movimento mecânico, virando os olhos para cá e para lá. Seldon tinha bastante certeza de que o jardineiro nunca estivera num aposento tão magnífico quanto aquele e sentia uma amarga necessidade de dizer a ele: "Gosta daqui? Pois pode ficar com esta sala. *Eu* não quero".

Todavia, ele apenas perguntou:

– O que acontece, Gruber? Por que está tão infeliz?

O visitante não lhe deu uma resposta imediata. Em vez disso, Gruber apenas permaneceu sorrindo de modo vago.

– Sente-se, homem – insistiu Seldon. – Bem aí, nessa cadeira.

– Oh, não, primeiro-ministro. Não seria adequado. Eu vou sujar a cadeira.

– Se sujar, é fácil de limpar. Faça o que estou lhe dizendo. Muito bem! Agora fique aí sentado um pouco, organizando suas ideias. Depois, quando estiver pronto, conte-me qual é o problema.

Gruber permaneceu quieto por alguns minutos e então suas palavras saíram num arranco só, a que faltou fôlego:

– Primeiro-ministro, é que estou para me tornar jardineiro-chefe. O abençoado Imperador assim me disse pessoalmente.

– Sim, já me informaram, mas isso certamente não é o que o está perturbando. Seu novo cargo trata-se de um reconhecimento, e lhe dou os parabéns. Nunca me esquecerei de sua bravura naquela ocasião em que quase me mataram e pode ter certeza de que mencionei esse fato à Sua Majestade Imperial. Essa é uma recompensa adequada, Gruber, e você merece essa promoção de todo modo, pois, pelos seus registros, é evidente que você está plenamente qualificado para ocupar o cargo. Então, como isso já está solucionado, diga-me o que o está atormentando.

– Primeiro-ministro, o que está me atormentando é justamente esse novo cargo, essa promoção. É algo que não sei fazer, não estou preparado para isso.

– Estamos convencidos de que está.

– E terei de ficar sentado dentro de um escritório? – questionou Gruber, ficando mais agitado. – Não consigo ficar dentro de um escritório, sentado. Eu não poderei sair e trabalhar com as plantas e os animais. Seria uma prisão para mim, primeiro-ministro.

Seldon arregalou os olhos.

– Que nada, Gruber. Você não precisa ficar dentro do escritório mais do que o necessário. Você pode andar pelos jardins à vontade, supervisionando tudo. Terá todo o contato com o ar livre que desejar e apenas será poupado do trabalho mais pesado.

– Mas eu quero o trabalho mais pesado e não há nenhuma chance de que me deixarão sair do escritório. Estive observando o atual jardineiro-chefe. Ele não consegue sair do escritório nem se quiser, nunca conseguiu. São muitas tarefas administrativas, muita burocracia. Por isso, se ele quer saber o que está acontecendo, temos de ir até o escritório e dizer-lhe. Ele vê tudo em *holovisualização* – informação que Gruber prestou com extremo desdém –, como se fosse possível saber alguma coisa sobre o crescimento de coisas vivas com base em imagens. Isso não é para mim, primeiro--ministro.

– Ora, Gruber, seja homem, não é assim tão ruim. Você vai acabar se acostumando. Aos poucos, dará um jeito de fazer as coisas do seu jeito.

– Para início de conversa – Gruber discordou, balançando a cabeça –, antes de todo o resto, terei de lidar com todos os novos jardineiros. Ficarei sobrecarregado. – Então, num repentino assomo de energia, acrescentou: – Esse é um trabalho que não quero e que não devo ter, primeiro-ministro.

– Neste primeiro momento, Gruber, talvez você não queira o trabalho, mas você não está sozinho. Neste exato instante, eu lhe digo que desejaria não ser primeiro-ministro. É um cargo excessivo para mim. Tenho inclusive a certeza de que, em determinadas ocasiões, o próprio Imperador fica cansado de seus mantos imperiais. Todos nós estamos nesta Galáxia para fazer nosso trabalho e ele nem sempre é agradável.

– Eu entendo isso, primeiro-ministro, mas o Imperador deve ser Imperador, pois nasceu para isso. E o senhor deve ser primeiro-ministro, pois não há mais ninguém que possa prestar esse serviço. Mas, no meu caso, só estamos falando do cargo de jardineiro-chefe. Existem cinquenta outros jardineiros na equipe que poderiam cumprir esse papel tão bem quanto eu e que não se importariam em nada de trabalhar num escritório. O senhor disse que contou para o Imperador como eu tentei ajudá-lo. Será que não poderia falar com ele de novo e explicar que, se deseja me recompensar, poderia me deixar onde estou?

Seldon recostou-se na cadeira e respondeu, em tom solene:

– Gruber, eu faria isso por você se pudesse, mas devo lhe explicar algo e espero sinceramente que você entenda. Em tese, o Imperador é o regente absoluto do Império. Na realidade, o que ele pode fazer mesmo é bem pouco. Agora, eu comando o Império muito mais do que ele, e também é muito pouco o que eu posso fazer. Há milhões e bilhões de pessoas em todos os níveis do governo, todas tomando decisões, todas cometendo erros, algumas agindo com sensatez e heroísmo, outras sendo tolas e desonestas. Não há como controlar nenhuma delas. Você está me entendendo, Gruber?

– Sim, mas o que isso tudo tem a ver com o meu caso?

– Porque só existe um único lugar onde o Imperador é realmente o regente absoluto: a área do Palácio Imperial. Ali, a palavra dele é lei e os níveis de oficiais abaixo dele são poucos o suficiente para que ele possa lidar com todos. Para ele, ser solicitado a rescindir uma decisão que ele tomou em relação a algo no Palácio Imperial é o mesmo que invadir a única área que ele considera inviolável. Se eu fosse dizer a ele "Reconsidere sua decisão a respeito de Gruber, Vossa Majestade Imperial", seria muito mais provável que ele me exonerasse de minhas atribuições do que voltasse atrás em sua decisão. Isso até poderia ser uma coisa boa para mim, mas não ajudaria você em nada.

– Isso então significa que não existe maneira de essa situação ser revertida? – indagou Gruber.

– Exatamente. Mas não se preocupe, Gruber. Eu o ajudarei de todas as maneiras que puder. Lamento, mas agora dediquei a você todo o tempo que me era possível.

Gruber se pôs em pé. Nas mãos, torcia e retorcia seu boné verde de jardineiro. Havia mais dos vestígios de lágrimas em seus olhos.

– Obrigado, primeiro-ministro. Eu sei que o senhor gostaria de me ajudar. O senhor... o senhor é um bom homem, primeiro-ministro.

Ele se virou e saiu, arrasado.

Seldon ainda o contemplou pensativamente por alguns instantes e então sacudiu a cabeça. Multiplique as aflições de Gruber por um quatrilhão e você chegará nas aflições de todas as pessoas que habitam os vinte e cinco milhões de mundo do Império. E como é que ele, Seldon, poderia oferecer salvação para todas elas quando ele mesmo era impotente para resolver o problema de um único homem que o havia procurado pedindo ajuda?

A psico-história não fora capaz de salvar um homem só. Poderia salvar um quatrilhão?

Mais uma vez, balançou a cabeça, verificou o teor e o horário de seu próximo compromisso e então, subitamente, ficou tenso. Pegando o intercomunicador, gritou com um abandono descontrolado, num ímpeto totalmente contrário aos seus modos normalmente tão contidos:

– Traga o jardineiro de volta! Faça aquele homem voltar aqui neste momento!

20

– Que história é essa de "novos jardineiros"? – exclamou Seldon. Dessa vez ele nem convidou Gruber a se sentar.

Os olhos de Gruber piscaram seguidamente, depressa. Ele estava em pânico por ter sido novamente convocado à presença do primeiro-ministro, de modo tão inesperado.

– N-novos j-jardineiros? – ele gaguejou.

– Você disse "todos os novos jardineiros". Essas foram as suas palavras. *Quais* novos jardineiros?

Gruber parecia aturdido.

– Certamente, se existe um novo jardineiro-chefe, haverá novos jardineiros. É o costume.

– Nunca tinha ouvido falar disso.

– Na última vez que houve mudança na chefia, o senhor não era o primeiro-ministro. Provavelmente, o senhor nem estava em Trantor.

– Mas o que é que acontece?

– Bem, os jardineiros nunca são despedidos. Alguns morrem, alguns ficam muitos velhos, são aposentados e substituídos. Porém, quando um novo jardineiro-chefe está pronto para assumir seu cargo, pelo menos metade da equipe está idosa e já ultrapassou sua idade mais produtiva. Todos eles são então aposentados com um benefício generoso e novos jardineiros são contratados.

– Por sua juventude.

– Em parte, sim, e em parte porque nessa transição costumam ser feitos novos planos para os jardins. São quase quinhentos quilômetros quadrados de jardins e parques, e em geral são necessários muitos anos para reorganizar tudo, e serei eu a supervisionar tudo isso. Por favor, primeiro-ministro – Gruber estava sem fôlego –, sem dúvida um homem inteligente como o senhor pode dar um jeito de fazer o abençoado Imperador mudar de ideia.

Seldon não prestou atenção ao pedido. Sua testa estava vincada por seu esforço de concentração.

– De onde vêm os novos jardineiros?

– São feitos exames em todos os mundos; sempre existem pessoas esperando por uma oportunidade nova de trabalho. Virão candidatos às centenas, em dúzias de levas. Vou levar pelo menos um ano...

– De onde eles vêm? De onde?

– De qualquer um dos milhares de mundos. Precisamos de uma variedade de conhecimentos horticulturais. Qualquer cidadão do Império pode atender aos requisitos.

– De Trantor também?

– Não, de Trantor, não. Não há ninguém de Trantor nos jardins. – A voz dele se encheu de um tom desdenhoso. – Não se pode ser jardineiro, sendo de Trantor. Os parques que existem aqui, sob o domo, não são jardins. São plantas em vasos e animais em jaulas e gaiolas. Essa pobre espécie dos trantorianos não sabe nada sobre ar livre, água escorrendo naturalmente, o verdadeiro equilíbrio da natureza.

– Muito bem, Gruber. Agora, vou lhe dar uma tarefa. Caberá a você me fornecer o nome de cada novo jardineiro agendado para chegar nas próximas semanas. Quero todas as informações sobre eles: nome, mundo, número de referência, nível educacional, experiência anterior, tudo. Quero tudo aqui, na minha mesa, o mais depressa possível. Destacarei algumas pessoas para ajudá-lo. Pessoas com máquinas. Que tipo de computador você usa?

– Somente um modelo simples para fazer o acompanhamento de plantios, espécies, coisas assim.

– Muito bem. As pessoas que vou mandar para ajudá-lo poderão fazer tudo que você não conseguir. Nem posso lhe explicar a importância dessa incumbência.

– Se eu fizer isso...

– Gruber, este não é o momento para fazer barganhas. Se fracassar, você não será o jardineiro-chefe, nem mais nada, pois será despedido e sem benefícios.

Mais uma vez sozinho em sua sala, Seldon bradou no intercomunicador:

– Cancele todos os meus compromissos para esta tarde.

E, então, deixou que seu corpo despencasse na cadeira, sentindo o peso de cada um de seus cinquenta anos e percebendo sua dor de cabeça piorar. Durante anos, décadas, a segurança fora sendo construída em torno do Palácio Imperial e se tornara cada vez mais densa, sólida, impenetrável, após a adição de cada nova camada e de cada novo dispositivo. E, de vez em quando, hordas de desconhecidos tinham permissão para penetrar na área do palácio, sem que provavelmente lhes fosse indagado nada de mais relevante do que "você consegue trabalhar no jardim?".

A estupidez envolvida nesse procedimento era colossal demais para se cogitar.

E ele mal havia captado o problema a tempo. Mas havia mesmo? Será que, ainda assim, já não era tarde demais?

21

Gleb Andorin mirou Namarti com olhos semicerrados. Ele nunca tinha gostado muito daquele homem, mas havia situações em que gostava ainda menos do que normalmente, e aquela era uma dessas ocasiões. Por que Andorin, um wyano de berço real (afinal de contas, era disso que se tratava) tinha de trabalhar com esse arrivista, esse paranoico, quase psicótico?

Andorin sabia por que e tinha de aturar a situação, inclusive quando Namarti se punha de novo a narrar a história de como havia construído o movimento durante um período de dez anos, até atingir seu grau atual de perfeição. Será que ele ficava repetindo isso para todo mundo, sem parar? Ou seria Andorin seu ouvinte exclusivo?

O rosto de Namarti parecia brilhar com uma luz maligna enquanto ele repetia, numa cantilena própria, como se fosse uma questão rotineira, o relato tão batido:

– Ano após ano, trabalhei dentro dessas linhas, enfrentando a desesperança e a inutilidade, construindo uma organização, desbastando a confiança no governo, criando e intensificando a insatisfação. Quando houver a crise no sistema bancário e a semana da moratória, eu... – De repente ele se deteve. – Eu já lhe contei isso muitas vezes e você já está enjoado de ouvir essa história, não é verdade?

Os lábios de Andorin se retesaram para formar um sorriso seco e breve. Namarti não era tão idiota que não soubesse como podia ser enfadonho. Mas, simplesmente, não conseguia se segurar. Andorin respondeu:

– Você já me contou isso muitas vezes. – Tendo dito essas poucas palavras, deixou o restante da pergunta suspenso no ar, sem resposta. Afinal, essa seria uma resposta óbvia. Não havia necessidade de jogar na cara de Namarti.

Um leve rubor coloriu o rosto macilento do líder, que disse:

– Mas esse processo de construção e desbaste poderia ter continuado indefinidamente, sem jamais atingir o ponto certo, se eu não tivesse a ferramenta certa em mãos. E, sem nenhum esforço da minha parte, essa ferramenta veio a mim.

– Os deuses lhe trouxeram Planchet – Andorin completou com neutralidade.

– Você está certo. Logo haverá um grupo de jardineiros entrando na área do Palácio Imperial. – Ele se interrompeu e deu a impressão de que saboreava essa ideia. – Homens e mulheres. Em número suficiente para funcionar como máscara para o pequeno grupo de nossos agentes que os acompanharão. Entre esses, estarão você e Planchet. E o que tornará vocês dois incomuns é que estarão levando desintegradores.

– Certamente – Andorin lembrou, com malícia proposital por baixo de uma atitude educada – seremos detidos nos portões e interrogados. Entrar com um desintegrador não autorizado na área do palácio...

– Vocês não serão detidos – Namarti afirmou, sem ter percebido a malícia. – E não serão revistados. Isso já foi acertado. Vocês serão recepcionados normalmente por algum oficial do palácio. Não sei quem é que costuma estar encarregado desse tipo de tarefa... se é o terceiro mordomo assistente encarregado da grama e das folhas, sei lá; mas, neste caso, será o próprio Seldon. O grande matemático irá correndo dar as boas-vindas aos novos jardineiros e recebê-los ao ar livre.

– Imagino que você tenha certeza disso.

– Claro que sim. Já foi tudo providenciado. Mais ou menos no último minuto, ele será informado de que seu filho adotivo está entre os relacionados como novos jardineiros, e será impossível para ele se controlar e não ir ao encontro de Raych. E, quando Seldon surgir, Planchet levantará seu desintegrador. Nosso pessoal dará o grito de "traidor!" e, na confusão e no falatório geral, Planchet matará Seldon e então você matará Planchet. Em seguida, você deixará seu desintegrador em algum lugar e partirá. Haverá um time para ajudá-lo a sair. Já foi tudo providenciado.

– É mesmo necessário matar Planchet?

– Por quê? – Namarti fechou a cara. – Você faz objeção a uma morte, mas não a outra? Quando Planchet se recuperar você quer que ele conte às autoridades tudo que sabe sobre nós? Além do mais, estamos providenciando uma briga em família. Não se esqueça de que, na realidade, Planchet é Raych Seldon. Vai parecer que os dois dispararam ao mesmo tempo, ou dar a impressão de que Seldon havia ordenado que, se seu filho fizesse algum movimento hostil, deveria ser abatido imediatamente. Iremos garantir que essa perspectiva da família seja amplamente divulgada. Isso servirá para trazer à lembrança o passado tenebroso do sanguinário Imperador Manowell. O povo de Trantor seguramente se sentirá enojado pela fria maldade do ato. Isso, coroando toda a sequência de colapsos e a falta de eficiência que tem sido comprovada e imposta aos cidadãos, servirá para despertar o clamor por um novo governo, e ninguém será capaz de recusá-lo, muito menos o Imperador. É quando nós entramos em cena.

– Com essa facilidade?

– Não, não com toda essa facilidade. Não vivo num mundo de sonhos. É provável que haja algum governo interino, mas ele fracassará. Daremos um jeito para que fracasse e então nos apresentaremos publicamente e retomaremos os antigos argumentos joranumitas que os trantorianos nunca esqueceram. E, no momento certo, mas não demorando muito, eu me tornarei primeiro-ministro.

– E eu?

– No devido tempo você será o Imperador.

– A chance de tudo isso dar certo é pequena – comentou Andorin. – Isto foi providenciado, aquilo foi providenciado. Aquela outra coisa foi providenciada. Tudo isso tem de formar uma unidade coesa e se integrar com perfeição, senão o plano fracassará. Em algum lugar, alguém correrá o risco de fazer alguma trapalhada. É um risco inaceitável.

– Inaceitável? Para quem? Você?

– Com certeza. Você espera que eu garanta que Planchet mate o próprio pai e ainda espera que depois eu mate Planchet. Por que eu? Não existem instrumentos menos valiosos do que eu que poderiam ser facilmente colocados em risco?

– Sim, mas escolher qualquer outro seria garantir o fracasso da operação. Quem, além de você, tem investido tanto nesta missão que não existe a menor chance de mudar de ideia por um motivo fútil no último instante?

– O risco é enorme.

– E não vale a pena para você? Com essa manobra, você tem os olhos no trono imperial.

– E que riscos você está correndo, chefe? Continuará sentado aqui, com todo o conforto, esperando pelas notícias.

Namarti torceu a boca.

– Como você é tolo, Andorin! Que Imperador será! Você acha que não corro riscos pelo fato de estar aqui? Se o complô falhar, se o plano der errado, se alguns dos nossos forem capturados, você acha que eles não vão abrir o bico e contar tudo que sabem? Se, de algum modo, você for preso, encararia o terno tratamento a ser dispensado pela Guarda Imperial sem abrir a boca, sem dizer uma palavra sobre mim? E, com uma tentativa de assassinato fracassada em mãos, você acha que não vão varrer Trantor de cima a baixo até me encontrar? Você imagina que, no fim, eles não irão me localizar? E, quando de fato me acharem, o que acha que irá me acontecer quando eu estiver nas mãos deles? Você diz que eu não corro risco? O meu é pior do que o de qualquer um de vocês, simplesmente ficando sentado aqui, sem fazer nada, Andorin. Você quer ou não quer ser Imperador?

Em voz baixa, Andorin confirmou:

– Eu quero ser Imperador.

Com isso, o plano foi posto em ação.

22

Raych não tinha nenhuma dificuldade para perceber que estava sendo tratado com um cuidado especial. O grupo todo dos futuros jardineiros estava agora alojado em um dos hotéis do Setor Imperial, embora não um estabelecimento de primeira classe, naturalmente.

Aquele grupo de jardineiros era diversificado, com integrantes de cinquenta mundos, mas Raych tinha poucas oportunidades de falar com algum deles. Sem ter feito nada de modo muito ostensivo, Andorin tinha conseguido mantê-lo longe dos demais.

Raych se perguntava por quê. Isso o deixava deprimido. Na realidade, vinha se sentindo um pouco deprimido desde que partira de Wye. Esse estado de ânimo atrapalhava seu processo de pensamento e ele o combatia, mas com pouco sucesso.

O próprio Andorin estava usando roupas rústicas e tentava parecer um trabalhador. Desempenharia o papel de jardineiro como uma maneira de cuidar do "espetáculo", qualquer que fosse.

Raych se sentia envergonhado por não ter sido capaz de desvendar a natureza desse "espetáculo". Tinham-no cercado e isolado, impedindo seu acesso a toda forma de comunicação, de modo que não tivera chance nem de avisar seu pai. Talvez estivessem fazendo a mesma coisa com todos os trantorianos que houvessem sido incluídos no grupo, ainda que ele não tivesse certeza disso, apenas por medida de extrema precaução. Raych avaliava que deveria haver uns doze trantorianos entre eles, todos gente de Namarti, claro, tanto homens como mulheres.

O que o deixava intrigado era que Andorin o tratava com o que quase chegava a ser afeto. Andorin o monopolizava, insistia em fazer todas as refeições com ele, tratava-o de maneira bem distinta de como tratava todos os demais.

Será porque tinham compartilhado Manella? Raych não sabia o suficiente sobre os costumes do Setor Wye para poder ter certeza de existir ou não um elemento poliândrico naquela sociedade. Se dois homens tinham a mesma mulher, isso os tornava de algum modo mais fraternos? Criava alguma espécie de vínculo?

Raych nunca tinha ouvido falar de nada parecido, mas sabia que era inútil presumir que tivesse mais do que um mínimo vislumbre das infinitas sutilezas das sociedades galácticas, inclusive as trantorianas.

Todavia, agora que sua mente o trouxera de volta a Manella, ele ficou pensando nela mais um pouco. Sentia uma terrível falta dela e ocorreu-lhe que talvez essa saudade pudesse ser a causa de sua depressão, embora, para ser totalmente honesto, o que ele estava sentindo agora, quase ao fim do almoço que fizera em companhia de Andorin, fosse quase desespero, apesar de não poder pensar no que causava esse sentimento.

Manella!

Ela havia dito que queria visitar o Setor Imperial e era possível imaginar que ela conseguisse convencer Andorin a atender-lhe o desejo. Era tal o desespero que ele se viu formulando aquela pergunta idiota.

– Senhor Andorin, fiquei pensando se por acaso teria trazido a senhorita Dubanqua para cá. Para cá, o Setor Imperial.

Andorin pareceu absolutamente aturdido. Então riu de leve.

– Manella? Você acha que ela trabalharia em jardinagem? Ou que sequer fingiria isso? Não, não. Manella é uma daquelas mulheres inventadas para nossos momentos de calma. Ela não tem nenhuma outra função, além dessa. Mas por que você quer saber, Planchet?

– Não sei – Raych deu de ombros. – É um pouco monótono por aqui. Eu estava pensando... – e a voz dele perdeu o som.

Andorin observou o jovem com atenção. Depois de algum tempo, perguntou:

– Você certamente não é da opinião de que faz diferença a mulher com quem a gente se envolve, é? Eu lhe garanto que para ela não importa o homem com quem esteja envolvida. Quando acaba, existem outras mulheres. Muitas mulheres.

– Quando é que isto vai acabar?

– Logo. E você fará parte da ação de uma maneira muito importante. – Andorin olhou incisivamente para Raych.

– Quão importante? – perguntou o jovem. – Eu não vou ser somente um jardineiro? – A voz dele parecia lúgubre e ele se percebeu impossibilitado de falar com mais animação.

– Você será mais do que isso, Planchet. Você vai entrar com um desintegrador.

– Com um quê?

– Um desintegrador.

– Eu nunca segurei um desintegrador. Nunca, em toda a minha vida.

– Não é nada demais. Você o levanta, mira, fecha o circuito e alguém morre.

– Não consigo matar ninguém.

– Pensei que você fosse um de nós, que faria qualquer coisa pela causa.

– Não quis dizer matar. – Raych não conseguia juntar as ideias. Por que ele teria de matar? O que é que realmente tinham em mente para ele executar? E como seria capaz de avisar a Guarda Imperial antes que essa morte fosse executada?

O semblante de Andorin ficou duro de repente, numa instantânea mudança de um interesse amistoso em uma decisão implacável. Ele acrescentou:

– Você *deve* matar.

Raych reuniu toda a coragem.

– Não, não vou matar ninguém. Ponto final.

– Planchet, você fará o que lhe for ordenado – Andorin rebateu.

– Assassinar, não.

– Inclusive assassinar.

– E como é que você vai me obrigar?

– Eu simplesmente lhe direi que faça isso.

Raych ficou tonto. O que podia deixar Andorin tão confiante? Ele sacudiu a cabeça.

– Não.

Andorin não cedeu.

– Estamos alimentando você, Planchet, desde que você saiu de Wye. Fiz questão de que comesse comigo. Supervisionei sua alimentação. Especialmente o prato que acabou de comer.

Raych sentiu uma onda de horror varrendo-o por dentro. De repente, ele entendeu.

– Desperança!

– Exatamente – concordou Andorin. – Você é um diabinho rápido, Planchet.

– É ilegal.

– Claro que é. Assassinar também é.

Raych já sabia o que era a desperança. Tratava-se de uma modificação química de um tranquilizante perfeitamente inócuo. Essa forma modificada, no entanto, não produzia tranquilidade, e sim desespero. Essa substância tinha sido proibida por causa de seu uso em processos de controle mental, embora houvesse boatos persistentes de que a Guarda Imperial fazia uso dela.

Andorin acrescentou, como se não fosse difícil ler o que se passava na mente de Raych:

– Chama-se desperança porque essa é uma palavra antiga que significa "ausência de esperança". Acho que você está se sentindo sem esperança.

– Nunca – Raych replicou, murmurando.

– Grande determinação de sua parte, mas você não pode vencer o composto químico. E quanto mais impotente você se sentir, mais eficaz a droga.

– Sem chance.

– Pense bem, Planchet. Namarti o reconheceu instantaneamente, ainda que você não estivesse de bigode. Ele sabe que você é Raych Seldon e que, sob minha direção, você irá matar seu pai.

Raych reagiu, entredentes:

– Não antes que eu mate você.

E se levantou da cadeira. Não haveria nenhum problema quanto a isso. Andorin podia ser mais alto, mas era magro e evidentemente nada atlético. Raych poderia parti-lo ao meio com um braço só, mas, quando se pôs em pé, ele cambaleou. Sacudiu a cabeça, mas ela não clareou.

Andorin também ficou em pé, e recuou. Tirou a mão direita de dentro da manga esquerda, onde até então estivera guardada. Estava portando uma arma.

Em tom agradável, ele continuou:

– Eu vim preparado. Fui informado de sua perícia de mestre tufão heliconiano e não nos envolveremos numa luta corpo a corpo.

Então, baixou o olhar para sua arma.

– Isto não é um desintegrador – ele explicou. – Não posso me dar ao luxo de matá-lo antes que você cumpra sua missão. Este é um chicote neurônico. Muito pior, em certo sentido. Vou mirar no seu ombro esquerdo e, pode acreditar, a dor que sentirá será tão insuportável que nem mesmo o maior estoico do mundo seria capaz de aguentar.

Raych, que vinha avançando lentamente e com ar sombrio, parou de repente. Ele tinha doze anos na primeira vez que sentira o gostinho – ainda que breve – de uma descarga do chicote neurônico. Quando a pessoa é atingida por essa arma, ela jamais esquece a dor, não importa por quanto tempo viva ou por mais acidentes que venha a sofrer.

– Além do mais – complementou Andorin –, usarei a potência máxima para que os nervos de seus braços fiquem estimulados, primeiro num nível de dor insuportável, para depois se tornarem inúteis por causa do dano neuronal sofrido. Você nunca mais poderá usar seu braço esquerdo de novo. Mas vou poupar o direito, para que possa usar o desintegrador. Agora, se fizer a gentileza de se sentar e aceitar a situação, como deve ser, poderá conservar o uso dos dois braços. Claro que deverá comer novamente para que o nível de desperança aumente. Sua situação só poderá piorar.

Raych sentiu o desespero quimicamente induzido tomando conta dele e, por si mesmo, esse desespero ajudava a intensificar o efeito. Sua visão estava ficando duplicada e ele não conseguia pensar em nada para dizer.

Ele só sabia que teria de fazer o que Andorin mandasse. Ele havia entrado no jogo e perdido.

23

– Não, Dors. – Hari falou quase violentamente. – Não quero você lá fora.

Dors Venabili devolveu o olhar para ele com uma expressão tão firme quanto a que ele mantinha.

– Então, também não deixarei que você saia, Hari.

– Eu tenho de estar lá.

– Lá *não* é o seu lugar. É o jardineiro de primeira classe que deve recepcionar esse novo pessoal.

– De fato é, mas Gruber não consegue fazer isso. Ele está abatido demais.

– Ele deve ter alguma espécie de assistente. Ou pode deixar que o antigo jardineiro-chefe cumpra esse papel de anfitrião... afinal, ele continua em exercício até o fim do ano.

– O jardineiro-chefe está doente demais. Além disso – Seldon hesitou um pouco –, há novatos inexperientes entre os jardineiros. São trantorianos. Por algum motivo vieram junto. Tenho os nomes de todos eles.

– Ordene que sejam presos. Cada um deles, até o último. É simples. Por que está tornando tudo tão complicado?

– Porque não sabemos *por que* estão aqui. Alguma coisa está por acontecer. Não percebo o que doze jardineiros podem fazer, mas... Não, um minuto. Quero reformular essa sentença. Eu percebo a dúzia de coisas que eles podem fazer, mas não sei qual dessas coisas foi planejada para ser executada. Realmente, iremos colocar todos eles sob custódia, mas preciso entender melhor tudo isso antes de tomar essa atitude. Temos de saber apenas o suficiente para remover cada um dos conspiradores, de cima a baixo, e devemos saber o suficiente a respeito do que estão fazendo para conseguirmos aplicar e fazer valer as punições condizentes. Não quero prender doze homens e mulheres só por causa de uma acusação que é essencialmente de má conduta. Eles vão alegar uma desesperada necessidade de arrumar trabalho. Vão se queixar de que não é justo os trantorianos serem excluídos. Eles receberão largas mostras de simpatia e nós acabaremos parecendo um bando de idiotas. Temos de dar a eles a chance de serem acusados por algo mais grave do que isso. Além do mais...

Houve uma longa pausa e, enfim, Dors indagou, com raiva e impaciência:

– Bem, e esse novo "além do mais" é por quê?

– Um desses doze é Raych – confessou Seldon, sua voz muito baixa –, com o codinome Planchet.

– *O quê?*

– Por que essa surpresa toda? Eu o mandei a Wye para se infiltrar no movimento joranumita e ele conseguiu isso, de algum jeito. Tenho confiança nele. Se Raych está ali deve ter alguma espécie de plano para desbaratar alguma conspiração. Mas eu também quero estar lá. Quero vê-lo. Quero estar em condição de ajudá-lo, se puder.

– Se você quer ajudá-lo, coloque cinquenta guardas do palácio, numa fila só, ombro a ombro, dos dois lados desses seus jardineiros.

– Não. Mais uma vez, acabaremos sem nada. A Guarda Imperial estará no local, mas não em evidência. Esses jardineiros devem pensar que têm campo livre para executar o plano que talvez tenham elaborado. Antes que eles possam agir, mas depois de terem deixado evidente sua intenção, é aí que nós os pegaremos.

– Isso é arriscado. Arriscado para Raych.

– Risco é algo que temos de correr. Há mais coisas em jogo agora do que vidas individuais.

– Essa é uma coisa cruel de se dizer.

– Você acha que eu não tenho sentimentos? Mesmo que esteja de coração partido, minha preocupação deve ser a psico-...

– Não diga isso. – Ela se virou de costas, como se sentisse dor.

– Eu compreendo – disse Seldon –, mas você não deve estar lá. A sua presença seria tão imprópria que os conspiradores iriam suspeitar de que sabemos tudo e então eles podem abortar o plano que têm. Não quero isso. – Seldon se interrompeu e depois acrescentou, suavemente: – Dors, você diz que o seu trabalho é *me* proteger. Isso vem antes de proteger Raych, e você sabe disso. Eu não insistiria nesse ponto, mas proteger-me é proteger a psico-história e a espécie humana inteira. Isso tem prioridade total. Até onde já consegui levar a psico-história me permite dizer que é minha vez de agir; eu devo proteger o centro a todo custo, e é isso que estou tentando fazer. Você me entende?

– Eu entendo – ela respondeu; e em seguida, virou-se, e se afastou dele.

Seldon então pensou: "E eu espero estar certo".

Se não estivesse, ela jamais iria perdoá-lo. Pior: *ele* nunca poderia se perdoar, com ou sem a psico-história.

24

Eles formavam uma linha linda, com os pés afastados, as mãos atrás das costas, cada um deles vestindo um garboso uniforme verde, de corte folgado e com bolsos grandes. Havia bem pouca diferenciação de gêneros e só se podia supor que os mais baixos fossem mulheres. O capuz encobria o cabelo de todos eles, mas, de todo modo, os jardineiros de ambos os sexos deveriam usar cabelos muito curtos e nenhum tipo de pelo facial.

Por que tinha de ser assim, ninguém sabia dizer. A palavra "tradição" escondia todos os motivos, além de muitas outras coisas; algumas delas úteis, outras, tolas.

Diante de todos estava Mandell Gruber, acompanhado por dois assistentes, um de cada lado. Gruber tremia e seus olhos vidrados estavam arregalados.

Os lábios de Hari Seldon se apertaram. Se Gruber ao menos conseguisse dizer "Os jardineiros do Imperador saúdam todos vocês", seria suficiente. Então, o próprio Seldon assumiria o comando da situação.

Os olhos de Seldon varreram o novo contingente e ele localizou Raych.

Seu coração teve um pequeno sobressalto. Era Raych, sem bigode, na fila da frente, em pé de um modo mais rígido do que os demais, olhando fixamente para diante. Raych não tentou fazer contato visual com Seldon, e tampouco demonstrava nenhum sinal de reconhecê-lo, por mais sutil que fosse.

"Bom", Seldon pensou, "ele não deveria mesmo fazer isso. Não está revelando nada."

– Bem-vindos – resmungou Gruber em voz débil, e Seldon assumiu.

Com passos desembaraçados, adiantou-se um pouco até ficar imediatamente perante Gruber e disse:

– Obrigado, jardineiro de primeira classe. Homens e mulheres, jardineiros do Imperador, vocês estão prestes a dar início a uma importante tarefa. Vocês serão responsáveis pela beleza e pela saúde da única zona aberta de terra em nosso grande mundo de Trantor, capital do Império Galáctico. Irão perceber que, mesmo não tendo o infindável panorama dos mundos ao ar livre, sem domos, teremos aqui uma pequena joia que brilhará mais do que qualquer outra no Império. Todos vocês serão liderados por Mandell Gruber, que se tornará o jardineiro-chefe dentro em breve. Ele se reportará diretamente a mim, quando necessário, e eu me reportarei ao Imperador. Como vocês podem ver, isso quer dizer que vocês estarão apenas a três níveis de distância da presença imperial, e sempre sob a benigna supervisão do Imperador. Estou certo de que, neste momento, ele nos está acompanhando de seu pequeno palácio, que é sua residência particular, aquela construção que vocês veem à direita (a única que tem um domo recoberto de opala), e que está satisfeito com o que está vendo. Antes de começarem a trabalhar, naturalmente, todos irão fazer um curso de treinamento que os deixará plenamente familiarizados com a área dos jardins e suas necessidades específicas. E vocês...

A essa altura, Seldon havia furtivamente se deslocado até ficar num ponto diretamente diante de Raych, que continuava imóvel e nem piscava.

Seldon tentou não parecer artificialmente bondoso e então uma leve crispação riscou seu rosto. Quem estava imediatamente atrás de Raych era uma pessoa que lhe parecia conhecida. Ele teria passado sem ser identificado se Seldon não houvesse estudado o holograma dele. Aquele não era Gleb Andorin, de Wye? Aliás, o patrono de Raych em Wye? O que ele estaria fazendo ali?

Andorin deve ter reparado na súbita atenção de Seldon que lhe era dirigida, pois murmurou alguma coisa por entre lábios praticamente imóveis, e a mão direita de Raych, saindo de trás de suas costas, tirou um desintegrador de dentro do amplo bolso de seu colete verde. Andorin fez o mesmo.

Seldon se sentiu entrando praticamente em estado de choque.

Como é que aqueles desintegradores tinham tido permissão para entrar na área do palácio? Confuso, ele mal ouviu os gritos de "Traição!" e depois o repentino rumor de gente correndo e gritando.

A única coisa que realmente ocupava a mente de Seldon era o desintegrador de Raych apontado diretamente para ele e o olhar que Raych lhe dirigia, indicando que o rapaz não o reconhecia. Seldon ficou completamente horrorizado quando se deu conta de que seu filho iria atirar contra ele e que, assim, estava a poucos segundos de sua própria morte.

25

Um desintegrador, ao contrário do que sugere seu nome, não "desintegra" no sentido literal da palavra. Na realidade, ao vaporizar e soprar sua carga por dentro de um organismo, faz com que ele imploda. Ouve-se um som suave de suspiro, deixando no lugar o que parece ser um objeto "desintegrado".

Hari Seldon não esperava ouvir aquele som. Ele só esperava a morte. Portanto, foi com grande surpresa que ouviu o inconfundível suave suspiro da arma e então piscou, olhando para seu peito, sua barriga, e seu queixo caiu.

Ele estava vivo? (Seldon se perguntou, na realidade; não era uma afirmação.)

Raych continuava em pé, no mesmo lugar, com o desintegrador apontado para a frente e os olhos vidrados. Estava absolutamente imóvel, como se tivesse cessado a força que o motivava.

Atrás dele, encontrava-se o corpo desmantelado de Andorin, desfeito numa poça de sangue e, ao lado, um jardineiro segurando um desintegrador. O capuz tinha caído para trás e o jardineiro era visivelmente uma mulher com cabelos recém-raspados.

Ela se permitiu uma rápida olhada na direção de Seldon e se apresentou:

– Seu filho me conhece como Manella Dubanqua, e sou oficial de segurança. Deseja meu número de referência, primeiro-ministro?

– Não – Seldon respondeu, com voz embargada. A Guarda Imperial tinha convergido para a cena. – Meu filho! O que há de errado com meu filho?

– Desperança, ao que me parece – Manella respondeu. – Depois de algum tempo, o corpo elimina a substância. – Ela estendeu o braço a fim de tirar a arma da mão de Raych. – Lamento não ter entrado em ação antes. Tive de esperar até que houvesse um movimento ostensivo e, quando ele foi feito, quase me pegou desprevenida.

– Tive o mesmo problema. Devemos levar Raych para o hospital do palácio.

Um ruído confuso de repente emanou do pequeno palácio. Ocorreu então a Seldon que o Imperador estava, de fato, assistindo a todo aquele acontecimento e que, sendo assim, deveria estar imensamente furioso.

– Cuide do meu filho, senhorita Dubanqua – Seldon instruiu. – Devo ir até o Imperador.

Então, disparou numa corrida nada digna, em meio ao caos instalado no Grande Gramado, e se apressou a entrar no pequeno palácio, sem a menor cerimônia. Cleon dificilmente conseguiria ficar mais furioso do que já estava.

E ali, rodeado por um grupo de pessoas apavoradas e em estado de estupor, na escadaria semicircular, jazia o corpo de Sua Majestade Imperial, Cleon I, destruído quase a ponto de ter-se tornado irreconhecível. O rico manto imperial agora estava sendo usado como sudário. Recuado contra a parede, estupidificado e olhando para o rosto horrorizado de todos que o cercavam, estava Mandell Gruber.

Seldon sentiu que não era capaz de aguentar mais nada. Tomando o desintegrador que estava jogado aos pés de Gruber, reconheceu que deveria ser de Andorin. Então, perguntou suavemente:

– Gruber, o que foi que você fez?

Encarando-o fixamente, Gruber respondeu com voz enrolada:

– Todo mundo gritando, berrando. Pensei: "Quem iria saber? Iriam pensar que outra pessoa teria matado o Imperador". Mas depois, eu não consegui correr.

– Mas, Gruber, por quê?

– Para eu não me tornar o jardineiro-chefe – e então ele despencou no chão.

Chocado, Seldon contemplava o homem que jazia inconsciente.

Tudo tinha acontecido dentro dos limites possíveis. Ele estava vivo. Raych estava vivo. Andorin, morto, e a conspiração joranumita agora seria perseguida até o último de seus integrantes.

O centro fora preservado, exatamente como a psico-história havia previsto.

E então, um homem, por um motivo tão trivial que parecia desafiar qualquer análise, tinha assassinado o Imperador.

"E agora", Seldon pensou, tomado pelo desespero, "o que faremos? O que acontecerá?"

PARTE 3

DORS VENABILI

———— Venabili, Dors

A vida de Hari Seldon é intensamente impregnada de lendas e incertezas, de tal modo que existe apenas uma pequena esperança de se obter uma biografia precisa e factual. Talvez o aspecto mais desconcertante de sua vida tenha a ver com sua consorte, Dors Venabili. Não existe absolutamente nenhum dado a respeito de Dors Venabili, exceto seu local de nascimento no mundo de Cinna, antes de sua ida para a Universidade de Streeling, onde se tornou membro do corpo docente de História. Pouco tempo depois, ela conheceu Seldon e permaneceu sua consorte por vinte e oito anos. Se for possível, a vida de Dors é ainda mais lendária do que a de Seldon. Há alguns relatos bastante inverossímeis sobre sua força física e velocidade. Era muito conhecida como "Mulher-Tigre". O mais intrigante a respeito dela, porém, é seu desaparecimento, pois, a partir de determinado momento, não se ouve mais falar dela e não há indícios acerca do que possa ter ocorrido.

Seu papel como historiadora é evidenciado por seus trabalhos sobre...

Enciclopédia Galáctica

1

WANDA, AGORA, TINHA QUASE OITO ANOS pelo Padrão Galáctico de tempo, como todos costumavam contar. Era uma pequena dama, de modos circunspectos e cabelos castanho-claros. Seus olhos eram azuis, mas estavam ficando mais escuros, e talvez acabasse tendo os mesmos olhos castanhos do pai.

Ela estava sentada, perdida em seus pensamentos: sessenta.

Esse era um número que a deixava preocupada. Vovô ia fazer aniversário e completaria sessenta anos, e esse é um número grande. O que a incomodava era um sonho ruim que tivera na noite anterior.

Foi atrás da mãe. Queria encontrá-la e perguntar a ela sobre isso.

Não foi difícil achar sua mãe. Ela estava falando com vovô, certamente sobre o aniversário. Wanda hesitou. Não seria educado perguntar na frente dele.

Sua mãe não teve dificuldade para perceber o que deixava a filha constrangida. Então, disse:

– Um minuto, Hari. Vamos ver o que está afligindo Wanda. O que é, querida?

– Aqui, não, mamãe – Wanda puxou a mão de Manella. – Em particular.

– Viu como começa cedo? – Manella observou, voltando-se para Hari. – Vidas privadas. Problemas privados. Claro, Wanda, vamos para o seu quarto?

De mãos dadas, as duas saíram e então a mãe lhe perguntou:

– Então, Wanda, qual é o problema?

– É o vovô, mãe.

– O vovô! Não posso imaginar que ele faça alguma coisa para aborrecer você.

– Bom, ele fará. – E os olhos de Wanda de repente se encheram de lágrimas. – Ele vai morrer?

– Seu avô? O que colocou essa ideia na sua cabeça, Wanda?

– Ele vai fazer sessenta anos. Isso é muito velho.

– Não é, não. Não é jovem, mas não é velho também. As pessoas vivem até ter oitenta, noventa ou mesmo cem anos, e seu avô é forte e saudável. Ele viverá muito tempo.

– Você tem certeza? – ela estava fungando.

Manella pegou a filha pelos ombros e olhou-a firmemente nos olhos.

– Wanda, todos nós iremos morrer um dia. Já expliquei isso para você, antes. Mesmo assim, nós não ficamos nos preocupando com isso até que chegue muito perto desse dia. – Ela limpou delicadamente os olhos da filha. – Vovô ficará vivo até você estar grande e ter seus próprios filhos. Você verá. Agora, vamos voltar. Quero que você fale com o vovô.

Wanda fungou de novo.

Seldon olhou para a garotinha com uma expressão cordial quando a viu voltando, e indagou:

– O que foi, Wanda? Por que está infeliz?

Wanda sacudiu a cabeça.

Seldon olhou para a mãe da menina.

– Bom, Manella, qual é a questão?

– Ela mesma terá de lhe dizer – Manella respondeu, sacudindo a cabeça.

Seldon se sentou e deu um tapinha no seu colo.

– Venha, Wanda. Sente-se aqui e conte-me o seu problema.

Ela obedeceu e se contorceu um pouco, mas depois acabou falando:

– Estou com medo.

Seldon colocou o braço em volta dela.

– Você não tem nada a temer sobre o seu velho avô.

– Palavra errada – Manella fez uma careta.

Seldon levantou os olhos para ela.

– "Avô"?

– Não. "Velho".

Isso pareceu romper o dique. Wanda caiu no choro.

– Você está velho, vovô.

– Acho que sim. Estou com sessenta anos. – Ele aproximou o rosto do de Wanda e cochichou: – Eu também não gosto disso, Wanda. É por isso que gosto de você ter sete, quase oito.

– Seu cabelo está branco, vovô.

– Nem sempre foi assim. Ficou branco nos últimos tempos.

– Cabelo branco quer dizer que você vai morrer, vovô.

Seldon pareceu chocado. Então, questionou Manella:

– O que está acontecendo?

– Não sei, Hari. É coisa da cabeça dela.

– Tive um pesadelo – Wanda explicou.

Seldon limpou a garganta.

– Todo mundo tem um pesadelo de vez em quando, Wanda. É bom quando isso acontece. Os sonhos ruins nos livram dos maus pensamentos e, depois, nos sentimos melhor.

– Era sobre você morrendo, vovô.

– Eu sei, eu sei. Os sonhos podem ser sobre a morte, mas isso não faz com que sejam importantes. Olhe para mim. Não está vendo como estou muito vivo? E alegre e rindo? Estou com cara de quem vai morrer? Diga!

– N-não...

– Então, pronto. Agora vá brincar e se esqueça de tudo isso. Vou fazer mais um aniversário, só isso, e todo mundo vai se divertir. Vá, querida, vá brincar.

Wanda saiu um pouco mais reconfortada e animada, mas Seldon fez um aceno para que Manella ficasse.

2

– De onde você acha que Wanda tirou uma ideia dessas? – indagou Seldon.

– Hari, por favor... Ela teve uma lagartixa salvaniana que morreu, lembra? O pai de uma das amiguinhas dela morreu num acidente, e ela vê cenas de morte na holovisão o tempo todo. É impossível para qualquer criança ser tão protegida que não tome consciência da morte. Na realidade, eu preferia que ela não fosse tão protegida. A morte é um elemento da vida. Ela tem de aprender isso.

– Não me refiro à morte em geral, Manella, mas à minha morte, em particular. O que foi que enfiou essa ideia na cabeça dela?

Manella hesitou. Ela realmente queria muito bem a Hari Seldon. Ela pensou: "E quem não queria? Então, como dizer uma coisa dessas?".

Mas como *não* dizer uma coisa dessas? Sendo assim, ela explicou:

– Hari, foi você mesmo que colocou isso na cabeça dela.

– Eu?

– Claro! Há meses que você vem falando que vai completar sessenta anos, que vem se queixando de que está envelhecendo. A única razão pela qual as pessoas estão organizando essa festa é para consolá-lo.

– Não tem nada de divertido em fazer sessenta anos – Seldon afirmou, indignado. – Espere! Basta esperar! Você ainda vai descobrir como é.

– Sim, vou descobrir, se tiver sorte. Algumas pessoas nem chegam a essa idade. Ainda assim, se você só fala que está velho, acaba deixando essa menininha impressionada.

Seldon suspirou e pareceu perturbado.

– Desculpe, mas é difícil. Olhe para minhas mãos. Estão se cobrindo de manchas e daqui a pouco ficarão retorcidas. Eu mal consigo fazer algum movimento da arte do tufão. É provável que hoje uma criança consiga me deixar de joelhos.

– E em que sentido você assim se torna diferente de qualquer outra pessoa dessa idade? Pelo menos sua cabeça continua funcionando muito bem. Quantas vezes você mesmo não disse que o importante era isso?

– Eu sei. Mas sinto falta do meu corpo.

Manella comentou, então, com um leve toque de malícia:

– Especialmente quando Dors parece que não envelhece nunca.

Seldon concordou, um tanto incomodado:

– Bem, sim, acho que sim... – e ele desviou o olhar, evidentemente avesso a dar continuidade ao assunto.

Manella contemplou o sogro com alguma gravidade. O problema é que ele não entendia absolutamente nada de crianças, nem de pessoas em geral. Era difícil pensar que ele havia passado dez anos como primeiro-ministro do antigo Imperador e, não obstante, conhecia tão pouco sobre pessoas.

Obviamente, estava envolvido de corpo e alma em sua psico-história, e esta lidava com quatrilhões de pessoas – o que, em última análise, significava não lidar com ninguém na qualidade de indivíduo. E como é que ele poderia saber alguma coisa sobre crianças quando não havia tido contato com nenhuma além de Raych, o qual entrara em sua vida quando já estava com 12 anos? Agora, ele tinha Wanda, que era – e provavelmente sempre seria para ele – um absoluto mistério.

Todos esses foram pensamentos que Manella engendrou amorosamente. Ela sentia o inacreditável desejo de proteger Hari Seldon de um mundo que ele não entendia. Esse era o único ponto que ela e sua sogra, Dors Venabili, tinham em comum e a cujo respeito concordavam: o desejo de proteger Hari Seldon.

Dez anos antes, Manella salvara a vida de Seldon. De um modo estranho, todo seu, Dors tinha interpretado esse gesto como uma invasão de sua prerrogativa e nunca conseguira perdoar Manella.

Por sua vez, Seldon salvara a vida de Manella logo em seguida. Ela fechou os olhos por um momento e a cena toda lhe voltou à lembrança, tão vívida que quase parecia estar acontecendo naquele instante.

3

Fora a semana após o assassinato de Cleon – e tinha sido uma semana horrível. Trantor inteiro estivera um caos.

Hari Seldon continuava ocupando o posto de primeiro-ministro, mas era óbvio que não detinha poder nenhum. Ele chamara Manella Dubanqua.

– Quero agradecer-lhe por ter salvado a vida de Raych e a minha. Ainda não havia tido oportunidade de lhe dizer isso. – Então, com um suspiro, ele acrescentou: – E mal tive chance de fazer qualquer coisa durante esta última semana.

– O que aconteceu com o jardineiro insano? – indagou Manella.

– Foi executado! No ato! Sem julgamento! Tentei salvá-lo demonstrando que ele estava tresloucado, mas não havia dúvida quanto a isso. Se tivesse feito qualquer outra coisa, cometido algum outro crime, a loucura dele teria sido reconhecida e ele teria sido poupado. Preso em alguma instituição, tratado, mas ainda assim poupado. Mas matar o Imperador... – e Seldon balançou a cabeça, entristecido.

Manella então perguntou:

– E o que acontece agora, primeiro-ministro?

– Vou lhe dizer o que acho. A dinastia Entun está encerrada. O filho de Cleon não o sucederá. Não penso que ele queira. Ele também teme ser assassinado e não o culpo nem um pouco. Seria muito melhor para ele se se retirasse e fosse morar em alguma das propriedades da família em um dos Mundos Exteriores, onde poderá levar uma vida sossegada. Como é membro da Casa Imperial, ele sem dúvida terá permissão para fazer isso. Já você e eu teremos menos sorte.

– Em que sentido, senhor? – questionou Manella, franzindo o cenho.

Seldon pigarreou.

– É possível dizerem que, como você matou Gleb Andorin, ele deixou cair o desintegrador que então ficou à disposição de Mandell Gruber, que o usou para matar Cleon. Portanto, você recebe uma larga parcela da responsabilidade por esse crime, e inclusive podem dizer que foi tudo pré-combinado.

– Mas isso é ridículo! Sou membro do departamento de segurança, e estava cumprindo minha obrigação, fazendo o que me foi ordenado.

– Você está argumentando racionalmente – disse Seldon, esboçando um sorriso triste –, e por algum tempo a racionalidade sairá de moda. O que vai acontecer agora, na ausência de um legítimo sucessor do trono imperial, é que provavelmente teremos um governo militar.

(Anos mais tarde, quando Manella chegou a entender o funcionamento da psico-história, ela se perguntou se Seldon por acaso teria usado a técnica para desvendar o que iria acontecer, pois o regime militar certamente fora instalado. Naquela época, contudo, ele não fez nenhuma menção à sua imberbe teoria.)

– Se, de fato tivermos um governo militar – Seldon prosseguiu –, então será necessário que eles imponham um regime firme de imediato, esmagando todo e qualquer sinal de desavença, agindo com vigor e crueldade, inclusive desafiando a racionalidade e a justiça. Se acusarem você, senhorita Dubanqua, de ter feito parte de um complô para matar o Imperador, você será exterminada, não como uma demonstração de justiça, mas a fim de intimidar o povo de Trantor. Com essa finalidade, eles podem inclusive dizer que eu também fiz parte da conspiração. Afinal de contas, eu me apresentei para saudar os novos jardineiros quando não era minha função fazer isso. Se eu não tivesse tomado essa atitude, não teria havido a tentativa de me matar, você não teria revidado o ataque e o Imperador teria continuado vivo. Você percebe como tudo isso se encaixa?

– Não posso acreditar que façam isso.

– Talvez não façam. Eu apresentarei uma proposta que talvez, quem sabe, eles não recusem.

– E qual seria ela?

– Vou propor minha renúncia como primeiro-ministro. Eles não me querem, e não me segurarão. Mas o fato é que eu de fato tenho alguns defensores na Corte Imperial e, o que é ainda mais importante, pessoas nos Mundos Exteriores que me consideram aceitável. Isso significa que, se os membros da Guarda Imperial forçarem a minha saída, e mesmo que isso seja sem minha execução, estarão diante de alguns problemas. Se, por outro lado, eu renunciar, afirmando que acredito que o governo militar é o que Trantor e o Império necessitam, então na realidade os estarei ajudando, entende?

Ele refletiu por alguns instantes e então completou:

– Além disso, temos essa questãozinha da psico-história.

(Essa era a primeira vez que Manella ouvia o termo.)

– E o que é isso?

– Algo em que venho trabalhando. Cleon acreditava firmemente no poder da psico-história, acreditava com mais força até do que eu naquela época, e na corte predomina a opinião de que a psico-história é ou poderia ser uma ferramenta poderosa a ser colocada a serviço do governo, qualquer que ele seja. Tampouco faz diferença se eles não sabem de nada a respeito dos detalhes de tal ciência. Seria inclusive preferível que não soubessem. A falta de conhecimento pode aumentar o que se poderia entender como o aspecto supersticioso da situação. De todo modo, irão deixar que eu continue trabalhando na minha pesquisa como cidadão particular. Pelo menos, é o que espero. O que me traz a você.

– O que tem eu?

– Como parte desse acordo, vou pedir que você tenha licença para renunciar ao seu posto no departamento de segurança e que não tomem nenhuma medida contra você em relação aos eventos que causaram o assassinato do Imperador. É provável que eu consiga isso.

– Mas você está falando de encerrar a minha carreira.

– De todo modo, sua carreira está encerrada. Mesmo que a Guarda Imperial não chegue à ordem de execução contra você, acha mesmo que lhe permitirão que continue trabalhando como oficial da segurança?

– Mas então eu faço o quê? Como é que vou me sustentar?

– Eu cuidarei disso, senhorita Dubanqua. É muito provável que eu volte para a Universidade de Streeling com uma bolsa generosa para a pesquisa da psico-história, e estou seguro de que encontrarei um trabalho para você.

Manella arregalou os olhos e perguntou:

– E por que você faria isso?

– Nem posso acreditar que você esteja com essa dúvida – Seldon respondeu. – Você salvou a minha vida e a vida de Raych. Seria possível você pensar que eu não lhe deva nada?

E foi como ele dissera. Seldon renunciara elegantemente ao posto que havia mantido por dez anos. Recebera uma carta insincera em seus exageros, expressando o reconhecimento do recém-formado governo militar – uma junta liderada por alguns membros da Guarda Imperial e das forças armadas – pelos serviços prestados por ele. Então, retornara à Universidade de Streeling e Manella Dubanqua, exonerada de seu cargo como oficial de segurança, seguira para lá com Seldon e a família.

4

Raych entrou, soprando as mãos.

– Sou plenamente favorável a uma deliberada variedade em termos de clima. Ninguém quer que as coisas sob o domo sejam sempre as mesmas. Hoje, no entanto, deixaram o tempo um pouco frio demais e aumentaram o vento, ainda por cima. Acho que está na hora de alguém reclamar com o pessoal do controle climático.

– Não sei se o problema está numa falha do controle climático – Seldon objetou. – Está cada vez mais difícil controlar as coisas em geral.

– Eu sei. A deterioração. – Raych arrumou o basto bigode preto com o dorso da mão. Esse era um gesto que ele vinha repetindo com frequência, como se ainda não tivesse conseguido superar o suplício dos poucos meses passados em Wye sem bigode. Também havia ganhado um peso extra em torno da cintura e seu aspecto, como um todo, lembrava mais os confortos da classe média. Até mesmo seu sotaque dahlita tinha ficado menos pronunciado.

Tirando seu sobretudo leve, ele perguntou:

– E como vai o velho aniversariante do dia?

– Ressentindo o fato. Espere, meu filho, espere a sua vez. Chegará o dia em que você completará quarenta anos e então veremos se você acha divertido.

– Não tanto quanto fazer sessenta.

– Pare de brincar – repreendeu Manella, que vinha friccionando as mãos de Raych para tentar aquecê-las.

Seldon espalmou as duas mãos.

– Estamos fazendo a coisa errada, Raych. Na opinião de sua esposa, toda essa conversa em torno dos meus sessenta anos acabou deixando a pequena Wanda aflita com a perspectiva da minha morte.

– É mesmo? – Raych indagou. – Então, isso explica. Parei para vê-la e no mesmo instante ela me disse, antes de ter tido chance de falar qualquer coisa, que tinha tido um pesadelo. Foi sobre sua morte?

– Ao que parece – Seldon confirmou.

– Bem, ela vai ter de superar isso. Não há como se evitar um pesadelo.

– Eu não encararia isso tão superficialmente – Manella interrompeu. – Ela está com isso na cabeça há algum tempo e não é uma coisa saudável. Eu vou pesquisar isso mais a fundo.

– Como achar melhor, Manella – Raych completou, em tom amistoso. – Você é minha amada esposa e tudo que disser (sobre Wanda) está certo. – E mais uma vez alisou o bigode com o dorso da mão.

Sua amada esposa! Não tinha sido assim tão fácil fazer com que ela se tornasse sua amada esposa. Raych lembrou-se da atitude de sua mãe diante dessa possibilidade. Pesadelos... Ele é quem tivera pesadelos constantes nos quais tinha de enfrentar mais uma vez a fúria de Dors Venabili.

5

A primeira recordação nítida de Raych depois de se recuperar do tormento induzido quimicamente pela desperança era a de que estava sendo barbeado.

Ele sentiu a vibração do aparelho ao deslizar por suas bochechas, o que o fez pedir com voz débil:

– Não corte nada perto do lábio superior, barbeiro. Quero meu bigode de volta.

O barbeiro, a quem Seldon já havia dado instruções, ergueu um espelho para tranquilizar Raych.

Dors Venabili, sentada na beirada da cama, interveio:

– Deixe o homem fazer o trabalho dele, Raych. Não se agite.

Os olhos de Raych foram até ela por um momento e então ele se calou. Depois que o barbeiro saiu, Dors perguntou:

– Como está se sentindo, Raych?

– Podre – ele resmungou. – Estou tão deprimido que não consigo ficar em pé.

– Esse é o efeito residual mais demorado da desperança que fizeram você ingerir. Mas ele vai sumir.

– Não consigo acreditar. Há quanto tempo estou assim?

– Não importa. Vai levar algum tempo. Você foi fortemente saturado.

Ele olhou à volta do quarto, inquieto.

– Manella veio me ver?

– Aquela mulher? – (Raych estava começando a se acostumar a ouvir Dors falar de Manella nesses termos e nesse tom de voz.) – Não. Você ainda não está em condições de receber visitas.

Interpretando a expressão no rosto de Raych, Dors acrescentou sem perda de tempo:

– Sou exceção por ser sua mãe, Raych. E, afinal, por que iria querer que aquela mulher viesse vê-lo? Você não está em condições de ser visto.

– Mais motivo ainda para vê-la – Raych respondeu entredentes. – Quero que ela me veja no meu pior estado. – Então, virou-se para o lado, desanimado. – Quero dormir.

Dors Venabili balançara a cabeça. Mais tarde, no mesmo dia, comentou com Seldon:

– Não sei o que iremos fazer com Raych, Hari. Ele não está nada razoável.

– Ele ainda não está bem, Dors – Seldon respondeu. – Dê uma chance ao rapaz.

– Ele fica repetindo que quer ver aquela mulher. Sei lá o nome dela.

– Manella Dubanqua. Não é um nome assim tão difícil de lembrar.

– Acho que ele quer morar com ela na mesma casa. Viver e se *casar* com ela.

Seldon deu de ombros.

– Raych está com trinta anos. Já tem idade suficiente para tomar suas próprias decisões.

– Como somos os pais dele, podemos dar nossa opinião, sem sombra de dúvida.

Hari suspirou.

– E tenho certeza de que você já deu a sua, Dors. E, você já tendo dito o que pensa, estou seguro de que ele fará o que quiser.

– A sua palavra final é essa? Você não pretende fazer nada enquanto ele planeja se casar com uma mulher como aquela?

– O que você espera de mim, Dors? Manella salvou a vida de Raych. Você acha mesmo que ele vai se esquecer disso? E, a propósito, ela também salvou a minha.

Isso pareceu inflamar mais ainda a raiva de Dors, que rebateu:

– E você também salvou a dela. Isso dá empate.

– Eu não salvei exatamente...

– Claro que salvou. Aqueles militares bandidos que agora comandam o Império teriam exterminado aquela mulher se você não tivesse interferido, entregando de bandeja sua renúncia e seu apoio para salvá-la.

– Eu posso ter zerado a conta, o que não me parece verdade, mas Raych, não. E, minha querida Dors, eu tomaria muito cuidado quando fosse usar termos inadequados para descrever o nosso governo. Os tempos que correm não serão fáceis como costumava ser à época em que Cleon governou, e sempre existirão informantes para repetir tudo que ouvirem você dizer.

– Isso não me importa. Eu não gosto dela. Presumo que pelo menos isso me seja permitido.

– Permitido, claro, mas inútil.

Hari baixou os olhos, afundado em seus pensamentos. Os olhos pretos de Dors, geralmente insondáveis, estavam indubitavelmente fuzilando de raiva. Hari levantou os olhos de novo.

– O que eu realmente gostaria de entender, Dors, é *por quê*? Por que você detesta tanto Manella? Ela salvou nossas vidas. Se não tivesse sido pela rapidez da atitude dela, eu e Raych estaríamos ambos mortos.

Dors retrucou sem perda de tempo:

– Sim, Hari. Sei disso melhor do que ninguém. E, se ela não tivesse ali, eu não teria podido mexer uma palha para evitar que o matassem. Acho que você pensa que eu deva sentir gratidão. Mas, toda vez que olho para aquela mulher, eu me lembro da *minha* falha. Sei que esse sentimento não é verdadeiramente racional... e que é uma coisa que não consigo explicar. Por isso, Hari, não me peça que goste dela porque eu não consigo.

No dia seguinte, todavia, até mesmo Dors teve de ceder um pouco quando o médico anunciou:

– Seu filho deseja ver uma mulher de nome Manella.

– Ele não está em condições de receber visitas – Dors rebateu, cortante.

– Pelo contrário, ele está, sim. Além do mais, ele insiste e o faz da maneira mais convicta possível. Não me parece que seja sensato recusar esse desejo a ele.

Assim, trouxeram Manella, e Raych a saudou efusivamente, demonstrando os primeiros tênues sinais de felicidade desde que dera entrada no hospital.

Raych desenhou com a mão no ar um inconfundível sinal de que Dors deveria se retirar. Apertando os lábios, ela obedeceu.

E chegou o dia em que Raych informou:

– Ela me aceitou, mãe.

– E você espera que eu fique surpresa, seu tolo? – implicou Dors. – Claro que ela vai aceitar você. Você é a única chance que ela tem, agora que caiu em desgraça e foi exonerada do departamento de segurança...

– Mamãe – interrompeu Raych –, se está tentando me perder, esse é precisamente o caminho mais curto. Não diga esse tipo de coisa.

– Estou pensando apenas no seu bem-estar.

– Eu mesmo me incumbo do meu bem-estar, obrigado. Não

sou o acesso de ninguém à respeitabilidade; acho melhor que você pare de pensar assim. Não sou exatamente belo. Sou baixo. Papai não é mais o primeiro-ministro, e falo como uma pessoa nitidamente pertencente à classe baixa. O que tenho que possa deixar Manella orgulhosa? Ela poderia ter um marido muito melhor, mas quer a mim. E, vou deixar uma coisa bem clara, eu quero Manella.

– Mas você sabe o que ela é.

– Claro que sei o que ela é. É a mulher que me ama. Ela é a mulher que eu amo. É isso o que ela é.

– E antes de você se apaixonar por ela, o que ela era? Você sabe uma parte do que ela fazia quando trabalhava infiltrada em Wye... *você* foi uma das "tarefas" dela. Quantos mais devem ter existido? Você consegue conviver com esse passado dela? Com o que ela fez em nome do dever? Agora você pode se dar ao luxo de ser idealista, mas chegará o dia em que brigará com ela pela primeira vez, pela segunda, ou pela décima nona... e então vai ter uma crise e xingá-la: "Sua p..."!

Raych esbravejou, tomado pela raiva:

– Não diga isso! Quando tivermos uma discussão, eu direi que ela não está sendo razoável, que está sendo irracional, ranzinza, chorona, cruel, e mais um milhão de adjetivos que forem compatíveis com a situação. E ela dirá palavras parecidas para mim. Mas serão todas palavras da sensibilidade que poderemos retratar depois que a briga terminar.

– É o que você pensa... mas espere até que isso aconteça.

Então Raych ficou lívido.

– Mãe, você está casada com o papai há quase vinte anos. Ele é um homem de quem é difícil discordar, mas houve momentos em que vocês discutiram. Eu ouvi vocês batendo boca. Em todos esses vinte anos, alguma vez ele chamou você de algum nome que difamasse seu papel como ser humano em alguma medida? E, aproveitando o ensejo, houve alguma vez em que eu tenha feito isso? Você consegue me imaginar tomando essa atitude agora, por mais louco de raiva que eu fique?

Dors se debatia em seu íntimo. Seu rosto não exprimia emoções da mesma maneira que o de Raych e o de Seldon, mas estava claro que, naquele momento, ela se mostrava incapaz de falar alguma coisa.

– Na realidade – Raych emendou, aproveitando a vantagem (e se sentindo péssimo por fazer isso) –, o "x" da questão é o seu ciúme de Manella por ela ter salvado a vida do papai. Você não quer que mais ninguém faça isso, só você. Bom, você não teve oportunidade de fazer isso. Você preferia que Manella não tivesse atirado em Andorin e que papai tivesse *morrido*? E eu também?

Com voz estrangulada, Dors respondeu:

– Ele insistiu em ir ao encontro dos jardineiros sozinho. Não me permitiu acompanhá-lo.

– Mas isso não foi culpa de Manella.

– É por isso que quer se casar com ela? Por gratidão?

– Não. Por amor.

E foi o que aconteceu, mas, depois da cerimônia, Manella disse a Raych:

– Sua mãe pode ter ido ao casamento porque você insistiu, Raych, mas ela parecia uma daquelas nuvens de tempestade que às vezes mandam passar sobre o domo.

Raych riu.

– Ela não tem semblante para ser uma nuvem de tempestade. Você só está imaginando coisas.

– De jeito nenhum. Como é que faremos para que ela um dia possa nos dar uma chance?

– Teremos de ser pacientes. Um dia ela vai acabar aceitando.

Mas, para Dors Venabili, esse dia não chegou.

Dois anos após o casamento, Wanda nasceu. A atitude de Dors para com a criança era tudo que Raych e Manella poderiam ter desejado, mas a mãe de Wanda continuava sendo "aquela mulher" na visão da mãe de Raych.

6

Hari Seldon estava lutando para se livrar da melancolia. Cada um por sua vez, Dors, Raych, Yugo e Manella haviam falado com ele para tentar convencê-lo de que chegar aos sessenta não significava ser velho.

Mas eles simplesmente não entendiam. Ele tinha trinta anos quando os primeiros vislumbres da psico-história lhe haviam ocorrido; trinta e dois na ocasião da famosa palestra na Convenção Decenal, após o que tudo parecia ter-lhe ocorrido ao mesmo tempo. Depois de uma breve audiência com Cleon, tivera de fugir e atravessar Trantor. Então, conhecera Demerzel, Dors, Yugo e Raych, além de todos os outros em Mycogen, Dahl e Wye.

Tornara-se primeiro-ministro aos quarenta anos e, aos cinquenta, tivera de renunciar ao cargo. Agora completava sessenta.

Haviam sido trinta anos dedicados à psico-história. De quantos mais ele ainda iria necessitar? Quantos mais ele ainda iria viver? Será que, no fim, morreria sem ter concluído o Projeto de Psico-História?

Não era morrer que o incomodava, Hari repetia para si mesmo. Era essa questão de deixar o Projeto de Psico-História inacabado.

Foi procurar Yugo Amaryl. Nos últimos anos, tinham se distanciado um pouco com a expansão do tamanho do Projeto de Psico--História. No início, em Streeling, tinham sido somente Seldon e Amaryl trabalhando juntos, sem mais ninguém. Agora...

Amaryl já estava na casa dos cinquenta – não era mais exatamente um rapaz – e, de algum modo, tinha perdido o brilho pessoal. Ao longo de todos aqueles anos, não se havia interessado por nada além da psico-história; não tivera mulheres, companheiras, passatempos, outras atividades para espairecer.

Amaryl piscou diante de Seldon. que não pôde deixar de perceber as mudanças operadas na aparência de seu colega. Em parte, essa mudança se devia ao fato de Yugo ter tido de passar pela reconstrução de seus olhos. Ele enxergava perfeitamente bem, mas havia algo de artificial com os olhos e ele costumava piscar devagar. Parecia que estava sempre sonolento.

– O que você acha, Yugo? – Seldon indagou. – Alguma luz no fim do túnel?

– Luz? Sim, até que sim – Amaryl respondeu. – Há um sujeito novo, Tamwile Elar. Você o conhece, naturalmente.

– Ah, sim. Eu o contratei. Muito vigoroso e agressivo. Como está se saindo?

– Não posso dizer que me sinto realmente confortável com ele, Hari. A risada que ele dá é muito alta, me deixa nervoso. Mas é um homem brilhante. O novo sistema de equações se encaixa precisamente com o Primeiro Radiante e parece abrir um caminho para contornarmos o problema do caos.

– Parece? Ou abrirá?

– Ainda é muito cedo para se ter certeza, mas tenho fortes esperanças. Já testei algumas coisas que não teriam se sustentado se as tais equações não prestassem para nada, e todas elas sobreviveram muito bem. Estou começando a pensar nelas como "equações acaóticas".

Seldon acrescentou mais uma pergunta:

– Teríamos por acaso algum tipo de demonstração rigorosa dessas equações?

– Não, ainda não temos, embora eu tenha destinado uma meia dúzia de pessoas para essa tarefa, incluindo Elar, claro. – Amaryl se voltou para seu Primeiro Radiante, que estava num ponto de progresso equivalente ao de Seldon, e acompanhou as linhas curvas das equações luminosas enrolando-se no ar, delgadas demais, miúdas demais para serem lidas sem recursos de amplificação. – Se somarmos as novas equações talvez sejamos capazes de predizer.

– Cada vez que estudo o Primeiro Radiante agora – comentou Seldon, com ar pensativo –, penso sobre o Eletroclarificador e como ele espreme material até formar linhas e curvas do futuro. Não era essa também a ideia de Elar?

– Sim, com a ajuda de Cinda Monay, que o projetou.

– É bom contar com novos homens e mulheres brilhantes trabalhando no projeto. De algum modo, isso me reconcilia com o futuro.

– Você acha que algum dia, alguém como Elar possa liderar o projeto? – Amaryl ponderou, ainda estudando o Primeiro Radiante.

– Pode ser. Depois que você e eu estivermos aposentados, ou mortos.

Amaryl pareceu se descontrair e desligou o dispositivo.

– Eu gostaria de completar a tarefa antes de nos aposentarmos ou morrermos.

– Eu também, Yugo, eu também.

– A psico-história nos orientou muito bem nos últimos dez anos.

Essa era uma afirmação eminentemente verdadeira, mas Seldon sabia que não deviam entendê-la como um grande triunfo. As coisas tinham se passado tranquilamente, sem maiores surpresas.

A psico-história previra que o centro se sustentaria após a morte de Cleon – uma previsão feita de maneira incerta e indistinta –, e assim acontecera. Trantor estava relativamente em paz. Mesmo com o assassinato e o fim de uma dinastia, o centro tinha se mantido firme.

E também durante a tensão do governo militar. Dors estava coberta de razão quando dizia que a junta não passava de "militares patifes". Ela inclusive poderia ter sido mais contundente em suas acusações, e continuar certa. Não obstante, estavam mantendo o Império unido e continuariam a fazer isso por mais algum tempo. Talvez por tempo suficiente para permitir que a psico-história desempenhasse um papel ativo nos eventos que estavam por acontecer.

Havia algum tempo, Yugo vinha falando sobre a possibilidade de se instituírem Fundações – separadas, isoladas, independentes do Império em si – que serviriam como sementes de desenvolvimento durante períodos de trevas vindouros até o surgimento de um Império novo e melhor. O próprio Seldon estivera trabalhando nas consequências desse arranjo.

Mas faltava-lhe o tempo e (com algum padecimento) ele sentia que também lhe faltava a juventude. Sua mente, porém, por mais firme e estável que fosse, não tinha a mesma resistência e a mesma criatividade que a distinguiam quando estava na casa dos trinta, e a cada ano que se passava, Seldon sabia que teria cada vez menos.

Talvez devesse incluir esse jovem e talentoso Elar na tarefa, desligando-o de todas as suas demais atividades. Seldon teve de admitir para si mesmo, com algum constrangimento, que essa possibilidade não o deixava empolgado. Ele não queria ter inventado a psico-história para que algum moleque chegasse do nada e colhesse os frutos finais da fama. A bem da verdade, nos termos mais nus e crus possíveis, Seldon sentia ciúme de Elar e admitia conscientemente esse sentimento apenas o suficiente para sentir vergonha disso.

Todavia, apesar de seus sentimentos menos racionais, ele teria de contar com homens mais jovens, a despeito de todo o desconforto que isso lhe causava. A psico-história não era mais uma área de conservação exclusiva dele e de Amaryl. Ao longo da década em que fora primeiro-ministro, ela se convertera num empreendimento de ampla escala e robusto orçamento, bancado pelo governo. Para sua grande surpresa, depois de renunciar ao cargo de primeiro-ministro e retornar à Universidade de Streeling, a psico-história tinha crescido ainda mais. Hari fez uma careta involuntária quando lembrou do nome oficial, pomposo e trovejante, que seu trabalho havia adquirido: Projeto Seldon de Psico-História da Universidade de Streeling. A maioria do pessoal, contudo, dizia só "projeto".

A junta militar aparentemente considerava o projeto uma possível arma política e, diante disso, subsidiá-lo não representava problema. Os fundos continuavam chegando, em abundância. Em troca, era preciso preparar relatórios anuais que, no entanto, eram bastante opacos. Eram citados apenas aspectos secundários e, ainda assim, a matemática apresentada dificilmente estaria ao alcance do entendimento de qualquer membro da junta.

Estava claro para Seldon, quando deixou seu antigo assistente, que pelo menos Amaryl estava mais do que satisfeito com os rumos que a psico-história estava tomando. Entretanto, Hari Seldon sentia o manto da depressão envolvendo-o, mais uma vez.

Então, concluiu que era a iminente comemoração do seu aniversário a razão de estar tão aborrecido. O evento era para ser uma celebração alegre, mas para Hari não chegava a ser nem um gesto de consolo: servia apenas para enfatizar sua idade.

Além do mais, atrapalhava sua rotina de trabalho e Seldon era uma criatura de hábitos. Seu escritório e algumas outras salas adjacentes tinham sido esvaziados, e já havia dias que ele estava impedido de trabalhar normalmente. Ele imaginava que o conjunto de seus gabinetes seria transformado em algum salão glorioso e que ainda se passariam alguns dias até que pudesse voltar a trabalhar. Somente Amaryl se recusara terminantemente a deixar suas instalações e conseguira segurar seu escritório como estava.

Irritado, Seldon ficou matutando de quem teria sido a ideia de fazer tudo aquilo. Claro que não tinha sido Dors. Ela o conhecia bem demais para fazer uma coisa dessas. Amaryl e Raych também não podiam ter sido, já que nenhum dos dois se lembrava nem do próprio aniversário. Ele desconfiava de Manella e chegara inclusive a interrogá-la a respeito.

Ela admitia que aprovava inteiramente a ideia e que dera autorização para todas as providências, mas informou que a ideia daquela festa de aniversário tinha sido sugerida por Tamwile Elar.

"O talentoso", pensou Seldon. "Brilhante em todos os aspectos."

Seldon suspirou fundo. Se pelo menos aquele aniversário já tivesse acabado.

7

Dors enfiou a cabeça pela fresta da porta.

– Posso entrar?

– Não, claro que não. Por que acha que eu permitiria?

– Este não é seu lugar habitual.

– Eu sei – disse Seldon, com um suspiro. – Fui expulso do meu lugar habitual por causa dessa estúpida festa de aniversário. Como eu queria que já tivesse terminado...

– Bem feito para você. Quando aquela mulher mete uma ideia na cabeça, a coisa se instala e cresce como um *big bang*.

Seldon mudou de lado no mesmo instante.

– Ora, Dors, ela teve uma boa intenção.

– Proteja-me dos bem-intencionados – ela cortou. – De todo

modo, vim aqui para falarmos de outra coisa. Algo que pode ser importante.

– Então, diga. O que é?

– Conversei com Wanda sobre o sonho que ela teve... – e Dors hesitou.

Seldon produziu um som gorgolejante no fundo da garganta e então falou:

– Não acredito! Esqueça e pronto.

– Não. Você chegou a se importar em pedir que ela lhe contasse o sonho em detalhes?

– E por que eu faria minha garotinha passar por isso?

– Raych e Manella também não indagaram. Sobrou para mim.

– E por que você quereria torturar Wanda com mais perguntas sobre o pesadelo?

– Porque tive a sensação de que deveria fazer isso – Dors respondeu, em tom sombrio. – Para início de conversa, ela não teve aquele sonho quando estava em casa, em sua própria cama.

– E onde ela estava, então?

– No seu escritório, Hari.

– E o que ela estava fazendo no meu escritório?

– Ela queria ver o lugar onde dariam a festa e entrou no seu escritório. Evidentemente, não havia nada para ser visto porque tinham esvaziado o recinto para iniciar os preparativos. Sua cadeira, porém, continuava lá. Aquela grande, alta, preta, com braços altos, caindo aos pedaços... aquela que você não me deixa trocar.

Hari suspirou, como se tivesse recordado uma polêmica antiga.

– A cadeira *não* está caindo aos pedaços e eu *não* quero uma nova. Mas prossiga.

– Ela se acomodou na sua cadeira e começou a matutar que você talvez não fosse realmente ter uma festa, e então se sentiu mal por isso. Então, ela me disse, ela acha que caiu no sono porque não tem mais nada claro em sua memória, exceto que, no sonho dela, havia dois homens (não duas mulheres, disso ela estava certa) conversando.

– E sobre o que falavam?

– Ela não sabe ao certo. Você sabe como é difícil lembrar detalhes nessas circunstâncias. Mas ela disse que era sobre morrer, e ela pensou que fosse com você porque você está velho. E de duas palavras ela se lembra claramente: "morte limonada".

– O quê?

– Morte limonada.

– E o que isso quer dizer?

– Não sei. De todo modo, a conversa acabou, os dois homens saíram, e ela ficou na cadeira, com frio e assustada. E, desde então, está abalada.

Seldon refletiu sobre o que Dors lhe havia contado. Então perguntou:

– Olhe, querida, que importância se pode dar ao sonho de uma criança?

– Antes, Hari, podemos nos perguntar se de fato foi um sonho.

– O que você quer dizer?

– Wanda não afirma taxativamente que foi um sonho. Ela disse que "talvez tenha pegado no sono". Palavras dela. Ela não afirma que adormeceu, só que *deve ter* caído no sono.

– E o que você deduz disso?

– Ela pode ter caído numa espécie de torpor e, nesse estado, ouviu dois homens (dois homens de verdade, não duas pessoas num sonho) conversando.

– Homens de verdade? Falando sobre me matar com "morte limonada"?

– Ou algo desse tipo, sim.

– Dors – Seldon disse de maneira incisiva –, eu sei que você está sempre alerta, prevendo perigos para mim, mas isso está indo longe demais. Por que alguém iria querer me matar?

– Já tentaram duas vezes.

– Sim, tentaram, mas veja em quais circunstâncias. A primeira tentativa foi logo depois de Cleon ter me nomeado primeiro-ministro. Naturalmente essa foi uma ofensa a uma hierarquia bem estabelecida na corte, e tinha muita gente revoltada comigo. Alguns então acharam que poderiam resolver o problema livrando-se de mim.

A segunda vez foi quando os joranumitas estavam querendo tomar o poder e entenderam que eu estava atrapalhando, mais o sonho de vingança arquitetado por Namarti. Felizmente, nenhum dos dois ataques teve êxito. Por que deveria agora haver um terceiro? Não sou mais primeiro-ministro, e faz dez anos que saí do cargo. Sou um matemático envelhecendo dia após dia, gozando de sua aposentadoria, e certamente ninguém me teme. Os joranumitas foram erradicados e destruídos, e Namarti foi executado há muito tempo. Não há absolutamente nenhuma motivação para alguém querer me matar. Portanto, Dors, por favor, relaxe. Quando você fica nervosa por minha causa, fica perturbada, isso a deixa ainda mais nervosa, e eu não quero que isso aconteça.

Dors se levantou da cadeira e se inclinou sobre a mesa onde Hari trabalhava.

– É fácil para você dizer que não existe motivo para matarem-no, mas não é preciso um motivo. Nosso governo agora tornou-se completamente irresponsável e se quiserem...

– Pare! – Seldon ordenou com voz firme e alta. Então, baixando o tom, acrescentou: – Nem mais uma palavra, Dors. Nenhuma palavra contra o governo. Isso pode nos trazer justamente esse problema que você está prevendo.

– Estou falando somente com você, Hari.

– Neste momento, está sim, mas se desenvolver o hábito de falar besteiras, não poderá saber quando vai dar com a língua nos dentes na presença de outra pessoa, de alguém que vai ficar feliz em delatar você. Procure aprender a não fazer comentários de teor político; é uma questão de necessidade.

– Vou tentar, Hari – Dors concedeu, mas não conseguiu controlar a indignação em sua voz. Girando nos calcanhares, ela deixou a sala.

Seldon olhou-a se afastar. Dors estava envelhecendo com muita elegância; tanta elegância, na verdade, que às vezes nem parecia ter envelhecido. Embora fosse dois anos mais nova do que Seldon, a aparência dela não havia mudado quase nada, nesses vinte e oito anos de união. Naturalmente.

O cabelo de Dors estava riscado com fios de prata, mas o brilho do cabelo jovem por baixo dos grisalhos ainda se mantinha perceptível. Sua tez se tornara mais pálida e sua voz um pouco mais áspera, e, evidentemente, ela usava roupas adequadas a uma senhora de meia-idade. Entretanto, seus movimentos continuavam tão ágeis e rápidos quanto antes. Era como se nada pudesse ter a chance de interferir em sua habilidade de proteger Hari numa emergência.

Seldon suspirou. Essa história de ser protegido – mais ou menos contra a sua vontade, o tempo todo – às vezes era uma incumbência pesada.

8

Manella veio ver o sogro quase que imediatamente em seguida.

– Me perdoe, mas o que foi que Dors veio lhe dizer?

Seldon levantou os olhos. Uma interrupção atrás da outra.

– Nada importante. Era sobre o sonho de Wanda.

Manella franziu a boca.

– Eu sabia. Wanda comentou que Dors veio lhe fazer perguntas sobre isso. Por que ela não deixa a menina em paz? Faz a gente pensar que ter um pesadelo é algum tipo de crime.

– Na realidade – Seldon continuou, em tom apaziguador –, foi só uma questão de algo que Wanda recordou e fazia parte do sonho. Não sei se ela contou para você, mas parece que no sonho ela ouviu falarem de "morte limonada".

– Hmmm – Manella murmurou e então ficou em silêncio por alguns momentos. Depois, acrescentou: – Isso realmente não tem muita importância. Wanda adora limonada e está esperando que tenha bastante na festa. Prometi para ela que beberia limonada com gotas mycogenianas e ela está ansiosa por isso.

– Portanto, se ela ouviu qualquer coisa que se parecesse com "limonada", na cabeça dela isso seria traduzido como "limonada".

– Sim, por que não?

– Mas, nesse caso, o que você acha que *realmente* foi dito? Ela deve ter ouvido alguma coisa para poder reinterpretar de modo equivocado.

– Não acho que necessariamente tenha acontecido isso. Mas por que estamos dando tanta importância ao sonho de uma garotinha? Por favor, não quero mais ninguém falando com ela a esse respeito. É muito desagradável.

– Concordo. Vou falar com Dors para que deixe isso de lado... pelo menos com Wanda.

– Ótimo. Não ligo se ela é a avó de Wanda, mas eu sou a mãe e, portanto, a minha vontade vem antes.

– Sem dúvida – Seldon anuiu, conciliador, e seguiu Manella com o olhar enquanto ela se afastava. Ali estava outro fardo: a interminável competição entre aquelas duas mulheres.

9

Tamwile Elar tinha trinta e seis anos e havia entrado no Projeto Seldon de Psico-História na posição de Matemático Sênior, quatro anos antes. Era um homem alto, com olhos constantemente brilhantes e um quê a mais do que o normal de autoconfiança.

Tinha cabelos castanhos levemente ondulados, cujo movimento era acentuado pelo comprimento longo do corte que usava. Ria de maneira abrupta, mas não havia defeitos que se pudessem encontrar em sua perícia como matemático.

Elar fora recrutado na Universidade de Mandanov Oeste, e Seldon sempre sentia vontade de rir quando se lembrava de como Yugo Amaryl desconfiara dele no começo. Mas, pensando bem, Amaryl desconfiava de todo mundo. Bem no fundo (Seldon estava certo disso), Amaryl achava que a psico-história deveria ter permanecido um reduto exclusivo dele e de Seldon.

Todavia, até mesmo Amaryl agora estava aberto a reconhecer que a inclusão de Elar no grupo tinha facilitado tremendamente a situação do próprio Yugo, levando-o a declarar:

– As técnicas que ele usa para evitar o caos são únicas e fascinantes. Ninguém mais no projeto conseguiria ter chegado a isso do jeito que ele fez. Certamente nada desse tipo jamais me ocorreu. E também nunca ocorreu a você, Seldon.

– Bom – Seldon remendou de mau humor –, estou ficando velho.

– Se, pelo menos, ele não risse tão alto – Amaryl se queixou.

– As pessoas não podem evitar rir do seu jeito.

Não obstante, a verdade era que Seldon percebia em seu íntimo uma relativa dificuldade para aceitar Elar. Era até mesmo humilhante que ele mesmo não tivesse chegado nem perto das "equações acaóticas", como eram chamadas agora. Seldon não estava aborrecido por nunca ter pensado no princípio na base do Eletroclarificador, já que não era de fato sua área de atuação. Mas nas equações acaóticas ele, de fato, deveria ter pensado, ou no mínimo ter-se aproximado de sua descoberta.

Hari tentou argumentar consigo mesmo. Depois de ter construído toda a base da psico-história, era natural que as equações acaóticas decorressem delas. Será que Elar poderia ter realizado o trabalho de Seldon três décadas antes? Ele estava convencido de que Elar não teria sido capaz. Seria então tão notável assim que Elar tivesse chegado ao raciocínio das equações acaóticas uma vez que suas bases estavam todas assentadas?

Todos esses comentários pareciam sensatos e muito verdadeiros, mas Seldon continuava se sentindo incomodado quando se via diante de Elar. Apenas ligeiramente irritadiço. A idade e o desgaste encarando a juventude e a exuberância.

Apesar de tudo, Elar nunca lhe dera nenhuma razão óbvia para sentir essa diferença de idades. Jamais deixara de manifestar total respeito por Seldon ou insinuara, de alguma maneira, que o idoso professor já havia deixado para trás seus anos mais profícuos.

Claro que Elar estava interessado nas próximas festividades e, como Seldon tinha descoberto, havia inclusive sido o primeiro a sugerir que o aniversário de Seldon fosse celebrado. (Seria essa uma maneira indigesta de enfatizar a idade dele? Seldon descartou essa possibilidade. Se acreditasse *nisso*, significaria que estava adotando uma parte das artimanhas da desconfiança típicas de Dors.)

Elar veio caminhando em sua direção e cumprimentou-o:

– Maestro... – e, como sempre, Seldon se retraiu. Ele preferia muito mais que os membros graduados do projeto o chamassem de Hari, mas esse detalhe parecia pequeno demais para merecer comentários.

– Maestro – Elar repetiu. – Estão dizendo que o senhor foi convocado para uma conferência com o General Tennar.

– Sim... ele é o novo chefe da junta militar e imagino que queria perguntar sobre do que trata a psico-história. Tem gente me perguntando isso mesmo desde os tempos de Cleon e Demerzel. (O novo chefe! Aquela junta era um verdadeiro caleidoscópio, em que alguns de seus membros periodicamente caíam em desgraça e outros surgiam do nada.)

– Mas, pelo que entendi, ele quer que o senhor se apresente agora, bem no meio da comemoração do seu aniversário.

– Isso não tem importância. Vocês todos podem comemorar sem mim.

– Não, Maestro, não podemos. Espero que não se importe, mas alguns de nós nos reunimos e apresentamos uma petição ao palácio para adiar essa audiência por uma semana.

– O quê? – Seldon exclamou, alterado. – Seguramente um ato presunçoso da parte de vocês e, além do mais, arriscado.

– Mas deu tudo certo. Adiaram a audiência e o senhor vai precisar desse tempo extra.

– E por que eu precisaria de uma semana?

Elar hesitou.

– Posso falar francamente, Maestro?

– Claro que sim. Quando foi que pedi a alguém que falasse comigo senão com toda a franqueza?

Elar ficou levemente ruborizado, sua pele clara colorida de rosa, mas a voz continuava firme.

– Não é fácil dizer isto, Maestro. O senhor é um gênio da matemática. Ninguém no projeto tem dúvida quanto a isso. E ninguém no Império tampouco teria, se o conhecesse e entendesse de matemática. Contudo, ninguém pode ser um gênio universal.

– E eu sei disso tanto quanto você, Elar.

– Eu sei que o senhor sabe. Especificamente, porém, o senhor não tem habilidade para lidar com pessoas comuns, digamos, pessoas ignorantes. O senhor não tem a capacidade de ser tortuoso, de escorregar de lado um pouco. E, se estiver enfrentando alguém que tem poder dentro do governo e ao mesmo tempo é ignorante, o senhor pode facilmente colocar o projeto em risco e, com isso, a sua própria vida apenas por ser franco demais.

– Mas o que é isso? Por acaso de repente virei uma criança? Já lido com políticos há muito tempo. Eu fui primeiro-ministro durante dez anos, como talvez você possa se lembrar.

– Perdoe-me, Maestro, mas o senhor não se destacou por ter sido extraordinariamente eficiente. O senhor conviveu com o primeiro-ministro Demerzel, que era muito inteligente de acordo com todos os comentários, e com o Imperador Cleon, que era muito amistoso. Agora, terá pela frente militares que não são nem inteligentes, nem amistosos, ou seja, uma situação totalmente diferente.

– Já enfrentei militares e sobrevivi.

– Não o General Dugal Tennar. Ele é totalmente outra espécie de pessoa. Eu o conheço.

– Você o conhece? Já se reuniu com ele?

– Não o conheço pessoalmente, mas ele é de Mandanov, o mesmo setor de onde eu venho, como o senhor sabe, e era poderoso lá antes de ter entrado para a junta militar e galgado posições nessa hierarquia.

– E o que você sabe a respeito dele?

– É ignorante, supersticioso e violento. Não é alguém fácil de se enfrentar, e nem é seguro. O senhor deve aproveitar essa semana a mais e preparar um método para lidar com ele.

Seldon mordeu o lábio inferior. Havia algo substancial no que Elar lhe dissera, e Seldon reconheceu o fato de que, embora tivesse seus próprios planos, ainda assim seria difícil tentar manobrar uma pessoa que se considerava importante, de pavio curto e que dispunha de um poder monumental que poderia colocar em prática a qualquer instante.

Inquieto, ele respondeu:

– Vou dar um jeito. Afinal, essa história toda da junta militar não passa de uma situação instável no Trantor de hoje em dia. Já durou mais do que o provável.

– Nós temos testado isso? Não me parece que estivemos tomando decisões de estabilidade a respeito da junta.

– Somente alguns poucos cálculos, na mão de Amaryl, usando as suas equações acaóticas. – Seldon fez uma pausa. – A propósito, encontrei referências a elas sob a denominação de Equações Elar.

– Não de minha autoria, Maestro.

– Espero que não se importe, mas não quero isso. Os elementos psico-históricos devem ser descritos em termos funcionais, não pessoais. Assim que ocorre a interferência da personalidade, brotam sentimentos nefastos.

– Compreendo e concordo inteiramente, Maestro.

– Inclusive – Seldon acrescentou, com uma pontada de culpa –, sempre achei errado falarmos daquelas equações básicas como Equações Seldon de Psico-História. O problema é que essa denominação está sendo usada há tantos anos que nem é mais prático tentar modificá-la.

– Se me permite dizer isto, Maestro, o senhor é um caso excepcional. Acho que ninguém irá questionar que o senhor receba todos os créditos pela invenção da ciência da psico-história. Mas, se não se importa, gostaria de voltar ao assunto de sua audiência com o General Tennar.

– Bem... o que ainda falta para se falar?

– Fico pensando se não seria melhor que o senhor não o visse, não falasse com ele, não lidasse diretamente com ele.

– E como é que posso evitá-lo se ele me convoca para uma conferência?

– Talvez pudesse alegar um problema de saúde e enviar alguém em seu lugar.

– Quem?

Elar ficou calado por um momento, mas seu silêncio era eloquente.

O próprio Seldon respondeu:

– Você, imagino.

– Não seria a coisa certa a fazer? Sou um cidadão oriundo do mesmo setor que o general, o que pode acrescentar credibilidade.

O senhor é ocupado, está ficando velho, e seria fácil acreditar que não está com a saúde em perfeitas condições. E, se eu for a essa audiência em seu lugar, por favor, me desculpe, Maestro, posso manobrar e manipular o general com mais facilidade do que o senhor.

– Mentir, você quer dizer.

– Se necessário.

– Você vai correr um imenso risco.

– Não tão grande... duvido que ele ordene a minha execução. Se ele ficar aborrecido comigo, como pode muito bem acontecer, então posso alegar, o senhor pode alegar em minha defesa, a inexperiência da juventude. De todo modo, se eu me meter numa enrascada, isso será muito menos perigoso do que se o senhor se encrencar. Estou pensando no Projeto, que pode seguir em frente sem mim com muito mais facilidade do que sem o senhor.

Seldon respondeu, franzindo a testa:

– Elar, eu não vou me esconder atrás de você. Se o homem quer me ver, ele me verá. Eu me recuso a tremer e recuar e pedir que você corra o risco no meu lugar. O que acha que eu sou?

– Um homem franco, honesto, num momento em que a necessidade é de alguém ardiloso.

– Darei um jeito de ser ardiloso, se for preciso. Por favor, Elar, não me subestime.

Elar encolheu os ombros, impotente.

– Muito bem, então. Só posso discutir esse assunto com o senhor até certo ponto.

– Inclusive, Elar, gostaria que você não tivesse adiado essa reunião. Preferia faltar ao meu aniversário e me avistar com o general a fazer o contrário. Esta festa de aniversário não foi ideia minha... – e a voz de Seldon foi sumindo até se tornar um resmungo.

– Lamento – disse Elar.

– Bem – Seldon continuou, resignado –, vamos ver o que acontece.

Virou-se e saiu. Às vezes, desejava ardentemente poder comandar o que se chamava de "tropa enxuta", tendo certeza de que tudo acontecesse da maneira como ele queria, deixando bem pouco espaço para que seus subordinados tomassem atitudes independentes. Fazer isso, porém, representaria um enorme dispêndio de tempo e energia, e o privaria de toda a possibilidade de trabalhar pessoalmente na psico-história; além disso, não tinha de jeito nenhum o temperamento para essa espécie de comando.

Seldon suspirou. Teria de falar com Amaryl.

10

Seldon adentrou o escritório de Amaryl sem se fazer anunciar.

– Yugo – ele disparou, abruptamente –, a audiência com o General Tennar foi adiada. – Ele então se sentou, com expressão rabugenta.

Amaryl levou alguns segundos para desligar os pensamentos do trabalho. Levantando os olhos afinal, perguntou:

– E qual foi a desculpa?

– Não fui eu. Alguns matemáticos do nosso grupo providenciaram uma semana de adiamento para que a audiência não atrapalhasse a comemoração do meu aniversário. Acho tudo isso um enorme transtorno.

– E por que você deixou que fizessem isso?

– Não deixei. Eles simplesmente tomaram a iniciativa e *providenciaram* tudo. – Seldon deu de ombros. – De certo modo, é minha culpa. Fiquei choramingando durante tanto tempo que ia completar sessenta anos que todos resolveram me animar com uma festa.

– Sem dúvida podemos aproveitar essa semana – argumentou Amaryl.

Seldon se sentou mais para a frente, imediatamente tenso:

– Algum problema?

– Não, nada que eu consiga enxergar, mas não será de todo mal examinarmos as coisas mais a fundo. Veja, Hari, esta é a primeira vez em praticamente trinta anos que poderemos efetivamente fazer uma previsão. Não é lá grande coisa (uma pequenina parcela do vasto continente da humanidade), mas é o melhor que já fizemos até agora. Muito bem. Queremos aproveitar a chance e ver como funciona, provando para nós mesmos que a psico-história é aquilo que pensamos: uma ciência de previsões. De modo que não fará mal termos certeza de que não deixamos nada de lado. Até mesmo esse pedacinho de previsão é complexo e darei boas-vindas a uma semana a mais de estudos.

– Ora, pois muito bem. Vou consultá-lo a esse respeito antes de seguir para a conferência com o general para verificar as modificações de último minuto que tiverem sido feitas. Enquanto isso, Yugo, não deixe que nenhuma informação sobre isso vaze para os demais: para absolutamente *ninguém*. Se a coisa fracassar, não quero o pessoal do projeto decepcionado, desanimado. Você e eu engoliremos esse fracasso e continuaremos tentando.

Um raro sorriso maroto atravessou o semblante de Amaryl.

– Você e eu. Você se lembra de quando realmente éramos só nós dois?

– Lembro muito bem e não acho que sinto saudade daqueles tempos. Não tínhamos muito com que trabalhar...

– Não havia o Primeiro Radiante, e muito menos o Eletroclarificador.

– Mas foram dias felizes.

– Felizes – concordou Amaryl com um movimento de cabeça.

11

A universidade tinha sido transformada e Hari Seldon não pôde se abster de ficar contente.

As salas centrais do complexo do projeto tinham de repente se tornado explosões de cores e luzes, cheias de holografias ocupando o ar com imagens tridimensionais variadas de Seldon em diversos lugares e momentos. Lá estavam Dors Venabili sorrindo, parecendo um pouco mais jovem; Raych ainda adolescente, longe de refinado; e Seldon e Amaryl com aparência incrivelmente jovem, debruçados sobre seus computadores. Houve inclusive uma imagem passageira de Eto Demerzel, suficiente para encher o coração de Seldon de saudades do velho amigo e da segurança que ele havia provado, antes da partida de Demerzel.

O Imperador Cleon não apareceu em nenhuma das holografias. Não porque não existissem imagens dele nesse meio, mas porque não seria de bom tom, dado o regime militar da junta, lembrar as pessoas do passado do Império.

Todo aquele material era vertido no ar em ondas sucessivas que transbordavam e inundavam uma sala atrás da outra, um prédio após o outro. De alguma maneira, tinham achado tempo para converter a universidade inteira num mostruário que Seldon nunca havia visto, nem sequer imaginado que fosse possível. Até mesmo as luzes do domo tinham sido escurecidas para produzir uma noite artificial como fundo contra o qual a universidade continuaria resplandecendo por três dias.

– Três dias! – Seldon exclamou, meio impressionado, meio horrorizado.

– Três dias – confirmou Dors Venabili, movendo a cabeça. – A universidade não quis saber de menos.

– Os custos! O trabalho! – Seldon lembrou, com uma careta.

– Custos mínimos – Dors retificou –, comparando com o que você fez pela universidade. E o trabalho foi todo executado por voluntários. Os alunos apareceram e cuidaram de tudo.

Surgia agora uma perspectiva da universidade vista do alto, em visão panorâmica, e Seldon contemplou-a com um sorriso que se abria à força em seu rosto.

– Você está contente – Dors reparou. – Não fez nada além de se mostrar ranzinza nos últimos meses, repetindo que não queria saber de nenhuma comemoração porque tinha se tornado oficialmente um homem idoso, e olha só a cara que está fazendo agora!

– Bem, tudo isso é muito lisonjeiro. Não tinha ideia de que fariam algo assim.

– E por que não? Você é um ícone, Hari. O mundo inteiro... o Império inteiro sabe de você.

– Ah, não sabem, não – discordou Seldon com um vigoroso movimento da cabeça. – Nem uma única pessoa em um bilhão sabe alguma coisa de mim, e certamente não sobre a psico-história. Ninguém afora o pessoal do projeto tem a mais mínima noção de como a psico-história funciona, assim como também não sabem todos os que estão envolvidos.

– Isso não importa, Hari. É *você*. Até mesmo os quatrilhões de criaturas que não sabem nada sobre você ou o seu trabalho sabem que Hari Seldon é o maior matemático de todo o Império.

– Bom – Seldon disse enquanto olhava à sua volta –, eles certamente estão me fazendo sentir desse jeito, agora. Mas três dias e três noites! Este lugar ficará reduzido a pó.

– Não ficará, não. Todos os registros foram guardados em local seguro. Os computadores e outros equipamentos foram protegidos. Os alunos criaram uma força de segurança virtual que impedirá qualquer espécie de dano.

– E você cuidou pessoalmente para que tudo isso acontecesse, não foi, Dors? – Seldon indagou, sorrindo afetuosamente para ela.

– Algumas pessoas se incumbiram disso. De modo nenhum fui só eu. Seu colega Tamwile Elar se dedicou com um zelo inacreditável.

Seldon fechou a cara.

– Qual o problema com Elar? – Dors quis saber.

– Ele fica me chamando de "Maestro" – reclamou Seldon.

Dors anuiu.

– Bem, de fato esse é um crime terrível.

Seldon ignorou o sarcasmo e completou:

– E ele é jovem.

– Piora a cada minuto. Ora, Hari, convenhamos, você vai ter de aprender a envelhecer com elegância e, para começar, terá de demonstrar que está passando bons momentos. Isso deixará os outros contentes e aumentará sua satisfação, algo que você sem dúvida deseja. Vamos, vamos. Visitemos os outros lugares. Não fique aqui, escondido comigo. Cumprimente todos. Sorria. Pergunte como estão passando. E, lembre-se: depois do banquete você terá de fazer um discurso.

– Detesto banquetes e detesto mais ainda discursos!

– Mesmo assim, terá de fazer um. Agora, mexa-se!

Seldon soltou um suspiro dramático e fez o que ela mandou. Quando se colocou sob a arcada do corredor que dava acesso ao salão principal, sua silhueta sem dúvida criava uma imagem impressionante. Não havia mais os mantos volumosos dos tempos de primeiro-ministro, assim como os trajes da moda heliconiana que tinha adotado em sua juventude. Agora, Seldon vestia um traje que manifestava o *status* elevado de que gozava: calças de corte reto, com vinco impecável, e uma túnica modificada. Bordada em fios de prata sobre o coração estava a insígnia PROJETO SELDON DE PSICO-HISTÓRIA DA UNIVERSIDADE DE STREELING. As letras cintilavam como um farol em contraste com o tom cinza-titânio que conferiam tanta dignidade aos seus trajes. Os olhos de Seldon brilhavam em seu rosto agora vincado pela idade. Suas rugas e seus cabelos brancos diziam bem a idade que havia atingido.

Ele entrou na sala onde as crianças estavam festejando. O espaço tinha sido quase todo desocupado, exceto por aparadores para as travessas de comida. As crianças vieram correndo até ele assim que o viram, sabendo com certeza que ele era a razão daquela festa, e Seldon tentou evitar que aquelas mãozinhas o agarrassem.

– Esperem um pouco, crianças, esperem um pouco – ele disse. – Fiquem ali, paradinhas.

Ele tirou um pequeno robô computadorizado do bolso e colocou-o no chão. Num Império que não possuía robôs, aquilo era uma coisa que ele certamente sabia ser capaz de fazê-las arregalar os olhos. Tinha o formato de um animal pequeno e peludo, mas também a capacidade de mudar de forma de repente (provocando gritos excitados e risadas entre as crianças toda vez que realizava tais mudanças) e, quando isso acontecia, os movimentos e sons também mudavam.

– Olhem, brinquem com ele e tentem não quebrá-lo, crianças – Seldon instruiu. – Mais tarde, cada um de vocês vai ganhar o seu.

Ele foi para o corredor que seguia até o salão principal e, enquanto andava naquela direção, percebeu que Wanda o seguia.

– Vovô – ela chamou.

Bom, claro que Wanda era diferente. Ele se abaixou para pegá-la e ergueu-a bem alto no ar, girou-a e então colocou-a de novo no chão.

– Está se divertindo, Wanda? – perguntou Seldon.

– Sim – ela respondeu –, mas não entre naquela sala.

– Por que não, Wanda? É a minha sala. É o escritório onde eu trabalho.

– É onde eu tive aquele sonho ruim.

– Eu sei, Wanda, mas aquilo já passou, não é? – Ele hesitou, e então levou Wanda até uma das cadeiras enfileiradas no corredor. Sentou-se ali e colocou-a no colo.

– Wanda, você tem certeza de que foi um sonho? – ele indagou.

– Acho que foi um sonho.

– Você estava mesmo dormindo?

– Acho que sim.

Ela parecia incomodada em falar sobre isso e Seldon também começou a achar que não fazia sentido continuar insistindo. Então, perguntou:

– Bom, se foi um sonho ou não, havia dois homens falando sobre morte limonada, certo?

Wanda anuiu, relutante.

Seldon insistiu só mais uma vez:

– Tem certeza de que eles falaram "limonada"?

Wanda confirmou de novo.

– Será que eles teriam dito alguma outra coisa e você achou que era "limonada"?

– Eles disseram "limonada".

Seldon tinha de se contentar com isso.

– Bom, pode ir e divirta-se, Wanda, e esqueça esse sonho.

– Tá bom, vovô – ela tornou a se mostrar alegre assim que aquela questão do sonho foi encerrada e seguiu para participar da festa.

Seldon foi procurar Manella. Custou-lhe um tempo extraordinariamente longo encontrá-la já que, a cada passo, ele era interrompido, cumprimentado e envolvido numa conversa.

Finalmente, viu-a a uma relativa distância. Murmurando "com licença... com licença... tem uma pessoa que eu preciso... com licença...", acabou abrindo caminho até onde ela estava, apesar de uma considerável dificuldade.

– Manella – ele chamou e puxou-a de lado, sorrindo mecanicamente em todas as direções.

– Sim, Hari – respondeu Manella. – Algum problema?

– É o sonho de Wanda.

– Não me diga que ela ainda está falando disso.

– Bom, ainda está incomodando a menina. Ouça, fizeram limonada para servir na festa, não é?

– Claro que sim, as crianças adoram. Acrescentei duas dúzias de botões de sabor diferentes de Mycogen a cada copinho, cada um de um formato, e as crianças experimentam um depois do outro para saber qual tem sabor melhor. Os adultos também estão bebendo limonada. Por que você não prova, Hari? Está uma delícia.

– Estou pensando... se não foi um sonho, se Wanda realmente ouviu dois homens falando de morte limonada... – e ele parou, como se estivesse com vergonha de continuar falando.

– Você está achando que alguém pode ter envenenado a limonada? – interveio Manella. – Isso é ridículo. A esta altura, todas as crianças que estão aqui já estariam morrendo ou passando muito mal.

– Eu sei – Seldon resmungou –, eu sei.

Então saiu andando e quase não reparou em Dors quando passou por ela. Ela o pegou pelo cotovelo.

– Por que essa carranca? – ela indagou. – Você parece aflito.

– Estava pensando na morte limonada de Wanda.

– Eu também, mas não consegui entender nada disso até agora.

– Não posso parar de pensar na possibilidade de um envenenamento.

– Pare. Garanto a você que cada pedacinho de comida que entrou nesta festa foi analisada em nível molecular. Eu sei que você vai pensar que essa é a minha típica atitude paranoica, mas minha missão é proteger você e é isso que devo fazer.

– E tudo está...

– Livre de veneno, garanto a você.

Seldon sorriu.

– Muito bem, então. Isso é um alívio. Eu realmente não estava achando...

– Vamos esperar que não – Dors cortou, rispidamente. – O que me deixa muito mais preocupada agora do que essa história de veneno é que fiquei sabendo que você vai ter uma reunião com aquele monstro Tennar daqui a poucos dias.

– Não o chame de monstro, Dors. Cuidado. Estamos rodeados por ouvidos e línguas.

Dors imediatamente baixou seu tom de voz.

– Imagino que você esteja certo. Olhe à sua volta. Todos esses rostos sorridentes, e no entanto quem pode saber quais dos nossos "amigos" estarão fazendo um relatório ao chefe e seus capangas, quando a noite estiver encerrada? Ah, os humanos! Mesmo depois desses milhares de séculos é duro pensar que ainda existam traições tão baixas. Tudo isso me parece tão desnecessário! E eu sei o dano que podem causar. É por isso que devo ir com você, Hari.

– Dors, isso é impossível. Apenas complicaria ainda mais as coisas para mim. Irei sozinho e não terei nenhum problema.

– Você não tem a menor noção de como lidar com o general.

Seldon pareceu tenso.

– E *você* sabe? Você está falando exatamente como Elar. Ele também está convencido de que sou um velho idiota e desamparado. Ele também quer ir comigo... ou, melhor, no meu lugar. Fico pensando sobre quantas pessoas existem em Trantor ansiosas para ocupar o meu lugar – ele disse, com evidente sarcasmo. – Seriam dúzias ou milhões?

12

Durante dez anos o Império Galáctico ficou sem Imperador, mas não havia sinais desse fato a julgar pelo modo como funcionava o complexo dos jardins do Palácio Imperial. Milênios de hábitos tinham tornado sem sentido a ausência de um Imperador.

Naturalmente, isso significava que não havia uma figura usando mantos imperiais para presidir as formalidades de todos os tipos, nem uma voz imperial dando ordens. Não havia desejos imperiais a serem atendidos, nem satisfações ou aborrecimentos imperiais a serem manifestados. Nenhum dos palácios era aquecido pelos prazeres imperiais, assim como nenhuma doença imperial tornava os ambientes sombrios. Os aposentos privados do imperador no pequeno palácio estavam vazios, pois a família imperial não existia.

Não obstante, o exército de jardineiros mantinha as áreas abertas em perfeitas condições. Uma tropa de serviçais conservava os edifícios em absoluta ordem. A cama do Imperador – onde ninguém havia dormido – era refeita com lençóis limpos todos os dias. Os aposentos eram faxinados, tudo funcionava como sempre tinha funcionado, e toda a equipe imperial, do mais alto ao mais baixo escalão, trabalhava como sempre. Os oficiais mais graduados davam ordens como teriam feito se o Imperador estivesse vivo, as ordens que sabiam que o Imperador teria dado. Em muitos casos, em especial nos escalões mais graduados, o pessoal era ainda o mesmo que no último dia de vida de Cleon. Os novos funcionários contratados eram cuidadosamente moldados e treinados segundo as tradições a que teriam de servir.

Era como se o Império, acostumado com o regime de um Imperador, insistisse em dar prosseguimento ao seu "comando fantasma" para manter o Império coeso.

A junta sabia disso, ou, se não sabia, pressentia-no vagamente. Naqueles dez anos, nenhum dos militares que haviam comandado o Império tinha se mudado para os aposentos privados do Imperador no pequeno palácio. Independentemente do que fossem esses homens, eles não eram imperiais e sabiam que ali não tinham nenhum direito. A população que tinha aceitado a perda de sua liberdade civil não toleraria o menor sinal de desrespeito para com o Imperador, estivesse ele vivo ou morto.

Nem mesmo o general Tennar havia se mudado para a elegante edificação que havia abrigado os Imperadores de pelo menos doze dinastias, ao longo de tanto tempo. Ele estabelecera sua casa e seu gabinete num dos prédios erguidos na periferia dos jardins. Era uma monstruosidade que, porém, fora construída para servir como uma fortaleza, robusta o suficiente para enfrentar um estado de sítio, cercada por outros prédios onde estava alojada uma força gigantesca de guardas.

Tennar era um homem corpulento, que usava bigode. Não era aquele abundante e vigoroso bigode dahlita que transbordava sobre os lábios, mas um bigode cuidadosamente aparado e ajustado ao contorno do lábio superior, deixando uma faixa de pele entre os pelos e a comissura do lábio. Era ruivo e tinha frios olhos azuis. Provavelmente fora um belo rapaz em sua juventude, mas agora seu rosto estava inchado e os olhos não passavam de frestas que manifestavam raiva com mais frequência do que qualquer outra emoção.

Por isso, ele disse, enfurecido – como poderia dizer quem quer que se achasse o senhor absoluto de milhões de mundos e que ainda assim não ousava se intitular Imperador –, a Hender Linn:

– Posso fundar a minha própria dinastia. – Olhando em torno com desdém, completou: – Este local não é condizente com o dono do Império.

– Ser dono é o que importa – Linn observou em tom moderado. – Melhor ser dono de um cubículo do que testa de ferro num palácio.

– Melhor ainda é ser dono num palácio. Por que não?

Linn detinha o título de coronel, mas era certo que jamais estivera envolvido em alguma operação militar. Sua função consistia em falar para Tennar o que este queria ouvir, e também transmitir aos outros as ordens do general, sem mudar uma vírgula. Às vezes, se parecesse seguro, ele podia tentar convencer Tennar a seguir por um caminho mais prudente.

Linn era bastante conhecido como o "lacaio de Tennar", e sabia que era assim que o chamavam. Ele não se importava. No posto de lacaio, estava a salvo, e já havia testemunhado a queda daqueles que tinham sido orgulhosos demais para ser lacaios.

Haveria naturalmente de chegar o momento em que o próprio Tennar seria enterrado no meio do sempre mutável panorama da junta, mas, com espírito até filosófico, Linn achava que estaria consciente desse momento iminente a tempo de salvar o próprio pescoço. Ou talvez não. Para tudo havia um preço.

– Não há motivo pelo qual o senhor não possa fundar uma dinastia, general – Linn salientou. – Muitos outros fizeram isso no decurso da história imperial. Mesmo assim, leva tempo. As pessoas são lentas para se adaptar. Na maioria das vezes, apenas o segundo ou o terceiro membro de uma dinastia é que se torna plenamente aceito como Imperador.

– Não creio nisso. Preciso somente me anunciar como o novo Imperador. Quem ousará questionar? Meu controle é firme.

– De fato é, general. Seu poder não é questionado em Trantor nem na maioria dos Mundos Interiores, mas é possível que muitos outros mundos nas regiões mais remotas dos Mundos Exteriores não o reconheçam, por ora, nem aceitem uma nova dinastia imperial.

– Mundos Interiores, Mundos Exteriores: a força militar rege todos eles. Essa é uma antiga máxima imperial.

– E sensata – concordou Linn –, mas muitas províncias têm suas próprias forças armadas, hoje em dia, que podem não usar em nosso benefício. O momento é difícil.

– Você recomenda cautela, portanto.

– Sempre recomendo cautela, general.

– E algum dia você vai exagerar nessa recomendação.

Linn curvou a cabeça.

– Posso recomendar somente aquilo que me parece bom e proveitoso para o senhor, general.

– Como essa sua insistência a respeito do tal Hari Seldon.

– Ele é o seu maior perigo, general.

– Você vive repetindo isso. Mas não me parece. Ele é só um professor universitário.

– De fato é, mas já foi primeiro-ministro – emendou Linn.

– Eu sei, mas isso foi na época de Cleon. Ele fez alguma coisa desde então? Se a época é difícil, se os governadores das províncias podem se dissociar e tornar-se independentes, por que um professor seria meu maior perigo?

Com muito tato, pois era preciso cuidado ao se esclarecer alguma coisa para aquele general, Linn explicou:

– Às vezes, é um erro supor que um homem discreto e calado não seja capaz de causar danos. Seldon tem sido tudo menos inócuo para aqueles aos quais se opôs. Há vinte anos, o movimento joranumita quase destruiu o poderoso primeiro-ministro de Cleon, Eto Demerzel.

Tennar aquiesceu, mas as leves rugas em sua testa indicavam que ele estava tendo dificuldade para se lembrar da questão.

– Foi Seldon quem destruiu Joranum e que sucedeu Demerzel no posto de primeiro-ministro. O movimento joranumita porém sobreviveu e Seldon tornou a engendrar sua destruição, mas não antes que tivessem conseguido chegar ao assassinato de Cleon.

– Seldon sobreviveu, não foi?

– O senhor está perfeitamente correto. Seldon sobreviveu.

– Isso é estranho. Ter permitido o assassinato do Imperador deveria ter significado a morte para o primeiro-ministro.

– Sim, deveria, não obstante a junta permitiu-lhe que continuasse vivo. Pareceu mais sensato agir assim.

– Por quê?

Linn deu um suspiro que passou despercebido.

– Existe uma coisa chamada psico-história, general.

– Não sei nada sobre isso – respondeu Tennar, friamente.

Na realidade, tinha uma vaga lembrança de Linn ter tentado falar com ele, em diversas oportunidades, a respeito dessa peculiar sequência de sílabas. Ele nunca mostrara vontade de ouvir, e Linn tivera o bom senso de não insistir no assunto. Tennar não queria ouvir agora, mas parecia haver uma urgência subliminar nas palavras de Linn. Talvez, Tennar ponderou, fosse melhor ouvir agora.

– Praticamente ninguém sabe coisa alguma a esse respeito – Linn acrescentou –, mas há alguns intelectuais, se podemos chamá-los assim, que a consideram interessante.

– E o que é?

– Um sistema complexo de matemática.

Tennar balançou a cabeça.

– Deixe-me fora disso, por favor. Eu posso contar divisões militares. Essa é toda a matemática de que preciso.

– O que dizem é que a psico-história pode tornar possível prever o futuro – insistiu Linn.

Os olhos de Tennar quase saltaram para fora das órbitas.

– Você quer dizer que esse Seldon é um adivinho?

– Não no sentido usual. É uma disciplina científica.

– Não acredito.

– É difícil de acreditar, mas Seldon se tornou uma espécie de figura *cult* aqui em Trantor e em alguns lugares dos Mundos Exteriores. Agora, a psico-história (se puder ser usada para prever o futuro, ou mesmo se o povo apenas acreditar que possa ser usada para esse fim) pode se tornar uma ferramenta poderosa com a qual sustentar o regime. Estou certo de que o senhor já vislumbrou essa possibilidade, general. Basta apenas que alguém faça a previsão de que nosso regime durará e oferecerá paz e prosperidade para o Império. Quando o povo acreditar nisso, ajudará a tornar essa profecia realidade. Por outro lado, se Seldon desejar o contrário, ele pode prever uma guerra civil e a ruína. As pessoas também acreditarão nisso e assim o regime será desestabilizado.

– Nesse caso, coronel, simplesmente tomaremos providências para que as previsões da psico-história sejam aquilo que queremos que sejam.

– Teria de ser Seldon a fazê-las, e ele não é amigo do regime. É importante que façamos uma diferença entre Hari Seldon e o projeto no qual ele está trabalhando na Universidade de Streeling para aperfeiçoar a psico-história. A psico-história pode ser extremamente útil para nós, mas somente se alguém que não Seldon estiver no comando da pesquisa.

– E há outros que poderiam ocupar essa posição?

– Ah, sim. Só é necessário nos livrarmos de Seldon.

– E qual é a grande dificuldade disso? Uma ordem de execução e está tudo resolvido!

– Seria melhor, general, se o governo não fosse visto pelo público como participante ativo dessa solução.

– Explique-se!

– Tomei providências para que ele venha a uma audiência com o senhor, assim lhe será possível usar seu talento para sondar a personalidade de Seldon. Então, poderá avaliar melhor se algumas sugestões que tenho em mente valem ou não a pena.

– E quando é que essa audiência acontecerá?

– Iria acontecer em breve, mas os representantes dele no projeto solicitaram mais alguns dias de adiamento porque estavam preparando a comemoração dos sessenta anos do professor, ao que parece. Pareceu-me prudente concordar com isso e autorizar uma semana de adiamento.

– Por quê? – Tennar exigiu saber. – Não gosto de nenhuma demonstração de fraqueza.

– Com razão, general, com razão. Como sempre, sua reação imediata é correta. No entanto, pareceu-me que, dadas as necessidades do Estado, poderia ser preciso saber o que a comemoração desse aniversário, que acontece neste exato momento, talvez envolvesse.

– Por quê?

– Todas as informações são úteis. O senhor gostaria de assistir a uma parte dos festejos?

A expressão do general Tennar continuou sombria.

– É necessário?

– Creio que o senhor achará interessante, general.

A reprodução – de som e imagem – era excelente e, por algum tempo, a alegria da comemoração do aniversário encheu aquele recinto bastante espartano onde estava instalado o general.

A voz baixa de Linn acrescentou um comentário:

– A maior parte disto está acontecendo dentro do complexo do projeto, mas o restante da universidade está envolvido. Em alguns momentos, receberemos uma imagem do alto e o senhor poderá perceber ampla área coberta por essa comemoração. De fato, embora eu não tenha as evidências à minha disposição neste exato momento, há alguns recantos esparsos do planeta, várias universidades e em alguns setores, onde também estão ocorrendo o que poderíamos chamar de "comemorações solidárias" de algum tipo. A celebração está em andamento e durará pelo menos mais um dia.

– Você está me dizendo que essa comemoração está ocorrendo em Trantor como um todo?

– De maneira especializada. As festividades afetam principalmente a classe intelectual, mas estão surpreendentemente espalhadas. Pode inclusive acontecer de outros mundos, além de Trantor, se envolverem na comemoração.

– Onde você obteve esta reprodução?

Linn sorriu.

– Nossas instalações no projeto são muito boas. Temos fontes confiáveis de informação, de modo que ocorrem poucas coisas das quais não tomamos conhecimento no mesmo instante.

– Bom, Linn, então quais são as suas conclusões a respeito disso?

– General, me parece, e tenho certeza de que lhe parece tambem, que esse Hari Seldon é o alvo de um culto à personalidade. Ele está tão identificado com a psico-história que, se conseguíssemos nos livrar dele de uma maneira não muito ostensiva, conseguiríamos destruir inteiramente a credibilidade dessa ciência. Ela se tornaria inútil para nós. Por outro lado, Seldon está envelhecendo e não é difícil imaginar que seja substituído por outro homem, por alguém que poderíamos escolher, que fosse simpático aos nossos grandes ideais e projetos para o Império. Se Seldon puder ser afastado de tal maneira que pareça natural, então isso é tudo de que precisamos.

– E você acha que eu devo ter uma entrevista com ele? – indagou Tennar.

– Sim, a fim de avaliá-lo e decidir sobre o que deveremos fazer. Mas precisamos ter cautela, pois ele é um homem popular.

– Já lidei com homens populares antes – Tennar arrematou em tom ameaçador.

13

– Sim – suspirou Hari Seldon, esgotado. – Foi um grande triunfo. Foi uma experiência maravilhosa. Mal posso esperar até completar setenta anos para poder repeti-la, mas o fato é que estou exausto.

– Então, tenha uma boa noite de sono, papai – sugeriu Raych, sorridente. – Essa é uma cura fácil.

– Não sei se poderei relaxar muito quando tenho uma reunião com nosso líder daqui a poucos dias.

– Sozinho, não; você não o verá sozinho – Dors Venabili atalhou de mau humor.

Seldon franziu a testa.

– Não diga isso de novo, Dors. É importante que eu vá ao encontro dele sozinho.

– Você sozinho lá não é uma situação segura. Lembra-se do que aconteceu há dez anos quando você se recusou a me deixar ir receber os novos jardineiros?

– Não há chance nenhuma de eu me esquecer quando você me lembra disso, pelo menos, duas vezes por semana, Dors. Neste caso, porém, pretendo ir só. O que ele poderá fazer comigo se apareço como um velho, perfeitamente inofensivo, só para descobrir o que ele quer?

– E o que você acha que ele quer? – Perguntou Raych, mordendo os nós dos dedos.

– Imagino que ele queira o que Cleon sempre quis. Ele vai acabar dizendo que descobriu que a psico-história pode prever o futuro de algum modo e vai querer usá-la para seus propósitos particulares. Eu afirmei a Cleon que a ciência ainda não estava em condições de fazê-lo, há trinta anos, e continuei lhe dizendo a mesma coisa durante todo o tempo em que fui primeiro-ministro. Agora, tenho de repetir ao general Tennar os mesmos argumentos.

– E como saberá que ele acreditou em você? – perguntou Raych.

– Pensarei em alguma maneira de ser convincente.

– Não quero que você vá sozinho – insistiu Dors.

– Não faz a menor diferença que você assim queira, Dors.

Nessa altura, Tamwile Elar interrompeu para comentar:

– Sou a única pessoa aqui que não pertence à família. Não sei se uma observação da minha parte seria bem-vinda.

– Vá em frente – Seldon autorizou. – Se um fala, todos falam.

– Gostaria de sugerir um acordo. Por que alguns de nós não vamos junto com o Maestro? Um bom número? Podemos nos comportar como sua escolta triunfal, uma espécie de *grand finale* para as comemorações do aniversário. Bem, só mais um esclarecimento. Não estou dizendo que vamos invadir o gabinete do general. Não estou nem dizendo que vamos adentrar os jardins do Palácio Imperial. Podemos apenas ocupar alguns quartos no Setor Imperial, no limite dos jardins (o Hotel Dome's Edge me parece perfeito para essa ocasião), e nos permitiremos um dia de lazer.

– *Isso* é exatamente o que mais preciso – Seldon bufou. – Um dia de lazer.

– Mas não o senhor, Maestro – Elar corrigiu imediatamente. – O senhor se encontrará com o general Tennar. O restante de nós, no entanto, dará aos habitantes do Setor Imperial uma noção de sua popularidade, e talvez o general também repare nisso. E, se ele souber que estamos todos ali aguardando o seu retorno, isso pode impedi-lo de tentar algo desagradável.

Depois dessas palavras desceu um considerável silêncio sobre o grupo. Finalmente, Raych falou:

– Para mim é muito exibicionismo. Não corresponde à imagem que o mundo faz do meu pai.

– Não estou interessada na *imagem* de Hari – Dors contrapôs. – Estou interessada na *segurança* dele. O que me parece é que, se não podemos invadir o local onde está o general, nem os jardins imperiais, então nos acumularmos, por assim dizer, tão perto do general quanto pudermos pode ser útil a nós. Obrigada, dr. Elar, por sua sugestão tão boa.

– Não quero que façam isso – Seldon resolveu.

– Mas eu quero – rebateu Dors. – E se isso é o mais perto que eu consigo chegar de lhe oferecer proteção pessoal, então insisto que devemos fazer isso.

Manella, até então ouvindo aquilo tudo sem nenhum comentário, interveio:

– Visitar o Hotel Dome's Edge pode ser muito divertido.

– Não estou pensando em diversão – Dors cortou –, mas aceito seu voto a favor.

E foi isso. No dia seguinte, cerca de vinte integrantes do escalão mais alto do Projeto de Psico-História deram entrada no Hotel Dome's Edge, ocupando quartos com vista para as áreas abertas dos jardins do Palácio Imperial.

Ao entardecer do dia seguinte, Seldon foi levado pelos guardas armados do general até o local da reunião.

Quase simultaneamente, Dors Venabili desapareceu, mas sua ausência não foi percebida por muito tempo. E, quando notaram que ela não estava em nenhum lugar, ninguém sabia dizer o que tinha acontecido com ela e a atmosfera festiva e jovial que havia predominado no grupo logo se transformou em apreensão.

14

Dors Venabili tinha morado no complexo do Palácio Imperial por dez anos. Como esposa do primeiro-ministro, tinha acesso irrestrito aos jardins e podia passar do domo para o ar livre usando suas digitais como passe.

Na confusão que se seguira ao assassinato do Cleon, seu passe não fora revogado e agora, pela primeira vez desde aquele dia fatídico, quando quis passar do domo para a área ao ar livre, percebeu que podia fazê-lo.

Ela sempre soubera que poderia fazê-lo com essa facilidade somente uma vez, pois, assim que a descobrissem, esse passe seria cancelado; mas aquela era a ocasião que justificava usá-lo.

O céu escureceu de repente, quando ela saiu para a área descoberta, registrou uma nítida diminuição da temperatura. O mundo sob o domo sempre era mantido um pouco mais iluminado durante a noite do que na noite natural, e durante o dia era mantido um pouco mais na penumbra. E, naturalmente, a temperatura sob o domo sempre era um pouco mais amena do que ao ar livre.

A maioria dos trantorianos não tinha noção disso, pois passavam a vida toda sob o domo. Para Dors, era algo que ela esperava, mas que realmente não fazia diferença.

Ela pegou a via central, que seguia a abertura do domo em frente ao Hotel Dome's Edge. A rodovia estava feericamente iluminada, como era de se esperar, para que a escuridão do céu não importasse em nada.

Dors sabia que não seria capaz de avançar nem cem metros pela estrada sem ser detida, ou ainda antes, dada a paranoia praticada pela junta em vigor. Sua presença estrangeira seria detectada de imediato.

Ela não se decepcionou. Um carro terrestre pequeno se aproximou e o guarda condutor gritou pela janela:

– O que está fazendo aqui? Aonde está indo?

Dors ignorou a pergunta e seguiu andando.

O guarda ordenou em voz mais alta:

– Parada! – Então, enfiou o pé no freio e desceu do carro, o que era exatamente o que Dors queria que ele fizesse.

O homem segurava um desintegrador na mão, mas de modo descontraído, sem ameaçar usá-lo, apenas demonstrando a presença da arma. Ele pediu que ela lhe desse seu número de referência.

– Quero o seu carro – Dors disse.

– O quê?! – O guarda pareceu ofendido. – Seu número de referência. Agora! – e então ele ergueu o desintegrador.

Em voz baixa, Dors respondeu:

– Você não precisa do meu número de referência. – Em seguida, caminhou na direção do guarda.

Ele deu um passo para trás.

– Se não parar e apresentar seu número de referência, vou atirar em você.

– Não! Largue o desintegrador.

Os lábios do guarda se apertaram. Os dedos dele começaram a avançar na direção do contato, mas, antes que pudesse alcançá-lo, ele estava perdido.

Mais tarde, ele não pôde descrever com exatidão o que tinha acontecido. A única coisa que conseguiu dizer foi: "Mas como é que eu ia saber que aquela era a Mulher-Tigre?" (e chegou inclusive o momento em que se sentiu orgulhoso desse encontro). "Ela se movimentou tão depressa que não vi com clareza o que ela fez ou o que aconteceu. Num instante eu ia atirar nela (pois estava certo se tratar de alguma maluca) e a próxima coisa que percebi foi que estava totalmente dominado".

Dors segurou o guarda com mãos de ferro e ergueu para o alto a mão dele com o desintegrador. Então, ela sussurrou:

– Ou você larga o desintegrador neste instante ou eu quebro o seu braço.

O guarda sentiu uma espécie de aperto letal comprimindo seu peito que quase o impedia de respirar. Percebendo que não tinha escolha, deixou cair o desintegrador.

Dors Venabili o soltou, mas antes que o guarda pudesse fazer algum movimento para se recuperar, viu-se encarando seu próprio desintegrador na mão de Dors.

– Espero que tenha deixado seus detectores no lugar – ela disse. – Não tente relatar o ocorrido com muita pressa. Seria melhor se você esperasse até resolver qual será seu plano para contar o que se passou aos seus superiores. O fato de que uma mulher desarmada tomou-lhe o desintegrador e o carro pode dar fim à sua utilidade para a junta.

Dors deu partida no carro e começou a acelerar, seguindo pela rodovia central. Uma estadia de dez anos naquela região lhe permitia saber como chegar exatamente aonde queria ir. O carro em que se encontrava – um carro terrestre oficial – não era um veículo intruso e desconhecido na região dos jardins imperiais e não seria detido. Contudo, precisava correr o risco de ir em velocidade, pois queria chegar rapidamente ao seu destino. Então, acionou o carro para ir a duzentos quilômetros por hora.

E, no final, essa velocidade terminou chamando a atenção. Ela ignorou os gritos transmitidos pelo rádio exigindo explicações para aquela velocidade e não demorou muito para que os detectores do carro indicassem a Dors que outro carro terrestre vinha em sua perseguição, também em alta velocidade.

Ela sabia que um alerta fora enviado para o posto lá adiante e que haveria outros carros terrestres à sua espera, mas nada poderia ser feito além de usar um desintegrador para dar cabo de sua existência, o que, aparentemente, ninguém estava disposto a fazer para não incorrer em futuras investigações.

Quando chegou ao prédio que era seu destino, dois carros terrestres estavam à sua espera. Ela desceu calmamente daquele que viera dirigindo e caminhou para a entrada do edifício.

Dois homens se colocaram imediatamente à frente dela, evidentemente atônitos ao ver que quem conduzira o veículo não era um guarda, mas uma mulher em trajes civis.

– O que você está fazendo aqui? Para que essa pressa?

Dors respondeu em voz controlada:

– Uma mensagem muito importante para o coronel Hender Linn.

– É mesmo? – indagou o guarda com aspereza. Agora, eram quatro homens entre ela e a entrada. – Número de referência, por favor.

Dors não perdeu tempo:

– Não me atrase.

– Número de referência, eu disse.

– Você está me fazendo perder tempo.

Um dos guardas então exclamou de repente:

– Sabe quem ela parece? A esposa do antigo primeiro-ministro. A dra. Venabili, a Mulher-Tigre.

Todos os quatro deram um passo desajeitado para trás, mas um deles ainda tentou:

– Você está presa.

– Estou? – Dors indagou. – Se sou a Mulher-Tigre, você deve saber que sou consideravelmente mais forte do que qualquer um de vocês e que meus reflexos são muito mais rápidos. Vou sugerir que vocês quatro me acompanhem calmamente até lá dentro, e veremos o que o coronel Linn dirá.

– Você está presa – repetiu um deles e quatros desintegradores surgiram mirando Dors.

– Muito bem, se vocês insistem – ela disse, suspirando.

Movimentando-se com extrema agilidade, Dors deixou dois guardas no chão gemendo, enquanto ela mesma ficava em pé ao lado deles, com um desintegrador em cada mão.

Então, ela acrescentou:

– Tentei não machucá-los, mas é muito possível que eu tenha quebrado os punhos deles. Com isso, restam vocês dois, e posso atirar mais depressa do que vocês. Se um de vocês fizer o menor movimento... o menor movimento, terei de romper com um hábito que observei minha vida inteira e terei que matá-los. Me sinto mortificada em ter de fazer uma coisa dessas e peço que não me obriguem a tanto.

Os dois guardas que ainda estavam em pé mantiveram-se absolutamente em silêncio e imóveis.

Dors então prosseguiu:

– Sugiro que vocês dois me acompanhem até a presença do coronel e que então providenciem ajuda médica para seus companheiros.

Essa sugestão não era necessária. O coronel Linn saiu de seu gabinete e veio tomar satisfações:

– O que está acontecendo aqui? O que...?

Dors virou-se para ele.

– Ah! Permita que eu me apresente. Sou a dra. Dors Venabili, esposa do professor Hari Seldon, e vim até aqui para tratar com o senhor de uma questão importante. Esses quatro tentaram me impedir e, por causa disso, dois ficaram seriamente machucados. Ordene que cuidem de outros assuntos e deixe-me conversar com você. Não pretendo causar problemas.

Linn olhou duramente para os quatro guardas e depois para Dors. Então, perguntou calmamente:

– Você não pretende causar problemas para mim? Embora quatro guardas não tenham conseguido detê-la, tenho quatro mil à minha disposição imediata.

– Pois então, chame-os – Dors disse. – Por mais que venham depressa, não será a tempo de salvá-lo se eu decidir que vou matá-lo. Dispense seus guardas e conversemos civilizadamente.

Linn dispensou os guardas e concordou:

– Bem, entre, então, e conversemos. Quero avisá-la, porém, dra. Venabili, que a minha memória é longa.

– A minha também – emendou Dors. E entraram ao mesmo tempo nos aposentos de Linn.

15

Linn pediu com extrema cortesia:

– Diga-me exatamente por que está aqui, dra. Venabili.

Dors sorriu sem ameaça, mas tampouco com amabilidade.

– Para início de conversa, vim até aqui para lhe mostrar que *posso* vir aqui.

– É?

– Sim. Meu marido foi levado para a entrevista com o general dentro de um carro terrestre oficial, sob escolta armada. Eu saí do hotel mais ou menos no mesmo horário, a pé e desarmada, e aqui estou, e acredito ter chegado antes dele. Tive de passar por cinco guardas, incluindo aquele de cujo carro me apoderei, para enfim alcançá-lo. Eu teria derrubado cinquenta.

Linn aquiesceu com um movimento de cabeça, sem perder a compostura.

– Fui informado de que às vezes chamam-na de a Mulher-Tigre.

– Já me chamaram assim. Agora, tendo chegado até a sua presença, minha tarefa consiste em ter certeza de que meu marido não sofrerá nenhum tipo de ataque. Ele está se arriscando a entrar no covil do general (se me permite ser dramática) e eu quero que ele saia de lá ileso e sem ter sido ameaçado.

– No que me diz respeito, sei que seu marido não sofrerá nenhum dano em decorrência dessa reunião. Mas, se está preocupada, por que veio até mim? Por que não foi diretamente até o general?

– Porque, de vocês dois, é você quem pensa.

Linn fez uma pausa breve. Depois, comentou:

– Se alguém ouvisse seu comentário, teria sido algo muito perigoso de ser dito.

– Mais perigoso para você do que para mim, portanto, certifique-se de que não tenha sido ouvido. Agora, se lhe ocorrer que eu deva ser simplesmente tranquilizada e ludibriada, e que, no caso de meu marido se tornar prisioneiro e sentenciado para execução, não haverá nada que eu possa realmente fazer a respeito, desiluda-se.

Ela indicou os dois desintegradores sobre a mesa, à sua frente.

– Entrei na área aberta do palácio sem nada. Cheguei à sua presença com dois desintegradores. Eu poderia ter vindo com adagas, minha especialidade. E, se eu não tivesse nem adagas, nem desintegradores, eu ainda seria uma oponente formidável. Esta mesa em torno da qual estamos sentados é feita de metal, evidentemente, e é sólida.

– Sim.

Dors ergueu as mãos, com os dedos afastados para mostrar que não tinha nenhuma arma. Então deixou que caíssem suavemente sobre a mesa com as palmas voltadas para baixo, como se acariciasse sua superfície.

De repente, ela levantou o punho e então desceu-o sobre o tampo com um baque estrondoso, que ecoou como se o metal tivesse sido atingido por outro metal. Ela sorriu e levantou a mão.

– Ilesa – ela mostrou. – Sem dor. Mas você poderá perceber que a mesa está ligeiramente afundada no ponto em que a golpeei. Se esse mesmo golpe tivesse sido desferido, com a mesma força, contra a cabeça de uma pessoa, o crânio teria explodido. Nunca fiz uma coisa dessas. Aliás, nunca matei ninguém, embora tenha deixado muitos machucados. Não obstante, se o professor Seldon for ferido...

– Você continua com as ameaças...

– Estou prometendo. Não farei nada se o professor Seldon permanecer ileso. Caso contrário, coronel Linn, serei forçada a mutilá-lo ou matá-lo e, prometo mais uma vez, farei a mesma coisa com o general Tennar.

– Você não poderá enfrentar um exército inteiro, por mais tigresa que seja – observou Linn. – E então?

– As histórias se espalham – Dors lembrou – e são exageradas. Não foi muita coisa que fiz, na realidade, para merecer esse apelido, mas contam muito mais histórias sobre mim do que é verdade. Seus guardas recuaram quando me reconheceram e eles mesmos se incumbirão de espalhar o caso, aumentando e exagerando, para descrever como foi que cheguei até você. Até mesmo um exército pode hesitar em me atacar, coronel Linn, mas mesmo que me atacassem e se me destruíssem, leve em conta a indignação do povo. A junta está mantendo a ordem, mas faz isso no limite de seu poder, e você não quer que nada perturbe a situação. Pense, então, em como é fácil a outra alternativa. Simplesmente, não machuque o professor Hari Seldon.

– Não tenho intenção de feri-lo.

– Então, para que a audiência?

– Qual é o mistério? O general ficou curioso a respeito da psico-história. Os registros do governo estão à nossa disposição. O antigo Imperador Cleon teve interesse nela. Demerzel, quando era primeiro-ministro, teve interesse. Por que nós não nos interessaríamos? Aliás, ainda mais.

– E por que ainda mais?

– Porque o tempo passou. Se entendo corretamente, a psico-história começou como um pensamento do professor Seldon. Ele vem trabalhando nessa ideia com vigor crescente e com grupos cada vez maiores de pessoas há praticamente trinta anos. Esse trabalho tem sido realizado quase que inteiramente com apoio do governo de modo que, em certo sentido, as descobertas e as técnicas da psico-história pertencem ao governo. Nossa intenção é perguntar a ele coisas sobre psico-história que, a esta altura, está muito mais avançada do que na época de Demerzel e Cleon. Esperamos que ele nos diga o que queremos saber. Queremos algo mais prático do que a visão de equações espiralando no ar. Está compreendendo?

– Sim – ela concordou com uma careta.

– E mais uma coisa. Não imagine que o perigo para seu marido venha somente do governo e que algum mal que o atinja signifique que você deva nos atacar imediatamente. Posso sugerir que o professor Seldon talvez tenha inimigos estritamente pessoais. Não tenho conhecimento disso, mas com certeza é uma possibilidade.

– Vou me lembrar disso. Neste momento, quero que providencie para que eu esteja com meu marido durante a audiência com o general. Quero ter certeza de que ele está seguro, até que não me reste nenhuma dúvida.

– Isso será difícil de providenciar e levará algum tempo. Seria impossível interromper a conversa, mas se esperar até que termine...

– Leve o tempo necessário e providencie. Nem pense que continuará vivo se tentar me enganar.

16

O general Tennar encarou Seldon com olhos muito arregalados enquanto seus dedos tamborilavam de leve no tampo da mesa à qual estava sentado.

– Trinta anos – ele disse. – Trinta anos e você está me dizendo que ainda não tem nada para mostrar?

– Na realidade, General, são vinte e oito anos.

Tennar ignorou o comentário.

– E tudo à custa do governo. Você tem noção de quantos bilhões de créditos foram investidos em seu projeto, professor?

– Não estou a par, general, mas temos documentado todo o fluxo e posso lhe dar a resposta em poucos segundos.

– Nós também. O governo, professor, não é uma fonte inesgotável de fundos. Não estamos mais vivendo como no passado. Não temos a mesma atitude despreocupada de Cleon quanto às finanças do Estado. É difícil aumentar impostos e precisamos de créditos para muitas coisas. Eu o chamei aqui na esperança de que pudesse nos beneficiar de algum modo com sua psico-história. Se não pode, então devo lhe dizer, de modo bastante franco, que teremos de fechar a torneira. Se quiser continuar com a pesquisa sem contar com os fundos do governo, faça isso, mas, até que me mostre algo que justifique as despesas, essa será sua situação.

– General, o senhor faz uma exigência que não posso cumprir, mas se, por isso, o senhor corta o subsídio do governo, estará jogando fora o futuro. Dê-me tempo e no final...

– Vários governos estão ouvindo esse seu "no final" há décadas. Não é verdade, professor, que você disse que a sua psico-história prevê que a junta é instável, que meu comando é instável, que em pouco tempo cairá?

Seldon franziu a testa.

– A técnica ainda não está consolidada o suficiente para que eu possa dizer que isso é algo que a psico-história afirma.

– E eu digo que a psico-história de fato declara isso e que tal previsão é de conhecimento comum no âmbito do seu projeto.

– Não – Seldon rebateu com veemência. – De maneira nenhuma. É possível que alguns de nós tenham interpretado alguns relacionamentos para indicar que a junta pode ser uma forma instável de governo, mas há outros relacionamentos que podem ser facilmente interpretados de modo a demonstrar que é estável. É por esse motivo que devemos dar continuidade ao nosso trabalho. Neste momento, é excessivamente fácil usar dados incompletos e raciocínios imperfeitos para chegar a qualquer conclusão que desejarmos.

– Mas se você resolver apresentar a conclusão de que o governo é instável e dizer que a psico-história sustenta essa conclusão, mesmo que não a sustente de fato, isso não aumentará sua instabilidade?

– Isso realmente pode acontecer, general. E, se anunciarmos que o governo é estável, pode aumentar sua estabilidade. Tive exatamente essa mesma conversa com o Imperador Cleon em diversas ocasiões. É possível usar a psico-história como ferramenta para manipular as emoções do povo e surtir determinados efeitos no curto prazo. No longo prazo, todavia, as previsões têm muita probabilidade de se mostrarem incompletas ou apenas errôneas. Com isso, a psico-história perderá toda a credibilidade e será como se nunca tivesse existido.

– Basta! Diga-me neste momento! O que você acha que a psico-história mostra a respeito do meu governo?

– Achamos que ela mostra que existem nele elementos de instabilidade, mas não estamos convencidos, e não podemos estar convencidos, de que maneira exatamente essa condição pode piorar ou melhorar.

– Em outras palavras, a psico-história simplesmente lhe diz o que você saberia também sem a psico-história, e é nisso que o governo tem investido um volume incalculável de créditos.

– Chegará o momento em que a psico-história nos dirá o que não poderíamos saber sem ela, e então o investimento trará seu retorno multiplicado infinitamente.

– E quanto tempo mais passará antes que chegue esse momento?

– Não muito, eu espero. Temos realizado alguns avanços muito gratificantes nos últimos cinco anos.

Tennar estava tamborilando a unha no tampo da mesa outra vez.

– Não é suficiente. Diga-me algo proveitoso, *agora*. Algo proveitoso.

Seldon ponderou e então comentou:

– Posso preparar um relatório detalhado para o senhor, mas vai levar algum tempo.

– Claro que sim. Dias, meses, anos... e, de algum modo, jamais será escrito. Você acha que eu sou idiota?

– Não, general, claro que não. No entanto, também não quero ser tomado por tolo. Posso lhe dizer algo pelo qual somente eu assumo a responsabilidade. Percebi isso em minha pesquisa psico-histórica, mas posso ter interpretado de modo equivocado o que vi. Porém, como o senhor insiste...

– Eu insisto.

– Há alguns instantes, o senhor mencionou a questão dos impostos. Disse que era difícil aumentar os impostos. Sem dúvida. É sempre difícil. Todo governo deve fazer seu trabalho coletando recursos de um modo ou outro. As duas únicas maneiras de se obter tais créditos são: primeiro, roubando um vizinho; e, segundo, persuadindo os próprios cidadãos desse governo a conceder esses créditos de bom grado e pacificamente. Como fundamos um Império Galáctico que vem conduzindo seus negócios de maneira razoável há milhares de anos, não há possibilidade de se roubar um vizinho, exceto como resultado de alguma rebelião ocasional e sua repressão. Isso não acontece com a frequência necessária para se sustentar um governo e, se acontecesse, o governo se tornaria muito instável para durar por um longo tempo.

Seldon tomou fôlego e continuou.

– Portanto, os créditos devem ser levantados pedindo-se aos cidadãos que abram mão de uma parte de sua riqueza para uso do governo. É de se presumir, então, como o governo irá trabalhar com eficiência, que os cidadãos possam usar melhor seus créditos desse modo do que os acumulando (cada qual para si, individualmente) e vivendo num estado de anarquia perigosa e caótica. No entanto, embora a arrecadação seja razoável e fosse melhor se os cidadãos pagassem impostos para ter o benefício de um governo estável e eficiente, eles se mostram relutantes. Para superar essa relutância, os governos devem dar a impressão de que não estão tomando muitos créditos e que estão levando em consideração os direitos e os benefícios de cada cidadão. Em outras palavras, o governo deve baixar a porcentagem que incide sobre rendimentos mais baixos, e deve permitir deduções de vários tipos antes de calcular o imposto, e assim por diante. Com o tempo, a situação fiscal inevitavelmente se torna cada vez mais complexa, à medida que os diversos mundos e os diferentes setores dentro de cada um deles, assim como as variadas divisões econômicas, exigem e esperam tratamentos especiais. O resultado é que o departamento de coleta de impostos do governo aumenta de tamanho e complexidade e se torna difícil de controlar. O cidadão médio não consegue compreender em quanto está sendo taxado. Não entende o que pode isentar do cálculo e o que não pode. O governo e a própria agência tributária muitas vezes também não entendem. Além disso, uma fração crescente dos fundos coletados deve ser alocada para o funcionamento desse próprio departamento hipertrofiado, na manutenção de seus arquivos, na captura dos fraudadores etc., de modo que a quantidade de créditos disponível para propósitos bons e úteis diminui apesar de tudo que se possa fazer. No fim, a situação fiscal se torna incontrolável. Ela inspira descontentamento e revolta. Os livros de História tendem a atribuir essas coisas a empresários ambiciosos e avarentos, a políticos corruptos, a guerreiros brutais, a vice-reis ambiciosos, mas esses são apenas os indivíduos que se aproveitam da hipertrofia fiscal.

O general Tennar comentou com impaciência:

– Você está dizendo que nosso sistema fiscal é excessivamente complicado?

– Se não fosse, seria o único em toda a história, que me conste – Seldon respondeu. – Se existe uma coisa que a psico-história diz que é inevitável é o crescimento excessivo dos impostos.

– E o que fazemos com isso?

– Isso eu não posso lhe dizer. É para isso que eu gostaria de preparar um relatório que, como o senhor diz, pode demorar um pouco para ficar pronto.

– Não se incomode com o tal relatório. O sistema tributário é excessivamente complicado, não é? Não é isso que você estava dizendo?

– É possível que seja – Seldon concordou, cautelosamente.

– Para corrigir isso, então, devemos tornar o sistema fiscal mais simples, de fato, tão simples quanto possível.

– Eu teria de estudar...

– Besteira. O oposto de uma grande complicação é uma grande simplicidade. Não preciso de nenhum relatório para me confirmar isso.

– Como queira, general – anuiu Seldon.

Nesse momento, Tennar levantou os olhos de repente, como se tivesse sido chamado – o que de fato tinha acontecido. Seus punhos se cerraram e as imagens do Coronel Linn e de Dors Venabili em holovisualização subitamente apareceram na sala.

Abismado, Seldon exclamou:

– Dors! O que está fazendo aqui?

Tennar não disse nada, mas sua testa afundou numa ruga de contrariedade.

17

O general havia dormido mal à noite e, bastante apreensivo, o coronel também tinha tido uma madrugada difícil. Agora, estavam um diante do outro, ambos igualmente perdidos.

– Conte-me mais uma vez o que aquela mulher fez – ordenou o general.

Linn parecia estar carregando um peso imenso nos ombros.

– Ela é a Mulher-Tigre. É assim que a chamam. De algum modo, ela não parece ser totalmente humana. É uma espécie de atleta com um condicionamento físico impossível, perfeitamente confiante em sua própria perícia. E é bastante assustadora.

– Ela assustou *você*? Uma mulher sozinha?

– Vou lhe dizer exatamente o que ela fez e também algumas outras coisas a respeito dela. Não sei até que ponto são verdadeiras todas as histórias a respeito da dra. Venabili, mas o que aconteceu ontem à tarde foi muito verdadeiro.

Mais uma vez, ele narrou a sequência de fatos enquanto o general ouvia, fazendo muxoxos.

– Nada bom – ele disse. – O que fazer?

– Acho que nosso caminho está bem claro. Queremos a psico--história...

– Sim, queremos – enfatizou o general. – Seldon me disse algo sobre impostos que... não importa. Isso não vem ao caso, neste momento. Prossiga.

Linn, que, em seu estado mental turbulento, havia permitido que um pequeno fragmento de impaciência transparecesse em sua fisionomia, continuou:

– Como eu disse, queremos a psico-história, sem Seldon. De todo modo, é um homem gasto. Quanto mais o estudo, mais vejo um estudioso envelhecido que vive de seus feitos passados. Teve praticamente trinta anos para tornar a psico-história um sucesso e não conseguiu. Sem ele, e com novos homens no leme, a psico--história pode avançar mais rapidamente.

– Sim, eu concordo. Mas, e quanto à mulher?

– Bom, aí é que está. Não a levamos em conta até agora porque ela tem sido cuidadosa o bastante para permanecer nos bastidores. Mas tenho fortes suspeitas de que será difícil, talvez impossível, remover Seldon discretamente e sem implicar o governo, enquanto essa mulher estiver viva.

– Você realmente acredita que ela nos atacará, a você e a mim, se achar que prejudicamos o marido dela? – perguntou Tennar, torcendo a boca numa careta de desdém.

– Eu realmente acho que sim e que, além disso, começará uma rebelião. Ela fará exatamente o que prometeu.

– Você está se tornando um covarde.

– General, por favor. Estou tentando ter bom senso. Não estou recuando. Devemos dar um jeito nessa Mulher-Tigre. – Ele parou para refletir um pouco. – Inclusive, minhas fontes já tinham me dito isso e admito que dei menos atenção do que devia a esse aspecto.

– E como acha que conseguiremos nos livrar dela?

– Não sei – respondeu Linn. Mais devagar, acrescentou: – Mas outra pessoa talvez saiba.

18

Seldon também passara uma noite complicada, e o dia não estava prometendo ser nem um pouco melhor. Não houve muitos momentos em que Hari ficara aborrecido com Dors, mas daquela vez ele estava *muito* aborrecido.

– Mas que coisa idiota de fazer! – explodiu Seldon. – Já não era suficiente que estivéssemos hospedados no Hotel Dome's Edge? Só isso já seria o bastante para levar um governante paranoico a alimentar ideias de algum tipo de conspiração!

– Mas como? Estávamos desarmados, Hari. Era uma comemoração, o toque final da celebração de seu aniversário. Não representávamos nenhuma ameaça.

– Sim, até que você colocou em prática sua invasão dos jardins do palácio. Isso foi imperdoável. Você se afobou para chegar ao Palácio Imperial a fim de interferir na minha reunião com o general, quando eu havia especificamente, *várias vezes*, deixado bem claro que não queria sua presença lá. Eu tinha meus próprios planos, sabia?

– Seus desejos, suas ordens, seus planos, tudo isso vem em segundo lugar diante de sua segurança – respondeu Dors. – Minha preocupação fundamental é essa.

– Eu não estava em perigo.

– Isso é uma coisa que eu não posso supor e pronto. Já houve duas tentativas contra a sua vida. O que o faz pensar que não haverá uma terceira?

– Essas duas tentativas ocorreram quando eu era primeiro-ministro. Provavelmente valia a pena me matar, então. Mas quem vai querer matar um matemático velho?

– É exatamente isso que quero descobrir e é isso que desejo evitar. – explicou Dors. – Devo começar por alguns interrogatórios por aqui mesmo, com pessoas do projeto.

– Não. A única coisa que você vai conseguir é incomodar minha equipe. Deixe o meu pessoal em paz.

– Isso é precisamente o que não posso fazer, Hari. Minha missão é proteger você e venho cuidando disso há vinte e oito anos. Você não pode me deter agora.

Alguma coisa no fulgor dos olhos dela deixou bem claro que, fossem quais fossem os desejos e as ordens de Seldon, Dors pretendia fazer o que tinha em mente.

A segurança de Seldon vinha em primeiro lugar.

19

– Posso interromper você, Yugo?

– Claro, Dors – Yugo Amaryl respondeu, abrindo o sorriso. – Você nunca interrompe. Em que posso ajudar?

– Estou tentando descobrir algumas coisas, Yugo, e pensei que você talvez pudesse colaborar.

– Se estiver ao meu alcance...

– Você tem no projeto algo chamado Primeiro Radiante. De vez em quando ouço falar nisso. Hari comenta a respeito dele, de modo que sei que aparência terá quando for ativado. Só que eu nunca o vi efetivamente funcionando, e gostaria de ver.

Amaryl pareceu incomodado.

– Na realidade, o Primeiro Radiante é basicamente a parte mais bem guardada do projeto, e você não está na lista dos membros com acesso a essa informação.

– Sei disso, mas como nós nos conhecemos há vinte e oito anos...

– E você é esposa de Hari, então imagino que podemos abrir uma exceção. Temos somente dois Primeiros Radiantes completos. Um no escritório de Hari e outro aqui. Bem aqui, inclusive.

Dors mirou o cubo preto achatado na escrivaninha central. Parecia um objeto completamente sem importância. – É isto?

– É. Armazena as equações que descrevem o futuro.

– E como você vê as equações?

Amaryl tocou num contato e, no mesmo instante, a sala se escureceu e então se iluminou com um brilho multifacetado. Por toda parte ao redor de Dors, havia símbolos, setas, linhas, sinais matemáticos de todo tipo. Pareciam estar se movimentando, espiralando, mas quando ela focalizava os olhos em alguma parte específica, parecia se imobilizar.

– Então, este é o futuro? – ela indagou.

– Pode ser – observou Amaryl, desligando o instrumento. – Eu acionei a função de expansão total para que você pudesse enxergar os símbolos. Sem essa expansão, a única coisa visível são padrões de luz e sombra.

– Estudando essas equações, então, você pode avaliar o que o futuro nos reserva?

– Em tese, sim. – Agora, a sala tinha recuperado sua aparência cotidiana. – Mas há dois obstáculos.

– É? E quais são eles?

– Para início de conversa, nenhuma mente humana criou diretamente essas equações. Simplesmente, passamos décadas programando computadores mais potentes e foram eles que elaboraram e armazenaram as equações. Naturalmente, não sabemos se elas são válidas e se fazem sentido. Tudo depende completamente de sua validade e da significância da programação, em primeiro lugar.

– Então, poderiam estar todas erradas?

– Poderiam.

Amaryl esfregou os olhos e Dors não pôde deixar de pensar como ele parecia ter envelhecido e ficado cansado ao longo dos dois últimos anos. Era quase doze anos mais moço do que Hari e, no entanto, parecia muito mais velho.

– Naturalmente – Amaryl prosseguiu, com a voz traindo um evidente esgotamento – esperamos que não estejam todas erradas, mas é aí que entra em cena uma segunda dificuldade. Embora Hari e eu tenhamos testado essas equações e trabalhado nos ajustes há décadas, nós nunca podemos ter certeza do que elas querem dizer. O computador as elaborou, portanto pode-se presumir que devam significar algo. Mas o quê? Acreditamos ter decifrado algumas partes. Inclusive, neste momento, estou trabalhando no que chamamos de Seção A-23, um sistema particularmente intrincado de relacionamentos. Ainda não fomos capazes de equipará-la a qualquer outra do universo. Apesar disso, a cada ano avançamos mais um pouco e espero, com confiança, que a psico-história seja enfim estabelecida como uma técnica legítima e válida para se lidar com o futuro.

– Quantas pessoas têm acesso a esses Primeiros Radiantes?

– Todos os matemáticos do projeto têm acesso, mas não a qualquer hora. É preciso fazer uma solicitação formal, com reserva de tempo, e o Primeiro Radiante precisa ser ajustado para expor a porção com as equações que aquele matemático deseja examinar. Fica um pouco complicado quando todos querem usar o Primeiro Radiante ao mesmo tempo. Neste exato momento as coisas estão indo mais devagar, possivelmente porque ainda estamos sob os efeitos da comemoração do aniversário de Hari.

– Há algum plano para a construção de outros Primeiros Radiantes?

Amaryl estendeu os lábios para a frente.

– Sim e não. Seria muito útil ter um terceiro, mas seria preciso que alguém se encarregasse dele. O Primeiro Radiante não pode simplesmente ser um bem coletivo. Sugeri a Hari que Tamwile Elar... acho que você o conhece...

– Conheço, sim.

– Então, sugeri que Elar tivesse um terceiro Primeiro Radiante.

As equações acaóticas que ele desenhou e o Eletroclarificador que projetou claramente fazem dele o terceiro homem do projeto, depois de Hari e de mim mesmo. Mas Hari reluta.

– Por quê? Você sabe?

– Se Elar obtiver essa ferramenta, será abertamente reconhecido como o número três no projeto, acima de outros matemáticos mais velhos e de *status* superior entre nós. Podem surgir complicações políticas, por assim dizer. Em minha opinião, não podemos perder tempo nos preocupando com a política interna, mas Hari... bom, você conhece Hari.

– Sim, conheço Hari. E se eu lhe disser que Linn viu o Primeiro Radiante?

– Linn?

– O coronel Hender Linn, da junta. O lacaio de Tennar.

– Duvido muito, Dors.

– Ele mencionou "equações espiralando no ar" e eu acabei de vê-las sendo geradas pelo Primeiro Radiante. Não posso deixar de pensar que ele esteve aqui e viu seu funcionamento.

Amaryl sacudiu a cabeça.

– Não consigo imaginar ninguém levando um membro da junta até o escritório de Hari, ou até o meu.

– Diga-me uma coisa: quem, no projeto, lhe parece capaz de colaborar com a junta dessa maneira?

– Ninguém – Amaryl respondeu em tom taxativo e com uma confiança visivelmente ilimitada. – Isso seria impensável. Talvez Linn nunca tenha visto o Primeiro Radiante, mas tenha ouvido falar.

– E quem teria falado disso com ele?

Amaryl pensou durante um momento e tornou a afirmar:

– Ninguém.

– Bom, vejamos, você acabou de falar sobre a política interna em termos da possibilidade de Elar ter um terceiro Primeiro Radiante. Imagino que, num projeto como este, com centenas de pessoas envolvidas, existam atritos acontecendo o tempo todo, discussões, bate-bocas.

– Ah, sim. O pobre Hari reclama disso comigo, de vez em

quando. Ele tem de lidar com essas disputas de algum jeito, e posso muito bem imaginar a dor de cabeça que essas desavenças representam para ele.

– Essas brigas são tão fortes que chegam a interferir ou atrapalhar o andamento do projeto?

– Nada sério.

– Há alguém mais briguento do que os outros, ou que cause mais ressentimentos? Em suma, haveria colaboradores que, se fossem dispensados, representariam 90% a menos de atritos a um custo de 5% ou 6% de demissões?

Amaryl levantou as sobrancelhas.

– Parece uma boa ideia, mas não sei quem dispensar. Eu realmente não tomo parte de todas as minúcias da política interna. Não há como parar com isso, então, da minha parte, eu simplesmente evito.

– Isso é estranho – Dors comentou. – Você não estaria negando toda credibilidade à psico-história, agindo desse modo?

– De qual modo?

– Como pretende chegar ao ponto de poder predizer e orientar o futuro se não consegue nem analisar e corrigir algo tão doméstico como atritos pessoais entre colaboradores desse projeto que é tão promissor?

Amaryl deu uma risadinha discreta. Isso era muito incomum, já que Yugo não era um sujeito dado a demonstrações de bom humor nem a risadas.

– Desculpe-me, Dors, mas você mencionou justamente o único problema que solucionamos, por assim dizer. O próprio Hari identificou as equações que representam as dificuldades de atritos pessoais anos atrás, e eu mesmo pude acrescentar a elas o toque final no ano passado. Descobri que existem maneiras de se modificar as equações a fim de indicar uma diminuição nos atritos. Entretanto, em cada um dos casos dessa natureza, uma diminuição do atrito aqui significa um aumento de atrito ali. Nunca, em nenhum momento, houve uma diminuição total, nem um aumento total, na incidência de atritos dentro de um grupo fechado, quer dizer, um grupo em que nenhum dos membros antigos sai e não entra ninguém novo. Com a ajuda das equações acaóticas de Elar, demonstrei que isso era verdadeiro apesar de qualquer atitude que alguém pudesse tomar. Hari chama esse fenômeno de "lei da conservação dos problemas pessoais". Disso surgiu a noção de que a dinâmica social tem suas leis de conservação tanto quanto a física, e que, inclusive, são essas leis que nos oferecem as melhores ferramentas possíveis para solucionar os aspectos realmente problemáticos da psico-história.

– Muito impressionante – Dors observou –, mas e se você acabar descobrindo que absolutamente nada pode ser mudado, que tudo de ruim será conservado, e que salvar o Império da destruição representa apenas aumentar uma destruição de outro tipo?

– Na realidade, isso já foi sugerido, mas não acredito.

– Muito bem. Voltemos à realidade. Existe algum elemento nos problemas dos atritos dentro do projeto que ameace Hari? Quero dizer, ameaças no sentido físico.

– Danos a Hari? Claro que não. Como é que você pode sugerir uma coisa dessas?

– Será que não existe alguém com rancor por Hari, por ele ser arrogante ou exigente demais, muito concentrado em si mesmo, altamente propenso a querer para si todos os créditos? Ou, se nada disso é plausível, será que ninguém se ressente por ele estar dirigindo o projeto há tantos anos?

– Nunca ouvi ninguém falar nada disso sobre Hari.

Dors não pareceu satisfeita.

– Duvido que alguém diria coisas desse tipo para você ouvir, é óbvio. Mas, obrigada, Yugo, por ser tão prestativo e me conceder tanto tempo.

Amaryl acompanhou com os olhos sua saída da sala. Sentia-se vagamente perturbado, mas logo retornou ao trabalho e deixou que todas as demais questões recuassem para o fundo de sua mente.

20

Uma das maneiras (entre as poucas) que Hari Seldon tinha de se afastar um pouco do trabalho era visitar o apartamento de Raych, que ficava nas imediações do *campus*. Sempre que fazia isso sentia-se repleto de amor pelo filho adotivo. E havia amplos motivos para isso. Raych tinha sido bom, capaz e leal e, além disso, ele era dotado daquela estranha qualidade de inspirar confiança e amor nos outros.

Hari tinha constatado isso em Raych quando tinha doze anos de idade, um moleque de rua que, de alguma maneira, tinha despertado um sentimento especial no seu coração e no de Dors também. Ele se lembrava de como Raych tinha impressionado Rashelle, a antiga prefeita de Wye. Hari se lembrou também de como Joranum havia confiado em Raych, o que provocara a sua própria destruição. Raych tinha inclusive conseguido conquistar o coração da linda Manella. Hari não entendia totalmente essa qualidade peculiar que Raych tinha, mas desfrutava todo contato que podia ter com seu filho adotivo.

Entrou no apartamento com sua costumeira saudação:

– Tudo bem por aqui?

Raych deixou de lado o material holográfico em que estava trabalhando e se levantou para cumprimentar o pai:

– Tudo bem, papai.

– Não estou ouvindo Wanda.

– E há uma razão para isso. Ela saiu com a mãe e foram fazer compras.

Seldon se sentou e olhou com bom humor para aquele caos de materiais de referência.

– E como está indo o livro?

– Está indo bem. Acho que serei eu a não sobreviver. – Raych suspirou. – Mas, pelo menos desta vez, conseguiremos a abordagem certa para falar de Dahl. Nunca ninguém escreveu um livro sobre aquela parte, acredita nisso?

Seldon já tinha reparado que toda vez que Raych falava de seu setor natal, seu sotaque dahlita ficava mais pronunciado.

– E como vai você, pai? – perguntou Raych. – Aliviado com o fim das comemorações?

– Imensamente. Eu odiei quase cada minuto daquilo tudo.

– Mas não que alguém tivesse percebido.

– Ora, eu tinha de usar algum tipo de máscara. Não queria estragar a festa para os outros.

– Então, deve ter odiado quando mamãe foi atrás de você lá no palácio. Todo mundo que eu conheço está comentando isso.

– E como odiei! Sua mãe, Raych, é a pessoa mais maravilhosa do mundo, mas é uma criatura muito difícil de se lidar. Ela poderia ter estragado meus planos.

– E que planos são esses, pai?

Seldon se acomodou melhor no assento. Era muito agradável conversar com alguém em quem se confia totalmente e que não sabe nada de psico-história. Mais de uma vez, ele havia trocado ideias com Raych e depois as elaborara até que atingissem um nível mais equilibrado e sensato do que teria sido possível se os mesmos conceitos lhe tivessem ocorrido durante suas reflexões solitárias.

– Estamos protegidos? – inquiriu Seldon.

– Sempre.

– Ótimo. O que fiz foi manobrar o General Tennar para que pensasse dentro de algumas linhas curiosas.

– Que linhas?

– Bom, falei um pouco sobre o processo das taxações e salientei que, no esforço de distribuir os impostos de maneira equitativa pela população, a tributação se tornava cada vez mais complexa, rígida e custosa. A implicação óbvia era que o sistema fiscal devia ser simplificado.

– Parece fazer sentido.

– Até certo ponto, mas é possível que, em decorrência de nossa pequena conversa, Tennar possa simplificar em demasia. Veja bem, os impostos perdem sua eficiência nos dois extremos. Quando ficam muito complicados, as pessoas não conseguem compreendê-los e pagam para ter uma organização dispendiosa e inchada. Quando muito simplificados, as pessoas acham o sistema injusto e se tornam amargas e ressentidas. O imposto mais simples é o imposto pessoal de caráter municipal, em que cada indivíduo paga a mesma quantia, mas a injustiça de tratar igualmente os ricos e os pobres fica ostensiva demais para ser ignorada.

– E você não explicou isso para o general?

– Por algum motivo não houve oportunidade.

– Você acha que o general tentará adotar esse tipo de imposto pessoal?

– Acho que ele planeja algo semelhante. Se isso for verdade, é provável que essa notícia vaze e isso será por si mesmo suficiente para provocar revolta na população e, possivelmente, poderá derrubar o governo.

– E você fez tudo isso de propósito, pai?

– Claro.

Raych balançou a cabeça.

– Às vezes eu não entendo você direito, papai. Na vida pessoal, você é a pessoa mais doce e delicada do Império. No entanto, é capaz de armar uma situação que provocará tumultos públicos, repressão e mortes. Muitos danos serão causados, pai. Você pensou nisso?

Seldon encostou pesadamente na cadeira e respondeu, com tristeza na voz:

– Não penso em outra coisa, Raych. Quando comecei a pesquisar a psico-história, parecia um trabalho puramente acadêmico. Era algo que de jeito nenhum podia ser decifrado e, se pudesse, não se tornaria capaz de uma aplicação prática. Passaram-se as décadas e agora sabemos cada vez mais e surge então essa terrível necessidade de colocá-la em prática.

– Para que pessoas possam morrer?

– Não, para que menos pessoas tenham de morrer. Se as nossas análises psico-históricas estiverem corretas neste exato momento, então a junta não conseguirá sobreviver mais do que alguns anos e existem algumas alternativas de forçar esse regime a cair. Os militares estarão desesperados, com uma forte sede de sangue. Esse método, o ardil da taxação, deve chegar a tal resultado da maneira menos agressiva e perturbadora entre todas as maneiras de provocar a queda, se, repito, nossas análises estiverem corretas.

– E se não estiverem, o que esperar?

– Nesse caso, não sabemos o que pode acontecer. Mesmo assim, a psico-história deve chegar ao ponto de poder ser usada e há anos estamos buscando algo cujas consequências tenhamos decifrado com algum grau de confiabilidade, considerando essas consequências toleráveis se comparadas às demais alternativas. De certo modo, esse ardil da taxação é o primeiro grande experimento em psico-história.

– Devo reconhecer que parece uma coisa simples.

– Mas não é. Você não tem ideia de como a psico-história é complexa. Nada é simples. Os impostos individuais de caráter municipal já foram tentados esporadicamente ao longo da história. Nunca é uma estratégia tributária popular e invariavelmente dá margem a atitudes de resistência de um tipo ou outro, mas quase nunca resulta numa derrubada violenta do governo. Afinal, o poder de opressão do governo pode ser muito forte ou podem existir métodos por meio dos quais o povo consiga fazer sua oposição de maneira pacífica e obter a suspensão das medidas pretendidas pelo governo. Se tal tipo de tributação fosse invariavelmente, ou apenas eventualmente, fatal, então nenhum governo jamais tentaria adotá-lo. É somente por não ser fatal que repetidamente tentam reeditá-lo. Contudo, a situação em Trantor não é exatamente normal. Existem algumas instabilidades que parecem claras a uma análise psico-histórica e dão a impressão de que o ressentimento será especialmente intenso e a repressão, particularmente débil.

Raych pareceu duvidar.

– Espero que dê certo, papai. Mas você não acha que o general dirá que agiu por influência de um conselho psico-histórico e que, ao cair, arraste você junto?

– Imagino que ele tenha gravado a nossa pequena conversa, mas, se divulgá-la, ficará claro que insisti com ele para que esperasse até eu poder analisar adequadamente a situação e preparar um relatório, e que ele se recusou a esperar.

– E o que a mamãe pensa disso tudo?

– Ainda não falei com ela a respeito – respondeu Seldon. – Ela está envolvida em outra tangente totalmente diversa.

– É mesmo?

– Sim. Ela está tentando farejar alguma conspiração infiltrada no projeto contra mim! Imagino que Dors desconfie da existência de alguns colaboradores no projeto que queiram se livrar de mim. – Seldon suspirou. – Eu mesmo sou um deles, penso eu. Gostaria muito de me livrar de mim como diretor do projeto e deixar que outros cuidassem das vastas responsabilidades.

– O que está importunando a mamãe é o sonho de Wanda – comentou Raych. – Você sabe como ela se sente a respeito de proteger você. Aposto como até mesmo um sonho sobre a sua morte seria suficiente para fazer com que ela pensasse que há um complô arquitetando seu assassinato, pai.

– Sem dúvida espero que não haja.

E os dois riram, só de pensar nisso.

21

Por alguma razão, o pequeno laboratório do Eletroclarificador era mantido a uma temperatura um pouco mais baixa do que o normal, e Dors Venabili perguntou-se por que seria, mas não estava realmente buscando uma resposta. Enquanto isso, aguardava, calada, que a única ocupante do laboratório terminasse o que estava fazendo.

Dors examinou a mulher cuidadosamente. Magra, rosto comprido. Não era exatamente atraente, tinha lábios finos e queixo recuado para trás, mas seus escuros olhos castanhos tinham o brilho inconfundível da inteligência. Em sua escrivaninha uma placa indicava seu nome: CINDA MONAY.

Finalmente, ela se virou para Dors e murmurou:

– Minhas desculpas, dra. Venabili, mas alguns procedimentos não podem ser interrompidos, nem diante da visita da esposa do diretor.

– Eu teria ficado decepcionada se você tivesse interrompido o procedimento por conta da minha presença. Ouvi comentários excelentes a seu respeito.

– O que é sempre bom de ouvir. E quem me elogiou?

– Alguns colegas – revelou Dors. – Parece que você é uma das colaboradoras não matemáticas de mais destaque no projeto.

Monay se encolheu.

– De fato, existe essa tendência a segregar o restante de nós da aristocracia da matemática. Para mim, o que importa é que, se tenho algum destaque, é fazer parte do projeto. Não me faz diferença eu não ser matemática.

– Para mim, isso parece razoável. Há quanto tempo está trabalhando com Seldon?

– Há dois anos e meio. Antes, estava na faculdade de física racional em Streeling e, durante o curso, participei do projeto durante dois anos como estagiária.

– Parece que você tem se saído bem.

– Já recebi duas promoções, dra. Venabili.

– Alguma vez teve dificuldades aqui, dra. Monay? Tudo que me disser será confidencial.

– É um trabalho difícil, naturalmente, mas, se quer saber se passei por alguma dificuldade de caráter social, a resposta é não. Pelo menos, não mais do que seria de se esperar em um projeto grande e complexo, eu acho.

– E o que quer dizer com isso?

– Discussões e desavenças esporádicas. Somos todos humanos.

– Mas nada sério?

– Nada sério – Monay repetiu, balançando a cabeça.

– Parece-me que você tem sido responsável pelo desenvolvimento de um importante dispositivo no uso do Primeiro Radiante – Dors prosseguiu. – Ele permite que um volume muito maior de informações seja acumulado pelo Primeiro Radiante.

Monay abriu um sorriso radioso.

– A senhora está a par disso? Sim, trata-se do Eletroclarificador. Depois que foi desenvolvido, o professor Seldon criou este pequeno laboratório e me incumbiu de prosseguir com outros trabalhos nesse mesmo sentido.

– Estou surpresa que um progresso tão importante não a tenha levado a escalões mais altos na hierarquia do projeto.

– Ora – e Monay parecia ter ficado um pouco desconcertada –, eu não quero levar todo o crédito. Na realidade, meu trabalho foi mais técnico. Gosto de pensar que foi muito competente e criativo, mas nada além disso.

– E quem trabalhou com você?

– Ah, a senhora não sabe? Foi Tamwile Elar. Ele desenvolveu a teoria que tornou o dispositivo possível e eu projetei e construí o instrumento propriamente dito.

– Isso quer dizer que ele levou o crédito, dra. Monay?

– Não, não. A senhora não deve pensar assim. O dr. Elar não é esse tipo de homem. Ele me deu todo o crédito pela minha parte no trabalho. Aliás, foi ideia dele chamar o dispositivo com nossos dois nomes, mas isso não foi possível.

– Por que não?

– Por causa da regra do professor Seldon, a senhora entende? Todos os dispositivos e equações devem receber nomes funcionais, e não nomes pessoais, para evitar ressentimentos. Então esse instrumento é apenas o Eletroclarificador. Quando estamos trabalhando juntos, porém, ele chama o aparelho pelo nosso nome composto e, lhe digo uma coisa, dra. Venabili, é maravilhoso ouvi-lo. Talvez um dia todos no projeto usem o nome pessoal. Assim espero.

– E eu também – Dors acrescentou educadamente. – Seus comentários fazem com que Elar pareça um sujeito muito decente.

– Ele é, ele é – Monay confirmou, entusiasmada. – É um prazer trabalhar com ele. Neste momento, estou cuidando de uma nova versão do aparelho que vai ser mais potente, mas que eu ainda não entendo muito bem. Quer dizer, para o que será usado. No entanto, ele está me orientando nesse sentido.

– E você está progredindo?

– Bastante. Inclusive, apresentei um protótipo ao dr. Elar, e ele está planejando colocá-lo em teste. Se funcionar, então poderemos seguir adiante.

– Parece bom – Dors concordou. – O que você acha que iria acontecer se o professor Seldon renunciasse ao cargo de diretor do projeto? Se ele se aposentasse?

– O professor está pensando em se aposentar? – Monay pareceu surpresa.

– Que eu saiba, não. Estou apenas apresentando uma hipótese. Vamos supor que ele se aposente. Quem você acha que seria um sucessor natural? Com base no que você acabou de dizer, penso que apoiaria o professor Elar como novo diretor.

– Sim, apoiaria – Monay disse após uma rápida hesitação. – Ele é, de longe, o mais brilhante dos novos colaboradores e penso que seria capaz de dirigir esse trabalho da melhor maneira possível. No entanto, ele é muito jovem. Há um número considerável de velhos fósseis (bem, a senhora sabe o que quero dizer) que ficariam ofendidos se fossem passados para trás por um moleque atrevido.

– Algum dos velhos fósseis lhe vem à mente, nesse caso? Lembre-se, tudo isto é estritamente confidencial.

– Bom, há um grupo razoável deles, mas o dr. Amaryl é o herdeiro aparente.

– Sim, eu entendo o que você quer dizer. – Dors ficou em pé. – Bem, fico muito grata por sua ajuda. Vou deixar que volte ao seu trabalho, agora.

E saiu de lá com o Eletroclarificador na cabeça. E com Amaryl.

22

– E aí está você de novo, Dors – Yugo Amaryl observou.

– Desculpe-me, Yugo, já incomodei você duas vezes esta semana. Na realidade, você não vê ninguém com frequência, certo?

– É verdade – respondeu Amaryl –, eu não incentivo as pessoas a virem me visitar. Elas me interrompem e cortam a minha linha de pensamento. Mas você não, Dors. Você é absolutamente especial; aliás, você e Hari. Não se passa um dia sem que eu me lembre do que vocês dois fizeram por mim.

Dors abanou a mão.

– Esqueça, Yugo. Você já trabalhou muito por Hari e qualquer mínima gentileza que fizemos a você já foi paga, com juros, há muito tempo. Como vai indo o projeto? Hari nunca fala a respeito, não comigo, de todo modo.

O semblante de Amaryl se iluminou e seu corpo todo pareceu se encher com um novo sopro de vida.

– Muito bem, muito bem. É difícil falar sobre ele sem a matemática, mas o progresso que fizemos nos últimos dois anos é notável... é maior do que em todo o tempo antes, somado. É como se, depois de termos martelado e martelado sem parar, finalmente as paredes começassem a ceder e as coisas estão brotando.

– Tenho ouvido dizer que as novas equações desenvolvidas pelo dr. Elar ajudaram nisso.

– As equações acaóticas? Sim, imensamente.

– E o Eletroclarificador também foi proveitoso. Falei com a mulher que o projetou.

– Cinda Monay?

– Sim, ela mesma.

– Uma mulher muito astuta. Temos sorte de contar com ela.

– Yugo, diga-me uma coisa: você trabalha no Primeiro Radiante praticamente o tempo todo, não é?

– Sim, estou mais ou menos constantemente estudando-o.

– E você o estuda com o Eletroclarificador.

– Justamente.

– Você nunca pensa em tirar férias, Yugo?

Amaryl olhou para ela sem compreender o propósito da pergunta. Lentamente, piscou um pouco.

– Férias?

– Sim. Tenho certeza de que você já ouviu falar nisso. Você sabe o que são férias.

– Mas por que eu tiraria férias?

– Porque você me parece terrivelmente exausto.

– Sim, um pouco, de vez em quando. Mas não quero deixar o trabalho.

– Você se sente mais cansado agora do que antes?

– Um pouco. Estou ficando mais velho, Dors.

– Você tem apenas quarenta e nove anos.

– Isso ainda é ser mais velho do que antes.

– Ora, deixe disso. Diga-me, Yugo, só para mudar de assunto. Como é que Hari está indo no trabalho? Faz tanto tempo que você está ao lado dele que dificilmente alguém poderia conhecê-lo melhor. Nem mesmo eu poderia. Pelo menos, não no que diz respeito a trabalho.

– Ele está indo muito bem, Dors. Não vejo nenhuma mudança nele. O professor ainda tem o cérebro mais rápido e brilhante de todos. A idade não o afeta; pelo menos, não até agora.

– É bom saber. Mas acho que a opinião que ele tem de si não é tão favorável quanto a sua. Ele não está aceitando bem essa questão da idade. Tivemos bastante dificuldade em fazê-lo comparecer à comemoração de seu último aniversário. A propósito, você esteve na festa? Eu não o vi.

– Fiquei por ali uma parte do tempo, mas, você sabe, festas não são o tipo de situação em que me sinto mais à vontade.

– Você diria que Hari está decaindo? Não me refiro ao brilhantismo de suas ideias, mas a sua capacidade física. Em sua opinião, Yugo, ele está ficando mais cansado, cansado demais para arcar com todas as responsabilidades?

Amaryl pareceu atônito.

– Nunca nem pensei nisso. Não consigo imaginar que ele fique cansado.

– Mesmo assim, isso pode acontecer. Acho que, de vez em quando, ele tem o impulso de renunciar ao cargo e passar o bastão para alguém mais novo.

Amaryl se encostou no espaldar da cadeira e deitou na mesa a caneta para grafismos que estivera manuseando desde que Dors tinha entrado na sala.

– O quê?! Isso é ridículo! Impossível!

– Tem certeza?

– Absoluta. Ele sem dúvida nem cogitaria algo assim sem falar comigo. E ele não falou.

– Seja razoável, Yugo. Hari está exausto. Ele tenta não deixar transparecer, mas está. E se ele resolver se aposentar? O que vai ser do projeto? O que vai ser da psico-história?

Os olhos de Amaryl se estreitaram.

– Você está de brincadeira, Dors?

– Não, Yugo. Só estou tentando ter uma ideia do futuro.

– Seguramente, se Hari se aposentar, eu serei seu sucessor no cargo. Ele e eu trabalhamos juntos na psico-história durante anos, antes que mais alguém viesse fazer parte do time. Ele e eu, mais ninguém. Além dele, mais ninguém conhece o projeto tanto quanto eu. Estou muito surpreso por você não ter pensado que seria óbvio eu sucedê-lo, Dors.

– Na minha cabeça – ela começou, então, a explicar –, e na de todos os demais, não há dúvida de que você é o sucessor lógico de Hari, mas você quer isso? Você pode saber de tudo a respeito da psico-história, mas quer se afundar na política e nas complexidades de um projeto de larga escala, abandonando uma boa parte do seu trabalho por causa disso? Na realidade, é justamente tentar manter tudo funcionando harmoniosamente que esgotou Hari. Você consegue assumir essa parte do trabalho?

– Sim, consigo, e não é algo que eu tenha intenção de discutir. Dors, escute aqui. Você veio me dar a notícia de que Hari pretende me pôr discretamente de lado?

– Claro que não! – respondeu Dors. – Como você poderia pensar uma coisa dessas de Hari? Alguma vez você o viu dar as costas a um amigo?

– Muito bem, então. Chega desse assunto. Na realidade, Dors, se você não se importa, eu tenho algumas coisas que preciso fazer. – Abruptamente, ele se afastou dela e tornou a se inclinar sobre seu trabalho.

– Naturalmente. Não tinha a intenção de ocupar tanto o seu tempo.

Dors saiu, com a testa franzida.

23

– Entre, mamãe – Raych disse. – Sem problemas. Mandei Manella e Wanda passearem.

Dors entrou, olhando para a direita e a esquerda por puro hábito, e depois se sentou na cadeira mais próxima.

– Obrigada – ela disse. Por alguns instantes, ela apenas ficou sentada, dando a impressão de que o peso do Império estava assentado sobre seus ombros.

Raych esperou e então observou:

– Ainda não tinha tido a chance de lhe perguntar que loucura foi aquela de fazer a viagem até o palácio. Nem todos os homens têm uma mãe capaz de tal façanha.

– Não vamos falar sobre isso, Raych.

– Bom, então, me diga: você não deixa transparecer nada em sua fisionomia, mas está me parecendo, tipo, abatida. O que se passa?

– Porque, como você diz, estou, tipo, abatida. Aliás, estou mesmo é de mau humor porque estou com assuntos tremendamente importantes girando na minha cabeça e não adianta absolutamente nada falar sobre essas questões com seu pai. Ele é o homem mais maravilhoso do mundo, mas muito difícil de se lidar. Não tem a menor chance de dar atenção a coisas dramáticas. Tudo ele descarta como mais um temor irracional da minha parte em relação à vida dele, e acha exageradas as minhas tentativas subsequentes de protegê-lo.

– Mamãe, ora, você realmente parece cultivar temores irracionais no que diz respeito a papai. Se você está formulando algo tão dramático em sua cabeça, provavelmente é algo infundado.

– Obrigada. Você tem exatamente a mesma atitude dele e me deixa frustrada. Completamente frustrada.

– Ora, pois então se abra, mamãe. Conte para mim o que a está deixando tão preocupada. Do começo.

– Começou com o sonho de Wanda.

– O sonho de Wanda! Mamãe! Talvez seja melhor você parar agora. Eu sei que o papai não vai lhe dar atenção se você começa por aí. Quer dizer, qual é? Uma garotinha tem um sonho e você cria uma tempestade em copo d'água. É ridículo.

– Bom, Raych, acho que não foi um sonho. Acho que ela *pensou* que sonhou, mas foram duas pessoas de carne e osso falando sobre o que ela pensou que tivesse ligação com a morte do avô.

– Que palpite mais alucinado! Quais as chances reais de isso ter mesmo acontecido desse modo?

– Apenas imagine que seja verdade. A única frase que restou na memória dela foi "morte limonada". Por que ela sonharia com uma coisa assim? É muito mais provável que ela tenha ouvido essas palavras e distorcido o que ouviu. Nesse caso, quais foram as palavras que ela distorceu?

Em tom de incredulidade, Raych respondeu:

– Isso não sei dizer.

Dors percebeu claramente o tom da voz do filho.

– Você acha que não passa de uma invenção maluca da minha parte. Mesmo assim, se por acaso eu estiver com a razão, posso estar pegando a ponta de uma meada que levará a uma conspiração contra Hari, arquitetada bem aqui, no projeto.

– Existem conspiradores no projeto? Isso me parece tão impossível quanto encontrar sentido num sonho.

– Todo grande projeto é infestado de rancores, atritos, ciúmes, essas coisas.

– Claro que sim, sem dúvida. Estamos falando de palavras de baixo calão, caretas, narizes torcidos, fofocas. Isso não é absolutamente nem parecido com uma conspiração. Não tem nada a ver com matar papai.

– É só uma diferença de grau. E, talvez, uma pequena diferença.

– Você nunca fará papai acreditar nisso e, a propósito, nunca conseguirá fazer com que *eu* acredite. – Raych atravessou a sala em passadas rápidas e tornou a voltar. – E você andou tentando escarafunchar para ver se rastreava essa tal conspiração, não é?

Dors admitiu com um movimento de cabeça.

– E fracassou.

Ela admitiu de novo.

– Já lhe ocorreu que você não chegou a nada porque não existe conspiração, mamãe?

Dors sacudiu a cabeça.

– Fracassei até agora, mas isso não diminui minha certeza de que existe uma conspiração. Eu tenho essa sensação.

– Você parece muito trivial, mamãe – Raych riu. – Eu esperaria mais de você do que dizer "tenho essa sensação".

– Existe uma frase que eu acho que pode ter sido distorcida para parecer "limonada", que é "ajuda leiga"*.

– Ajuda leiga?

– "Leigo" é como os matemáticos do projeto chamam os não matemáticos.

– E?

– Suponha que alguém tenha falado de "morte com ajuda leiga" – Dors prosseguiu com firmeza – querendo dizer que poderiam encontrar algum meio de matar Hari com a ajuda essencial de algum não matemático. Talvez Wanda tivesse entendido essa conversa como "morte limonada", considerando que nunca ouviu a expressão "ajuda leiga" antes, assim como você também não, e adora limonada...

– Você está tentando me dizer que havia pessoas no escritório particular do papai, por mais inacreditável que isso possa parecer... aliás, quantas pessoas?

– Quando Wanda fala do seu sonho, ela diz que eram duas. Minha sensação é de que uma dessas duas era justamente o coronel Hender Linn, da junta, e que estavam mostrando a ele o Primeiro Radiante. Devem ter falado alguma coisa a respeito de eliminar Hari.

– Mamãe, você está ficando cada vez mais alucinada. O coronel Linn e outro homem no escritório do papai falando sobre assassinato, sem saber que uma garotinha estava descansando na cadeira dele, ouvindo tudo sem que notassem a presença dela? É isso que você está pensando?

– Praticamente.

– Nesse caso, se alguém faz menção a um leigo, então, presumivelmente, a pessoa que não é Linn é um matemático. São pelo menos cinquenta, no projeto.

---

* Trocadilho intraduzível entre a palavra *lemonade* e o termo *layman-aided* [ajuda leiga], pois ambos têm a mesma pronúncia. [N. de T.]

– Não interroguei todos eles. Falei com alguns e também com leigos, naturalmente, mas não descobri nenhuma pista. É óbvio que não pude ser totalmente clara em minhas perguntas.

– Em suma, ninguém que você já tenha entrevistado ofereceu alguma pista acerca dessa perigosa conspiração.

– Não.

– Não me surpreende. Não fizeram isso porque...

– Sei o que você vai dizer, Raych. Você imagina mesmo que as pessoas vão abrir o bico e falar sobre uma conspiração diante de um interrogatório tão casual? Não estou em posição de extrair de ninguém esse tipo de informação à força. Você imagina o que seu pai diria se eu atormentasse algum dos seus preciosos matemáticos?

Então, mudando repentinamente de entonação, Dors perguntou:

– Raych, você tem falado com Yugo Amaryl ultimamente?

– Não; recentemente, não. Ele é uma das criaturas menos sociáveis que temos, como você sabe. Se tirar dele a psico-história, ele vai desmontar no chão em um monte de pele seca.

Dors fez uma careta ao imaginar a cena, mas continuou:

– Conversei com ele em duas oportunidades nos últimos dias e ele me pareceu um pouco esquivo. Não me refiro ao cansaço dele, apenas. É quase como se ele não tivesse consciência do mundo.

– Sim. Esse é o Yugo.

– Ele tem piorado nos últimos tempos?

Raych refletiu sobre isso por alguns momentos.

– Talvez. Está ficando mais velho, como você sabe. Todos estamos. Menos você, mãe.

– Você diria que Yugo ultrapassou o limite e se tornou um tanto instável, Raych?

– Quem? Yugo? Ele não tem nada de instável em si, nem nada que o desestabilize. Basta deixar que continue com a psico-história e seguirá resmungando para si mesmo, muito contente, pelo resto de seus dias.

– Eu não acho. Alguma coisa o interessa, e muito. Trata-se da sucessão.

– Que sucessão?

– Mencionei que chegará o dia em que seu pai decidirá que vai se aposentar, e acontece que Yugo está determinado, absolutamente determinado, a ser o sucessor dele.

– O que não me surpreende. Imagino que todo mundo concorde que Yugo é o sucessor natural. Acho que o papai também pensa assim.

– Mas a mim ele não parece muito normal quando se trata dessa questão. Ele pensou que eu tivesse ido dar a ele a notícia de que Hari o havia enxotado para favorecer outra pessoa. Você consegue imaginar que alguém pense isso de Hari?

– Isso é surpreendente... – e Raych se interrompeu, olhando para sua mãe por um longo tempo. Depois continuou: – Mãe, você está se preparando para me dizer que Yugo poderia estar bem no meio dessa conspiração de que está falando? Que ele quer se livrar de papai e assumir o controle?

– Isso é inteiramente impossível?

– É, sim, mamãe. Inteiramente. Se há algum problema com Yugo é excesso de trabalho e nada mais. Ficar olhando para aquelas equações, ou seja lá o que forem, durante o dia inteiro e metade da noite, é capaz de deixar qualquer um doido.

Dors se pôs em pé com um movimento brusco.

– Você tem razão.

– O que aconteceu? – perguntou Raych, espantado.

– Isso que você disse acaba de me dar uma ideia inteiramente nova. Inclusive, acho que é uma ideia crucial. – E sem mais nenhuma palavra, ela foi embora.

24

Dors Venabili desaprovou. E ela disse a Hari Seldon:

– Você passou quatro dias enfiado na Biblioteca Galáctica. Completamente isolado, sem contato, e mais uma vez deu um jeito de ir sem mim.

Marido e mulher encararam a imagem um do outro em suas holotelas. Hari tinha acabado de voltar de uma viagem de pesquisa na Biblioteca Galáctica, no Setor Imperial. Estava ligando para Dors de sua sala para dizer que já tinha voltado a Streeling. Mesmo furiosa, Hari pensou, Dors é linda. Gostaria de poder estender a mão e tocar-lhe o rosto.

– Dors – ele começou, com um tom apaziguador na voz –, eu não fui sozinho. Algumas pessoas foram comigo e, de todos lugares possíveis, a Biblioteca Galáctica é o mais seguro para estudiosos, mesmo nos tempos turbulentos em que viviemos. Acho que terei de ir à biblioteca com frequência cada vez maior, conforme o tempo passa.

– E você vai continuar indo sem me informar?

– Dors, não posso viver conforme esses pensamentos repletos de morte que passam pela sua cabeça. Também não quero você correndo atrás de mim e perturbando os bibliotecários. Eles não são a junta. Preciso deles e não quero que fiquem com raiva de mim. Mas acho que eu, que nós devemos arrumar um apartamento lá perto.

Dors pareceu aborrecida, sacudiu a cabeça, e então mudou de assunto.

– Você sabia que tive duas conversas com Yugo recentemente?

– Que bom, fico contente de você ter feito isso. Ele precisa de algum contato com o mundo externo.

– Precisa, mesmo, porque tem alguma coisa errada com ele. Ele não é o Yugo que tivemos conosco durante todos esses anos. Está se tornando vago, distante e, o que é muito estranho, apaixonado a respeito de um único aspecto, pelo que pude perceber: ele está determinado a ser seu sucessor quando você se aposentar.

– O que seria natural, se ele sobreviver a mim.

– Você não espera que ele sobreviva a você?

– Bem, ele tem onze anos a menos do que eu, mas as vicissitudes das circunstâncias...

– O que você está me dizendo é que reconhece que Yugo está em más condições. Ele parece e age como alguém mais velho do que você, apesar de ser mais jovem, e isso parece ser algo bem recente. Ele está doente?

– Fisicamente? Acho que não. Ele faz exames periódicos. Mas admito que ele parece exausto. Tentei convencê-lo a sair de férias por alguns meses, um ano sabático, se ele quisesse. Sugeri que saísse de Trantor, inclusive, para que pudesse se desligar do projeto o máximo possível, por algum tempo. Não haveria nenhum problema em financiar uma estadia dele em Getorin, um agradável mundo para retiro e descanso, a poucos anos-luz de distância.

Dors balançou a cabeça com impaciência.

– E naturalmente ele não irá. Também sugeri que ele tirasse férias e ele reagiu como se não conhecesse o *significado* dessa palavra. Ele se recusou terminantemente.

– Pois, então, o que podemos fazer? – questionou Seldon.

– Podemos pensar um pouco – insistiu Dors. – Yugo trabalhou durante vinte e cinco anos no projeto e pareceu manter seu vigor sem problemas de nenhum tipo e agora, do nada, ficou fraco. Não pode ser a idade. Ele nem completou cinquenta anos.

– Você está sugerindo alguma coisa?

– Sim. Há quanto tempo você e Yugo estão usando o Eletroclarificador no Primeiro Radiante de vocês?

– Há mais ou menos dois anos, talvez um pouco mais.

– Suponho que o Eletroclarificador seja usado por qualquer um que use o Primeiro Radiante.

– Precisamente.

– Isso quer dizer você e Yugo, principalmente?

– Sim.

– E Yugo mais do que você?

– Sim. Yugo está firmemente concentrado no Primeiro Radiante e em suas equações. Já eu, infelizmente, tenho de passar muito tempo cuidando dos deveres administrativos.

– E qual o efeito no corpo humano causado pelo uso do Eletroclarificador?

Seldon pareceu surpreso:

– Nada que possa ser considerado significativo, até onde eu sei.

– Nesse caso, me explique isto, Hari: o Eletroclarificador tem sido usado há mais de dois anos e, nesse tempo, você se torna mensuravelmente mais cansado, rabugento e "desligado". Por quê?

– Estou ficando velho, Dors.

– Bobagem. Quem foi que lhe disse que ter sessenta anos é o mesmo que entrar num estado de senilidade cristalizada? Você está usando sua idade como muleta e como defesa, e eu quero que pare com isso. Yugo, embora mais novo, vem sendo exposto ao Eletroclarificador mais do que você e, por causa disso, está mais cansado, mais rabugento e, na minha opinião, muito mais "desligado" do que você. E se mostra até puerilmente empolgado quanto à sucessão. Você não vê nada de significativo nisso tudo?

– Idade e excesso de trabalho. Isso é significativo.

– Não. É o Eletroclarificador. Ele está causando um efeito de longo prazo em vocês dois.

– Não posso refutar sua dedução, Dors – Seldon confessou, depois de uma pausa –, mas não vejo como isso seja possível. O Eletroclarificador é um dispositivo que produz um campo eletrônico incomum, mas mesmo assim é apenas do tipo a que os seres humanos estão constantemente expostos. Não pode causar danos incomuns. De todo modo, não podemos abrir mão de usá-lo. Não há meios de continuarmos avançando sem esse dispositivo.

– Bom, Hari, preciso pedir a você uma coisa e você tem de cooperar comigo. Não saia para nenhuma parte além do território do projeto sem me avisar, e não faça nada fora do comum sem me informar. Você entende o que estou pedindo?

– Dors, como posso concordar com isso? Você está tentando me enfiar numa camisa de força.

– É só por um tempo, alguns dias. Uma semana.

– O que vai acontecer em alguns dias, ou uma semana?

– Confie em mim – murmurou Dors, enigmática. – Vou esclarecer tudo.

25

Hari Seldon bateu de leve à porta de Yugo Amaryl, usando um antigo código que fez Amaryl levantar os olhos.

– Hari, que bom receber sua visita.

– Eu deveria vir aqui mais vezes. Antigamente, estávamos juntos o tempo todo. Agora, são centenas de pessoas com as quais me preocupar: aqui, ali, por toda parte... e elas se metem entre nós. Já sabe das novidades?

– Que novidades?

– A junta vai instituir um imposto individual para fins municipais, e de valor bem substancial. Será anunciado na TrantorVisão amanhã. Por ora, só se aplicará a Trantor, e os Mundos Exteriores terão de aguardar. Isso é um tanto decepcionante. Eu tinha esperado uma medida que abrangesse o Império todo de uma vez, mas ao que parece não imaginei direito que o general seria tão cauteloso.

– Trantor será suficiente – comentou Amaryl. – Os Mundos Exteriores ficarão sabendo que a vez deles chegará e que não demorará muito.

– Agora, veremos o que acontece.

– O que vai acontecer é que a revolta terá início no mesmo instante em que a medida for anunciada, e os confrontos públicos começarão antes mesmo que o imposto entre em vigor.

– Tem certeza?

Amaryl acionou seu Primeiro Radiante no mesmo instante e expandiu uma seção relativa àquela questão.

– Veja por si mesmo, Hari. Não há como isto ser mal interpretado; essa é a previsão conforme as circunstâncias particulares existentes agora. Se não acontecer desse jeito, significa que tudo aquilo em que trabalhamos na psico-história está errado e eu me recuso a acreditar nisso.

– Tentarei ter coragem – Seldon acrescentou, sorrindo. – E como é que você tem se sentido ultimamente, Yugo?

– Bem o bastante. Razoavelmente bem. E você, falando nisso? Ouvi boatos de que você estaria pensando em renunciar. Até Dors disse algo nesse sentido.

– Não dê atenção a Dors. Nos últimos tempos ela está comentando esse tipo de coisa. Está desconfiada de algum tipo de perigo infiltrado no projeto.

– Mas que tipo de perigo?

– Melhor nem perguntar. Ela está obcecada com alguma de suas tangentes e, como sempre, isso a deixa descontrolada e incontrolável.

– Você enxerga então a vantagem que eu levo sendo solteiro? – observou Amaryl. Depois, baixando a voz, emendou: – Se você renunciar, Hari, quais são seus planos para o futuro?

– Você assume – respondeu Seldon. – Que outros planos eu poderia ter?

E Amaryl sorriu.

26

Na pequena sala de conferências no edifício principal, Tamwile Elar ouvia Dors Venabili com uma expressão mesclada de confusão e raiva no semblante. Finalmente, ele explodiu:

– Impossível!

Ele coçou o queixo e então acrescentou, com mais cautela:

– Não tenho a intenção de ofendê-la, dra. Venabili, mas suas insinuações são ridíc... não podem estar certas. De jeito nenhum alguém poderia pensar que existam sentimentos tão destruidores nos colaboradores da psico-história que justifiquem suas suspeitas. Certamente eu saberia se houvesse e posso lhe assegurar que não existem. Nem pense nisso.

– Mas eu penso – Dors martelou, obstinadamente –, e posso encontrar evidências disso.

– Não sei como dizer isso sem ofendê-la, dra. Venabili – contrapôs Elar –, mas se uma pessoa é engenhosa e determinada o suficiente para provar alguma coisa, ela encontrará evidências que corroborem o que ela quiser, ou pelo menos terá o que pensa serem evidências.

– Você me acha paranoica?

– Acho que em seus cuidados para com o Maestro (com os quais concordo plenamente) a senhora, podemos dizer, é exacerbada.

Dors parou e refletiu sobre o comentário de Elar.

– Pelo menos você tem razão quando diz que uma pessoa engenhosa o suficiente é capaz de encontrar evidências onde quiser. Por exemplo, posso montar uma acusação contra você.

Os olhos de Elar se arregalaram quando ele olhou para ela com expressão totalmente estupefata.

– Contra mim? Gostaria de me inteirar dos termos dessa acusação e do que a senhora possivelmente teria contra mim.

– Muito bem. Você saberá. A festa de aniversário foi sua ideia, não foi?

– Pensei nisso, sim – confessou Elar –, mas tenho certeza de que outros colaboradores também. Com o Maestro reclamando tanto de sua idade avançada, pareceu um modo natural de alegrá-lo um pouco.

– Tenho certeza de que outros devem ter pensado nisso, mas foi você quem realmente levou a coisa adiante e instigou minha nora a participar. Ela se incumbiu dos detalhes e você a convenceu de que era possível organizar uma celebração em larga escala. Não foi assim?

– Não sei se tive ou não influência sobre ela, mas, mesmo que tenha tido, o que há de errado nisso?

– Em si, nada, mas com a montagem de uma comemoração tão ampla e demorada não estaríamos divulgando para aqueles militares bastante instáveis e desconfiados da junta que Hari era popular demais e poderia representar um perigo para eles?

– Ninguém seria capaz de acreditar que uma coisa dessas tivesse passado pela minha cabeça.

– Estou apenas delineando uma possibilidade – Dors comentou. – Quando planejou a comemoração, você insistiu que os escritórios centrais fossem esvaziados...

– Temporariamente, por motivos óbvios.

– ... e insistiu que permanecessem desocupados por algum tempo. Durante esse período, ninguém realizou nenhum trabalho, exceto Yugo Amaryl.

– Não pensei que faria mal se o Maestro pudesse descansar um pouco antes da festa. Seguramente a senhora não pode reclamar disso.

– Mas isso podia significar que você teria condições de conversar com outras pessoas nas salas vazias e fazer isso em total sigilo. Naturalmente, são recintos bem protegidos.

– De fato, conversei lá com algumas pessoas: sua nora, os fornecedores de comida, de serviços e outros envolvidos na festa. Era algo absolutamente necessário, não lhe parece?

– E se um desses interlocutores fosse um membro da junta?

Elar deu a impressão de ter levado um soco de Dors.

– Não aceito isso, dra. Venabili. O que acha que eu sou?

Dors não respondeu diretamente, mas prosseguiu:

– Você procurou o dr. Seldon para falar de uma reunião que ele teria com o general e insistiu (bastante, inclusive) que ele o deixasse ir em seu lugar e corresse os riscos que essa reunião poderia representar. O resultado disso, claro, foi o dr. Seldon ter insistido com veemência em se reunir ele mesmo com o general, o que se pode interpretar como tendo sido justamente o que você queria que ele fizesse.

Elar soltou uma risada curta e nervosa.

– Com todo o respeito, doutora, isso realmente parece paranoia.

Dors ignorou o aparte e continuou:

– E, então, depois da festa, não foi você o primeiro a sugerir que um grupo fosse para o Hotel Dome's Edge?

– Sim, e me lembro de a senhora dizer que era uma boa ideia.

– Essa sugestão talvez tenha sido dada para deixar a junta inquieta, servindo como mais um exemplo da popularidade de Hari, não acha? E quem sabe não tenha sido uma ideia destinada a me provocar a tentar invadir a região do palácio?

– E eu poderia tê-la impedido? – Elar exclamou, incrédulo, cedendo enfim à raiva. – A senhora já tinha tomado essa decisão, por si mesma.

Dors não lhe deu atenção.

– E, evidentemente, você esperava que, entrando no palácio, eu tivesse me enfiado numa encrenca grande o bastante para levar a junta a ficar ainda mais contra Hari.

– Mas por quê, dra. Venabili? Por que eu faria tudo isso?

– Seria possível dizer que para se livrar do dr. Seldon e para sucedê-lo como diretor do projeto.

– Mas como é possível que a senhora pense uma coisa dessas de mim? Não posso acreditar que esteja falando a sério. A senhora mesmo está fazendo exatamente o que disse que faria no começo deste exercício: mostrar-me o que pode ser feito por uma mente engenhosa decidida a encontrar supostas evidências.

– Vamos mudar para outro assunto. Eu disse que você estava em condições de usar as salas vazias para conversas particulares, e que pode ter estado ali na companhia de um membro da junta.

– Isso nem merece que eu negue.

– Mas sua conversa foi ouvida por acidente. Uma menininha entrou na sala, se acomodou numa cadeira sem que fosse vista e ouviu a conversa que você manteve.

Elar franziu a testa.

– E o que ela ouviu?

– Ela mencionou dois homens que estavam conversando sobre morte. Como é somente uma criança, não pôde repetir tudo em detalhes, mas duas palavras a impressionaram: "morte limonada".

– Agora, a senhora está indo da fantasia para a loucura, com o perdão da palavra. O que "morte limonada" poderia significar e o que isso teria a ver comigo?

– Minha primeira reação foi entender essas palavras literalmente. Essa menina gosta muito de limonada e havia bastante limonada na festa, mas ninguém a contaminou com algum veneno.

– Agradeço por essa reserva de sanidade.

– Então, me ocorreu que a menina ouviu outra coisa, e que seu domínio imperfeito da língua mais sua predileção por esse refresco criaram o termo "limonada", mas distorcendo o que fora dito na realidade.

– E a senhora então inventou uma distorção – Elar ironizou.

– Por algum tempo, achei que ela poderia ter ouvido as palavras "ajuda leiga".

– E o que isso quer dizer?

– Um assassinato levado a cabo por um leigo, um não matemático.

Dors parou e franziu a testa. Suas mãos foram ao peito, apertando-o. Com uma repentina aflição estampada no rosto, Elar perguntou:

– Algum problema, dra. Venabili?

– Não – Dors respondeu, parecendo ter-se sacudido.

Por alguns instantes, ela não disse mais nada e Elar pigarreou. Não havia mais nenhum sinal de cordialidade em seu rosto quando ele disse:

– Dra. Venabili, seus comentários estão ficando cada vez mais ridículos e, bem, não me importo se a ofendo ou não, mas me cansei dessas insinuações. Vamos dar um basta na conversa?

– Estamos quase no fim, dr. Elar. "Ajuda leiga" pode ser de fato algo ridículo, como você diz. Eu também chegara a essa conclusão por mim mesma. Em parte, você é responsável pelo desenvolvimento do Eletroclarificador, não é mesmo?

Elar pareceu ficar mais empertigado quando respondeu, com uma ponta de orgulho na voz:

– Inteiramente responsável.

– Sem dúvida não "inteiramente". Sei que ele foi projetado por Cinda Monay.

– Uma projetista. Ela seguiu minhas instruções.

– Uma *leiga*. O Eletroclarificador é um dispositivo de *ajuda leiga*.

Controlando a própria agressividade, Elar objetou:

– Não quero mais ouvir essa expressão. Novamente eu digo: vamos dar um basta na conversa?

Dors, todavia, continuou pressionando, como se não tivesse ouvido o pedido de Elar.

– Embora não dê nenhum crédito a ela agora, para Cinda você o deu, a fim de mantê-la trabalhando com afinco, imagino. Ela me disse que você lhe deu um crédito pelo trabalho e que se sentia muito grata por isso. Disse que você inclusive denominou o dispositivo com os nomes de vocês dois, embora não seja essa a designação oficial do dispositivo.

– Claro que não. Chama-se Eletroclarificador.

– E ela disse ainda que estava projetando melhorias, intensifi-cadores, coisas assim, e que você tinha o protótipo de uma versão avançada do novo dispositivo, pronta para testar.

– E o que tudo isso tem a ver com o resto?

– Desde que tanto o dr. Seldon como o dr. Amaryl vêm traba-lhando com o Eletroclarificador, os dois têm se deteriorado em al-guns aspectos. Yugo, que trabalha mais com o dispositivo, também está sofrendo uma piora mais acentuada.

– De maneira nenhuma o Eletroclarificador pode causar danos.

Dors levou a mão à testa e se contraiu momentaneamente. En-tão acrescentou:

– E agora você tem um Eletroclarificador mais potente, capaz de causar mais danos, suficiente para matar depressa em vez de lentamente.

– Que absurdo!

– Agora, vamos pensar no nome do dispositivo, o nome que, de acordo com a mulher que o projetou, você é o único a usar para se referir a ele. Imagino que o tenha chamado de Clarificador Elar-Monay.*

– Não me lembro de alguma vez ter usado essa expressão – Elar refutou, inquieto.

– Claro que usou. E o novo Clarificador Elar-Monay poderia ser usado para matar sem que ninguém pudesse levar a culpa. Se-ria somente um lamentável acidente provocado por um dispositi-vo novo e ainda em fase de testes. Seria a "morte Elar-Monay" e a garotinha achou que tinha ouvido "morte limonada".

A mão de Dors agarrou algo ao lado de seu corpo.

Elar sussurrou, com muita suavidade:

– Dra. Venabili, a senhora não está passando bem.

– Estou me sentindo perfeitamente bem. Não tenho razão?

– Ouça, não importa o que a senhora queira distorcer para que pareça com "limonada". Quem sabe o que a garotinha pode

---

*   Trocadilho intraduzível entre a palavra *lemonade* e o termo *Elar-Monay*, pois ambos têm a mesma pronúncia. [N. de T.]

ter ouvido? Tudo se resume ao poder letal do Eletroclarificador. Leve-me a um tribunal ou a uma junta científica de investigação e deixe que os especialistas, quantos desejar, avaliem os efeitos do Eletroclarificador, inclusive da nova versão do aparelho, em seres humanos. Eles não constatarão nenhum efeito mensurável.

– Não acredito nisso – Venabili disse entredentes. As mãos dela agora cobriam-lhe a testa e seus olhos estavam fechados. Ela se balançava de leve.

– É óbvio que a senhora não está bem, dra. Venabili – Elar interveio. – Talvez isso queira dizer que está na hora de eu falar. A senhora me dá licença?

Dors abriu os olhos e simplesmente o encarou, emudecida.

– Vou interpretar seu silêncio como autorização. Que utilidade teria para mim me livrar do dr. Seldon e do dr. Amaryl para ocupar um cargo de diretor? A senhora impediria qualquer tentativa minha de assassinar um deles, ou ambos, como agora pensa que está fazendo. No caso improvável de eu ter êxito com um plano desses, e me livrasse de dois grandes homens, a senhora em seguida me faria em pedaços. Bem pequenos. A senhora é uma mulher incomum, forte e rápida além do que se pode crer. Enquanto a senhora estiver viva, o Maestro está a salvo.

– Sim – Dors anuiu, com ar ameaçador.

– Foi o que eu disse aos homens da junta. Por que deveriam vir me consultar a respeito de questões envolvendo o projeto? Estão todos muito interessados na psico-história, como deveriam mesmo estar. Foi difícil para eles acreditarem no que lhes contei ao seu respeito, até que a senhora invadiu o complexo do palácio. Isso os deixou convencidos, pode estar certa, e eles concordaram com o meu plano.

– Aha! Agora estamos chegando lá – Dors disse, com a voz débil.

– Eu disse que o Eletroclarificador não pode danificar seres humanos. Não pode mesmo. Amaryl e seu precioso Hari estão simplesmente ficando *velhos*, embora a senhora se recuse a aceitar tal fato. E daí? Estão bem, como seres perfeitamente *humanos*. O campo eletromagnético não tem um efeito substancial sobre a matéria orgânica. Mas, evidentemente, pode ter efeitos adversos sobre máquinas eletromagnéticas sensíveis e, se pudermos imaginar um ser humano feito de metal e componentes eletrônicos, ele poderia afetar essa criatura. Algumas lendas falam de seres humanos artificiais. Os mycogenianos baseiam sua religião na existência deles e chamam-nos "robôs". Se existisse algum robô, é possível imaginar que fosse muito mais forte e ligeiro do que qualquer ser humano normal. Ele teria propriedades que, de fato, lembram as suas, dra. Venabili. E, de fato, um robô desses poderia ser detido, ferido e até mesmo destruído com um Eletroclarificador potente, como esse que tenho aqui e que está funcionando em baixa intensidade desde que começamos a nossa conversa. É por isso que está se sentindo tão mal, dra. Venabili... e, tenho certeza, pela primeira vez em sua vida.

Dors não disse nada, mal olhando para aquele homem. Devagar, ela afundou numa cadeira.

Elar sorriu e continuou a falar:

– Claro que, tirando a senhora do caminho, não teremos problemas com o Maestro e com Amaryl. Aliás, o Maestro, sem a senhora, pode sair imediatamente de cena e renunciar, sob o peso de um luto intenso, enquanto Amaryl é simplesmente uma mente infantil. O mais provável é que nenhum dos dois precise ser morto. E, então, dra. Venabili, qual a sensação de ser desmascarada, depois de todos esses anos? Devo reconhecer que a senhora foi exímia em ocultar sua real natureza. É quase surpreendente que ninguém mais tenha descoberto a verdade até agora. Mas, afinal, sou um matemático brilhante, um observador, um pensador, um homem de deduções. Mesmo eu não teria chegado a essa conclusão se não fosse por sua fanática devoção ao Maestro e pelas eventuais demonstrações de força sobre-humana de que a senhora parece capaz quando *ele* está em perigo. Diga adeus, dra. Venabili. Agora, eu só preciso acionar o dispositivo na força máxima e a senhora se tornará um fato do passado.

Dors pareceu recuperar o controle e se levantou lentamente da cadeira, resmungando:

– Talvez eu seja mais blindada do que você acha. – Então, com um rugido, saltou sobre Elar.

Com os olhos do tamanho de pires, Elar guinchou e recuou.

Mas Dors já estava em cima dele, com as mãos para a frente. Com a borda de uma das mãos, golpeou o pescoço de Elar destruindo-lhe as vértebras e seccionando a medula. Ele caiu morto no chão.

Com algum esforço, Dors se aprumou de novo e foi cambaleando na direção da porta. Tinha de encontrar Hari. Ele precisava saber o que tinha acontecido.

27

Hari Seldon ficou em pé de um salto, horrorizado. Ele nunca tinha visto Dors com aquela expressão, o rosto retorcido, o corpo desalinhado, trôpega como se estivesse bêbada.

– Dors! O que foi? O que há de errado?

Ele correu até ela e a pegou pela cintura, no instante em que o corpo dela ficava cor de cinza e desfalecia nos braços de Seldon. Ele a ergueu (ela pesava mais do que uma mulher normal daquele tamanho pesaria, mas Seldon não se deu conta disso naquele momento) e a deitou no sofá.

– O que aconteceu?

Ela contou, arfando e falhando de vez em quando, enquanto ele lhe afagava a cabeça e tentava se obrigar a acreditar no que estava acontecendo.

– Elar está morto – ela confessou. – Finalmente, matei um ser humano. Primeira vez. Pior ainda.

– Dors, você sabe me dizer quanto está ferida?

– Muito. Elar ligou o aparelho no máximo quando voei para cima dele.

– Você pode ser recalibrada.

– Como? Não há ninguém em Trantor que saiba como fazer isso. Preciso de Daneel.

Daneel. Demerzel. De algum modo, muito no fundo de si mesmo, Hari sempre soubera. Seu amigo, um robô, tinha fornecido a ele uma protetora, outro robô, para garantir que a psico-história e as sementes das Fundações tivessem uma chance de se firmar. O único problema fora que Hari se havia apaixonado por sua protetora, um *robô*. Agora, tudo fazia sentido. Todas as dúvidas e as perguntas mais insistentes podiam ser, enfim, respondidas. E, de algum modo, isso não fazia a menor diferença. A única coisa que importava era Dors.

– Não podemos deixar que isso aconteça.

– É preciso. – Os olhos de Dors se abriram após piscarem um pouco e ela olhou para Seldon. – É preciso. Tentei salvar você e falhei... questão vital... quem protegerá você agora?

Seldon não conseguia enxergá-la claramente. Havia algo errado com seus olhos.

– Não se preocupe comigo, Dors. É você... é você...

– Não. Você, Hari. Diga a Manella... Manella... que a perdoo agora. Ela foi melhor do que eu. Explique a Wanda. Você e Raych, cuidem um do outro.

– Não, não, não – Seldon repetia, balançando-se para a frente e para trás. – Você não pode fazer isso. Aguente firme, Dors, por favor. Por favor, meu amor.

A cabeça de Dors teve um débil tremor e ela sorriu ainda mais debilmente.

– Adeus, Hari, meu amor. Sempre se lembre de tudo que fez por mim.

– Não fiz nada por você. – Você me amou e seu amor me tornou humana.

Os olhos dela continuaram abertos, mas Dors tinha parado de funcionar.

Yugo Amaryl entrou como um furacão na sala de Seldon.

– Hari, a revolta popular está começando, mais cedo e mais intensa do que esper...

E então ele olhou para Seldon e Dors e sussurrou:

– O que aconteceu?

Seldon ergueu os olhos para ele na mais absoluta agonia:

– Revoltas! E que me importam as revoltas agora? O que me importa *qualquer coisa* agora?

PARTE 4
WANDA SELDON

———— Seldon, Wanda

Nos últimos anos de vida de Hari Seldon, ele se tornou mais apegado (alguns até diriam mais dependente) a sua neta, Wanda. Tendo ficado órfã ainda jovem, Wanda Seldon dedicou-se ao Projeto de Psico-História do avô, preenchendo a vaga deixada por Yugo Amaryl...

O conteúdo do trabalho de Wanda Seldon permanece um mistério, em ampla medida, pois foi realizado em isolamento total. As únicas pessoas que podiam ter acesso à pesquisa de Wanda Seldon eram o próprio Hari e um jovem chamado Stettin Palver (cujo descendente, Preem, iria, quatrocentos anos depois, contribuir para o renascimento de Trantor, quando o planeta ressurgiu das cinzas do Grande Saque [300 e.f.])...

Embora se desconheça em toda a extensão a contribuição de Wanda Seldon para a Fundação, sem dúvida sua obra foi da mais elevada magnitude...

ENCICLOPÉDIA GALÁCTICA

1

HARI SELDON ENTROU A PASSOS VACILANTES na Biblioteca Galáctica (mancando de leve, como vinha fazendo com mais frequência nos últimos tempos) e se aproximou de onde ficavam os deslizadores – pequenos veículos que venciam a distância dos intermináveis corredores daquele complexo de edifícios.

Deteve-se, porém, quando avistou três homens sentados em uma das alcovas galatográficas, onde o galatógrafo exibia uma representação tridimensional completa da Galáxia e, evidentemente, com seus mundos identificados durante seu giro lento em volta do núcleo, e também formando ângulos retos enquanto se movimentavam.

De onde estava, Seldon pôde ver que a Província de Anacreon, no limite da Galáxia, estava assinalada com um vermelho brilhante. Em sua posição limítrofe, tinha muito volume e era escassamente povoada por estrelas. Anacreon não se distingue por ser rica nem por oferecer um elevado padrão cultural, mas era memorável pela distância a que ficava de Trantor: dez mil parsecs.

Cedendo a um impulso, Seldon se instalou em uma estação de computador perto dos três homens e deu início a uma busca aleatória que, com certeza, levaria um tempo indefinidamente longo. Sua intuição lhe dizia que um interesse assim tão intenso por Anacreon devia ser de natureza política; sua localização na Galáxia tornava-o um dos redutos menos seguros do atual regime imperial. Os olhos de Seldon continuavam fixos na tela do monitor, mas seus ouvidos estavam antenados na conversa que era mantida perto dele. Normalmente, não se ouviam discussões políticas no recinto da biblioteca. Aliás, nem deveriam ser conduzidas.

Seldon não conhecia nenhum dos três, o que não era totalmente uma surpresa. Havia os frequentadores regulares, até em bom número, e Seldon conhecia de vista a maioria deles – com alguns ele inclusive trocava palavras, eventualmente –, mas a biblioteca era aberta a todos os cidadãos. Sem discriminação. Qualquer um podia entrar e utilizar suas instalações. (Por um tempo limitado, naturalmente. Somente alguns poucos, Seldon entre esses, podiam "acampar" lá dentro. Seldon fora contemplado com o direito de uso de uma sala particular com chave e com acesso total aos recursos da biblioteca.)

Um dos homens (e Seldon pensou nele como Nariz Curvado por motivos óbvios) falou em um tom de voz baixo, mas ansioso:

– Deixa pra lá. Deixa pra lá. Está nos custando uma fortuna insistir em mantê-la e, mesmo que consigamos, só durará enquanto eles estiverem lá. Eles não podem ficar lá para sempre e, assim que partirem, a situação voltará ao que era.

Seldon sabia do que estavam falando. Através da TrantorVisão, há três dias tinha chegado a notícia de que o governo imperial havia decidido demonstrar sua força a fim de colocar de volta na linha o insubordinado governador de Anacreon. A análise psico--histórica de Seldon lhe havia indicado que se tratava de um procedimento inútil, mas em geral o governo não lhe dava ouvidos quando suas emoções eram atiçadas. Seldon sorriu de leve e com uma sensação de peso ao ouvir Nariz Curvado repetir o que ele mesmo havia dito, e o jovem falara sem o menor conhecimento de psico-história.

– Se deixarmos Anacreon por si só, o que perdemos? – prosseguiu Nariz Curvado. – É um mundo que continua lá, exatamente onde sempre esteve, bem à beirada do Império. Ele não pode simplesmente migrar para Andrômeda, não é? Portanto, continua tendo de negociar conosco e a vida continua. Qual a diferença se batem continência para o Imperador ou não? Nunca conseguiremos notar a diferença.

O segundo homem, que Seldon tinha batizado de Carecão, também por motivos óbvios, respondeu:

– Exceto que toda essa questão não existe em um vácuo. Se Anacreon se for, outras províncias limítrofes também irão. E o Império irá se esfacelar.

– E daí? – sussurrou com raiva Nariz Curvado. – De todo modo, o Império não pode mais se sustentar e existir com eficiência. É grande demais. Que a borda se vá, e cuide bem de si mesma, se puder. Os Mundos Interiores ficarão fortalecidos e em melhor condição. A borda não precisa ser politicamente nossa; continuará sendo, economicamente.

Então, o terceiro homem, Bochechas Vermelhas, interferiu:

– Gostaria que você tivesse razão, mas não é desse jeito que vai funcionar. Se as províncias da borda declararem sua independência, a primeira coisa que cada uma delas fará será tentar aumentar seu poder à custa de suas vizinhas. Haverá guerras e conflitos, e cada um daqueles governadores sonhará em finalmente se tornar o Imperador. Será como nos tempos de antes do Império de Trantor, uma era de trevas que durará milhares de anos.

– Sem dúvida, as coisas não ficarão assim *tão* ruins – discordou o Carecão. – O Império pode se fragmentar, mas rapidamente se recomporá quando as pessoas descobrirem que a ruptura significa somente guerras e empobrecimento. Ansiarão pelos velhos tempos de ouro, quando o Império se mantinha intacto, e tudo vai ficar bem de novo. Não somos bárbaros, compreendem? Acharemos um jeito.

– Certamente – concordou o Nariz Curvado. – Temos de lembrar que o Império enfrentou uma crise atrás de outra, ao longo de sua história, e que todas as vezes resolveu as questões.

O Bochechas Vermelhas, todavia, não aceitava esse argumento, e balançou a cabeça:

– Isto agora não é somente mais uma crise. É algo muito pior. O Império está se deteriorando há várias gerações. Dez anos daquele regime da junta destruíram a economia e, desde que ela caiu e o novo Imperador foi empossado, o Império tem se mostrado tão fraco que os governadores da Periferia não precisam fazer nada. O Império vai sucumbir sob seu próprio peso.

– E a aliança com o Imperador... – começou Nariz Curvado.

– Que aliança? – atalhou Bochechas Vermelhas. – Ficamos anos e anos sem Imperador depois que Cleon foi assassinado e ninguém pareceu se importar muito. Este novo Imperador não passa de um testa de ferro. Ele não pode fazer nada. Ninguém pode fazer nada. Não se trata de uma crise. É o *fim*.

Os outros dois encararam Bochechas Vermelhas com expressões consternadas.

– Você realmente acredita nisso! – acusou Carecão. – Você acha que o governo imperial vai simplesmente ficar lá, parado, deixando que as coisas aconteçam e pronto?

– Sim! Assim como vocês dois, eles não acreditam que esteja acontecendo. Quer dizer, até que seja tarde demais.

– E o que você acha que eles deveriam fazer se realmente acreditassem? – indagou Carecão.

Bochechas Vermelhas pregou os olhos no galatógrafo, como se pudesse achar uma resposta ali.

– Não sei. Veja, vai chegar uma hora em que vou morrer. Quando isso acontecer, as coisas não estarão tão ruins. Mais tarde, conforme a situação piorar, outras pessoas podem se preocupar com isso. Eu não existirei mais. E também não existirão mais os bons e velhos tempos. Talvez para sempre. Não sou o único que pensa assim, por falar nisso. Vocês já ouviram falar de um sujeito chamado Hari Seldon?

– Claro – respondeu Nariz Curvado. – Ele foi o primeiro-ministro de Cleon, não foi?

– Sim – disse Bochechas Vermelhas. – É uma espécie de cientista. Há alguns meses, estive numa palestra que ele deu. Foi uma sensação boa perceber que eu não sou o *único* que acredita que o Império está se desmantelando. Ele disse...

– Ele disse que tudo irá por água abaixo e que prevalecerá uma era das trevas permanente? – interrompeu o Carecão.

– Bem, não – explicou Bochechas Vermelhas. – Ele é um sujeito realmente cauteloso. Ele disse que *pode* acontecer, mas está enganado. *Vai* acontecer.

Seldon já tinha ouvido o suficiente. Mancando, aproximou-se da mesa onde estavam os três homens e tocou Bochechas Vermelhas no ombro.

– Senhor – ele começou –, posso falar com você um momento?

Assustado, Bochechas Vermelhas levantou os olhos e perguntou:

– Ei, o senhor não é o professor Seldon?

– Sempre fui – respondeu Seldon. Então, mostrou ao homem um crachá com sua foto. – Gostaria de conversar com o senhor em minha sala, aqui na biblioteca, às quatro da tarde, depois de amanhã. Seria possível?

– Tenho de trabalhar.

– Entre em contato e diga que está doente. É importante.

– Bom, não tenho certeza, senhor.

– Faça isso – Seldon foi firme. – Se tiver algum transtorno, pode deixar que eu resolvo. E, enquanto isso, cavalheiros, se importam se eu estudar essa simulação da Galáxia por um momento? Faz muito tempo que não vejo isso.

Todos aquiesceram sem dar uma palavra, aparentemente intimidados por estarem na presença do ex-primeiro-ministro. Um a um recuaram e permitiram que Seldon assumisse os controles do galatógrafo.

O dedo de Seldon alcançou o controle e a luz vermelha que havia destacado a Província de Anacreon desapareceu. A Galáxia estava desmarcada; no centro, cintilava um marcador enevoado sobre o brilho esférico, atrás do qual estava o buraco negro da Galáxia.

Naturalmente, as estrelas individuais não podiam ser divisadas a menos que aquela escala fosse ampliada, mas então somente uma ou outra porção da Galáxia apareceria na tela e Seldon queria enxergar a coisa toda, queria ver o Império que estava desaparecendo.

Acionando um contato, uma série de pontos amarelos apareceu na imagem da Galáxia. Representavam os planetas habitáveis, os vinte e cinco milhões deles. Eles podiam ser discernidos como pontos individuais na fina névoa que representava as periferias da

Galáxia, mas se dispunham de maneira cada vez mais compacta conforme fossem se aproximando do centro. Havia um cinturão do que parecia uma faixa amarela sólida (mas que, sob ampliação, se separava em pontos individuais) em torno do brilho central. Em si, o brilho central permanecia branco e desmarcado, naturalmente. Nenhum planeta habitável poderia existir em meio às turbulentas energias do núcleo.

Apesar da grande densidade de amarelo, Seldon sabia que nenhuma estrela entre dez mil tinha um planeta habitável orbitando ao seu redor. Isso era verdade, apesar da capacidade dos humanos de moldar planetas e de terraformá-los. Nem toda a moldagem da Galáxia seria capaz de tornar a maioria dos mundos algo em cuja superfície um ser humano fosse capaz de andar com conforto e sem a proteção de um traje espacial.

Seldon fechou outro circuito. Os pontos amarelos desapareceram, mas uma mínima região cintilou em azul: Trantor e os vários mundos que dependem dele diretamente. Trantor, que ficava muito perto do núcleo central, mas ainda imune à sua letalidade, era comumente percebido como situado "no centro da Galáxia", e isso era verdade. Como sempre, era impressionante a pequenez do mundo de Trantor, um lugar minúsculo comparado à vastidão da Galáxia, mas em seu interior espremia-se a mais vultosa concentração de riqueza, cultura e autoridade governamental que a humanidade já tinha visto.

E até mesmo isso estava fadado à destruição.

Era praticamente como se aqueles homens pudessem ler sua mente ou talvez tivessem interpretado a expressão de tristeza em seu rosto.

– O Império será realmente destruído? – perguntou Carecão, com voz suave.

Com suavidade ainda maior, Seldon respondeu:

– É possível. Qualquer coisa pode acontecer.

Ele ficou em pé, sorriu para os três homens e foi embora, mas em seus pensamentos estava gritando: "Será! Será!".

2

Seldon suspirou ao subir em um dos deslizadores, enfileirados lado a lado, numa ampla alcova. Há apenas alguns anos, tinha havido uma época em que ele se sentia ótimo ao caminhar a passos rápidos por aqueles intermináveis corredores da biblioteca, comentando consigo mesmo como era capaz de fazer aquilo, mesmo tendo ultrapassado a barreira dos sessenta anos.

Agora, já na casa dos setenta, suas pernas lhe haviam faltado depressa demais e ele tinha de usar o deslizador. Os jovens usavam o dispositivo o tempo todo porque lhes economizava trabalho, mas, para Seldon, era uma questão de necessidade, e isso fazia toda a diferença.

Depois de Seldon ter digitado o destino, fechou o circuito e o deslizador descolou uma fração de centímetro do chão e, pairando suavemente, lá foi o veículo a uma velocidade tranquila, sem oscilações e silenciosamente, enquanto Seldon se reclinava e observava as paredes do corredor, os outros deslizadores, os eventuais usuários a pé.

Seldon passou por diversos bibliotecários e, mesmo depois de todos esses anos, ainda sorria quando os via. Constituíam a mais antiga Guilda do Império, aquela com as tradições mais venerandas, e se mantinham apegados a procedimentos que eram mais apropriados aos séculos anteriores, talvez aos milênios anteriores.

Seus trajes eram de seda e quase brancos, largos o suficiente para lembrarem mantos e, desde o pescoço, formavam um drapeado ondulante.

Assim como em todos os mundos, Trantor oscilava no que dizia respeito ao código masculino de uso de pelos faciais, indo da barba cerrada até o rosto liso. Em Trantor mesmo, ou pelo menos na maioria de seus setores, os homens se barbeavam por completo e assim vinham fazendo desde os tempos mais remotos, exceto por anomalias como os bigodes dos dahlitas, que Raych, seu filho adotivo, cultivava.

No entanto, os bibliotecários ainda usavam as *barbas* de outrora. Cada um dos bibliotecários tinha uma, cortada rente e muito bem cuidada, cobrindo o rosto de orelha a orelha, mas deixando exposto o lábio superior. Somente esse detalhe já era suficiente para identificá-los em sua profissão, e o rosto totalmente imberbe de Seldon lhe parecia um pouco desconfortável quando se via rodeado por muitos desses bibliotecários.

Na realidade, a coisa mais característica de todas era o barrete que todos usavam (acho que até mesmo para dormir, Seldon pensou). Era quadrado, feito de um tecido aveludado, e seus quatro gomos se uniam em um botão, no centro. Eram de todas as cores e, aparentemente, cada uma delas tinha um significado. Se a pessoa conhecesse em detalhes a cultura dos bibliotecários era capaz de saber há quanto tempo aquele bibliotecário em particular estava em seu cargo, sua área de especialização, os vários graus de suas realizações e assim por diante. Os barretes ajudavam a estabelecer a hierarquia. Cada um deles, após uma rápida olhada no barrete do outro, era capaz de saber se devia se comportar de maneira respeitosa (e em que medida) ou dominadora (e em que medida).

A Biblioteca Galáctica era a maior estrutura única em Trantor (e, possivelmente, em toda a Galáxia), e era muito maior inclusive do que o Palácio Imperial. Houvera um tempo em que cintilava e faiscava, como se quisesse ostentar seu tamanho e magnificência. Entretanto, assim como o próprio Império, havia fenecido. Era como a idosa matriarca que ainda usasse as joias de sua juventude, em um corpo enrugado e desfigurado pela idade.

O veículo parou em frente à porta ornamentada da sala do bibliotecário-chefe, e Seldon desceu.

Las Zenow sorriu ao cumprimentar Seldon.

– Bem-vindo, meu amigo – ele saudou com sua voz de tenor. (Seldon se perguntava se ele teria sido cantor em sua juventude, mas nunca se aventurara a perguntar aquilo em voz alta. O bibliotecário-chefe era a encarnação da dignidade, a todo momento, e uma pergunta dessa poderia ter parecido ofensiva.)

– Saudações – retribuiu Seldon. Zenow tinha uma barba grisalha, bem mais de meio caminho andado para se tornar perfeitamente alva, e usava um barrete todo branco. *Isso* Seldon entendeu sem necessidade de explicação. Era o caso da ostentação ao contrário. A ausência completa de gomos coloridos em seu barrete representava a pureza da posição mais elevada.

Zenow esfregou as mãos num gesto que parecia denunciar um íntimo contentamento.

– Chamei você aqui, Hari, porque tenho uma boa notícia para lhe dar. Nós o encontramos!

– Las, este "o" está se referindo a...

– Um mundo adequado. Você queria um bem longe. Acho que localizamos o ideal. – O sorriso dele se alargou. – Basta deixar a cargo da biblioteca, Hari. Podemos encontrar qualquer coisa.

– Não tenho a menor dúvida, Las. Fale mais sobre esse mundo.

– Primeiro, quero lhe mostrar a localização. – Uma parte da parede deslizou para o lado, as luzes da sala diminuíram de intensidade e a Galáxia apareceu em sua forma tridimensional, girando devagar. Mais uma vez, as linhas vermelhas destacaram a Província de Anacreon, de modo que Seldon quase podia jurar que o episódio com os três homens tinha sido um ensaio para esse momento.

Então, um ponto azul brilhante apareceu na ponta extrema dessa província.

– Aí está – apontou Zenow. – É um mundo ideal. De bom tamanho, com boa irrigação, atmosfera com bastante oxigênio e vegetação, naturalmente. Boa quantidade de fauna marinha. Está bem ali, para quem quiser. Não é preciso moldagem de planeta nem terraformação. Pelo menos, nada que não possa ser feito enquanto está sendo efetivamente ocupado.

– É um mundo desocupado, Las? – indagou Seldon.

– Completamente desocupado. Não há ninguém lá.

– Mas por quê, se é tão adequado? Imagino, se você tem todos os detalhes a respeito dele, que deva ter sido explorado. Por que não foi colonizado?

– Foi explorado, sim, mas somente por sondas não tripuladas. E não houve colonização, presumivelmente por ser muito longe de tudo. Esse planeta gira em torno de uma estrela que está mais distante do buraco negro central do que qualquer outro planeta habitado... Muitíssimo mais distante. Tão distante, imagino eu, que não tenha atraído nenhum colono, mas penso que para você não seja remoto demais. Você disse: "Quanto mais longe, melhor".

– Sim – Seldon concordou com um movimento da cabeça. – Continuo dizendo a mesma coisa. Esse lugar tem um nome ou é só uma combinação de números e letras?

– Acredite se quiser, mas o planeta tem um nome. Os que enviaram as sondas chamaram-no Terminus, um termo arcaico que significa "o fim da linha". Algo que ele realmente parece ser.

Seldon quis saber mais:

– Esse mundo faz parte do território da Província de Anacreon?

– Na realidade, não – respondeu Zenow. – Se você examinar a linha vermelha e o sombreado vermelho, verá que o ponto azul de Terminus fica levemente fora dessas áreas; na realidade, fica a cinquenta anos-luz. Terminus não é de ninguém. Aliás, não faz nem parte do Império.

– Então, você tem razão, Las. De fato parece o mundo ideal que eu vinha procurando.

– Evidentemente – Zenow acrescentou, com ar pensativo –, assim que você ocupar Terminus imagino que o governador de Anacreon vá dizer que o planeta está sob sua jurisdição.

– É possível – observou Seldon –, mas teremos de lidar com isso quando surgir a questão.

Zenow esfregou as mãos de novo.

– Que invenção gloriosa. Instalar um projeto imenso em um mundo novo em folha, remoto e inteiramente isolado, de tal sorte que ano após ano e década após década possa ser elaborada uma imensa enciclopédia com todo o conhecimento humano. Um epítome do que existe nesta biblioteca. Se eu fosse um pouco mais novo, adoraria participar dessa expedição.

Entristecido, Seldon comentou:

– Você é quase vinte anos mais novo do que eu. – E, ainda mais triste, ele pensou: "Quase todos são muito mais jovens do que eu".

– Ah, sim – acrescentou Zenow –, ouvi dizer que você recém-completou setenta anos. Espero que tenha desfrutado a data e comemorado do modo apropriado.

Seldon se remexeu.

– Não comemoro meus aniversários.

– Ah, mas antes, sim. Lembro-me da famosa história do seu aniversário de sessenta anos.

Seldon sentiu aquela dor tão profundamente quanto se a maior de todas as suas perdas no mundo tivesse acontecido no dia anterior.

– Por favor, não fale disso – ele pediu.

– Desculpe – murmurou Zenow, intimidado. – Vamos falar de outra coisa. Se, de fato, Terminus é o mundo que você quer, imagino que seu trabalho nos aspectos preliminares do Projeto da Enciclopédia vá ser redobrado. Como você sabe, a biblioteca fica feliz por ajudá-lo, em todos os aspectos.

– Estou ciente disso, Las, e profundamente grato. De fato, continuaremos trabalhando.

Com isso, ficou em pé, mas incapaz de sorrir dado o ainda pungente efeito daquela alusão à comemoração de seus sessenta anos, dez anos atrás. À guisa de despedida, emendou:

– Bom, devo continuar o meu trabalho.

Ao sair, porém, sentiu, como sempre, uma aguda dor de consciência por causa do ardil que estava pondo em prática. Las Zenow não tinha nem a mais remota ideia das verdadeiras intenções de Seldon.

3

Hari Seldon olhou ao redor da confortável sala que lhe haviam reservado na Biblioteca Galáctica para ser seu escritório pessoal, já havia alguns anos. Assim como o restante da biblioteca, exalava um vago ar de decadência, uma espécie de cansaço, como algo que estivesse há tempo demais no mesmo lugar. Apesar disso, Seldon sabia que poderia prosseguir ali, no mesmo lugar, por ainda mais alguns séculos – feitos reparos cuidadosos e criteriosos – ou até mesmo por milênios.

Como foi parar ali?

Repetidas vezes ele percorria o passado em sua mente, seguindo os filamentos de seus pensamentos ao longo do percurso de sua existência. Sem dúvida, fazia parte de ficar mais velho. Havia muito mais coisas no passado e muito menos no futuro, e assim a mente dava as costas à ameaçadora sombra do que estava por vir para contemplar a segurança do que já tinha acontecido.

Em seu caso, porém, houvera uma mudança. Durante mais de trinta anos, a psico-história havia se desenvolvido segundo o que poderia ser descrito como uma linha reta, em que o progresso avançava devagar, mas seguia sempre em frente. Então, seis anos antes, tinha ocorrido uma guinada de noventa graus, e totalmente inesperada.

Seldon sabia exatamente como isso acontecera, como uma concatenação de eventos tornou possível aquela reviravolta.

Fora Wanda, claro. Sua neta. Hari fechou os olhos e se acomodou melhor na cadeira para rever os acontecimentos de seis anos atrás.

Aos doze anos, Wanda estava desolada. Sua mãe, Manella, tivera outra criança – outra garotinha, Bellis – e por algum tempo o novo bebê fora fonte de total preocupação.

Tendo concluído o livro sobre seu setor natal, Dahl, seu pai, Raych, constatou que o livro estava fazendo algum sucesso e que ele havia se tornado uma pequena celebridade. Era convidado a dar palestras sobre o tema, algo que aceitava com alacridade, pois estava seriamente mergulhado no assunto, como havia dito a Hari, com um sorriso: "Quando falo sobre Dahl, não preciso encobrir meu sotaque dahlita. Aliás, o público espera isso de mim".

O resultado geral, no entanto, era que se mantinha fora de casa uma grande parte do tempo e, quando estava em casa, ele queria ver o bebê.

Quanto a Dors... Dors tinha morrido, e para Hari Seldon aquela ferida era sempre recente, sempre dolorosa. Ele mesmo havia reagido ao impacto de uma maneira infeliz. Fora o sonho de Wanda que tinha posto em andamento a sequência de eventos que culminara na perda de Dors.

Wanda não teve nada a ver com aquilo, disso Seldon sabia muito bem. Não obstante, sentia-se evitando a neta, de modo que também não estava lá para ajudá-la quando ocorreu a crise gerada pelo nascimento do novo bebê.

Desconsolada, Wanda buscou a única pessoa que sempre parecia alegre ao vê-la, a única pessoa com quem sempre pôde contar: Yugo Amaryl, o único depois de Hari Seldon em importância no desenvolvimento da psico-história e o primeiro em absoluta devoção vinte e quatro horas por dia a essa ciência. Hari sempre contou com Dors e Raych, mas a vida de Yugo era a psico-história. Ele não tinha esposa nem filhos. Todavia, sempre que Wanda ia até ele, algo dentro dele a reconhecia como filha e ele registrava vagamente – ainda que apenas por um breve instante – uma sensação de perda que parecia ser mitigada somente se demonstrasse afeto pela menina. Claro que ele tendia a tratá-la como um adulto em miniatura, mas Wanda parecia gostar disso.

Já fazia seis anos desde que ela entrara na sala de Yugo. Ele olhou para ela, com aquela cara de coruja que tinha depois de seus olhos terem sido reconstituídos, e, como sempre, levou um minuto ou dois para reconhecê-la.

– Ora, é a minha querida amiga Wanda. Mas por que essa cara tão triste? Certamente, uma mocinha tão atraente como você nunca deveria se sentir triste.

E Wanda, com o lábio inferior tremendo, respondeu:

– Ninguém me ama.

– Ora, ora, isso não é verdade.

– Eles só amam o novo bebê. Não se importam mais comigo.

– Eu amo você, Wanda.

– Bom, então você é o único, tio Yugo. – E, embora não pudesse mais se aninhar no colo dele como fazia quando era menor, aninhou a cabeça em seu ombro e chorou.

Totalmente perdido quanto ao que fazer, Amaryl somente abraçou a menina e disse:

– Não chore, não chore. – E, por pura empatia, e porque havia tão pouco em sua vida que o levasse a chorar, sentiu lágrimas escorrendo também pelo seu rosto.

Então, com uma repentina dose de energia, ele perguntou:

– Wanda, você gostaria de ver uma coisa bonita?

– O quê? – Wanda fungou.

Amaryl só conhecia uma coisa na vida e em todo o universo que era realmente linda. Ele perguntou:

– Você já viu o Primeiro Radiante?

– Não. O que é?

– É aquilo em que seu avô e eu costumamos trabalhar. Está vendo? Bem aqui.

Ele apontou para o cubo preto sobre sua mesa e Wanda olhou para ele com uma careta.

– Isso não é bonito – ela protestou.

– Agora não – Amaryl concordou. – Mas veja só o que acontece quando eu o ligo.

Então, ele o ligou. A sala ficou escura e cheia de pontos de luz e lampejos de cores variadas.

– Viu? Agora podemos ampliar mais e todos esses pontos se tornam símbolos matemáticos.

E foi o que aconteceu. Houve um jorro de informações vindo na direção deles e ali, em pleno ar, pairavam sinais de todas as espécies, letras, números, setas e formas que Wanda nunca vira antes.

– Não é lindo? – Amaryl perguntou.

– É, sim – respondeu Wanda, olhando cuidadosamente para as equações que (ela não sabia) representavam futuros possíveis. – Mas não gosto desta parte. Acho que está errada. – Ela apontou para uma equação colorida à esquerda.

– Errada? Por que você diz que ela está errada? – Amaryl questionou, com a testa enrugada.

– Porque... não está bonita. Eu faria de outro jeito.

Amaryl pigarreou.

– Bom, então vou tentar dar um jeito nisso. – Ele se aproximou da equação que ela indicara e contemplou-a com seu semblante de coruja.

Wanda então disse:

– Muito obrigada, tio Yugo, por me mostrar essas luzes lindas. Talvez um dia eu entenda o que elas querem dizer.

– Tudo bem – disse Amaryl. – Espero que você esteja se sentindo melhor.

– Um pouco, obrigada – e, depois de ter-lhe dirigido um brevíssimo sorriso, ela saiu do escritório.

Amaryl continuou ali parado, sentindo-se um tanto magoado. Ele não gostava que criticassem o produto do Primeiro Radiante, nem que fossem críticas de uma menina de doze anos que não tinha a menor ideia do que fosse aquilo.

E, enquanto permanecia ali, não tinha a menor ideia de que havia começado uma revolução na psico-história.

4

Naquele dia à tarde, Amaryl foi até a sala de Hari Seldon na Universidade de Streeling. Em si, essa atitude era incomum, já que Amaryl praticamente nunca saía de sua própria sala, nem mesmo para falar com algum colega que trabalhasse no mesmo corredor.

– Hari – Amaryl chamou, com a testa franzida e parecendo aturdido. – Aconteceu uma coisa muito estranha. Muito peculiar.

Seldon olhou para Amaryl com a mais profunda consternação. Ele tinha apenas cinquenta e três anos, mas parecia muito mais velho, curvado, desgastado, chegava quase a ser transparente. Sob pressão, tinha feito exames médicos e todos os especialistas haviam recomendado que ele deixasse seu trabalho por algum tempo (houve quem dissesse "em caráter permanente") e fosse *descansar*. Somente assim ele teria condições de melhorar de saúde. Caso contrário... E Seldon abanou a cabeça. "Se o tirarem de seu trabalho, ele irá morrer ainda mais depressa, e muito mais infeliz. Não temos escolha."

Então, Seldon se deu conta de que, perdido em seus pensamentos, não estava escutando o que Amaryl dizia.

– Desculpe, Yugo – ele disse. – Estou um pouco distraído. Comece novamente.

– Estou lhe dizendo que aconteceu uma coisa muito estranha – ele repetiu. – Muito peculiar.

– O que foi, Yugo?

– Foi Wanda. Ela veio me ver; estava muito triste, muito abatida.

– Por quê?

– Aparentemente, é por causa do novo bebê.

– Ah, sei – Hari comentou com um tom indisfarçável de culpa na voz.

– Foi o que ela disse e então chorou no meu ombro. Até eu acabei chorando um pouco, Hari. E então pensei que poderia animá-la se lhe mostrasse o Primeiro Radiante. – Nesse ponto Amaryl hesitou, como se estivesse escolhendo as próximas palavras com todo o cuidado.

– Continue, Yugo. O que aconteceu?

– Bom, ela ficou olhando todas as luzes e eu ampliei uma porção; na realidade, a Seção 42R254. Você sabe do que estou falando?

Seldon sorriu.

– Não, Yugo. Não memorizei as equações tão bem quanto você.

– Pois deveria – Amaryl respondeu com severidade. – Como é que você pode fazer um bom trabalho se... Mas deixe para lá. O que estou tentando dizer é que Wanda apontou para uma parte daquilo e disse que não estava bom. Que não era *bonito*.

– E por que não? Todos nós temos preferências e aversões.

– Sim, naturalmente, mas fiquei matutando a respeito disso e passei algum tempo na revisão desse trecho e, Hari, de fato *havia* uma coisa errada ali. A programação naquela área estava inexata; justamente a área que Wanda apontou que não estava boa. E, realmente, não era bonita.

Seldon se empertigou rigidamente, franzindo a testa.

– Quero ver se entendi isso direito, Yugo. Ela apontou para alguma coisa, aleatoriamente, disse que não estava bom e tinha *razão*?

– Sim. Ela apontou, mas não foi aleatoriamente. Foi um gesto bastante deliberado.

– Mas isso é impossível.

– Só que aconteceu. Eu estava lá.

– Não estou dizendo que não aconteceu. Estou dizendo que foi somente uma coincidência.

– É mesmo? Com todo o seu conhecimento de psico-história, você acha que poderia olhar rapidamente para um novo conjunto qualquer de equações e me dizer que uma parte dele não estava boa?

– Ora, Yugo, então... como foi que você acabou expandindo aquele trecho específico das equações? – retrucou Seldon. – O que o levou a escolher *aquele* trecho para ampliar?

Amaryl deu de ombros.

– *Isso* foi uma coincidência, se quiser chamar assim. Eu estava apenas mexendo nos controles.

– Não poderia ter sido coincidência – resmungou Seldon. Por alguns instantes, ele ficou afundado em seus pensamentos, e então formulou a pergunta que poria em movimento a revolução psico--histórica iniciada por Wanda.

– Yugo, você tinha alguma desconfiança com respeito a essas equações, anteriormente? – Seldon indagou. – Tinha algum motivo para crer que havia algo de errado com elas?

Amaryl ficou mexendo na faixa de seu traje único, uma peça inteiriça, e pareceu constrangido.

– Sim, acho que tinha. Veja...

– Você *acha* que tinha?

– Eu sei que tinha. Acho que me lembrei de quando a estava montando... É um trecho novo, entende? Meus dedos pareceram deslizar errado pelo programador. Na hora pareceu tudo bem, mas acho que por dentro fiquei me preocupando com aquilo. Lembro-me de pensar que dava a impressão de estar errado, mas como eu tinha outras coisas a fazer apenas deixei aquela questão de lado. Mas, então, aconteceu de Wanda apontar precisamente para a área que me havia deixado intrigado, e decidi verificar o que ela havia indicado. Senão, eu teria apenas ignorado o comentário como alguma bobagem infantil.

– E você acionou justamente aquele trecho das equações para mostrar a Wanda. Como se aquilo estivesse perturbando o seu inconsciente.

– Quem sabe? – Amaryl deu de ombros.

– E, pouco antes disso, vocês estavam muito unidos, abraçados, ambos chorando.

Amaryl deu de ombros novamente, parecendo cada vez mais envergonhado.

– Acho que sei o que aconteceu, Yugo. Wanda leu a sua mente – explicou Seldon.

Amaryl teve um sobressalto, como se tivesse sido mordido.

– Mas isso é impossível!

Lentamente, Seldon continuou:

– Uma vez conheci uma pessoa que tinha poderes mentais incomuns, desse mesmo tipo – e ele pensou com pesar em Eto Demerzel, ou, como Seldon o havia secretamente conhecido, Daneel –, só que ele era um pouco *mais* do que humano. Mas a capacidade dele para ler mentes, para captar os pensamentos das outras pessoas, para persuadir os outros a agir de determinadas maneiras, esse era um poder *mental*. Acho que, de algum modo, talvez Wanda também tenha esse tipo de capacidade.

– Não consigo acreditar nisso – respondeu Amaryl, obstinado.

– Eu consigo – Seldon insistiu –, mas não sei o que fazer com isso. – De maneira indistinta, ele pressentiu os primórdios de uma revolução na pesquisa psico-histórica, mas somente de maneira indistinta.

5

– Pai – Raych chamou a atenção dele, com alguma apreensão na voz –, você parece cansado.

– Acho que sim – Hari Seldon respondeu –; eu me sinto cansado. Mas como vai você?

Naquela ocasião, Raych estava com quarenta e quatro anos e seu cabelo estava começando a mostrar sinais de fios prateados, mas seu bigode continuava basto e escuro, com aparência perfeitamente dahlita. Seldon se perguntou se o filho não o pintaria de preto, mas essa não teria sido uma boa pergunta a se fazer. Então disse:

– Chega de palestras por enquanto?

– Por enquanto. Mas não por muito tempo. Estou feliz por estar em casa e ver o bebê, Manella e Wanda... e você, papai.

– Obrigado, mas tenho novidades para você, Raych. Basta de palestras. Vou precisar de você por aqui.

Raych franziu o cenho.

– Para quê? – Em duas ocasiões distintas ele fora enviado para executar missões delicadas, mas isso tinha sido na época da ameaça joranumita. Até onde sabia, as coisas estavam calmas agora, especialmente depois da queda da junta e do restabelecimento de um Imperador fraco.

– É a Wanda – Seldon explicou.

– Wanda? Qual o problema com Wanda?

– Não há nada de errado com ela, mas vamos ter de mapear todo o genoma dela, o seu e o de Manella também, e depois o do novo bebê.

– Bellis também? O que está acontecendo?

Seldon hesitou.

– Raych, você sabe que sua mãe e eu sempre achamos que você tinha uma amabilidade, algo que inspirava afeição e confiança nas pessoas.

– Eu sei que você pensava isso. Você vivia dizendo isso quando estava tentando me convencer a fazer alguma coisa importante. Mas vou ser honesto com você: eu nunca senti nada disso.

– Não... você me conquistou, e conquistou Dors. – Ele tinha tanta dificuldade em pronunciar o nome dela, mesmo que já tivessem se passado quatro anos desde que ela fora destruída. – Você conquistou Rashelle, de Wye. E também Jo-Jo Joranum. Além de Manella. Como é que explica tudo isso?

– Inteligência e encanto – Raych respondeu, sorridente.

– Alguma vez achou que poderia ter sintonizado a mente dessas pessoas?

– Não, nunca pensei isso. E agora, ouvindo você mencionar algo do gênero, acho que é ridículo. Com todo o respeito, papai, naturalmente.

– Que tal eu lhe dizer que Wanda parece ter lido a mente de Yugo durante um momento de crise?

– Eu diria que foi coincidência ou pura imaginação.

– Raych, uma vez eu conheci alguém que era capaz de lidar com a mente das pessoas com a mesma facilidade com que você e eu lidamos com uma conversa.

– E quem era?

– Não posso falar o nome dele, mas pode acreditar no que estou lhe dizendo.

– Bom... – e Raych ficou em dúvida.

– Estive na Biblioteca Galáctica, averiguando esse tipo de coisa. Existe uma história curiosa, com cerca de vinte mil anos de idade, e portanto pertencente às origens mais remotas das viagens hiperespaciais. Tratava-se de uma moça, só um pouco mais velha do que Wanda é agora, e que era capaz de se comunicar com um planeta inteiro que girava em torno de um sol, chamado Nemesis.

– Seguramente, um conto de fadas.

– Seguramente. E incompleto, aliás. Mas a semelhança com Wanda é notável.

Então Raych indagou:

– Pai, o que você está planejando?

– Não tenho certeza, Raych. Preciso mapear o genoma e tenho de encontrar outros como Wanda. Tenho essa ideia de que os jovens nascem (não com frequência, só ocasionalmente) com essas capacidades mentais, mas isso, em geral, apenas os coloca em encrencas e eles aprendem a escondê-las. Conforme vão ficando maiores, essa capacidade, esse talento, fica enterrado no fundo de sua psique, numa espécie de manobra inconsciente de autopreservação. Seguramente, no Império, ou mesmo somente entre os 40 bilhões de cidadãos de Trantor, devem existir mais pessoas como Wanda e, se eu mapear o genoma que quero, posso testar os indivíduos que acho que têm esse poder.

– E o que faria com essas pessoas se as encontrasse, papai?

– Penso que elas são o que preciso para levar adiante o desenvolvimento da psico-história.

– E por acaso Wanda é a primeira desse tipo que você conhece, e tem a intenção de torná-la uma psico-historiadora? – indagou Raych.

– Talvez.

– Como Yugo. Pai, não!

– E por que não?

– Porque eu quero que ela seja uma menina normal e se torne uma mulher normal. Não quero saber de você fazê-la sentar diante do Primeiro Radiante para transformá-la num monumento vivo da matemática psico-histórica.

– Pode não chegar a esse ponto, Raych – esclareceu Seldon –, mas devemos mapear o genoma dela. Você sabe que há milhares de anos é sugerido que todo ser humano tenha seu genoma arquivado. É só uma questão de custo que tem impedido esse procedimento de se tornar padrão. Ninguém tem dúvida de sua utilidade. Certamente você enxerga as vantagens disso. No mínimo, saberemos a propensão de Wanda a uma variedade de distúrbios fisiológicos. Se alguma vez tivéssemos mapeado o genoma de Yugo, eu tenho certeza de que ele não estaria morrendo agora. Seguramente podemos chegar a esse ponto.

– Bom, talvez, pai, mas nada além disso. Posso apostar que Manella vai se mostrar muito mais firme a esse respeito do que eu.

– Muito bem – concordou Seldon. – Mas lembre-se: chega de turnês de palestras. Preciso de você em casa.

– Veremos – Raych respondeu e então saiu.

Seldon continuou sentado, num dilema. Eto Demerzel, a única pessoa que ele conhecia que era capaz de lidar com mentes, teria sabido como agir. Dors, com seus conhecimentos não humanos, saberia o que fazer.

Quanto a ele, não tinha mais do que um pálido vislumbre de uma nova psico-história – e nada além disso.

6

Não fora uma tarefa simples mapear o genoma completo de Wanda. Para início de conversa, o número de biomédicos habilitados para lidar com genomas era pequeno e aqueles que eram capazes sempre estavam atarefados.

Tampouco era possível a Seldon expor abertamente suas necessidades a fim de interessar os biomédicos. Seldon achava que era absolutamente essencial que a verdadeira razão de seu interesse pelos poderes mentais de Wanda fosse mantido em segredo de toda a Galáxia.

E, se faltasse mais alguma dificuldade para compor o quadro, o processo de mapeamento do genoma era em si absurdamente caro.

Abanando a cabeça, Seldon perguntou a Mian Endelecki, a biomédica que estava consultando:

– Por que é tão dispendioso, dra. Endelecki? Não sou especialista na área, mas tenho pleno conhecimento de que esse é um processo completamente informatizado e que, assim que se obtém uma amostra de tecido da pele, o genoma pode ser todo mapeado e analisado em poucos dias.

– Isso é verdade. Mas chegar à molécula do ácido desoxirribonucleico, estendida em seus bilhões de nucleotídeos, com cada purina e cada pirimidina em seu devido lugar, é o menor dos estágios... o menor mesmo, professor Seldon. Depois vem a questão de estudar cada um deles e compará-lo com algum padrão. Agora, em primeiro lugar, considere que, embora tenhamos registros de genomas completos, eles representam uma fração pequena, quase imperceptível, do número total de genomas existentes, de maneira que não sabemos de fato se eles fazem parte de um padrão.

– E por que tão poucos? – indagou Seldon.

– Por vários motivos. Os custos, antes de mais nada. Poucas pessoas estão dispostas a gastar créditos com isso a menos que tenham fortes motivos para pensar que haja algo errado com seu genoma. E, se não têm um motivo muito claro, relutam em se submeter a essa análise, temendo que *acabem* encontrando algo errado. Bem, dito isso, o senhor tem certeza de que quer mapear o genoma de sua neta?

– Sim, quero. Isso é da máxima importância.

– Por quê? Ela evidencia algum sinal de anomalia metabólica?

– Não, não. Pelo contrário; se eu soubesse o antônimo de "anomalia"... Eu a vejo como uma pessoa incomum e quero saber o que exatamente a faz assim.

– Incomum em que sentido?

– Mentalmente; mas, para mim, é impossível entrar em detalhes porque não compreendo tudo que diz respeito a essa característica nela. Depois de mapeado o genoma, talvez eu consiga explicar.

– Quantos anos ela tem?

– Doze. Logo completará treze.

– Nesse caso, preciso da autorização dos pais.

Seldon pigarreou.

– Isso pode ser difícil. Sou o avô dela. Isso não seria suficiente como autorização?

– Para mim, sem dúvida. Mas, como o senhor sabe, estamos falando da lei. Não quero perder minha licença de trabalho.

Fora necessário que Seldon abordasse Raych outra vez a respeito desse assunto. Isso também foi difícil, já que ele protestou novamente, reafirmando que ele e Manella, sua esposa, queriam que Wanda levasse a vida normal de uma menina normal. E se o genoma dela acabasse revelando alguma anormalidade? Ela poderia ser levada para que a estudassem e sondassem como se fosse um espécime de laboratório. Movido pela fanática devoção do pai ao Projeto de Psico-História, Raych achava que ele poderia pressionar Wanda a viver uma vida de trabalho, sem nenhuma diversão, afastando-a de outras pessoas de sua idade. Mas Seldon mostrou-se obstinado.

– Raych, confie em mim. Eu nunca faria nada que pudesse prejudicar Wanda. Mas isto tem de ser feito. Preciso mapear o genoma de Wanda. Se for o que suspeito que seja, podemos estar prestes a mudar todo o curso da psico-história, e o futuro da Galáxia inclusive!

Assim, Raych se viu persuadido e, de alguma maneira, conseguiu que Manella também consentisse. Juntos, os três adultos levaram Wanda até a sala da dra. Endelecki.

Ela os recebeu à porta. Seus cabelos brancos brilhavam, mas seu rosto não exibia sinais de idade avançada.

A dra. Mian olhou para a menina, que entrou com uma expressão de curiosidade no semblante, mas sem apreensão ou medo. Então, virou-se para olhar os três adultos que tinham acompanhado Wanda e disse, sorrindo:

– Mãe, pai e avô, certo?

– Absolutamente certo – afirmou Seldon.

Raych parecia subjugado e Manella, de rosto um pouco inchado e olhos avermelhados, parecia cansada.

– Wanda – a doutora chamou. – Esse é o seu nome, não é?

– Sim, senhora – a menina respondeu com sua voz límpida.

– Vou lhe dizer exatamente o que farei com você. Você é destra, imagino.

– Sim, senhora.

– Muito bem, então. Vou passar um pouco de anestésico numa parte do seu antebraço esquerdo. Vai parecer um ventinho frio na pele, só isso. Então, vou raspar um tiquinho da pele, só um pedacinho mesmo. Você não vai sentir dor, não vai sair sangue e não vai ficar nenhuma marca. Quando eu terminar, vou borrifar o local com um desinfetante. O procedimento todo levará apenas alguns minutos. Tudo bem para você?

– Claro – disse Wanda, estendendo o braço.

Depois de concluída a remoção da pele, a dra. Endelecki explicou:

– Agora, vou colocar esse pedacinho de pele ao microscópio, escolher uma célula adequada e acionar o meu analisador genético computadorizado. Ele vai marcar cada um dos nucleotídeos até o último deles, mas existem bilhões. Provavelmente, vai levar o dia todo. É tudo automático, naturalmente, então não vou precisar ficar aqui sentada assistindo à máquina funcionar; também não tem sentido vocês fazerem isso. Assim que o genoma estiver preparado, vai levar ainda mais tempo para que seja analisado. Se quiserem uma leitura completa, ela pode levar umas duas semanas. É isso que torna o procedimento tão caro. O trabalho é longo e exigente. Quando estiver pronto, eu chamo vocês de novo. – Então, ela lhes deu as costas, como se tivesse dispensado a família, e se dirigiu para um aparelho vistoso e cintilante que havia na mesa à frente dela.

– Se encontrar qualquer coisa incomum, poderia entrar em contato comigo no mesmo instante? – pediu Seldon. – Quer dizer, não espere até a análise ficar completa se encontrar alguma coisa logo no começo. Não me faça esperar.

– Professor Seldon, as chances de achar algo peculiar no começo da análise são muito remotas, mas eu prometo que entrarei em contato com o senhor imediatamente, se isso parecer necessário.

Manella tomou a mão de Wanda e a conduziu para fora da sala, em triunfo. Ralph foi atrás, arrastando os pés. Seldon se demorou um pouco mais, para acrescentar:

– Isto é mais importante do que a senhora pode imaginar, dra. Endelecki.

– Seja qual for o motivo, professor, farei o meu melhor – ela aquiesceu.

Seldon saiu, com a boca firmemente apertada. Não tinha ideia de como havia chegado à conclusão de que o genoma seria mapeado em cinco minutos e que, depois de uma breve olhada nele, em mais cinco minutos ele teria chegado à resposta que esperava. Seria preciso aguardar algumas semanas, sem saber o que seria encontrado.

Seldon rangeu os dentes. Será que sua mais recente invenção intelectual, a Segunda Fundação, algum dia chegaria a ser instituída ou não passava de uma ilusão que permaneceria para sempre inatingível?

7

Hari Seldon entrou na sala da dra. Endelecki com um sorriso nervoso estampado na face.

– A senhora disse duas semanas, doutora – ele se queixou. – Já se passou mais de um mês.

– Lamento, professor Seldon, mas o senhor queria tudo exato e foi isso que tentei fazer – explicou a dra. Mian.

– E então? – a expressão de ansiedade no rosto de Seldon não desapareceu. – O que a senhora descobriu?

– Mais ou menos uma centena de genes defeituosos.

– O quê?! Genes defeituosos?! Está falando sério, doutora?

– Completamente. Por que não? Não existe nenhum genoma sem pelo menos uma centena de genes com defeito; em geral, esse número é consideravelmente maior. Mas não é tão ruim quanto parece, entende?

– Não, não entendo. A senhora é a especialista, não eu.

A dra. Endelecki suspirou e se ajeitou na cadeira.

– O senhor não conhece nada de genética, certo, professor?

– Não, não conheço. Não se pode saber tudo.

– O senhor tem toda a razão. Eu não sei nada de... como é que se chama? Psico-história. – A biomédica deu de ombros e depois prosseguiu: – Se quisesse explicar tudo a respeito desse assunto, o senhor seria obrigado a começar do começo e provavelmente nem assim eu entenderia. Bem, no caso da genética...

– Sim?

– Um gene imperfeito em geral não quer dizer nada. Existem genes imperfeitos, tão imperfeitos e tão cruciais que produzem anomalias terríveis. Esses, porém, são muito raros. A maioria dos genes imperfeitos apenas não funciona com exatidão absoluta. São como rodas levemente descalibradas. O veículo segue em frente, balançando um pouco, mas vai.

– É isso o que Wanda tem?

– Sim. Mais ou menos. Afinal, se todos os genes fossem perfeitos, todos nós teríamos exatamente a mesma aparência, iríamos nos comportar precisamente da mesma maneira. É a diferença nos genes que cria pessoas diferentes.

– Mas isso não piora quando ficamos mais velhos?

– Sim. Todos vamos ficando piores ao envelhecer. Reparei que o senhor entrou mancando. Por quê?

– Um pouco de inflamação no ciático – Seldon resmungou.

– A vida inteira foi assim?

– Claro que não.

– Bom, alguns dos seus genes pioraram com o tempo e agora o senhor manca.

– E o que acontecerá com Wanda, no decorrer do tempo?

– Não sei, não posso prever o futuro, professor. Acredito que essa seja a sua área. No entanto, se fosse para arriscar um palpite, eu diria que nada de incomum irá acontecer com Wanda, pelo menos do ponto de vista genético, exceto o avanço da idade.

– Tem certeza? – insistiu Seldon.

– O senhor terá de acreditar em mim. Queria descobrir como era o genoma de Wanda e correu o risco de descobrir coisas que talvez fosse melhor não saber. Mas eu posso lhe dizer que, em minha opinião, não vejo nada de terrível acontecendo com ela.

– E esses genes imperfeitos, deveríamos corrigi-los? Podemos corrigi-los?

– Não. Em primeiro lugar, seria muito dispendioso. Depois, a chance maior é de que não permanecessem corrigidos. Por fim, as pessoas são contra.

– E por quê?

– Porque são contra a ciência em geral. O senhor deveria saber, professor. Parece que essa é a situação vigente. Especialmente desde a morte de Cleon, o misticismo vem ganhando cada vez mais terreno. Todos preferem a cura por imposição das mãos ou por outros meios fraudulentos. Falando francamente, está sendo extremamente difícil dar seguimento ao meu trabalho, com tão pouco financiamento.

– Na realidade, entendo essa situação até bem demais – concordou Seldon. – A psico-história explica isso, mas honestamente eu não achei que a situação estivesse piorando assim tão depressa. Estive muito envolvido com o meu próprio trabalho para perceber outras dificuldades à minha volta. – Seldon suspirou. – Estou observando o Império Galáctico se desmantelar devagar ao longo dos últimos trinta anos, e agora está começando a cair muito mais depressa. Não vejo como seria possível interromper sua queda a tempo.

– E o senhor tem tentado? – a dra. Endelecki parecia achar graça na ideia.

– Estou tentando.

– Boa sorte. Com o seu ciático. Sabe, há cinquenta anos poderia ser curado, mas agora, não.

– Por que não?

– Bom, os aparelhos usados para isso não existem mais, e as pessoas que eram capazes de lidar com eles estão trabalhando em outras coisas. A medicina está em declínio.

– Junto com todo o resto – divagou Seldon. – Mas voltemos a Wanda. Para mim, ela parece uma jovenzinha muito incomum com um cérebro diferente do da maioria. O que os genes dele têm a dizer a respeito do cérebro de Wanda?

A dra. Endelecki se recostou na cadeira.

– Professor Seldon, o senhor sabe quantos genes participam do funcionamento cerebral?

– Não.

– Preciso lembrá-lo de que, de todos os aspectos do corpo humano, a função cerebral é a mais intrincada. Aliás, até onde sabemos, não há nada no universo tão intrincado quanto o cérebro humano. Portanto, não poderá surpreendê-lo se eu lhe disser que existem milhares de genes desempenhando algum papel no funcionamento do cérebro.

– Milhares?

– Exatamente. E é impossível examinar cada um deles e perceber alguma coisa especificamente incomum. No que diz respeito a Wanda, acredito no que o senhor diz. Ela é uma garota incomum, com um cérebro incomum, mas não enxergo nada nos genes dela que me informe qualquer coisa a respeito de seu cérebro, exceto, naturalmente, que é normal.

– A senhora poderia encontrar outras pessoas cujos genes do funcionamento mental fossem como os de Wanda, genes que provoquem o mesmo padrão cerebral?

– Duvido muito. Mesmo que outro cérebro fosse muito parecido com o dela, ainda assim existiriam enormes diferenças genéticas. É inútil buscar semelhanças. Diga-me, professor, exatamente o que a respeito de Wanda é que o leva a achar que o cérebro dela é incomum?

Seldon abanou a cabeça.

– Desculpe, mas isso é uma coisa que não posso comentar.

– Nesse caso, estou *segura* de que não posso achar nada do que o senhor quer. Como foi que o senhor descobriu que havia algo incomum no cérebro dela, essa coisa que não pode mencionar?

– Por acaso – ele resmungou em resposta –, por puro acaso.

– Sendo assim, o senhor terá de encontrar outras pessoas com o cérebro como o dela também por acaso. Não há mais nada a se fazer.

O silêncio desceu entre eles. Finalmente, Seldon perguntou:

– Alguma coisa que a senhora possa me dizer?

– Temo que não, exceto que vou lhe mandar a conta.

Seldon se levantou com certo esforço. A dor no nervo ciático estava terrível.

– Bom, então, doutora, meus agradecimentos. Mande a conta que eu pagarei.

Hari Seldon deixou a sala da médica se perguntando o que poderia fazer agora.

8

Como todos os outros intelectuais, Hari Seldon havia usado livremente a Biblioteca Galáctica. Quase todas as vezes, as consultas tinham sido feitas a distância, por meio do computador, mas de vez em quando ele fora pessoalmente, mais para se afastar um pouco das pressões do Projeto de Psico-História do que por qualquer outro motivo. Nos últimos dois anos, desde que formulara seu plano para encontrar outras pessoas como Wanda, havia mantido uma sala privativa no complexo da biblioteca a fim de ter acesso imediato a todas as vastas coleções de dados. Havia inclusive alugado um pequeno apartamento num setor adjacente sob o domo para poder ir a pé até a biblioteca quando sua pesquisa, cada vez maior, não lhe permitisse regressar ao Setor Streeling.

Agora, todavia, seu plano tinha alcançado novas dimensões e ele queria encontrar Las Zenow. Seria a primeira vez que se encontraria com ele cara a cara.

Não era fácil conseguir uma entrevista pessoal com o bibliotecário-chefe da Biblioteca Galáctica. A maneira como Zenow encarava a natureza e o valor de seu cargo era elevada e costumavam dizer que, quando o Imperador queria consultá-lo, até ele precisava ir em pessoa e esperar a vez.

Seldon, porém, não teve problemas. Zenow o conhecia bem, embora nunca tivesse visto Hari Seldon ao vivo.

– Uma honra, primeiro-ministro – ele o saudou.

Seldon sorriu.

– Acredito que seja de seu conhecimento que não ocupo mais esse cargo há dezesseis anos.

– A honra desse título ainda lhe é devida. Além disso, o senhor foi decisivo para nos libertar do brutal regime da junta. Em diversas ocasiões, a junta violou a regra sagrada da neutralidade da biblioteca.

"Ah", Seldon pensou, "isso explica a rapidez com que ele me atendeu."

– Rumores, só rumores – ele disse em voz alta.

– Mas agora, diga-me – prosseguiu Zenow, que não conseguiu evitar uma rápida espiada em sua faixa de tempo, atada ao pulso –, em que posso ajudá-lo?

Seldon começou nestes termos:

– Bibliotecário-chefe, o que vim lhe pedir não é nada fácil. Quero mais espaço na biblioteca. Quero sua permissão para trazer alguns dos meus colaboradores. Quero permissão para empreender um longo e complexo programa da maior importância.

O rosto de Las Zenow foi tomado por uma expressão perturbada.

– Você está pedindo bastante coisa. Poderia me explicar a importância disso tudo?

– Sim. O Império está em processo de desintegração.

Houve uma pausa demorada. Então, Zenow comentou:

– Ouvi falar de sua pesquisa em psico-história. Disseram-me que a sua nova ciência contém a promessa de previsões de futuro. Você está falando de previsões psico-históricas?

– Não. Ainda não atingi o ponto na psico-história em que posso falar do futuro com boa margem de certeza. Mas você não precisa da psico-história para saber que o Império está se desintegrando. Pode enxergar as evidências por si mesmo.

Zenow suspirou.

– Meu trabalho me consome inteiramente, professor Seldon. Sou uma criança quando se trata de questões políticas e sociais.

– Se quiser, você pode consultar as informações contidas na biblioteca. Ora, basta olhar em seu próprio escritório: está atulhado com todo tipo concebível de informação, proveniente do Império Galáctico inteiro.

– Sou o último a me manter atualizado, infelizmente – Zenow confessou, com um sorriso pesaroso. – Conhece aquele velho ditado, "em casa de ferreiro, o espeto é de pau"? Mas minha impressão é de que o Império foi restaurado. Temos um Imperador novamente.

– Somente em nome, senhor bibliotecário. Na maioria das províncias mais remotas, o nome do Imperador é mencionado ritualisticamente de vez em quando, mas ele não tem nenhum papel nas atitudes que tomam. Os Mundos Exteriores controlam seus próprios programas e, o que é ainda mais importante, controlam as forças armadas locais, mantidas fora da jurisdição da autoridade imperial. Se o Imperador fosse tentar exercer sua autoridade em alguma outra parte além dos Mundos Interiores, fracassaria. Duvido que leve mais de vinte anos, lá fora, até que alguns dos Mundos Exteriores declarem sua independência.

Zenow suspirou de novo.

– Se você estiver com a razão, vivemos os piores tempos que o Império já teve. Mas o que isso tem a ver com o seu desejo de ter mais espaço reservado para trabalhar e mais assistentes, aqui na biblioteca?

– Se o Império se desintegrar, a Biblioteca Galáctica pode não escapar da carnificina geral.

– Oh, tem de escapar, sim – Zenow discordou com veemência.

– Já houve fases ruins antes e sempre foi entendido que a Biblioteca Galáctica, em Trantor, é o repositório de todo o conhecimento humano e que por isso deve se manter inviolável. E assim permanecerá no futuro.

– Talvez não. Você mesmo disse que a junta violou sua neutralidade.

– Mas não a sério.

– Da próxima vez pode ser mais sério, e não podemos permitir que o repositório de todo o conhecimento humano seja danificado.

– E como uma presença maior da sua parte poderá impedir isso?

– Não impedirá, mas o projeto em que estou interessado, sim. Quero criar uma grande enciclopédia, contendo todo o conhecimento de que a humanidade necessitará para se reconstruir, caso o pior aconteça. Será uma Enciclopédia Galáctica. Nós não precisamos de tudo que a biblioteca contém. A maior parte de seu acervo é trivial. As bibliotecas provinciais, espalhadas pela Galáxia inteira, podem ser destruídas e, se não o forem, a maioria dos dados, exceto os mais estritamente locais, podem de todo modo ser obtidos de novo por uma conexão informatizada com a Biblioteca Galáctica. Portanto, a minha intenção é criar algo inteiramente independente e que contenha, com a máxima concisão possível, as informações essenciais de que a humanidade precisa.

– E se também ela for destruída?

– Espero que não seja. Minha intenção é encontrar um mundo muito distante, na periferia dos Mundos Exteriores da Galáxia, para onde eu possa transferir meus enciclopedistas e onde eles possam trabalhar em paz. Até que esse local seja encontrado, quero que o núcleo do grupo trabalhe aqui e use as instalações para decidir o que será necessário ao projeto.

Zenow fez uma careta.

– Entendo o que está dizendo, professor Seldon, mas não tenho certeza de que possa acontecer.

– E por que não, bibliotecário-chefe?

– Porque mesmo tendo esse cargo não me torno automaticamente um monarca absoluto. Existe um Conselho bastante grande, aliás, uma espécie de Magistratura, e por favor não pense que eu posso simplesmente enfiar-lhes goela abaixo esse projeto da Enciclopédia.

– Estou surpreso.

– Mas não fique assim. Não sou um bibliotecário-chefe popular. Já faz alguns anos que o Conselho vem lutando para restringir o acesso à biblioteca. Eu tenho resistido. Eles ficaram revoltados porque eu lhe concedi um pouco de espaço privativo.

– Acesso limitado?

– Exatamente. A ideia é que a pessoa que precisa de uma informação se comunique com um bibliotecário e é esse funcionário que transmitirá a informação ao consulente. O Conselho não quer que as pessoas entrem livremente na biblioteca e que elas mesmas usem os computadores. Dizem que os custos necessários à manutenção dos computadores e de outros equipamentos estão se tornando proibitivos.

– Mas isso é impossível. Existe uma tradição milenar de acesso irrestrito à Biblioteca Galáctica.

– De fato existe, mas, nos últimos anos, as verbas orçamentárias para a biblioteca foram cortadas várias vezes e nós simplesmente não temos mais os fundos que tínhamos antes. Está se tornando muito difícil manter nossos equipamentos em ordem.

Seldon coçou o queixo.

– Mas, se as verbas estão diminuindo, imagino que tenha tido de cortar os salários e de despedir funcionários, ou pelo menos que não tenha podido contratar um novo pessoal.

– Você tem toda a razão.

– Nesse caso, como poderá realizar a imposição de novas tarefas a uma força de trabalho já diminuída, pedindo aos funcionários que obtenham todas as informações que o público irá solicitar?

– A ideia é que não iremos encontrar todas as informações que o público venha a solicitar, e sim somente aqueles segmentos que *nós* considerarmos importantes.

– De modo que vocês não apenas vão abandonar a biblioteca aberta, como inclusive a biblioteca inteira?

– Parece que sim.

– Não posso acreditar que algum bibliotecário aceite isso.

– O senhor não conhece Gennaro Mummery, professor Seldon.

– Diante do olhar inexpressivo de Seldon, Zenow prosseguiu. – Você pode se perguntar quem é essa pessoa. É o líder da facção do Conselho que quer bloquear o acesso à biblioteca. Cada vez mais membros do Conselho se bandeiam para o lado dele. Se eu permitir que você e seus assistentes usem a biblioteca como um grupo independente, alguns membros do Conselho que não são necessariamente partidários de Mummery, mas que são absolutamente contrários a que outras pessoas que não os bibliotecários controlem alguma parte da biblioteca, podem acabar votando com ele. E, nesse caso, serei obrigado a renunciar ao posto de bibliotecário-chefe.

– Veja bem – Seldon interpôs, com uma súbita animação –, toda essa história de possivelmente fechar a biblioteca, tornando-a menos acessível, recusando-se a prestar todas as informações solicitadas, toda essa questão de verbas cada vez mais enxutas, em si são sinais claros da desintegração do Império. Você concorda?

– Visto por esse ângulo, você pode ter razão.

– Então, deixe-me falar com o Conselho. Deixe-me explicar o que o futuro pode trazer e o que quero fazer. Talvez eu consiga convencê-los, da mesma maneira que consegui persuadir você.

Zenow refletiu por um instante.

– Estou disposto a deixar que você tente, mas deve ter claro em mente, desde já, que seu plano pode não dar certo.

– Eu preciso correr esse risco. Por favor, faça tudo que precisar ser feito e me avise quando e onde posso me reunir com o Conselho.

Sentindo-se desassossegado, Seldon deixou Zenow. Tudo que havia dito ao bibliotecário-chefe era verdade... e trivial. A verdadeira razão pela qual precisava usar a biblioteca continuava encoberta.

Em parte, porque ele mesmo não sabia com clareza por que a queria tanto.

9

Hari Seldon estava sentado à beira da cama de Yugo Amaryl, pacientemente, mas triste. Yugo encontrava-se exaurido. Sua condição já estava além do que a ajuda de médicos poderia restaurar, mesmo que ele tivesse concordado em receber essa espécie de assistência, o que ele recusou.

Yugo estava com somente cinquenta e cinco anos, e Seldon, com sessenta e seis, ainda estava em forma, exceto por suas crises do ciático – ou fosse lá o que fosse – que o deixavam com dificuldade para andar, de vez em quando.

Amaryl abriu os olhos.

– Você continua aí, Hari?

Seldon aquiesceu.

– Não vou deixar você sozinho.

– Até que eu morra?

– Sim. – Então, em outra explosão de pesar, ele disse: – Por que você fez isso, Yugo? Se tivesse vivido com bom senso, poderia ter ainda mais vinte ou trinta anos.

Amaryl sorriu debilmente.

– Viver com bom senso? Você quer dizer, tirar férias? Ir para refúgios e descansar? Divertir-me com trivialidades?

– Sim, sim.

– E eu teria ou ansiado por voltar ao trabalho ou aprendido a desperdiçar meu tempo e, nesses vinte ou trinta anos a mais de que você fala, não teria realizado nada além do que fiz. Veja só você.

– O que tem eu?

– Durante dez anos foi o primeiro-ministro de Cleon. Quanto você se dedicou à ciência nesse período?

– Eu passava uma quarta parte do meu tempo trabalhando na psico-história – Seldon respondeu educadamente.

– Você está exagerando. Se não tivesse sido por mim, por ter me desligado de todo o resto, a psico-história teria estancado.

Seldon concordou com um meneio de cabeça.

– Você tem razão, Yugo. Sou grato por isso.

– E antes disso, e desde então, quando você passava pelo menos metade do seu tempo às voltas com providências administrativas, quem faz... fazia... o trabalho propriamente dito? Hein?

– Você, Yugo.

– Sem dúvida – e ele fechou os olhos novamente.

– Porém, você sempre quis assumir as providências administrativas, se tivesse sobrevivido a mim – Seldon acrescentou.

– Não! Eu queria liderar o projeto para mantê-lo caminhando na direção que tem de seguir, mas teria delegado toda a parte administrativa.

A respiração de Amaryl estava se tornando pesada, mas dali a pouco ele se mexeu de novo e abriu os olhos, fixando-os diretamente em Hari, para dizer:

– O que vai acontecer depois que eu me for? Você já pensou nisso?

– Sim, pensei. E quero falar com você a esse respeito. Pode ser que goste de saber, Yugo, que acredito que a psico-história esteja sofrendo uma revolução.

Amaryl fez uma ligeira careta.

– Em que sentido? Não gosto de como isso soa.

– Ouça... foi tudo ideia sua. Há alguns anos, você me disse que deveriam ser instituídas duas Fundações. Separadas, isoladas e seguras, e organizadas de tal modo que servissem de núcleos para um possível Segundo Império Galáctico. Você se lembra disso? Foi ideia sua.

– As equações psico-históricas...

– Eu sei. Elas sugeriam isso. Estou empenhado nisso agora, Yugo. Consegui arranjar um escritório dentro da Biblioteca Galáctica...

– A Biblioteca Galáctica – e o vinco na testa de Amaryl se acentuou. – Não gosto deles lá. Um bando de idiotas muito satisfeitos consigo próprios.

– O bibliotecário-chefe, Las Zenow, não é tão mau assim.

– Você chegou a conhecer um bibliotecário chamado Mummery, Gennaro Mummery?

– Não, mas ouvi falar dele.

– Um ser humano medonho. Tivemos uma briga uma vez, quando ele afirmou que eu tinha mudado alguma coisa de lugar. Eu não tinha feito nada disso e fiquei muito aborrecido, Hari. De repente, eu estava de volta a Dahl. Uma das peculiaridades da cultura dahlita é seu reservatório de xingamentos. Usei algumas das velhas invectivas contra ele e disse que ele estava atrapalhando a psico-história e que entraria para a história como um vilão. Mas eu não disse apenas "vilão" – e Amaryl deu uma risadinha brincalhona. – Acabei deixando o sujeito sem fala.

Subitamente, Seldon pôde vislumbrar de onde vinha a animosidade de Mummery para com gente de fora e, muito provavelmente, para com a psico-história – pelo menos uma parte dessa animosidade –, mas não disse nada.

– A questão, Yugo, é que você queria as duas Fundações para que, se uma desse errado, a outra fosse em frente. Mas nós ultrapassamos isso.

– De que maneira?

– Você se lembra de que Wanda era capaz de ler a mente de alguém e que, há dois anos, viu alguma coisa errada em uma parte das equações no Primeiro Radiante?

– Claro que sim.

– Bom, vamos encontrar outros seres com a mesma capacidade de Wanda. Teremos uma Fundação que irá consistir basicamente em cientistas da área física, incumbidos de preservar o conhecimento da humanidade e de servir de núcleo para o Segundo Império. E teremos uma Segunda Fundação, apenas com psico-historiadores, contendo mentálicos, pessoas que acessem a mente dos outros, psico-historiadores, capazes de trabalhar com a psico-história de uma maneira multimental e, assim, levando-a a avançar muito mais depressa do que poderiam fazer pensadores individuais. Esses formarão o grupo que irá introduzindo os ajustes conforme o tempo passe, entende? Eles sempre estarão na retaguarda, observando. Serão os guardiães do Império.

– Que maravilha! – Yugo exclamou em voz débil. – Maravilhoso!

Agora você entende que eu escolhi o momento certo para morrer? Não resta mais nada para eu fazer.

– Não me diga uma coisa dessas, Yugo.

– Não faça caso disso, Hari. Estou cansado demais para me ocupar com qualquer coisa. Obrigado, obrigado, por me contar... – a voz dele ficava rapidamente cada vez mais fraca – sobre essa revolução. Fiquei feliz... feliz... fel...

Essas foram as últimas palavras de Yugo Amaryl.

Seldon se curvou sobre o leito. As lágrimas ardiam em seus olhos e deslizavam por seu rosto.

Mais um amigo que se fora. Demerzel, Cleon, Dors, agora Yugo... Ele estava ficando cada vez mais vazio e sozinho, à medida que envelhecia.

E a revolução que tinha permitido a Yugo falecer feliz talvez nem chegasse a acontecer de fato. Será que conseguiria dar um jeito de usar a Biblioteca Galáctica? Será que conseguiria encontrar outros como Wanda? E, principalmente, quanto tempo isso tudo levaria?

Seldon estava com sessenta e seis anos. Ah, se pelo menos tivesse começado essa revolução aos trinta e dois, assim que chegara a Trantor...

Talvez agora fosse tarde demais.

10

Gennaro Mummery o estava fazendo esperar. Sem dúvida, uma falta deliberada de cortesia, que beirava a insolência, mas Hari Seldon permaneceu calmo.

Afinal de contas, Seldon precisava muito de Mummery e se brigasse com o bibliotecário acabaria apenas se prejudicando. Aliás, Mummery ficaria encantado com um Seldon enfurecido.

Assim, Seldon se controlou e aguardou até que, enfim, Mummery apareceu. Seldon já o havia visto antes, mas só de longe. Essa era a primeira vez que ficariam juntos, apenas os dois.

Mummery era baixo e roliço, com uma barba pequena e escura. Ostentava um sorriso, mas Seldon desconfiava de que aquilo não passava de uma máscara sem sentido. Ele exibia dentes amarelados e seu indefectível barrete era de um tom parecido, debruado com um fino filete marrom.

Seldon sentiu um indício de náusea. Pareceu-lhe que ele não gostaria de Mummery mesmo que não tivesse um motivo lógico para isso.

Sem perder tempo com preliminares, Mummery logo indagou:

– Bem, professor, em que posso ajudá-lo? – e em seguida olhou para a faixa de tempo que pendia da parede, sem nenhum pedido de desculpas por seu atraso.

– Senhor, gostaria de lhe pedir que suspendesse sua oposição à minha permanência na biblioteca – disse Seldon.

Mummery abriu as mãos à sua frente:

– Você já está aqui há dois anos. De que oposição está falando?

– Até o momento, a facção do Conselho representado por você e pelos outros integrantes que são da mesma opinião não conseguiu destituir o bibliotecário-chefe, mas no mês que vem haverá outra reunião e Las Zenow me disse que não tem certeza de contar com um resultado favorável.

Mummery deu de ombros.

– Eu também não tenho certeza. Sua licença... se pudermos chamá-la assim... até pode ser renovada.

– Mas eu preciso de mais do que isso, bibliotecário Mummery. Desejo trazer alguns assistentes. O projeto no qual estou envolvido, para estabelecer as condições necessárias para o desenvolvimento de uma enciclopédia muito especial no futuro, tem um porte que não me permite trabalhar sozinho.

– Certamente seus assistentes poderão trabalhar onde quiserem. Trantor é um mundo grande.

– Devemos trabalhar na biblioteca. Sou idoso, senhor, e tenho pressa.

– E quem pode deter o avanço do tempo? Não acho que o Conselho lhe permitirá trazer assistentes. O começo do fim, professor?

("Oh, sim, sem dúvida", Seldon pensou, mas não abriu a boca.)

Mummery continuou:

– Não consegui deixá-lo do lado de fora, professor. Não até agora. Mas acho que consigo continuar impedindo a vinda de seus colegas.

Seldon percebeu que não estava chegando a nada. Então, afrouxou o lacre da franqueza mais um pouco e observou:

– Bibliotecário Mummery, com certeza sua animosidade com relação a mim não é algo pessoal. Sem dúvida, você compreende a importância do trabalho que estou realizando.

– Você se refere à sua psico-história. Ora, você está nisso há já trinta anos e o que foi que produziu?

– Essa é exatamente a questão. Agora há algo que poderá ser apresentado.

– Então deixe que esse algo seja produzido na Universidade de Streeling. Por que tem de ser na Biblioteca Galáctica?

– Bibliotecário Mummery, por favor, escute. O que você quer é fechar a biblioteca ao público. Você quer destruir uma longa tradição. Tem mesmo a coragem para fazer isso?

– Não é de coragem que precisamos, mas sim de fundos. Claro que o bibliotecário-chefe chorou no seu ombro e reclamou de suas agruras. As verbas orçamentárias estão muito reduzidas, os salários foram cortados, há falta da manutenção necessária. O que podemos fazer? Tivemos de eliminar alguns serviços e certamente não temos recursos para sustentar o senhor e seus assistentes com salas e equipamento.

– Essa situação já foi reportada ao Imperador?

– Ora, professor, o senhor está sonhando. Não é verdade que sua psico-história lhe diz que o Império está se deteriorando? Já ouvi dizer que seu apelido é Corvo Seldon. Penso que estejam se referindo à mítica ave do mau agouro.

– É verdade que estamos ingressando num período infausto.

– E você, professor, acredita que a biblioteca seja imune a esses tempos difíceis? Professor, a biblioteca é a minha vida e eu quero que ela continue sendo, mas isso não vai acontecer a menos que encontremos um modo de fazer com que nossos parcos recursos sejam suficientes para cobrir as despesas. E aqui vem você, esperando que a biblioteca continue aberta e que você mesmo se beneficie disso. Não vai ser possível, professor, simplesmente não vai ser possível.

Desesperado, Seldon perguntou:

– E se eu conseguir os créditos de que você precisa?

– É mesmo? E como?

– E se eu for falar com o Imperador? Já fui primeiro-ministro. Ele vai me receber e me ouvir.

– E você vai obter os fundos diretamente dele? – Mummery disse, rindo.

– Se eu conseguir, se eu aumentar as verbas para a biblioteca, posso vir com os meus assistentes?

– Primeiro você me traz os créditos – respondeu Mummery – e então veremos. Mas não acredito que você consiga.

Ele parecia muito seguro de si e Seldon se perguntou quantas vezes, em vão, se a Biblioteca Galáctica já teria apelado ao Imperador. E se o seu próprio pedido teria alguma chance de sucesso.

11

O Imperador Agis XIV na verdade não tinha direito a esse nome. Ele o havia adotado quando subira ao trono com o propósito deliberado de se vincular aos Agis que haviam governado dois mil anos antes, a maioria deles com bastante competência – em especial Agis VI, que ocupara o trono durante quarenta e dois anos e mantivera a ordem num Império próspero, com mão firme, mas não tirânica.

Agis XIV não se parecia com nenhum dos outros membros da antiga dinastia, se pudesse se confiar nos registros holográficos. Mas, a bem da verdade, Agis XIV não se parecia muito com o registro holográfico que era divulgado ao público.

Inclusive, Hari Seldon pensou com uma pontada de nostalgia, que o Imperador Cleon, apesar de todas as suas deficiências e fraquezas, certamente tinha um aspecto mais imperial.

Agis XIV não parecia um Imperador. Seldon nunca o vira muito de perto e as poucas holografias que tinha visto eram absurdamente imprecisas. O hológrafo imperial sabia qual era seu ofício e o fazia bem, Seldon pensou com amargura.

Agis XIV era baixo, com um rosto nada atraente e olhos levemente esbugalhados que não sugeriam inteligência. Sua única qualificação para o trono era ser parente de Cleon.

Todavia, uma coisa que lhe podia ser creditada era o fato de ele não tentar desempenhar o papel de um Imperador poderoso. Era de conhecimento comum que ele gostava de ser chamado "Imperador-Cidadão", e que somente o protocolo imperial e a indignada reação de repúdio da Guarda Imperial impediam-no de sair do domo e caminhar pelas ruas de Trantor. Aparentemente, diziam inclusive, ele gostaria de trocar apertos de mão com os cidadãos e ouvir suas queixas pessoalmente.

(Ponto para ele, Seldon pensou, mesmo que isso talvez nunca acontecesse.)

Com um murmúrio e uma mesura, Seldon disse:

– Agradeço-lhe, Majestade, por ter consentido em me receber.

Agis XIV tinha uma voz clara e bastante atraente, que destoava frontalmente de sua aparência. Ele respondeu:

– Um ex-primeiro-ministro certamente deve ter seus privilégios, embora eu mesmo mereça o crédito de ter tido a notável coragem de concordar em recebê-lo.

Havia uma nota de humor em suas palavras e Seldon se flagrou repentinamente pensando que a pessoa pode não parecer inteligente e, não obstante, sê-lo.

– Coragem, Majestade?

– Ora, naturalmente. Não é você que andam chamando de Corvo Seldon?

– Ouvi essa expressão outro dia, Majestade, pela primeira vez.

– Aparentemente a referência é à sua psico-história, que parece prever a Queda do Império.

– Ela somente aponta para essa possibilidade, Majestade...

– E assim você se tornou associado a um pássaro mítico de mau agouro. Exceto que eu acho que o pássaro de mau agouro é você mesmo.

– Espero que não, Majestade.

– Ora, ora... O registro é bem claro. Eto Demerzel, o primeiro-ministro de Cleon, ficou impressionado com o seu trabalho e veja só o que aconteceu: ele foi obrigado a renunciar ao seu cargo e a ir para o exílio. O próprio Imperador Cleon ficou impressionado com seu trabalho e veja o que aconteceu: foi assassinado. A junta militar ficou impressionada com o seu trabalho e veja o que aconteceu: foi varrida do poder. Dizem que até os joranumitas ficaram impressionados com o seu trabalho, e, pasme, foram destruídos. Agora, ó Corvo Seldon, você vem me ver. O que devo esperar?

– Ora, Majestade, nada de mau.

– Imagino que não porque, diferentemente de todos esses outros que mencionei, não me sinto impressionado com o seu trabalho. Agora, diga-me por que está aqui.

Agis XIV ouviu cuidadosamente, sem interromper, enquanto Seldon explicava a importância de elaborar um projeto destinado a preparar uma enciclopédia que pudesse preservar o conhecimento humano, caso o pior acontecesse.

– Sim, sim – disse, enfim, o Imperador –, e vejo, portanto, que você está mesmo convencido de que o Império cairá.

– Há uma forte possibilidade, Majestade, e não seria prudente recusar a ideia de levar essa possibilidade em conta. De certo modo, quero preservar tudo que eu puder, ou minimizar seus efeitos, se não for possível fazer outra coisa.

– Corvo Seldon, se continuar fuçando as coisas desse jeito, estou convencido de que o Império vai cair e que nada poderá impedir que isso aconteça.

– Não é bem assim, Majestade. A única coisa que estou pedindo é permissão para trabalhar.

– Ah, mas isso você tem, então não estou entendendo o que é que você quer de mim. Por que me falou de toda essa história de enciclopédia?

– Porque quero trabalhar na Biblioteca Galáctica, Majestade, ou, mais exatamente, quero que um grupo de assistentes trabalhe comigo.

– Eu lhe asseguro que não colocarei obstáculos.

– Majestade, isso não é suficiente. Preciso de sua ajuda.

– Em que sentido exatamente, ex-primeiro-ministro?

– Com verbas orçamentárias. A biblioteca deve receber fundos ou fechará suas portas ao público e me porá para fora.

– Créditos! – Uma nota de incredulidade coloriu a voz do Imperador. – Você veio me procurar para pedir créditos?

– Sim, Majestade.

Agis xiv se levantou e se mostrou um pouco agitado. Seldon também se pôs em pé imediatamente, mas Agis acenou para que ele se sentasse.

– Sente-se. Não me trate como Imperador. Não sou um Imperador. Eu não queria esse cargo, mas me obrigaram a aceitar. Eu era o parente mais próximo da família imperial e ficaram insistindo comigo, dizendo que o Império precisava de um Imperador. Então, eles têm a mim como Imperador e eu lhes presto um bom serviço. Créditos! Você espera que eu tenha créditos! Você fala da desintegração do Império. Como é que você acha que ele se desintegra? Acha que é por meio de uma revolta? De uma guerra civil? De distúrbios aqui e ali? Não. Pense em *créditos*. Você se dá conta de que não posso cobrar nenhum tipo de imposto de metade das províncias do Império? Essas regiões ainda fazem parte do Império ("Salve o *Imperium!*", "Toda a honra ao Imperador!"), mas não pagam nada e eu não tenho a força necessária para cobrar. E, se não consigo obter créditos delas, então elas não fazem realmente parte do Império, certo? Créditos! O Império está numa situação de déficit crônico de proporções apavorantes. Eu não posso pagar mais nada. Você acha que existem recursos suficientes para manter o complexo do Palácio Imperial? Tenho de cortar custos. Devo deixar o palácio decair. Devo deixar o número de estruturas de funcionários contratados diminuir por mero atrito. Professor Seldon, se você quer créditos, eu não os tenho. Onde posso encontrar verba para enviar para a biblioteca? Eles têm de ser gratos por eu conseguir arranjar alguma coisa para lá, todos os anos. – Ao terminar sua explanação, o Imperador estendeu as duas mãos para a frente, com as palmas para cima, como se assim ilustrasse o vazio dos cofres imperiais.

Hari Seldon estava atônito. Então disse:

– Apesar de tudo isso, Majestade, mesmo que lhe faltem créditos, o senhor ainda tem o prestígio imperial. Não lhe seria possível ordenar que a biblioteca me permita continuar com a sala que tenho lá e autorize a vinda dos meus assistentes para me ajudar a realizar o nosso trabalho vital?

Agora, Agis XIV se sentou como se, já que o assunto não era mais a questão dos créditos, ele não estivesse em estado de agitação. Então, respondeu:

– Você sabe que, fiel a uma longa tradição, a Biblioteca Galáctica é independente do Império, pelo menos no que diz respeito à sua autogestão. A biblioteca estipula suas regras e tem feito isso desde que Agis VI – o que ele acrescentou com um sorriso – tentou controlar as novas funções. Ele fracassou e, se o notável Agis VI fracassou, você acha que eu terei sucesso?

– Não estou lhe pedindo que recorra à força, Majestade. Apenas expresse um desejo, de maneira educada. Seguramente, como nenhuma função vital da biblioteca está em jogo, eles terão prazer em honrar o desejo do Imperador e acatarão seu desejo.

– Professor Seldon, o senhor conhece bem pouco a biblioteca. A mim basta apenas expressar um desejo, mesmo que o mais educada e diplomaticamente possível, para garantir que eles farão justamente o oposto, arquitetando tudo em sigilo. Eles são muito melindrosos quando se trata do mais leve indício de uma tentativa de controle imperial.

– Mas, então, eu faço o quê? – Seldon indagou.

– Ora, eu lhe digo o que fazer. Acabei de ter uma ideia. Sou uma figura pública e posso visitar a Biblioteca Galáctica se assim o desejar. Como ela está no território do palácio, não estarei violando nenhum protocolo ao visitá-la. Bem, você vem comigo e nos comportaremos de maneira ostensivamente amistosa. Eu não vou pedir nada a eles, mas se eles nos virem andando de braços dados, então talvez algum dos preciosos membros daquele Conselho se sinta mais receptivo a suas necessidades. Mas é tudo que posso fazer.

Profundamente desapontado, Seldon se questionou sobre se isso seria suficiente.

12

Las Zenow observou com algum assombro matizando sua voz:

– Não sabia que o senhor era tão amigo do Imperador, professor Seldon.

– E por que não? Para um Imperador, ele é um homem muito democrático e já tinha interesse pelas minhas experiências quando eu era primeiro-ministro, nos tempos de Cleon.

– Ele causou uma forte impressão em todos nós. Há muitos anos que não víamos um Imperador percorrendo nossos corredores. Em geral, quando o Imperador precisa de alguma coisa da biblioteca...

– Posso imaginar. Ele pede e a solicitação é atendida e levada diretamente por questão de cortesia.

Com vontade de alongar o bate-papo, Zenow continuou:

– Houve em certa época um projeto de equipar o Imperador com um conjunto completo de computadores instalado em seu palácio e diretamente conectado com o sistema da biblioteca, para que ele não precisasse aguardar para ser atendido. Essa ideia foi ventilada nos tempos antigos, quando havia abundância de créditos, mas, como você pode imaginar, votaram contra.

– Votaram?

– Ah, sim... Quase todo o Conselho concordou que isso tornaria o Imperador muito envolvido nas questões da biblioteca e que nossa independência em relação ao governo ficaria ameaçada.

– E esse Conselho, que não se curva para homenagear o Imperador, irá consentir que eu continue trabalhando nas instalações da biblioteca?

– Por enquanto, sim. A sensação, que fiz o meu melhor para incentivar, é de que, se não formos educados para com um amigo pessoal do Imperador, as chances de continuarmos a receber verbas serão completamente abolidas...

– Então, os créditos, mesmo que sejam uma possibilidade escassa, falam mais alto.

– Receio que sim.

– E posso trazer meus assistentes?

Zenow pareceu envergonhado.

– Temo que não. O Imperador só foi visto caminhando ao seu lado, e não ao lado de seus assistentes. Lamento, professor.

Seldon deu de ombros e se sentiu tomado por uma onda de profunda melancolia. No final das contas, não tinha nenhum assistente para trazer. Por algum tempo tinha esperado ser capaz de localizar outras pessoas como Wanda, e tinha fracassado. Ele também precisaria de fundos para montar uma operação adequada de pesquisa. E ele também não possuía nenhum.

13

Trantor, o mundo-cidade que era a capital do Império Galáctico, tinha mudado consideravelmente desde o dia em que Hari descera da hipernave, vindo de sua terra natal em Helicon, trinta e oito anos antes. Seldon se perguntava se era a aura perolada da memória difusa de um velho que fazia a Trantor de antigamente parecer mais fulgurante que a de agora. Talvez, ainda, tivesse sido a exuberância da juventude. Como um rapaz vindo de um Mundo Exterior tão provinciano como Helicon não se impressionaria com aquelas torres faiscantes, os domos cintilantes, as massas coloridas e atarefadas das pessoas que pareciam turbilhonar em Trantor, dia e noite?

Agora, Hari matutou com tristeza, as calçadas e as passarelas estão praticamente desertas, mesmo que à plena luz do dia. Gangues agressivas de valentões controlavam várias áreas da cidade, disputando os territórios entre si. O departamento de segurança tinha encolhido. Os funcionários que lhe restavam estavam cheios de trabalho, tentando processar todas as queixas que eram encaminhadas ao escritório central. Claro que alguns policiais eram despachados para atender a chamados de emergência, mas só conseguiam chegar à cena do crime *depois* do fato consumado, e nem fingiam mais que estavam protegendo os cidadãos de Trantor. As pessoas saíam às ruas por sua própria conta e risco – e era um grande risco. Mesmo assim, Hari Seldon assumia esse risco ao sair para uma de suas caminhadas diárias, como se estivesse desafiando as forças que estavam destruindo seu amado Império a destruí--lo também.

Assim, Hari Seldon caminhava, mancando... e pensando.

Nada funcionara. Nada. Ele fora incapaz de isolar o padrão genético que distinguia Wanda, e sem esse padrão não era capaz de localizar outras pessoas como ela.

A capacidade de Wanda para ler a mente das pessoas tinha evoluído consideravelmente naqueles seis anos decorridos desde que ela identificara a falha no Primeiro Radiante de Yugo Amaryl. Wanda era especial de diversas maneiras. Era como se, após ter se conscientizado de que sua capacidade mental a diferenciava das demais pessoas, ela se houvesse determinado a compreender esse atributo, a dominar sua energia, a canalizá-la. Atravessando a adolescência, havia amadurecido e descartara todas as risadinhas juvenis que tanto encantavam Hari, ao mesmo tempo em que se lhe tornava cada vez mais querida, dada sua determinação em ajudá--lo no trabalho que envolvia o mapeamento de seu "dom". Hari Seldon, a bem da verdade, tinha exposto a Wanda seu plano para uma Segunda Fundação, e ela se havia comprometido a concretizar tal objetivo com ele.

Todavia, hoje Seldon estava entristecido. Estava chegando à conclusão de que a capacidade mental de Wanda não o levaria a parte alguma. Ele não tinha créditos para prosseguir em seu trabalho; não tinha créditos para localizar outros indivíduos como Wanda, nem para pagar seus funcionários no Projeto de Psico-História em Streeling, nem para elaborar sua sumamente importante Enciclopédia, seu projeto especial dentro da Biblioteca Galáctica.

E agora?

Ele continuou andando na direção da Biblioteca Galáctica. Teria sido melhor se tivesse tomado um gravitáxi, mas queria caminhar, mancando ou não. Ele precisava de tempo para pensar.

Foi quando ouviu um grito "Ali está ele!", ao qual não deu atenção. Gritaram de novo:

– Ali está ele! Psico-história!

Foi essa palavra – psico-história – que o fez parar.

Um grupo de rapazes estava se aproximando e fazia menção de rodeá-lo.

Automaticamente, Seldon colou as costas na parede e ergueu a bengala.

– O que querem de mim?

O bando riu.

– Créditos, velho. Você tem algum crédito?

– Talvez, mas por que querem créditos de mim? Vocês disseram "psico-história". Como sabem quem eu sou?

– Você é o Corvo Seldon, sem dúvida – disse um dos rapazes, o que liderava o bando. Ele parecia muito confortável e satisfeito.

– Você é um agourento – gritou outro arruaceiro.

– E o que vão fazer se eu não lhes der nenhum crédito?

– Você vai apanhar até cair e então nós roubaremos seus créditos – explicou o líder.

– E se eu lhes der os créditos?

– Vamos te dar uma surra do mesmo jeito! – disseram e todos caíram na risada.

Hari Seldon levantou sua bengala um pouco mais alto.

– Afastem-se, todos vocês.

A essa altura, tinha conseguido contar quantos eram: oito.

Ele se sentiu engasgando um pouco. Certa vez, ele, Dors e Raych tinham sido atacados por dez e não fora nenhum pouco difícil. Naquela época, tinha apenas trinta e dois anos e contava com Dors, que era... Dors.

Agora era diferente. Ele abanou a bengala no ar.

– Ei, o velho vai nos atacar. O que vamos fazer? – perguntou o líder dos arruaceiros.

Seldon olhou rapidamente ao seu redor. Não havia nenhum oficial de segurança à vista. Outra indicação de como a sociedade estava se deteriorando. Passaram uma ou duas pessoas por acaso, mas não fazia sentido gritar para que elas o ajudassem. Pelo som de suas passadas, era visível que apressaram a marcha e que estavam fazendo um amplo desvio da cena que envolvia Seldon. Ninguém queria correr o risco de se envolver numa enrascada com bandidos de rua.

– O primeiro de vocês que se aproximar ganha uma cabeça quebrada – ameaçou Seldon.

– É mesmo? – e o líder se adiantou rapidamente, apoderando-se da bengala. Depois de alguns trancos e empurrões, a bengala foi arrancada das mãos de Seldon. O líder a jogou no chão.

– E agora, meu velho?

Seldon recuou. A única coisa que podia fazer era aguardar pelos golpes. Os outros o cercaram, ansiosos para acertar alguns golpes nele. Seldon levantou os braços para tentar se proteger. Ele ainda conseguia aplicar alguns golpes da arte do tufão, embora não em seu melhor estilo. Se só estivesse enfrentando um ou dois, poderia dar um jeito de torcer o corpo, evitar os golpes e depois revidar. Mas oito, não. Com certeza, não.

De todo modo, tentou se deslocar rapidamente para o lado para evitar os golpes e sua perna direita, por causa da inflamação no ciático, cedeu sob o peso de seu corpo. Ele caiu e sabia que estava numa posição inteiramente impotente.

Então, ouviu uma voz estentórea bradando:

– Mas o que está acontecendo por aqui? Vão embora, seus arruaceiros! Sumam, ou eu mato todos vocês!

O líder então observou:

– Bom, mais um velho.

– Não tão velho assim – retrucou o recém-chegado. Com o dorso de uma mão acertou o rosto do líder, que ficou com uma mancha vermelha nada boa.

– Raych! – exclamou Seldon. – É você!

Raych varreu o ar com a mão enquanto ordenava:

– Pai, não se meta. Fique em pé e vá embora.

Esfregando a bochecha, o líder gritou:

– Você vai pagar por isso. Nós vamos te pegar.

– Não vão, não – e Raych falou isso tirando uma adaga dahlita de dentro da roupa, expondo sua lâmina longa e cintilante. Em seguida puxou outra adaga e agora segurava uma em cada mão.

Seldon disse com voz débil.

– Sempre carregando as facas, Raych?

– Sempre – ele respondeu. – Nada me impedirá de carregá-las.

– Eu farei – bravateou o líder, sacando seu desintegrador.

Mais depressa do que a vista pôde acompanhar, uma das facas de Raych atravessou o ar e se enterrou na garganta do líder. Ele soltou um grito abafado e forte, fez um som gorgolejante e caiu, enquanto os outros sete olhavam, estarrecidos.

Raych se aproximou e informou:

– Quero a minha faca de volta. – Ele a removeu da garganta do ex-valentão e a limpou na camisa do morto. No mesmo movimento, pisou na mão do sujeito, inclinou-se e recolheu o desintegrador.

Raych guardou a arma em um de seus amplos bolsos, e então disse:

– Não gosto de usar um desintegrador, seus inúteis, porque às vezes eu erro. Mas eu nunca erro com uma adaga. Nunca! Esse aí já está morto. Vocês sete pretendem continuar em pé e olhando para ele ou vão embora?

– Pra cima dele! – berrou um dos bandidos e todos se atiraram juntos sobre Raych.

Ele deu um passo atrás. Uma faca riscou o ar e logo dois dos valentões pararam e, nos dois casos, com uma faca enterrada no meio da barriga.

– Devolvam minhas facas – Raych disse, arrancando uma de cada vez com um movimento cortante, para em seguida limpar o sangue das duas. – Esses dois continuam vivos, mas não por muito tempo. Agora, são só cinco em pé. Vocês vão atacar de novo ou vão embora?

Eles se viraram para partir, mas Raych os chamou:

– Peguem o morto e os moribundos. Eu não quero nenhum deles.

Afobadamente, pegaram os corpos, colocaram nos ombros e então se viraram de novo para sair dali correndo.

Raych se curvou para pegar a bengala de Seldon.

– Você consegue andar, papai?

– Mais ou menos – Seldon disse. – Torci o pé.

– Bom, então, entre no meu carro. Mas, afinal, o que você fazia andando por aí?

– Por que não? Nunca tinha me acontecido nada.

– Então você ficou esperando até que acontecesse, é? Entre no meu carro que eu lhe dou uma carona de volta até Streeling.

Depois de programar silenciosamente o carro terrestre, ele comentou:

– Que pena que Dors não estava conosco. Mamãe teria atacado os caras de mãos nuas e todos os oito estariam mortos em cinco minutos.

Seldon sentiu as lágrimas escorrendo sob suas pálpebras.

– Eu sei, Raych. Eu sei. Você não imagina como eu sinto a falta dela.

– Me desculpe – Raych disse, em voz baixa.

– Como você soube que eu estava em apuros? – indagou Seldon.

– Wanda me avisou. Ela disse que havia malfeitores de tocaia, esperando por você, e me disse onde eles estavam. Então vim na mesma hora.

– Você não teve dúvida de que ela sabia o que estava falando?

– De jeito nenhum. Sabemos bastante sobre ela agora para ter certeza de que ela tem alguma espécie de contato com a sua mente e com as coisas que o rodeiam.

– Ela lhe disse quantas pessoas estavam me atacando?

– Não. Ela disse apenas que eram "algumas".

– E mesmo assim você veio até aqui sozinho, Raych?

– Não havia tempo para juntar um séquito, pai. Além disso, um só como eu já era suficiente.

– Sim, foi mesmo. Obrigado, Raych.

14

Voltaram a Streeling, e a perna de Seldon estava estendida sobre uma almofada.

Raych olhava para ele com expressão sombria.

– Papai – ele começou –, daqui por diante, você não vai mais caminhar sozinho por Trantor.

Seldon vincou a testa.

– Ora, por causa de um incidente?

– Foi o suficiente. Você não consegue mais se cuidar sozinho. Está com setenta anos e sua perna direita não lhe dá apoio numa emergência. Além disso, você tem inimigos...

– Inimigos!

– Sim, inimigos. E você sabe disso. Aqueles ratos de esgoto não estavam somente atrás de atacar qualquer um. Eles não estavam apenas de tocaia para roubar algum incauto. Eles o identificaram por seu nome, chamaram-no de "Psico-história". E chamaram você de agourento. Por que você acha que aconteceram todas essas coisas?

– Não sei por quê.

– Porque você vive num mundo à parte, todo seu, papai, e não sabe o que está acontecendo em Trantor. Você não desconfia que os trantorianos saibam que seu mundo está decaindo em ritmo acelerado? Você não imagina que eles já saibam que a sua psico-história está predizendo isso há anos? Não lhe ocorre a possibilidade de que eles queiram culpar o mensageiro por causa da mensagem? Se as coisas derem errado (e elas estão indo de mal a pior), muita gente está achando que você será o responsável.

– Não consigo acreditar nisso.

– Por que você imagina que existe uma facção na Biblioteca Galáctica que quer você longe dali? Eles não querem ficar no meio do fogo cruzado quando você for vítima da turba. Portanto, tome cuidado. Você não pode mais sair por aí sozinho. Ou eu estou com você, ou você arruma guarda-costas. É desse jeito que vai ser, papai.

Seldon parecia absolutamente infeliz.

Raych amenizou o tom para continuar:

– Mas não por muito tempo, pai. Arrumei outro serviço.

Seldon ergueu a vista.

– Um novo serviço. De que tipo?

– Aulas. Numa universidade.

– Qual universidade?

– Santanni.

– Santanni! – Os lábios de Seldon tremeram. – Mas fica a nove mil parsecs de distância de Trantor. É um mundo provincial do outro lado da Galáxia.

– Exatamente. É por isso que quero ir. Vivi em Trantor minha vida inteira, pai, e estou cansado daqui. Em todo o Império não existe um mundo que esteja se deteriorando do mesmo jeito que Trantor. Isto aqui está se tornando um antro de criminalidade, sem ninguém para nos proteger. A economia claudica, a tecnologia falha. Já Santanni, por outro lado, é um mundo decente, que continua seguindo em frente suavemente, e quero ir para lá e construir uma nova vida, com Manella, Wanda e Bellis. Estamos todos indo em dois meses.

– Todos vocês?!

– E você também, papai. Você também. Não vamos deixar você sozinho para trás, em Trantor. Você vem conosco para Santanni.

Seldon abanou a cabeça.

– Impossível, Raych, e você sabe disso.

– Impossível por quê?

– Ora, você sabe por quê. O projeto. A minha psico-história. Está me pedindo que abandone o trabalho da minha vida inteira?

– E por que não? A psico-história já abandonou você.

– Você está doido.

– Ah, não estou, não. Aonde você está indo com isso? Você não tem créditos. Não consegue arrecadá-los em parte nenhuma. Não sobrou ninguém em Trantor disposto a apoiá-lo.

– Durante praticamente quarenta anos...

– Sim, reconheço. Mas, depois de todo esse tempo, você *fracassou*, pai. Não é crime nenhum fracassar. Você tentou arduamente e foi muito longe, mas acabou dando de cara com uma economia em desintegração e um Império em decadência. É precisamente tudo que você veio predizendo ao longo de muitos anos que está impedindo a continuidade de seu trabalho. Portanto...

– Não. Eu não vou parar. De um jeito ou de outro, vou seguir em frente.

– Pai, vou te dizer uma coisa. Se você realmente vai dar uma de cabeça-dura, então leve a psico-história com você. Comece de novo em Santanni. Pode ser que haja créditos suficientes por lá, além de entusiasmo, para sustentar o projeto.

– E os homens e as mulheres leais que ficaram trabalhando comigo todo esse tempo?

– Ah, pai, sem essa. Esse pessoal vem *abandonando* você porque você não pode pagá-los. Se ficar aqui até o fim da vida, vai terminar sozinho. Pai, seja razoável. Você acha que eu gosto de falar com você desse jeito? É porque ninguém mais queria fazer isso... porque ninguém mais teve a coragem de dizer isso, que você está nessa atual situação. Vamos ser honestos um com o outro, neste momento. Quando você anda pelas ruas de Trantor e é agredido pelo único motivo de ser Hari Seldon, não acha que está na hora de encarar um pouco a verdade?

– Que me importa essa verdade? Não tenho a menor intenção de sair de Trantor.

Raych balançou a cabeça.

– Eu tinha certeza de que você seria teimoso até o osso, pai. Você tem dois meses para mudar de ideia. Pense nisso, está bem?

15

Fazia muito tempo desde a última vez que Hari Seldon tinha sorrido. Vinha conduzindo o projeto da mesma maneira de sempre: empenhado em levar inexoravelmente adiante o desenvolvimento da psico-história, fazendo planos para a Fundação, estudando o Primeiro Radiante.

Mas ele não sorria. A única coisa que fazia era se forçar a seguir trabalhando, sem nenhum sentimento de sucesso pela frente. Ao contrário, o sentimento era de fracasso iminente a respeito de tudo.

E então, sentado em sua sala na Universidade de Streeling, viu Wanda entrar. Ao olhar para ela, seu coração se alegrou. Wanda sempre tinha sido especial. Seldon não conseguia identificar exatamente quando ele e os outros tinham começado a aceitar os pronunciamentos que ela fazia com mais do que o entusiasmo habitual. A impressão é que sempre tinha sido assim. Quando era apenas uma garotinha, ela lhe havia salvado a vida com seu extraordinário conhecimento da "morte limonada", e durante toda a infância e a juventude tinha *sabido* das coisas, de alguma maneira.

Embora a dra. Endelecki tivesse afirmado que o genoma de Wanda era perfeitamente normal em todos os sentidos, Seldon ainda tinha certeza de que sua neta possuía poderes mentais muito maiores do que os de um ser humano normal. Assim como estava convicto de que havia outras pessoas como ela na Galáxia, e possivelmente até mesmo em Trantor. Se ele conseguisse encontrar esses mentálicos, a contribuição que poderiam fazer para a Fundação seria imensa. O potencial dessa grandeza estava todo centralizado em sua linda neta. Seldon mirou a jovem, emoldurada pelos batentes da porta de seu gabinete e por um instante sentiu como se seu sorriso fosse se partir. Dali a poucos dias ela estaria indo embora.

Como ele iria aturar isso? Wanda era uma linda moça de dezoito anos. Longos cabelos loiros, rosto um pouco largo mas propenso a sorrir. Ela estava sorrindo naquele exato momento e Seldon pensou: "Por que não? Está a caminho de Santanni e de uma nova vida".

– Então, Wanda, somente mais alguns dias – ele disse.

– Não, vovô, acho que não.

Ele a encarou com surpresa.

– Como assim?

Wanda se aproximou dele e colocou os braços em volta do avô.

– Não vou para Santanni.

– Seu pai e sua mãe mudaram de ideia?

– Não; eles vão, sim.

– Mas você não? Para onde você vai?

– Eu vou ficar aqui, vovô. Com você. – Ela o abraçou. – Pobre vovô!

– Mas não estou entendendo. Por quê? Eles concordaram com isso?

– Você quer dizer a mamãe e o papai? Bom, na realidade, não. Já estamos nessa discussão há algumas semanas, mas eu acabei vencendo. Por que não, vovô? Eles irão para Santanni e terão um ao outro... e ainda terão a pequena Bellis. Mas, se eu for com eles e deixar você aqui, você não terá ninguém. Não acho que eu seria capaz de aguentar isso.

– Mas como foi que você fez os dois concordarem com isso?

– Bom... você sabe, eu forcei.

– O que isso quer dizer?

– É a minha cabeça. Eu posso ver o que você está pensando e também o que se passa na cabeça deles e, conforme o tempo vai passando, eu vejo com mais nitidez, e posso forçar para que eles façam o que eu quero.

– E como você faz isso?

– Não sei. Mas, depois de algum tempo, eles se cansaram de ser forçados e estão dispostos a me deixar fazer como eu quero. Por isso, vou ficar com você.

Seldon levantou os olhos para a neta, com um amor desmedido.

– Isso é maravilhoso, Wanda, mas Bellis...

– Não se preocupe com Bellis, ela não tem a mente como a minha.

Seldon mordeu o lábio inferior ao perguntar:

– Tem certeza?

– Total. Além disso, a mamãe e o papai também têm de ter alguém.

Seldon queria festejar, mas não podia fazer isso tão abertamente. Havia Raych e Manella. Como é que isso os afetaria? Então ele questionou:

– Wanda, e os seus pais? Como você consegue manter todo esse sangue-frio a respeito deles?

– Não é uma questão de eu ter sangue-frio. Eles me compreendem. Eles percebem que eu devo permanecer com você.

– E como você conseguiu isso?

– Eu forcei – Wanda explicou, com simplicidade. – Depois de algum tempo, eles acabaram vendo as coisas do mesmo jeito que eu.

– Você consegue fazer isso?

– Não foi fácil.

– E você agiu assim porque... – e Seldon se deteve.

– ... porque eu amo você, naturalmente – Wanda terminou. – E porque...

– Sim?

– Eu preciso aprender psico-história. Já sei muitas coisas até agora...

– Como?

– Através da minha mente. E da mente dos outros que estão no projeto, especialmente de tio Yugo, até ele morrer. Mas até aqui são trechos e pedaços desconexos. Eu quero a coisa de verdade, vovô. Quero um Primeiro Radiante para mim. – O rosto dela se iluminou e as palavras que disse saíram rapidamente, com ardor. – Quero estudar a psico-história em grandes detalhes. Vovô, você já está muito idoso e muito cansado. Eu sou mais moça e tenho vontade. Quero aprender tudo que puder, para poder seguir em frente quando...

– Bom, isso seria maravilhoso – interrompeu Seldon –, se você puder fazer o que disse, mas não existem mais verbas para o trabalho. Vou lhe ensinar tudo o que eu sei, mas não podemos *fazer* nada.

– Veremos, vovô, veremos.

16

Raych, Manella e a pequena Bellis estavam esperando no espaçoporto.

A hipernave estava se preparando para decolar e os três já tinham despachado a bagagem.

– Pai, venha conosco – insistiu Raych.

Seldon abanou a cabeça.

– Não posso.

– Caso mude de ideia, sempre teremos lugar para você.

– Eu sei, Raych. Ficamos juntos durante quase quarenta anos. E foram bons anos. Dors e eu tivemos muita sorte por ter encontrado você.

– O sortudo fui eu. – Os olhos do dahlita se encheram de lágrimas. – Não pense que se passe um dia sem que eu me lembre de mamãe.

– Sim. – Seldon desviou os olhos, se sentindo no fundo do poço. Wanda estava brincando com Bellis quando chegou o aviso de embarque para os passageiros daquela hipernave.

O trio embarcou depois de um choroso abraço final que os pais deram em Wanda. Raych olhou para trás para acenar para Seldon e tentar esboçar um sorriso.

Seldon acenou e a outra mão se moveu descoordenadamente para rodear os ombros de Wanda.

Ela era a única que havia restado. Ao longo de sua longa existência, ele tinha perdido um a um todos os seus amigos e aqueles a quem tinha amado. Demerzel partira e nunca mais voltara. O Imperador Cleon, morto. Sua amada Dors, perdida para sempre. Seu fiel amigo Yugo Amaryl, falecido. E agora Raych, seu único filho, também partia.

A ele só restara Wanda.

17

– Está lindo lá fora – declarou Hari Seldon. – Uma noite maravilhosa. Considerando que vivemos dentro de um domo, até se poderia pensar que temos um tempo ótimo como o de hoje todas as noites.

– A gente ia se cansar disso, vovô, se fosse lindo o tempo todo – Wanda comentou com indiferença. – Faz bem para nós um pouco de variação nas noites.

– Para você, Wanda, porque é jovem. Ainda tem muitas e muitas noites pela frente. Eu, não. Eu quero mais das que são boas.

– Vovô, nem vem. Você não está tão velho. Sua perna vai bem e sua mente está tão afiada como sempre. Eu *sei*.

– Claro. Continue. Faça com que eu me sinta melhor. – Então, ele acrescentou com um tom de desconforto: – Quero andar. Quero sair deste apartamento minúsculo e caminhar até a biblioteca e aproveitar esta noite linda.

– O que você quer fazer na biblioteca?

– Agora, nada. Quero andar. Mas...

– Sim, mas o quê?

– Prometi a Raych que não andaria por Trantor sem um guarda-costas.

– Raych não está aqui.

– Eu sei – Seldon resmungou –, mas promessa é dívida.

– Ele não disse quem deveria ser o guarda-costas, certo? Vamos caminhar um pouco e eu serei sua guarda-costas.

– Você? – e Seldon sorriu.

– Sim, eu. Ofereço-me como voluntária para a tarefa. Vá se aprontar que nós vamos sair para dar uma volta.

Seldon achou graça na situação. Ele estava considerando a possibilidade de ir sem a bengala, já que sua perna ultimamente quase não doía mais, mas, por outro lado, tinha uma bengala nova cuja alça fora enchida com chumbo. Essa era mais pesada e resistente do que a antiga e, se seu único guarda-costas nesse passeio ia ser Wanda, seria melhor levá-la.

O passeio foi delicioso e Seldon ficou tremendamente feliz por haver cedido à tentação... até que chegaram a um determinado local.

Seldon levantou a bengala, sentindo um misto de raiva e resignação, e apontou:

– Veja aquilo!

Wanda levantou os olhos. O domo estava cintilando, como sempre acontecia à noitinha, a fim de criar uma impressão de princípio de crepúsculo. Conforme a noite avançava, naturalmente ele escurecia.

Seldon, todavia, estava indicando uma faixa escura que acompanhava o domo. Uma parte da iluminação estava apagada.

– Quando cheguei a Trantor, uma coisa dessas seria impensável – ele observou. – Havia pessoas cuidando da iluminação o tempo todo. A cidade *funcionava*, mas agora está caindo aos pedaços, em todos esses pequenos detalhes, e o que mais me aborrece é que ninguém se importa. Por que não enviam petições ao Palácio Imperial? Por que não acontecem reuniões de pessoas indignadas? É como se as pessoas de Trantor esperassem que a cidade fosse desmoronar e então acham que podem se irritar comigo porque estive sinalizando que esse processo de decadência está acontecendo.

– Vovô, dois homens estão atrás de nós – Wanda retrucou suavemente.

Eles tinham chegado à área da sombra sob as luzes apagadas do domo e Seldon perguntou:

– Eles estão apenas andando?

– Não. – Wanda não olhou para os homens; nem precisou fazer isso. – Estão seguindo você.

– Você pode parar esses dois? Forçá-los a parar?

– Estou tentando, mas são dois e estão determinados. É parecido com forçar uma parede.

– A que distância eles estão de mim?

– Uns três metros, mais ou menos.

– Estão se aproximando?

– Sim, vovô.

– Me avise quando estiverem a um metro. – Seldon deslizou a mão pela bengala até estar segurando a ponteira fina, o que deixava a alça recheada de chumbo solta no ar.

– *Agora*, vovô! – Wanda sussurrou.

Então, Seldon se virou rodopiando a bengala. O golpe atingiu com força o ombro de um dos homens que vinham atrás dele, e esse caiu no chão berrando de dor, contorcendo-se na calçada.

– E o outro? – Seldon quis saber. – Onde está?

– Fugiu.

Seldon desceu os olhos para o homem caído no chão e pisou no peito dele.

– Wanda, vasculhe os bolsos dele. Alguém deve ter sido pago e quero encontrar o registro do crédito. Talvez possamos identificar de onde eles são. – E então ele acrescentou, como se tivesse parado para pensar sobre isso: – Eu tinha mirado para atingir a cabeça dele.

– Você teria matado o cara, vovô.

– Era o que eu queria fazer – Seldon confessou. – Muito vergonhoso. Tenho sorte de ter errado.

Uma voz severa se fez ouvir:

– O que está havendo aqui? – Um indivíduo de uniforme chegou à cena, suando. – Você! Me entregue a bengala!

– Policial – Seldon cumprimentou em tom respeitoso.

– Você vai me contar sua história mais tarde. Temos de chamar uma ambulância para acudir este pobre coitado.

– *Pobre coitado*! – Seldon repetiu, zangado. – Ele ia me atacar. Agi em defesa própria.

– Eu vi o que aconteceu – a policial afirmou. – Este homem não encostou um dedo em você. Você se virou e o atacou sem que ele o provocasse. Isso não é defesa própria. É um delito de lesão corporal.

– Policial, estou lhe dizendo...

– Não me diga nada. Você dirá tudo no tribunal.

Wanda interrompeu com uma voz macia e doce:

– Policial, se a senhora puder nos ouvir um instante...

– A senhorita pode ir para casa – interrompeu a policial.

Wanda se empertigou.

– Certamente que não, policial. Aonde vai o meu avô eu vou.

Os olhos dela faiscaram e a policial apenas resmungou:

– Bem, venha, então.

18

Seldon ficou enfurecido.

– Nunca fui preso em toda a minha vida. Há apenas dois meses fui agredido por oito homens. Fui capaz de me defender com a ajuda de meu filho, mas enquanto aquilo acontecia onde estavam os policiais? Alguém parou para me ajudar? Não e não. Desta vez, me preparei melhor e derrubei um homem no chão antes que ele me atacasse. Algum policial à vista? Absolutamente. Ela colocou as algemas em mim. Havia pessoas assistindo e gostaram muito de ver um velho ser preso por lesão corporal. Que tipo de mundo é este em que vivemos?

Civ Novker, o advogado de Seldon, suspirou e respondeu calmamente:

– Um mundo corrupto, mas não se preocupe. Nada irá acontecer com você. Vou tirá-lo daqui com uma fiança e então, depois de algum tempo, você será levado a julgamento e o máximo que receberá (no máximo, mesmo) serão algumas palavras duras de repreensão por parte do juiz. Sua idade e sua reputação...

– Esqueça a minha reputação – Seldon atalhou, ainda muito zangado. – Sou um psico-historiador e, neste momento, *isso* é um palavrão. Eles vão ficar felizes de me colocar no xadrez.

– Não vão ficar, não – insistiu Novker. – Podem existir alguns sujeitos com um parafuso solto na cabeça que queiram derrubar você, mas vou dar um jeito para que nenhum deles faça parte do corpo de jurados.

– Será realmente necessário submetermos meu avô a tudo isso? – perguntou Wanda. – Ele não é mais um homem jovem. Não seria possível apenas comparecer perante um juiz, sem o transtorno de um julgamento com júri?

O advogado se virou para responder a ela:

– Isso pode ser feito. Quando a pessoa é insana, talvez. Os juízes são sujeitos impacientes, enlouquecidos pelo poder que detêm, que podem mandar alguém para a cadeia por um ano com a mesma facilidade com que ouvem o que o acusado tem a dizer. Ninguém apenas fala com um juiz e pronto.

– Pois eu acho que deveríamos fazer isso – Wanda insistiu.

Seldon, então, interveio:

– Bom, Wanda, agora eu penso que devemos ouvir o que Civ sabe... – e, enquanto dizia isso, sentiu um movimento no estômago, como se algo revirasse lá dentro. Era Wanda "forçando". Com isso, ele arrematou: – Mas se você insiste...

– Ela não pode insistir – objetou o advogado. – Não vou permitir.

– Meu avô é seu cliente – retrucou Wanda. – Se ele quiser que alguma coisa seja de determinado modo, você tem de acatar e agir de acordo.

– Posso me recusar a representá-lo.

– Pois muito bem, então. Saia e nós iremos perante o juiz sozinhos – Wanda afirmou incisivamente.

Novker ponderou e acrescentou:

– Muito bem, se é assim... se vocês estão tão determinados. Há anos sou o advogado de Hari e não me imagino abandonando-o agora. Mas quero adverti-los: as chances de ele ser sentenciado a um período na prisão são grandes e terei de suar sangue para conseguir contorná-las. Se é que isso é possível.

– Eu não tenho esse receio – Wanda informou.

Seldon mordeu a boca e o advogado se voltou para ele.

– E quanto a você? Está disposto a deixar que sua neta imponha esse risco?

Seldon pensou por um instante e então admitiu, para a grande surpresa de seu velho advogado:

– Sim; estou, sim.

19

O juiz fixou os olhos em Seldon, com uma expressão amarga, enquanto ouvia o relato. Então, o interrogou:

– O que o leva a pensar que a intenção daquele homem que o senhor agrediu era atacá-lo? Ele o ameaçou? De alguma maneira ele o coagiu com um temor físico?

– Minha neta percebeu a aproximação dele e tinha plena certeza de que ele estava planejando me agredir.

– Senhor, isso sem dúvida não será o suficiente. O senhor tem mais alguma coisa que possa me contar antes que eu profira a sentença?

– Ora, espere um pouco, por favor – Seldon interpôs, parecendo indignado. – Não julgue tão depressa. Há poucas semanas fui agredido por oito homens de que me defendi com a ajuda do meu filho. Portanto, o senhor há de compreender que eu tinha motivos para pensar que poderia ser atacado de novo.

O juiz remexeu em alguns papéis.

– Atacado por oito homens. O senhor denunciou isso?

– Não havia nenhum policial por perto. Nem um único.

– Isso não vem ao caso. O senhor registrou a ocorrência?

– Não, senhor.

– Por que não?

– Em primeiro lugar, fiquei com receio de toda a lentidão envolvida nos procedimentos legais. Depois de termos afugentado os oito homens, e nos colocarmos a salvo, pareceu inútil ir atrás de mais confusão.

– Como foi que o senhor conseguiu se safar do ataque de *oito* homens, somente o senhor e seu filho?

Seldon hesitou.

– Meu filho está em Santanni agora e fora da jurisdição de Trantor. Por isso, posso lhe dizer que ele estava com suas adagas dahlitas e que é especialista em seu manejo. Ele matou um dos homens e feriu gravemente mais dois. Os demais foram embora e carregaram o morto e os feridos.

– E o senhor não reportou a morte de um homem e os ferimentos impostos aos outros dois?

– Não, senhor. Pelos mesmos motivos já citados. E combatemos em defesa própria. No entanto, se o senhor quiser localizar os dois feridos e o morto terá toda a evidência de que fomos atacados.

– Localizar um morto e dois feridos, sem nome, sem identificação, em Trantor? – cogitou o juiz. – O senhor tem ciência de que todos os dias, em Trantor, são encontrados mais de dois mil mortos, *apenas* por ferimentos causados por lâminas? A menos que essas ocorrências nos sejam reportadas imediatamente, não temos o que fazer. Sua história de ter sido atacado uma vez antes não se sustenta. Temos de lidar com o que temos em mãos, com os acontecimentos de hoje, que *foram* reportados e que contaram com o testemunho de uma policial. Portanto, vamos considerar a situação a partir de agora. Por que o senhor acha que o sujeito iria atacá-lo? Apenas porque ele casualmente estava passando por ali? Porque o senhor aparenta ser idoso e impotente? Porque o senhor dava a impressão de estar portando muitos créditos? Qual a sua opinião?

– Acho, Excelência, que é por causa de quem sou.

O juiz remexeu em seus papéis de novo.

– O senhor é Hari Seldon, um professor e estudioso. Por que isso o tornaria um alvo específico para agressores?

– Devido a minhas ideias.

– Suas ideias... bem – e o juiz remexeu nos papéis apenas para fazer alguma coisa. De repente, parou e, erguendo os olhos, examinou o rosto de Seldon. – Espere... Hari Seldon. – Uma expressão de reconhecimento tomou conta do semblante do juiz. – Você é o sujeito da psico-história, não é?

– Sim, Excelência.

– Lamento, mas não sei nada a respeito disso, exceto o nome desse trabalho e o fato de que o senhor anda por aí prevendo o fim do Império, ou algo do gênero.

– Não é bem assim, Excelência. Minhas ideias se tornaram impopulares porque estão se mostrando verdadeiras. Acredito que seja esse o motivo de existirem aqueles que querem me agredir ou, o que é mais provável, que sejam pagos para isso.

O juiz olhou firmemente para Seldon, e então chamou a policial que havia efetuado a prisão.

– Você averiguou os antecedentes do homem que foi ferido?

A policial pigarreou antes de responder.

– Sim, senhor. Ele já foi preso várias vezes. Agressão, furto.

– Ora, então ele é um reincidente, certo? E o professor, também tem antecedentes?

– Não, senhor.

– Então, temos aqui um idoso inocente lutando contra um malfeitor identificado. E você prende o idoso inocente. É isso mesmo?

A policial ficou em silêncio.

– O senhor está livre, professor – disse o juiz.

– Obrigado, Excelência. Posso pegar minha bengala de volta?

O juiz estalou os dedos para a policial, que entregou a bengala a Seldon.

– Uma coisa só, professor – o magistrado emendou. – Se usar essa bengala de novo, é melhor estar absolutamente certo de que poderá provar que o fez em legítima defesa. Caso contrário...

– Sim, senhor. – E Hari Seldon deixou o recinto do tribunal apoiando-se fortemente na bengala, mas de cabeça bem erguida.

20

Wanda estava chorando copiosamente, com o rosto lavado em lágrimas, os olhos vermelhos, o rosto inchado.

Hari Seldon se inclinava sobre ela, acariciando seus ombros, sem saber muito bem o que fazer para consolá-la.

– Vovô, eu sou um tremendo fracasso. Achei que podia forçar as pessoas... e eu podia, quando elas não importavam em ser forçadas tanto assim, como a mamãe e o papai... e mesmo se levasse muito tempo. Cheguei inclusive a montar um tipo de sistema de classificação, baseado numa escala de dez pontos, como se fosse um indicador de potência para exercer influência mental. Só que eu supus longe demais. Imaginei que eu fosse um dez, ou pelo menos um nove. Mas agora estou me dando conta de que não passo de um sete, no máximo.

Wanda tinha parado de chorar e de vez em quando fungava, enquanto Hari lhe acariciava o cabelo.

– Normalmente... normalmente... não tenho dificuldade. Se me concentro direito, posso ouvir os pensamentos da outra pessoa e, quando quero, eu forço um conteúdo. Mas esses bandidos! Eu pude ouvir muito bem o que estavam pensando, mas não havia nada que eu pudesse fazer para forçá-los a se afastar.

– Achei que você se saiu muito bem, Wanda.

– Eu *não* me saí bem. Foi uma mera fan... fantasia. Pensei que aquelas pessoas viriam por trás de você e que, com uma forçada bem intensa, eu mandaria os dois pelos ares. Era assim que eu seria sua guarda-costas. Foi por isso que me ofereci para ser sua guarda... guarda-costas. Só que não fui. Os dois sujeitos chegaram e eu não consegui fazer absolutamente nada.

– Mas você fez. Você conseguiu fazer com que o primeiro hesitasse. Isso me deu a chance de me virar e lhe dar a bordoada.

– Não, não. Eu não tive nada a ver com isso. A única coisa que eu fiz foi avisá-lo de que ele estava ali e você fez todo o resto.

– O segundo homem fugiu.

– Porque você acertou o golpe no primeiro. Não tive nada a ver com isso também. – Mais uma vez ela caiu no choro, tomada pela frustração. – E depois o magistrado. Insisti que fôssemos falar com ele. Achei que podia forçá-lo e que ele o deixaria ir no mesmo instante.

– E ele me deixou ir e foi praticamente no mesmo instante.

– Não. Ele o submeteu a um interrogatório infame e só enxergou a luz quando se deu conta de quem você era. Também não tive nada a ver com isso. Falhei em todos os sentidos. Eu poderia ter deixado você em uma péssima situação.

– Não, eu me recuso a aceitar isso, Wanda. Se seu processo de forçar os pensamentos não funcionou tão bem quanto você esperava, foi apenas porque estava agindo diante de uma condição de emergência. Isso você não poderia ter evitado. Mas, veja só, tive uma ideia, Wanda.

Percebendo a excitação na voz do avô, ela levantou os olhos.

– Que espécie de ideia, vovô?

– Bom, é assim, Wanda. Provavelmente você sabe que eu preciso arrumar créditos. A psico-história simplesmente não pode seguir em frente sem isso e eu não posso tolerar a ideia de finalmente não dar frutos, depois de todos esses anos labutando.

– Eu também não posso tolerar isso. Mas como vamos arrumar os créditos?

– Bom, vou solicitar novamente uma audiência com o Imperador. Ele já me recebeu uma vez, é um bom homem e eu gosto dele. Mas não está exatamente nadando num mar de dinheiro. No entanto, se eu levar você comigo e você o forçar suavemente, pode ser que ele encontre uma fonte de créditos, uma fonte em algum lugar, e com isso poderei me manter por mais um tempo, até que consiga pensar em alguma outra coisa.

– Você realmente acha que isso poderá dar certo, vovô?

– Sem você, não. Mas com você, pode ser. Ora, o que me diz? Não vale a pena tentar?

Wanda sorriu.

– Você sabe que farei qualquer coisa que me pedir, vovô. Além do mais, é a sua única esperança.

21

Não foi difícil obter uma audiência com o Imperador. Os olhos de Agis brilhavam quando ele cumprimentou Seldon.

– Olá, velho amigo – ele saudou. – Você veio para me trazer azar?

– Espero que não – disse Seldon.

Agis despiu o manto sofisticado que estava usando e, com um resmungo de cansaço, atirou-o no canto da sala, dizendo:

– E *você*, fique ali. – Olhando para Seldon, balançou a cabeça e emendou: – Detesto aquela coisa. Pesa como um pecado e é quente como um forno. Sempre tenho de vestir aquilo quando estou sendo asfixiado pela enxurrada de palavras sem sentido, em pé, duro como uma figura entalhada. É simplesmente um horror. Cleon nasceu para isso e tinha a aparência necessária. Eu não nasci e não tenho a aparência necessária. É uma total infelicidade para mim, ser primo em terceiro grau dele, por parte de mãe, porque isso foi o que bastou para me qualificar para ser Imperador. Ficaria muito feliz se pudesse vender esse cargo bem barato. Você gostaria de ser Imperador, Hari?

– Não, não, nem pensar. Não alimente nenhuma esperança quanto a isso – Seldon respondeu, com uma risada.

– Mas, diga-me, então, quem é esta moça extraordinariamente bela que veio com você hoje? – Wanda ficou corada, e o Imperador comentou, cordialmente: – Não deve se sentir envergonhada, minha querida. Uma das poucas prerrogativas de um Imperador é o direito de dizer o que quiser. Ninguém pode objetar nem questionar. Só podem dizer "Sim, Majestade". Entretanto, eu não quero esse tipo de comentário vindo de sua parte. Detesto essa palavra... "Majestade". Você me chame de Agis. Tampouco é o meu nome de batismo. É meu nome imperial e acabei me acostumando com ele. Então, Hari, diga-me como vão as coisas. O que se passou com você desde a última vez em que nos vimos?

Seldon respondeu em poucas palavras:

– Fui agredido nas ruas duas vezes.

O Imperador pareceu não ter certeza de esse comentário ser uma piada ou não. Assim, repetiu:

– Duas vezes? É sério?

O Imperador ficou com o semblante sombrio, enquanto escutava a narrativa das agressões que Seldon tinha sofrido.

– Imagino que não houvesse nenhum policial por perto quando os oito homens o atacaram.

– Nem um único.

O Imperador se levantou de seu assento, mas gesticulou para que os outros dois continuassem sentados. Andou de lá para cá, como se estivesse tentando digerir uma boa dose de raiva. Então, ficou de frente para Seldon.

– Durante milhares de anos – ele começou – sempre que acontecia uma coisa desse tipo as pessoas diziam: "Por que não recorremos ao Imperador?" ou: "Por que o Imperador não faz alguma coisa?". E, no fim das contas, o Imperador *pode* fazer alguma coisa e *faz* mesmo, mesmo que nem sempre seja a coisa inteligente a ser feita. Mas eu, Hari... sou impotente. Absolutamente impotente. Ah, claro, existe uma tal de Comissão de Segurança Pública, mas ali parecem estar mais preocupados com a *minha* segurança do que com a do público. Inclusive, é uma maravilha que possamos estar nesta audiência porque você não é de jeito nenhum benquisto pela Comissão. Não há *nada* que eu possa fazer a respeito de coisa alguma. Você sabe o que aconteceu com o *status* do Imperador desde a queda da junta e da restauração do (veja só!) poder imperial?

– Acho que sim.

– Aposto que não, pelo menos não completamente. Agora, temos uma democracia. Você sabe o que é democracia?

– Certamente.

Agis franziu a testa. Então, acrescentou:

– Aposto como você acha que é uma boa coisa.

– Acho que *pode* ser uma coisa boa.

– Bom, então veja bem. Não é. A democracia transtornou completamente o Império. Suponha que eu queira mandar mais policiais para patrulhar as ruas de Trantor. Antes, eu pegava uma folha de papel, já preparada para mim pelo Secretário Imperial, assinava com um floreio e imediatamente haveria mais oficiais de segurança em ação. Agora, não posso mais fazer nada disso. Tenho de submeter o projeto à aprovação do Legislativo. São sete mil e quinhentos homens e mulheres que instantaneamente começam a grasnar como gansos no momento em que se faz a sugestão. Antes de mais nada, de onde virão os fundos para bancar a medida proposta? Por exemplo, não se pode ter dez mil policiais a mais sem se pagar dez mil salários a mais. Então, se você concordou com algo desse tipo, quem vai escolher os novos policiais? Quem vai controlá-los? O Legislativo é um circo de gente berrando, argumentando, bradando, e no fim não se faz nada. Hari, eu não consegui sequer resolver uma coisa tão pequena como consertar as lâmpadas queimadas do domo, como você reparou. Quanto vai custar? Quem será o responsável? Ah, as luzes serão consertadas, mas certamente serão necessários alguns meses até que isso aconteça. *Isso* é democracia.

– Se bem me lembro, o Imperador Cleon estava sempre se queixando de não conseguir fazer o que queria – comentou Hari Seldon.

– O Imperador Cleon teve dois primeiros-ministros de primeira classe: Demerzel e você – retrucou Agis, com impaciência.

– Vocês dois se empenharam em não deixar que Cleon fizesse idiotices. Eu tenho sete mil e quinhentos primeiros-ministros, todos idiotas, do começo ao fim. Mas, sem dúvida, Hari, você não veio até aqui para se queixar dos ataques que sofreu.

– Não, Agis. Vim por causa de algo bem pior. Majestade, Agis, eu preciso de créditos.

O Imperador encarou Seldon, incrédulo.

– Depois de tudo que acabei de lhe dizer, Hari? Não tenho créditos. Ah, claro, existem créditos para manter este estabelecimento funcionando, sem dúvida, mas para obtê-los preciso encarar sete mil e quinhentos legisladores. Se você pensa que posso chegar até eles e dizer: "Quero créditos para o meu amigo Hari Seldon", e se você acha que vou conseguir uma quarta parte do que estou pedindo num período inferior a dois anos, você perdeu o juízo. Não vai dar. – Ele encolheu os ombros e disse, com mais amabilidade: – Não me entenda mal, Hari. Eu gostaria de ajudar você, se pudesse. Em particular, gostaria de ajudá-lo pelo bem de sua neta. Quando olho para ela sinto vontade de dar todos os créditos que você gostaria de receber, mas isso não é possível.

– Agis, se eu não receber verbas – Seldon explicou –, a psico-história irá por água abaixo, depois de quase quarenta anos de trabalho.

– Bom, ela não rendeu muita coisa em quarenta anos, então por que se atormentar?

– Agis – Seldon insistiu –, não posso fazer mais nada, agora. Os ataques que sofri foram justamente porque sou psico-historiador. As pessoas pensam que eu trago a destruição com minhas previsões.

– Você traz azar, Corvo Seldon – aquiesceu o Imperador. – Já lhe disse isso antes.

Seldon ficou em pé.

– Bom, estou liquidado, então.

Wanda também se levantou, ao lado do avô, e sua cabeça alcançava o ombro de Hari. Ela olhava fixamente para o Imperador.

Quando Hari estava se virando para partir, o Imperador interveio:
– Espere. Espere. Um pequeno verso que decorei há muito tempo dizia:

O mal atinge a terra
Para males acelerados uma presa
Onde a riqueza se acumula
E os homens se arruínam.

– E o que isso quer dizer? – indagou o desanimado Hari Seldon.

– Significa que o Império está se deteriorando em ritmo acelerado e ruindo, mas isso não impede que alguns indivíduos enriqueçam. Por que não procurar os empresários bem-sucedidos? Eles não têm legisladores pela frente e, se quiserem, podem simplesmente assinar um vale-crédito.

Seldon olhou-o fixamente.

– Vou tentar.

22

– Senhor Bindris – Hari Seldon saudou, estendendo a mão para cumprimentar o cavalheiro. – Estou muito feliz por conhecê-lo. Foi ótimo de sua parte concordar em me receber.

– Por que não? – respondeu jovialmente Terep Bindris. – Eu o conheço bem. Ou melhor, eu o conheço bem *de nome*.

– Isso é bom de se ouvir. Presumo, portanto, que já tenha ouvido falar da psico-história.

– Ah, sim, qual a pessoa inteligente que não ouviu? Não que eu *entenda* alguma coisa a respeito, claro. E quem é essa jovem que veio em sua companhia?

– Minha neta, Wanda.

– Que bela moça. – Bindris estava exultante. – De algum modo, sinto que nas mãos dela eu seria facilmente manipulado.

– Acho que o senhor está exagerando.

– Na realidade, não. Agora, por favor, queiram se sentar. Digam-me em que posso ajudar. – O anfitrião fez um gesto amplo com o braço, indicando que podiam se sentar em duas poltronas muito estofadas, de um tecido ricamente adamascado, diante da escrivaninha à qual ele mesmo se sentou. Essas poltronas, assim como a mesa ornamentada, as imponentes portas de madeira entalhada que deslizaram sem ruído ao captar o sinal da chegada dos visitantes, e o cintilante chão de obsidiana do imenso escritório de Bindris eram todos da mais alta qualidade. Mas, embora aquele fosse um ambiente impressionante (e imponente), Bindris não era uma pessoa imperiosa. A um primeiro olhar, aquele homem ágil e cordial não seria identificado como um dos principais corretores de energia de Trantor.

– Viemos vê-lo, senhor, por sugestão do Imperador.

– Do Imperador?

– Sim. Ele não pôde nos ajudar diretamente, mas pensou que um homem como o senhor talvez pudesse. Naturalmente, trata-se de uma questão de créditos.

O semblante de Bindris caiu.

– Créditos? Não estou entendendo – ele confessou.

– Bem – Seldon prosseguiu –, durante praticamente quarenta anos, a psico-história recebeu fundos do governo. No entanto, os tempos mudaram e o Império não é mais o que já foi.

– Sim, eu sei.

– O Imperador não tem os créditos necessários para nos subsidiar e, mesmo que tivesse, não poderia obter do Legislativo a aprovação para uso dessas verbas. Portanto, ele recomendou que eu buscasse os empresários, que, antes de mais nada, são pessoas que ainda possuem créditos e, em segundo lugar, podem simplesmente endossar um vale-crédito.

Houve uma longa pausa e Bindris, finalmente, retrucou:

– Tenho a impressão, infelizmente, de que o Imperador não sabe nada de negócios. De quantos créditos o senhor precisa?

– Senhor Bindris, estamos falando de uma tarefa enorme. Vou precisar de vários milhões.

– Vários *milhões*!

– Sim, senhor.

Bindris franziu a testa.

– Estamos falando de um empréstimo, neste caso? Quando o senhor acha que será capaz de devolver esse valor?

– Bem, senhor Bindris, honestamente eu não posso dizer que algum dia serei capaz de devolver os créditos. Estou em busca de uma doação.

– Mesmo que eu quisesse dar-lhe os créditos (e, preciso lhe dizer isto, por algum motivo estranho sinto muita vontade de fazê-lo) não poderia. O Imperador pode ter o Legislativo para enfrentar, e eu tenho os membros da minha diretoria. Não posso fazer uma doação dessa natureza sem a autorização da diretoria, e eles nunca concordariam.

– E por que não? A sua empresa é imensamente rica. Alguns milhões não significam nada para o senhor.

– Isso soa muito bem – Bindris continuou –, mas lamento dizer que a empresa está em declínio, neste momento. Não o suficiente para nos levar a sofrer algum problema mais sério, mas o bastante para nos deixar infelizes. Se o Império está em decadência, as diversas áreas individuais que o constituem também estão. Não estamos em condição de entregar alguns milhões. Eu realmente sinto muito.

Seldon ficou plantado na cadeira, em silêncio, e Bindris não parecia contente. Balançando a cabeça, ele enfim emendou:

– Veja, professor Seldon, eu realmente gostaria muito de ajudá-lo, principalmente por causa da linda moça que veio com o senhor. Mas simplesmente não posso fazer isso. No entanto, não somos a única empresa em Trantor. Tente outras, professor. Pode ser que tenha mais sorte numa próxima tentativa.

– Bem – Seldon respondeu, aceitando a ideia, enquanto se punha em pé com alguma dificuldade –, iremos tentar.

23

Os olhos de Wanda estavam cheios de lágrimas, mas a emoção que assim transbordava era fúria, não decepção.

– Vovô, eu não entendo – ela soluçou. – Simplesmente não entendo. Já fomos a quatro empresas. Cada uma delas foi mais rude e mais desagradável conosco do que a anterior. A quarta então apenas nos chutou para longe dali. E desde então ninguém mais quer nos receber.

– Não há nenhum mistério nisso, Wanda – Seldon explicou com delicadeza. – Quando fomos a Bindris, ele não sabia por que estávamos lá e se mostrou bem amistoso até eu lhe pedir que doasse alguns milhões de créditos. Então, ele se mostrou muito menos amistoso. Imagino que a notícia tenha se espalhado, alertando para o que estávamos buscando, e cada uma das vezes que insistimos aumentou a animosidade até chegar a este ponto, em que as pessoas não querem mais nos receber. E por que deveriam? Elas não vão nos dar os créditos de que precisamos, então por que perder tempo conosco?

A raiva de Wanda se voltou contra ela mesma.

– E eu fiz o quê? Nada! Só fiquei ali plantada.

– Eu não diria isso – Seldon rebateu. – Bindris ficou impressionado com você. Pareceu-me que ele realmente queria nos dar os créditos, principalmente por sua causa. Você estava forçando Bindris e conseguiu alguma coisa.

– Nem chegou a ser o suficiente. Além disso, a única coisa que importou para ele foi que sou bonita.

– Bonita, não – Seldon falou baixinho. – Linda. Muito linda.

– E agora, vovô, o que vamos fazer? – Wanda quis saber. – Depois de todos esses anos, a psico-história vai desaparecer.

– Imagino que, em certo sentido, não haja como evitar isso – Seldon comentou. – Há quase quarenta anos venho prevendo o colapso do Império e, agora que chegou, a psico-história se perde junto com ele.

– Mas a psico-história pode salvar o Império, pelo menos em parte.

– Eu sei disso, mas não posso forçar nada nesse sentido.

– E você vai simplesmente deixar que ele se desfaça?

Seldon balançou a cabeça.

– Tentarei evitar que isso aconteça, mas devo admitir que não sei como irei fazê-lo.

– Eu vou treinar – prometeu Wanda. – Tem de haver um jeito de eu conseguir fortalecer o meu poder, de ficar mais fácil forçar as pessoas a fazer aquilo que eu quero que façam.

– Bem que eu gostaria que você conseguisse.

– E você, vovô? O que vai fazer?

– Bom, nada de mais. Há dois dias, quando estava indo para uma reunião com o bibliotecário-chefe, encontrei três homens na biblioteca conversando sobre a psico-história. Por alguma razão um deles me causou uma impressão muito forte. Insisti para que ele fosse à minha sala e ele concordou. O compromisso é para esta tarde, no meu gabinete.

– Vai fazer com que ele trabalhe para você?

– Bem que eu gostaria, se eu tivesse créditos suficientes para pagar. Mas conversar com ele não faz mal nenhum. Afinal de contas, o que tenho a perder?

24

O jovem chegou pontualmente às quatro, HPT (Horário Padrão em Trantor), e Seldon sorriu. Ele adorava pessoas pontuais. Colocando as mãos no tampo da mesa, preparou-se para ficar em pé, mas o jovem o impediu:

– Por favor, professor, eu sei que o senhor tem um problema na perna. Não precisa se levantar.

– Obrigado, meu jovem – respondeu Seldon. – No entanto, isso não quer dizer que você não possa se sentar. Por favor, acomode-se.

O rapaz despiu a jaqueta e se sentou.

– Você vai me desculpar... – começou Seldon – Quando nos conhecemos e agendamos esta reunião, eu me esqueci de perguntar seu nome. Como você se chama?

– Stettin Palver – ele informou.

– Ah! Palver! Palver! Esse nome me parece conhecido.

– E deveria, professor. Meu avô se gabava frequentemente de ter conhecido o senhor.

– Seu avô. Claro! Joramis Palver. Ele era dois anos mais novo do que eu, se bem me lembro. Tentei convencê-lo a vir trabalhar comigo na psico-história, mas ele se recusou. Disse que não havia possibilidade de um dia conseguir aprender matemática suficiente para que isso fosse possível. Uma pena! A propósito, como vai Joramis?

– Lamento dizer que Joramis seguiu o rumo dos idosos em geral. Ele morreu – Palver informou solenemente.

Seldon se retraiu, com um tremor. Dois anos mais novo do que ele e já falecido. Tinha perdido todo o contato com aquele velho amigo, que morrera e ele nem ficara sabendo.

Seldon ficou sentado em silêncio por alguns instantes e depois murmurou:

– Sinto muito.

– Ele teve uma vida boa – o rapaz encolheu os ombros.

– E você, meu jovem? Onde estudou?

– Na Universidade de Langano.

– Langano? – Seldon franziu a testa. – Corrija-me se eu estiver errado, mas não é em Trantor, é?

– Não. Eu quis ir para um mundo diferente. As universidades em Trantor, como sem dúvida o senhor sabe muito bem, estão superlotadas. Eu queria achar um lugar onde pudesse estudar em paz.

– E o que você estudou?

– Nada de mais. História. Não é o tipo de coisa que proporciona um bom emprego.

Outra vez Seldon se contraiu e a sensação dessa vez foi ainda pior que a primeira: Dors Venabili tinha sido historiadora.

– Mas você voltou aqui, para Trantor – Seldon observou. – Por quê?

– Créditos. Empregos.

– Como historiador?

Palver riu.

– Não, sem chance. Eu opero um equipamento de transporte de cargas. Não é exatamente uma ocupação profissional

Seldon olhou para Palver com uma ponta de inveja. O contorno dos músculos nos braços e no tronco de Palver era evidenciado pelo tecido fino de sua camisa. Era um rapaz forte. Seldon nunca tinha sido tão musculoso, nem em seus melhores anos.

– Imagino que, quando estava na universidade, você era do time de boxe – continuou Seldon.

– Quem? Eu? Nunca. Sou praticante da arte do tufão.

– É mesmo? – O estado de ânimo de Seldon mudou para melhor numa fração de segundo. – Você é de Helicon?

– Não é preciso ser de Helicon para ser um bom praticante da arte do tufão – Palver respondeu com certo desdém.

"Não", Seldon pensou, "mas é de lá que vêm os melhores."

Porém, não fez nenhum comentário. Em seguida, perguntou outra coisa:

– Bom, seu avô não quis trabalhar comigo. E você? Gostaria?

– Na psico-história?

– Ouvi você conversando com os outros rapazes quando o vi pela primeira vez e tive a impressão de que você dizia coisas muito inteligentes sobre psico-história. Então, gostaria de vir trabalhar comigo?

– Como já disse, professor, tenho um emprego.

– Transportando cargas... Ora, por favor.

– Mas me paga bem.

– Os créditos não são tudo.

– Mas são bastante. Agora, o senhor, por outro lado, não pode me pagar muito. Tenho quase certeza de que está *precisando* de créditos.

– E por que me diz isso?

– Estou supondo, por algum motivo. Mas estou errado?

Seldon fechou a boca com força por um instante e então respondeu:

– Não, você não está errado e não posso lhe pagar muito. Lamento. Imagino que esse seja o fim de nossa entrevista.

– Espere, espere um pouco. – Palver ergueu as mãos. – Não tão depressa, por favor. Ainda estamos falando de psico-história. Se eu trabalhar para o senhor, irei aprender psico-história, certo?

– Naturalmente.

– Nesse caso, os créditos não são tudo, afinal de contas. Vou lhe propor um acordo. O senhor me ensina tudo de psico-história que puder e me paga o que puder, e eu me viro com isso. Que tal?

– Excelente – respondeu Seldon, entusiasmado. – Para mim parece ótimo. Agora, só mais uma coisa.

– Oh?!

– Sim. Nas últimas semanas, fui atacado duas vezes. Na primeira vez, meu filho apareceu para me defender, mas desde então ele foi para

Santanni. Na segunda vez, usei minha bengala, cuja extremidade tem chumbo, e afugentei os valentões, mas me levaram preso e terminei enfrentando um juiz, tendo sido acusado de delito de lesão corporal...

– E por que houve esses ataques? – Palver interrompeu.

– Não sou popular. Faz tanto tempo que estou pregando a Queda do Império que, agora que está acontecendo, sou culpado por isso.

– Eu entendo. Mas, então, o que isso tudo tem a ver com a outra coisa importante que o senhor mencionou?

– Quero que você seja meu guarda-costas. Você é jovem, forte e, principalmente, é praticamente da arte do tufão. Você é exatamente do que eu preciso.

– Acho que isso pode ser providenciado – Palver concordou, com um sorriso.

25

– Olhe ali, Stettin – Seldon apontou, enquanto os dois faziam uma caminhada no início da noite pelos setores residenciais de Trantor próximos a Streeling. Hari estava indicando os detritos, lixo variado atirado por ocupantes de carros terrestres ou jogado no chão por pedestres descuidados, que se espalhavam pelas calçadas. – Antigamente – ele continuou falando – nunca se via tanto lixo assim. Os policiais eram vigilantes e as equipes de manutenção municipal trabalhavam em turnos contínuos para preservar as áreas públicas. Mas, principalmente, ninguém nem *pensaria* em jogar lixo no chão dessa maneira. Trantor era nossa casa. Tínhamos orgulho dela. Agora... – Seldon abanou a cabeça com tristeza, resignado, e suspirou – é tudo... – e de repente ele se calou.

– Ei, você, jovem! – Seldon gritou para um sujeito de má aparência que, momentos antes, tinha passado por eles seguindo na direção oposta. Ele estava mastigando alguma guloseima cuja embalagem tinha acabado de jogar na calçada, sem nem olhar direito onde. – Pegue isso e jogue na lixeira certa – Seldon o repreendeu, enquanto o rapaz olhava para ele com má vontade.

– Você que pegue, então – o rapaz retrucou com insolência, deu-lhe as costas e se afastou.

– Mais um sinal do colapso da sociedade, como previsto por sua psico-história, professor Seldon – Palver observou.

– Sim, Stettin. Por todos os lados, o Império está caindo aos pedaços, parte por parte. Aliás, já está liquidado. Não há mais como reverter a situação, agora. Apatia, decadência e cobiça tiveram cada qual o seu papel para destruir nosso antes glorioso Império. E o que tomará o seu lugar? Por que...

Nesse instante, Seldon se calou para prestar atenção à fisionomia de Palver. Ele parecia estar concentrado, escutando alguma coisa, e não era a voz de Seldon. Tinha inclinado a cabeça para um lado e seu rosto tinha uma expressão distante. Era como se Palver estivesse se esforçando para captar algum som inaudível para todos exceto para si mesmo.

De repente, voltou de estalo para o momento presente. Dando uma olhada ansiosa à volta deles, Palver tomou o braço de Seldon e avisou:

– Hari, depressa, temos de ir embora. Eles estão vindo... – Então, aquele tranquilo anoitecer foi encerrado pelo som imperioso de passadas que vinham em rápida aproximação. Seldon e Palver se viraram para seguir na outra direção, mas era tarde demais. Um bando de agressores já os rodeava. Dessa vez, porém, Hari Seldon estava preparado. Imediatamente girou a bengala num círculo amplo em volta de Palver e de si mesmo. Com isso, os três valentões, dois rapazes e uma moça, todos adolescentes, começaram a rir.

– Ah, quer dizer que você não vai facilitar, certo, meu velho? – zombou um dos meninos, que parecia o líder do trio. – Ora, ora, ora... Eu e meus camaradas aqui vamos acabar com você em menos de dois segundos. Nós.... – e de súbito esse líder estava no chão, tendo sido atingido por um chute-Tufão desferido com maestria em seu ventre. Os outros dois, ainda em pé, rapidamente se agacharam, preparando-se para atacar. Mas Palver foi mais ligeiro. Eles também foram derrubados, quase antes de poderem perceber o que os havia atingido.

Então, a situação praticamente nem tinha começado e já havia terminado. Seldon se pôs de lado, apoiando todo o seu peso na bengala, tremendo ao se lembrar de que tinha escapado por pouco. Palver, arfando um pouco depois do esforço físico, avaliou a cena. Os três agressores estavam imóveis, no pavimento daquela calçada deserta, sob o domo que continuava escurecendo.

– Vamos embora! Temos de sair daqui imediatamente! – Palver tornou a insistir, mas desta vez não era dos agressores que eles estariam fugindo.

– Stettin, não podemos ir embora – Seldon protestou. Ele indicou com um gesto os frustrados agressores. – Eles não passam de crianças. Podem estar morrendo. Como é que vamos apenas deixá-los aqui e ir embora? É desumano, é isso que é. E todos esses anos eu justamente vim trabalhando para proteger a humanidade. – Seldon bateu com a bengala no chão para enfatizar suas palavras, e em seus olhos ardia a chama de suas convicções.

– Isso é absurdo – Palver retrucou. – Desumano é o modo como assaltantes como esses caem em cima de cidadãos inocentes como o senhor. Acha que eles se importariam com você um instante que fosse? No mínimo, iriam enterrar uma faca na sua barriga para lhe roubar seus últimos créditos, e ainda lhe dariam alguns chutes antes de sair correndo! Logo eles vão recuperar a consciência e irão embora para algum lugar onde poderão lamber as feridas. Ou alguém mais os encontrará e chamará o escritório central. Hari, *pense* bem. Depois do que lhe aconteceu na última vez, você corre o risco de perder tudo que tem se for ligado a outra briga de rua. Por favor, Hari, temos de sair daqui agora! – Dito isso, Palver agarrou o braço de Seldon que, depois de uma última olhada para trás, deixou-se ser levado dali.

Enquanto o som das passadas de Seldon e Palver ia diminuindo à medida que se distanciavam da cena do ataque, outra figura saiu de seu esconderijo atrás de umas árvores. Rindo para si mesmo, o rapaz de expressão insolente resmungou:

– Você fez muito bem de me dizer o que é certo e o que é errado, professor. – Em seguida, partiu rapidamente a fim de chamar os policiais.

26

– Ordem! Quero ordem no recinto! – bradou a juíza Tejan Popjens Lih. A audiência pública do professor Seldon e de seu jovem assistente, Stettin Palver, tinha provocado um clamor generalizado de protesto entre a população de Trantor. Ali estava o homem que tinha previsto a Queda do Império, a decadência da civilização, que exortava os outros a retomar os antigos preceitos áureos da civilidade e da ordem, e ali estava, segundo uma *testemunha ocular*, o autor da ordem que resultara no brutal espancamento de três jovens trantorianos, sem nenhuma provocação aparente. Ah, sim, aquela prometia ser uma audiência espetacular, e que, sem dúvida, levaria a um julgamento ainda mais espetacular.

A juíza pressionou um contato instalado num painel embutido em sua bancada e um gongo ecoou em todo o recinto, atulhado de espectadores.

– Ordem, *ordem*! – ela repetiu para a turba, agora silenciosa. – Se for necessário, mando evacuar este tribunal. Esta é uma advertência. Não será repetida.

A juíza causava uma impressão majestosa, com seu manto escarlate. Oriunda do Mundo Exterior de Lystena, a pele de Lih era de um tom levemente azulado, que ficava mais escuro quando ela se exaltava e praticamente roxo quando se deixava levar pela ira. Corria o boato de que, apesar de todos os seus anos de magistratura, apesar de sua reputação como uma das mentes mais brilhantes, sem contar sua posição como uma das mais respeitadas intérpretes da lei imperial, Lih era muito discretamente *vaidosa* a respeito do efeito cromático que causava, usando mantos vermelhos que contrastavam com sua pele ligeiramente azul-turquesa.

Não obstante, Lih tinha a fama de ser rigorosa com quem infringia a lei imperial. Era uma das poucas juízas que seguia o código civil sem concessões.

– Ouvi falar do senhor, professor Seldon, e de sua teoria sobre nossa iminente destruição. E conversei com o magistrado que recentemente ouviu seu depoimento em outro caso em que o senhor esteve envolvido, no qual agrediu um homem usando sua bengala que contém chumbo. Também naquele caso o senhor alegou ter sido vítima de agressão. Acredito que sua argumentação se baseou em um incidente anterior, de ocorrência não registrada, em que o senhor e seu filho foram supostamente agredidos por *oito* malfeitores. O senhor, professor Seldon, conseguiu convencer meu estimado colega de sua alegação de legítima defesa, ainda que uma testemunha ocular tivesse declarado fatos em contrário. Desta vez, professor, o senhor terá de ser muito mais convincente.

Os três valentões que tinham feito a acusação contra Seldon e Palver deram risadinhas sardônicas, revirando-se em suas cadeiras à mesa dos querelantes. A aparência deles para a ocasião era muito diferente da que exibiam na noite do ataque. Os rapazes estavam usando folgados macacões esportivos, de aspecto sóbrio, e a mocinha vestia uma túnica pregueada muito bem passada. De todas as maneiras, se não olhassem (nem ouvissem) bem de perto os três, aceitavam sua tranquilizadora imagem de o melhor da juventude de Trantor.

O defensor de Seldon, Civ Novker (que também representava Palver nesse caso), aproximou-se da bancada da juíza.

– Excelência, meu cliente é um membro distinto da comunidade trantoriana. Foi um primeiro-ministro de excelsa reputação. É colega pessoal de nosso Imperador, Agis XIV. Que possível vantagem o professor Seldon teria atacando jovens inocentes? Ele é um dos mais ativos defensores do estímulo que deve ser dado à criatividade intelectual da juventude trantoriana. Seu Projeto de Psico-História emprega numerosos estudantes voluntários. Além disso, é um membro altamente benquisto do corpo docente da Universidade de Streeling. *Além disso* – e aqui Novker fez uma pausa, varrendo com o olhar o tribunal forrado de curiosos, como se quisesse dizer "Esperem até ouvir o que tenho a dizer agora, e vocês sentirão *vergonha* de sequer por um segundo terem duvidado da veracidade do que alega o meu cliente" –, o professor Seldon é um dos raríssimos indivíduos oficialmente vinculados à prestigiada Biblioteca Galáctica. Foi-lhe concedido uso ilimitado das instalações para trabalhar no projeto que ele denomina *Enciclopédia Galáctica*, um verdadeiro hino de louvor à civilização imperial. Então, eu lhes pergunto: como um homem deste quilate pode ser interrogado dessa maneira?

Com um floreio do braço, Novker gesticulou na direção de Seldon, sentado à mesa dos réus junto de Stettin Palver, que parecia decididamente incomodado. O rosto de Seldon estava rubro após tantos elogios (algo a que não estava mais acostumado, uma vez que ultimamente seu nome estava sendo alvo de zombarias mais do que de aplausos) e sua mão tremia de leve sobre o castão entalhado de sua fiel bengala.

A juíza Lih olhou para Seldon, evidentemente nada impressionada.

– De fato, advogado, que benefício isso traria ao professor?! Venho me fazendo justamente essa mesma pergunta. Estas últimas noites tenho passado em claro, buscando um motivo plausível. Por que um homem da estatura do professor Seldon cometeria um delito de lesão corporal quando ele mesmo é um de nossos mais enérgicos críticos do assim chamado "colapso" da ordem civil? E, então, foi que me ocorreu uma razão. Talvez frustrado por *não* ser levado a sério, o professor Seldon ache que tem de *provar* aos mundos que suas previsões funestas de um fim realmente se cumprirão. Afinal, ele é um homem que passou a carreira inteira prenunciando a Queda do Império e tudo que consegue, na realidade, é apontar para algumas lâmpadas queimadas no domo, uma falha ocasional no transporte público, um corte orçamentário aqui ou ali, e nada muito dramático. Mas uma agressão, ou duas, ou três... *isso,* sim, seria algo digno de nota.

Lih se reclinou no assento, com as mãos dobradas à sua frente numa evidente demonstração de como estava satisfeita. Seldon se colocou em pé, apoiando-se fortemente na mesa para se firmar. Com visível esforço ele se aproximou da banca, dispensando a companhia do advogado com um gesto, e caminhou em linha reta sob o olhar de aço da juíza.

– Excelência, por favor, permita-me dizer algumas palavras em minha defesa.

– Naturalmente, professor Seldon. Afinal, este não é um julgamento, é apenas uma audiência para levantarmos todas as alegações, todos os fatos e teses pertinentes ao caso, antes de decidirmos se seguimos ou não em frente e vamos a julgamento. O que fiz foi apenas levantar uma hipótese. Estou muito interessada em ouvir o que o senhor tem a dizer.

Seldon pigarreou antes de começar.

– Dediquei minha vida ao Império. Servi fielmente aos Imperadores. Minha ciência da psico-história, em vez de arauto da destruição, tem de fato a intenção de ser usada como agente de reformulação. Com ela, podemos nos *preparar* para qualquer rumo que a civilização venha a tomar. Se, como creio, o Império continuar a desmoronar, a psico-história nos ajudará a assentar as novas bases de uma civilização nova e melhor, fundada em tudo o que há de melhor na antiga. Eu amo nossos mundos, nossos povos, nosso *Império*. O que poderia seduzir-me a contribuir para o desrespeito às leis que diariamente minam as forças dele? Não há mais nada que eu queira dizer. A senhora deve acreditar em mim. Eu, um intelectual, um homem das equações, da ciência, estou falando do fundo do coração.

Seldon se virou e lentamente retornou para o seu lugar, ao lado de Palver. Antes de se sentar, seus olhos buscaram Wanda, instalada na galeria do público. Ela lhe devolveu um sorriso pálido e piscou para ele.

– Do coração ou não, professor Seldon, a decisão que devo tomar exigirá de mim muita reflexão. Ouvimos as acusações. Ouvimos o senhor e o senhor Palver. Existe mais uma testemunha que preciso ouvir. Quero que se adiante para falar Rial Nevas, que se apresentou como testemunha ocular do incidente.

Quando Nevas se aproximou da banca, Seldon e Palver olharam um para o outro com apreensão. Era o garoto que Hari havia repreendido um pouco antes do ataque.

Lih estava fazendo uma pergunta ao jovem:

– Senhor Nevas, poderia descrever exatamente o que presenciou na noite em questão?

– Bem – começou Nevas, fixando em Seldon sua mirada soturna –, eu estava andando por lá, cuidando da minha vida, quando vi esses dois – e se virou para indicar Seldon e Palver – do outro lado da calçada, vindo em minha direção. E então vi aqueles três guris. (Agora, ele apontava com o dedo os três sentados à mesa dos querelantes.) – Os dois mais velhos estavam indo atrás dos três jovens, mas eles não me viram porque eu estava do outro lado e, além disso, eles estavam prestando atenção em suas vítimas. Então, *bam!*, assim do nada, o velho bate neles com a bengala e então o outro, o mais novo, salta em cima dos guris e de uma hora para outra eles estão no chão. Então o velho e o amigo dele foram embora, assim, sem mais. Eu nem pude acreditar.

– Isso é mentira! – Seldon explodiu. – Garoto! Você está brincando com a nossa vida agora! – Nevas apenas olhou para Seldon, impassível. – Excelência! – Seldon implorou. – A senhora não vê que ele está mentindo? Eu me lembro dele. Eu o repreendi porque tinha jogado no chão uma embalagem de comida poucos minutos antes de sermos atacados. Eu inclusive comentei com Stettin como esse era outro exemplo da decadência de nossa sociedade, da apatia dos cidadãos, da...

– Basta, professor Seldon – ordenou a juíza. – Outra manifestação desse tipo e eu mandarei que o retirem deste tribunal. Agora, senhor Nevas – ela disse virando-se para a testemunha –, o que foi que o senhor fez durante os eventos cuja sequência acabou de descrever?

– Eu, bom, fiquei escondido. Atrás das árvores. Me escondi. Fiquei com medo de que viessem atrás de mim se percebessem que eu estava ali, então me escondi. E, quando eles tinham ido embora, bem, eu corri e chamei os policiais.

Nevas tinha começado a suar e enfiara um dedo no colarinho apertado de seu traje único. Estava inquieto, mudando o peso do corpo de um pé para o outro, enquanto dava seu depoimento em pé, na tribuna do orador. Estava incomodamente ciente de que todos naquela sala olhavam para ele. Ele tentava evitar olhar para o público, mas cada vez que fazia isso sentia uma atração mais forte para encontrar a mirada fixa de uma bela moça loira que estava sentada na primeira fileira dos espectadores. Era como se ela lhe estivesse fazendo uma pergunta, pressionando-o para que ele desse uma resposta, forçando-o a falar.

– Senhor Nevas, o que o senhor tem a dizer a respeito da alegação do professor Seldon de que ele e o senhor Palver viram o senhor antes do ataque e que o professor inclusive trocou algumas palavras com o senhor?

– Bom, ahn, não, quer dizer, foi como eu disse... eu estava indo numa direção e... – E então Nevas olhou para onde Seldon estava. Ele contemplava o rapaz com tristeza, como se tivesse percebido que estava tudo perdido. Mas o companheiro de Seldon, Stettin Palver, devolveu-lhe um olhar implacável e Nevas saltou, assustado, quando ouviu as palavras *Conte a verdade!* Era como se Palver tivesse falado, mas a boca dele não tinha se mexido. Então, confuso, Nevas girou rapidamente a cabeça na direção da moça loira. Ele pensou que tinha ouvido ela dizer *Conte a verdade!*, mas ela também não tinha aberto a boca.

– Senhor Nevas, senhor Nevas – a voz da juíza se imiscuiu entre os pensamentos confusos do jovem –, se o professor Seldon e o senhor Palver estavam andando *em sua direção*, indo *atrás* dos querelantes, como é que o senhor viu Seldon e Palver *primeiro*? Foi assim que declarou em seu depoimento, não foi?

Nevas relanceou os olhos pela sala, atarantado. Ele parecia impossibilitado de escapar aos olhares, a todos os olhos que gritavam para ele *Conte a verdade!* Olhando para Hari Seldon, Rial Nevas murmurou apenas "Sinto muito" e, para a estupefação geral de todos os presentes naquele tribunal, o garoto de quatorze anos começou a chorar.

27

O dia estava delicioso, nem muito quente, nem muito frio, nem muito claro, nem muito nublado. Muito embora a verba para a jardinagem tivesse sido cortada havia muitos anos, os poucos pés esparsos de sempre-vida crescendo nos degraus de acesso à Biblioteca Galáctica acrescentavam uma nota alegre à manhã. (Construída ao estilo clássico da Antiguidade, a fachada ostentava uma das maiores escadarias existentes em todo o Império, menor apenas do que a sequência de degraus do próprio Palácio Imperial. Entretanto, a maioria dos visitantes da Biblioteca preferia entrar pela esteira deslizante.) Seldon alimentava altas esperanças para aquele dia.

Depois de ele e Stettin Palver terem sido inocentados de todas as acusações de seu mais recente caso de delito de agressão corporal, Hari Seldon se sentia um novo homem. Embora tivesse sido uma experiência dolorosa, sua natureza tão pública acabara favorecendo a causa. A juíza Tejan Popjens Lih, considerada uma das pessoas mais influentes na magistratura de Trantor – senão a mais influente –, tinha sido inclemente no pronunciamento de seu parecer, prestado no dia seguinte ao emocionado depoimento de Rial Nevas.

– Quando chegamos a tal encruzilhada em nossa sociedade dita civilizada – dissera a juíza em tom peremptório do alto de seu assento –, em que um homem da estatura do professor Hari Seldon é forçado a suportar a humilhação, o abuso e as mentiras de seus pares simplesmente por ser quem é e por defender suas ideias, realmente estamos numa era de trevas no Império. Admito que, no princípio, eu também me deixei levar. Eu pensei: "Por que o professor Seldon *não* se valeria de truques assim para tentar validar suas predições?". Mas, como acabei enxergando, eu cometi um erro crasso.

Então a juíza franzira a testa fortemente e uma onda azul-escura começara a subir por seu pescoço e alcançar-lhe as maçãs do rosto.

– Tudo isso porque eu estava atribuindo ao professor Seldon motivos nascidos de nossa nova sociedade, uma sociedade em que a honestidade, a decência e a boa vontade podem levar alguém a ser morto; uma sociedade em que parece que é preciso recorrer à desonestidade e às artimanhas apenas para sobreviver. Como nos distanciamos dos princípios que nortearam a fundação de nossa sociedade... Desta vez tivermos sorte, concidadãos de

Trantor. Devemos um profundo agradecimento ao professor Hari Seldon por nos haver revelado nossa verdadeira natureza. Inspiremo-nos em seu exemplo para nos determinar a manter vigilância e combater as forças mais cruas de nossa natureza humana.

Após a audiência, o Imperador enviara a Seldon um holodisco parabenizando-o. Nessa peça, ele falava de sua esperança de que agora talvez Seldon conseguisse renovar os subsídios para seu projeto.

Enquanto Seldon era transportado pela esteira deslizante, ele pensava no *status* atual de seu Projeto de Psico-História. Seu bom amigo – o ex-bibliotecário-chefe, Las Zenow –, estava aposentado. Durante seu mandato, Zenow fora um ardente defensor de Seldon e de seu trabalho. Na maioria das vezes, porém, as mãos de Zenow tinham permanecido atadas pelo Conselho da Biblioteca. Mas ele havia garantido a Seldon que o novo e afável bibliotecário-chefe, Tryma Acarnio, era tão progressista quanto ele havia sido, e muito benquisto pelas diversas facções de membros do Conselho.

Antes de partir de Trantor rumo a sua terra natal, Wencory, Zenow dissera a Seldon:

– Hari, meu amigo, Acarnio é um bom homem, uma pessoa de intelecto profundo e mente aberta. Estou seguro de que fará tudo que puder para ajudá-lo e promover o projeto. Entreguei a ele o arquivo inteiro com dados sobre você e sua Enciclopédia. Sei que ele ficará tão empolgado quanto eu com a contribuição que isso representa para a humanidade. Cuide-se, meu amigo. Eu sempre me lembrarei de você com afeto.

Portanto, hoje, Hari Seldon teria seu primeiro encontro oficial com o novo bibliotecário-chefe. Estava entusiasmado com as palavras tranquilizadoras que Las Zenow lhe havia endereçado e ansioso por descrever seus planos para o futuro do Projeto da Psico-História e da Enciclopédia.

Tryma Acarnio se levantou quando Hari adentrou o gabinete do bibliotecário-chefe. Ele já havia deixado algumas marcas no local. Enquanto Zenow tinha ocupado cada canto e cada nicho da sala com holodiscos e jornais tridimensionais de diferentes setores de Trantor, juntamente com uma estonteante variedade de visiglobos representando os vários mundos do Império a rodopiar a meia altura pelo aposento todo, Acarnio eliminara as pilhas de dados e imagens que Zenow apreciava manter à sua imediata disposição. Uma grande holotela agora dominava uma parede inteira e nela, Seldon supôs, Acarnio poderia visualizar qualquer publicação ou transmissão que desejasse.

Acarnio era um homem baixo e atarracado, com uma expressão levemente distraída – resultado de uma correção de córnea realizada na infância e que não fora bem-sucedida – que mascarava uma inteligência temível e uma percepção incessante de tudo que se passava ao seu redor, a cada instante.

– Bem, professor Seldon. Entre, sente-se. – Acarnio indicou uma cadeira de encosto reto, colocada à frente de sua escrivaninha. – Achei muito fortuito que você tenha solicitado esta reunião. Veja, era minha intenção entrar em contato com você assim que fui empossado.

Seldon aquiesceu, satisfeito de saber que o novo bibliotecário-chefe o havia considerado uma prioridade suficiente para planejar recebê-lo ainda nos primeiros dias de seu mandato, um momento sempre muito agitado.

– Mas primeiro, professor, por favor, diga-me por que quis me ver, antes de passarmos para assuntos provavelmente mais prosaicos.

Seldon pigarreou e inclinou-se para a frente.

– Bibliotecário-chefe, Las Zenow sem dúvida colocou-o a par do trabalho que faço aqui e das ideias que tenho para a confecção de uma Enciclopédia Galáctica. Las era um grande entusiasta desses projetos e foi de grande ajuda, providenciando inclusive um estúdio privado para mim aqui, além de acesso ilimitado aos vastos recursos da biblioteca. Aliás, foi ele inclusive quem localizou a futura sede do Projeto da Enciclopédia, num remoto Mundo Exterior chamado Terminus. Entretanto, houve uma coisa que Las não me pôde fornecer. Para poder manter tudo dentro do cronograma, preciso de espaço de trabalho e acesso ilimitado também para alguns dos meus assistentes. A coleta de informações a serem copiadas e transferidas para Terminus antes de efetivamente podermos começar a tarefa de compilar a Enciclopédia, já configura um trabalho enorme. Las não era popular junto ao Conselho da Biblioteca, como sem dúvida o senhor está informado. No entanto, o senhor é. Por isso é que lhe solicito, bibliotecário-chefe, que meus colegas e eu recebamos os mesmos privilégios dos funcionários graduados para podermos dar prosseguimento a esse nosso trabalho tão vital.

Nessa altura, Hari fez uma pausa, praticamente sem fôlego. Ele tinha certeza de que sua fala, que na noite anterior tinha passado e repassado mentalmente inúmeras vezes, surtiria o efeito desejado. Confiante na resposta que receberia de Acarnio, esperou.

– Professor Seldon – Acarnio começou e, com isso, o sorriso esperançoso de Seldon se dissipou. Na voz do bibliotecário-chefe havia um timbre que Seldon não estava esperando. – Meu estimado predecessor me transmitiu, com exaustivos detalhes, uma explicação do seu trabalho aqui na biblioteca. Ele foi muito enfático a respeito de sua pesquisa e, em seu entusiasmo, estava comprometido com a ideia de seus colegas virem para cá trabalhar com você. Assim como eu também, professor Seldon – e, dada a pausa que Acarnio fizera, Seldon ergueu os olhos incisivamente –, no começo. Eu estava prestes a convocar uma reunião especial do Conselho para propor um conjunto maior de salas para acomodar você e seus enciclopedistas. Porém, professor, tudo isso agora mudou.

– Mudou! E por quê?

– Professor Seldon, você acabou de ser citado como réu principal num caso muito espetacular de acusação por delito de lesão corporal.

– Mas eu fui absolvido – Seldon interpôs. – O caso nem chegou a ir a julgamento.

– Não obstante, professor, sua última aparição perante a visão do público deu-lhe... como dizer?... um *verniz* inegável de má reputação. Oh, sim, você foi inocentado de todas as acusações. Mas, para que a absolvição lhe fosse concedida, seu nome, seu passado, suas ideias e seu trabalho foram expostos perante todos os mundos.

E, mesmo que uma juíza de ideias progressistas tenha declarado que você é um cidadão irrepreensível, o que dizer dos milhões, talvez bilhões, de outros cidadãos comuns que não enxergam um psico-historiador pioneiro lutando para preservar a glória de sua civilização, e sim um louco furioso que proclama em altos brados o extermínio de nosso grande e poderoso Império? Dada a própria natureza de seu trabalho, você está ameaçando a trama básica do Império. Não me refiro ao imenso, anônimo e monolítico Império sem face, mas, sim, ao povo que é o coração e a alma desse mesmo Império. Quando você diz a essas multidões que o Império está fracassando, está na realidade dizendo que essas pessoas estão fracassando. E isso, meu caro professor, o cidadão médio não pode aturar. Querendo ou não, Seldon, você se tornou alvo de desdém, tema de comentários ridicularizantes, motivo de piadas.

– Com licença, bibliotecário-chefe, mas há muitos anos que sou motivo de piada em alguns círculos.

– Sim, mas apenas em alguns círculos. Esse último incidente, porém (e o próprio fórum público em que se desenrolou), o expôs a um ridículo ainda maior, não somente aqui em Trantor, mas também em muitos outros mundos. E, professor, quando lhe concedemos uma sala, nós, a Biblioteca Galáctica, estendemos nossa aprovação tácita ao seu trabalho e, assim, por inferência, nós, a biblioteca, nos tornamos igualmente motivo de piada em muitos outros mundos. E não importa com que força eu *pessoalmente* possa acreditar em suas ideias e em sua Enciclopédia; como bibliotecário-chefe da Biblioteca Galáctica em Trantor, devo pensar primeiro no bem da biblioteca. Assim, professor Seldon, sua solicitação para trazer seus colegas está negada.

Hari Seldon deu um pulo na cadeira e se encostou com força no espaldar, como se tivesse levado um choque.

– Além disso – Acarnio prosseguiu –, devo avisá-lo de que está em vigor a partir deste momento a suspensão temporária de duas semanas de todos os seus privilégios dentro da biblioteca. O Conselho convocou uma reunião especial para tomar essa decisão, professor Seldon. No prazo de duas semanas, nós o notificaremos quanto à decisão de encerrarmos em definitivo ou não nossa parceria com o senhor.

Nesse momento, Acarnio se calou, colocou as duas mãos espalmadas sobre a superfície imaculada de sua escrivaninha e ficou em pé.

– É tudo por ora, professor Seldon.

Hari Seldon também ficou em pé, embora seu movimento para se erguer da cadeira não tivesse sido tão fácil nem tão ligeiro quanto o de Tryma Acarnio.

– Eu poderia ter autorização para me dirigir diretamente ao Conselho? – Seldon pediu. – Talvez eu fosse capaz de explicar para eles a importância vital da psico-história e da Enciclopédia...

– Receio que não, professor – Acarnio respondeu suavemente, e nisso Seldon captou um breve vislumbre do homem que Las Zenow lhe havia descrito. Mas, com a mesma rapidez, o gélido burocrata retomou o controle e Acarnio encaminhou Seldon até a porta.

Quando as folhas da porta deslizaram para abrir, Acarnio acrescentou:

– Duas semanas, professor Seldon. Até lá. – Hari se aproximou do veículo que o aguardava e as portas deslizaram para se fechar.

"E agora, o que farei?", Seldon matutou, desconsolado. "Será o fim do meu trabalho?"

28

– Wanda, minha querida, o que é que está mantendo você tão ocupada? – Hari Seldon indagou assim que pôs os pés na sala da neta, na Universidade de Streeling. Antes, aquele tinha sido o escritório do brilhante matemático Yugo Amaryl, cuja morte muito havia empobrecido o Projeto de Psico-História. Felizmente, Wanda vinha aos poucos assumindo o papel de Yugo nos últimos anos, refinando e ajustando mais um pouco o Primeiro Radiante.

– Ora, estou trabalhando numa equação da Seção 33A2D17. Veja – e ela indicou uma mancha luminosa de cor violeta suspensa no ar, bem diante de seu rosto – que calibrei essa seção levando em consideração o quociente padrão e... olhe ali! Justamente o que eu tinha pensado, acho. – Ela recuou alguns passos e esfregou os olhos.

– O que é isso, Wanda? – Hari tinha se aproximado um pouco mais para estudar a equação. – Ora, parece a equação de Terminus e, no entanto... Wanda, isto é o *inverso* da equação de Terminus, não é?

– É, sim, vovô. Veja, os números não estavam funcionando muito bem na equação de Terminus... olha aqui. – Wanda tocou num contato que ficava numa faixa embutida na parede e outra mancha ganhou vida com um tom intenso de vermelho, do outro lado da sala. Seldon e Wanda foram até lá para inspecionar melhor o elemento. – Você percebe como agora tudo está se encaixando bem, vovô? Custei algumas semanas até chegar neste ponto.

– E como foi que você fez? – Hari questionou, admirando as linhas da equação, sua lógica e sua elegância.

– No começo, eu me concentrei nela só deste lado de cá. Isolei todo o restante. Para fazer com que Terminus funcione, trabalhei com os elementos que dizem respeito a Terminus. Faz sentido, não faz? Mas, depois, eu me dei conta de que não podia apenas introduzir essa equação no sistema do Primeiro Radiante e esperar que ela se encaixasse perfeitamente, sem nenhum atrito, como se não tivesse acontecido nada. Colocar algo significa deslocar alguma outra coisa. O peso exige um contrapeso.

– Acho que o conceito ao qual você está se referindo é o que os antigos chamavam de "yin e yang".

– Sim, é mais ou menos isso. Yin e yang. Então, percebi que, para aperfeiçoar o yin de Terminus, eu teria de localizar seu yang, está entendendo? E foi o que eu fiz, daquele lado. – Ela voltou para perto da mancha violeta, que tinha ficado socada na outra borda da esfera do Primeiro Radiante. – E, assim que ajustei estes números aqui, a equação de Terminus também se encaixou e entrou no lugar. Harmonia! – Wanda parecia satisfeita consigo mesma, como se tivesse solucionado todos os problemas do Império.

– Wanda, isso é fascinante e mais tarde você vai me dizer o que acha que isso tudo significa para o projeto. Mas, agora, você tem de vir comigo até a holotela. Recebi uma mensagem urgente de Santanni há poucos minutos. Seu pai quer que nós o contatemos imediatamente.

O sorriso de Wanda se desfez. Recentes notícias sobre combates em Santanni tinham deixado a jovem alarmada. Quando os cortes orçamentários imperiais entraram em vigor, os cidadãos dos Mundos Exteriores foram os mais gravemente atingidos. Tinham acesso limitado aos Mundos Interiores mais ricos e mais populosos e estava cada vez mais difícil para eles negociarem os produtos de seus mundos para adquirir outros, importados, que lhes eram muito necessários. Hipernaves imperiais entravam e saíam de Santanni em quantidade reduzida e esse mundo distante se sentia isolado do restante do Império. Bolsões de rebeliões tinham se formado e irrompido por todo o planeta.

– Vovô, espero que esteja tudo bem – Wanda murmurou, revelando todo o seu medo no tom de voz.

– Não se preocupe, querida. Afinal de contas, devem estar a salvo, uma vez que Raych foi capaz de nos enviar uma mensagem.

Na sala de Seldon, ele e Wanda se posicionaram diante da holotela, quando esta se ativou. Seldon inseriu o código no teclado ao lado da tela e os dois ficaram esperando alguns segundos até que a transmissão intergaláctica fosse completada. Lentamente, a tela pareceu se estender pela parede, mas como se estivesse entrando em um túnel, e, desse túnel, indistinta a princípio, saiu a figura conhecida de um homem baixo, mas de uma constituição física poderosa. Conforme a conexão foi se aperfeiçoando, os traços do homem ficaram mais nítidos. Quando Seldon e Wanda conseguiram discernir o basto bigode dahlita de Raych, a figura ganhou vida.

– Pai! Wanda! – saudou o holograma tridimensional de Raych, projetado desde Santanni até chegar ali, em Trantor. – Ouçam, não tenho muito tempo. – Ele se encolheu um pouco, como se tivesse levado um susto por causa de um barulho forte. – As coisas por aqui ficaram muito ruins. O governo caiu e um partido provisório assumiu o poder. Está tudo uma confusão, como vocês podem imaginar. Acabei de embarcar Manella e Bellis numa nave para Anacreon. Disse a elas que entrem em contato com vocês quando chegarem lá. O nome da nave é *Arcadia VII*. Você devia ter visto Manella, papai. Ela ficou completamente louca da vida por ter de partir. A única maneira que tive de convencê-la foi mostrando que era pela segurança de Bellis. Sei o que vocês estão pensando... Wanda, papai. Claro que eu deveria ter ido com elas, se eu pudesse. Mas não havia espaço suficiente. Vocês deviam ter visto o que tive de fazer só para conseguir que *elas* embarcassem. – Raych disparou um daqueles sorrisos tortos, que Seldon e Wanda tanto amavam, e então continuou. – Além disso, como estou aqui, tenho ajudado a guarda da universidade. Podemos fazer parte do sistema *Imperial* de universidades, mas somos uma instituição de aprendizado e construção, não de destruição. Uma coisa eu lhes digo, se um desses rebeldes locais de cabeça quente chegar perto das nossas coisas...

– Raych – Hari interrompeu –, qual é o tamanho da encrenca? Vocês estão perto de entrar em combate?

– Pai, você está em perigo? – Wanda quis saber.

Eles tiveram de esperar um pouco até que suas perguntas atravessassem os nove mil parsecs de distância, através de toda a extensão da Galáxia, até chegar aonde estava Raych.

– Eu... eu... eu... não entendi muito bem o que você disse – respondeu o holograma. – Tem alguns focos de luta acontecendo. Na realidade, é um pouco excitante – Raych acrescentou, rasgando aquele seu sorriso peculiar mais uma vez. – Bom, vou ter de desligar agora. Lembrem-se: descubram o que aconteceu com a *Arcadia VII* a caminho de Anacreon. Volto a entrar em contato assim que puder. Lembrem, eu... – e a transmissão foi encerrada, com o holograma desaparecendo. O túnel da holotela se fechou sobre si mesmo, e Seldon e Wanda ficaram ali, plantados, olhando para a parede nua.

– Vovô – questionou Wanda –, o que você acha que ele ia dizer?

– Não faço ideia, minha querida. Mas uma coisa eu sei: seu pai sabe se cuidar muito bem. Tenho pena do rebelde que chegar perto dele o suficiente para ganhar um chute-tufão do seu pai bem certeiro!

Venha, vamos voltar para aquela equação e daqui a algumas horas procuraremos saber sobre o paradeiro da *Arcadia VII*.

– Comandante, o senhor não tem ideia do que aconteceu com aquela nave? – Hari Seldon estava novamente numa conversa intergaláctica, mas dessa vez com um comandante da Marinha Imperial, alocado em Anacreon. Para essa comunicação, Seldon estava usando a visitela, um equipamento muito mais realista do que a holotela, mas também muito mais simples.

– Estou lhe dizendo, professor, não temos registro dessa hipernave solicitando permissão para entrar na atmosfera de Anacreon. Claro que as comunicações com Santanni ficaram interrompidas por várias horas e, na semana passada, foram esporádicas no melhor dos casos. É possível que a nave tenha tentado nos alcançar através de algum canal baseado em Santanni e não conseguiu completar a conexão, mas duvido. Não, o mais provável é que a *Arcadia VII* tenha mudado de destino. Voreg, talvez, ou Sarip. Já tentou algum desses outros mundos, Professor?

– Não – Seldon respondeu irritado –, mas não vejo motivo para uma nave cujo destino era Anacreon não ir para Anacreon. Comandante, é fundamental que eu localize essa nave.

– Naturalmente – arriscou o comandante –, a *Arcadia VII* pode não ter conseguido chegar. Quero dizer, pode não ter saído em segurança. Há muitos combates acontecendo por lá. Esses rebeldes não se importam com quem explodem. Eles apenas fixam o alvo com seus *lasers* e fingem que estão atirando contra o Imperador Agis. Eu lhe digo, professor, aqui, nas extremidades da Galáxia, a história é muito diferente.

– Minha nora e minha neta estão naquela nave, comandante – Seldon revelou, com voz estrangulada.

– Oh, sinto muito, professor – disse o comandante, constrangido. – Entro em contato com o senhor assim que souber de alguma coisa.

Desanimado, Hari fechou o circuito do contato da visitela. "Como estou cansado", ele pensou. E, divagando, acrescentou para si, "mas não surpreso. Eu sabia que isso ia acontecer há quase quarenta anos".

Seldon sentiu uma amarga risadinha em seu íntimo. Talvez o comandante tivesse pensado que o assustara, impressionando-o com os vívidos detalhes da vida "na beirada". Mas Seldon estava inteiramente a par daquela beirada. E, quando ela se desmanchasse, assim como uma peça tricotada com um fio solto, a peça inteira iria se desmanchar até atingir o núcleo: Trantor.

Seldon percebeu que uma campainha suave estava tocando. Era o sinalizador da porta.

– Sim?

– Vovô? – Wanda chamou, entrando na sala – Estou assustada.

– Por quê, minha querida? – Seldon indagou com uma ponta de aflição. Ele não queria compartilhar com ela o que tinha sabido (ou melhor, o que *não* tinha sabido) pelo comandante em Anacreon.

– Normalmente, mesmo eles estando tão distantes, eu *sinto* o papai, a mamãe e Bellis, eu os sinto aqui – e ela apontou para a própria cabeça – e aqui também – e desceu a mão para pô-la sobre o coração. – Mas agora eu não os sinto mais, ou sinto menos, como se estivessem se apagando. Parece aquelas lâmpadas do domo. E eu quero parar essa sensação. Quero trazê-los de volta e não consigo.

– Wanda, eu realmente acho que isso é só uma decorrência da preocupação por sua família, tendo em vista a rebelião. Você sabe que o tempo todo ocorrem levantes por toda parte no Império. Veja bem, querida, você sabe que as chances de acontecer alguma coisa ruim com RUych, Manella e Bellis são praticamente nulas. Seu pai vai nos chamar qualquer dia desses para nos dizer que está tudo bem. Sua mãe e Bellis vão desembarcar em Anacreon logo mais e tirar umas férias. Nós é que somos objetos de pena: estamos presos aqui, afundados até as orelhas em trabalho! Portanto, minha querida, vá para a cama e tenha apenas bons pensamentos. Eu lhe prometo que amanhã, sob o nosso domo ensolarado, as coisas vão parecer bem melhores.

– Está bem, vovô – Wanda concordou, mas não parecia totalmente convencida. – Mas amanhã, se até amanhã não tivermos tido notícias, nós teremos de... de...

– Wanda, Wanda – Hari atalhou, falando com sua voz mais doce –, o que mais podemos fazer além de esperar?

Wanda virou-se e saiu da sala com o peso de suas aflições caindo visivelmente sobre seus ombros. Hari acompanhou-a com o olhar e finalmente deixou que as suas próprias preocupações emergissem.

Já haviam se passado três dias desde a última transmissão por holograma de Raych. Desde então, nada. E, hoje, o comandante naval em Anacreon negara ter qualquer informação acerca da nave chamada *Arcadia VII*.

Mais cedo naquele mesmo dia, Hari tinha tentado entrar em contato com Raych em Santanni, mas todos os raios de comunicação estavam inoperantes. Era como se Santanni – e a *Arcadia VII* – tivessem simplesmente se desmembrado do Império, como as pétalas caídas de uma flor.

Seldon sabia o que tinha de fazer agora. O Império podia ter caído, mas não estava liquidado. Seu poder, quando adequadamente manipulado, ainda era assombroso. Seldon disparou uma transmissão de emergência para o Imperador Agis XIV.

29

– Que surpresa, meu amigo Hari – o rosto de Agis estava sorridente na holotela, ao deparar com Seldon. – Estou feliz por ter notícias suas, embora normalmente você solicite uma audiência pessoal e mais formal. Ora, você me deixou curioso. Qual é a urgência?

– Majestade – Seldon começou –, meu filho, Raych, a esposa dele e a filha vivem em Santanni.

– Ah, Santanni – o Imperador repetiu, e com isso desfez o sorriso. – Um bando de desgraçados desencaminhados, se algum dia...

– Majestade, por favor – Hari cortou a fala do Imperador, surpreendendo os dois com essa flagrante quebra do protocolo imperial. – Meu filho conseguiu embarcar Manella e Bellis numa hipernave chamada *Arcadia VII* com destino a Anacreon. Ele mesmo ficou em Santanni. Isso foi há três dias. A nave não pousou em Anacreon. E meu filho parece ter desaparecido. Minhas chamadas para Santanni não obtêm resposta e agora os raios de comunicação parecem ter-se rompido. Majestade, por favor, o senhor poderia me ajudar?

– Hari, como você sabe, oficialmente todos os laços entre Santanni e Trantor foram cortados. Todavia, ainda tenho certa influência em alguns setores específicos de Santanni. Ou seja, ainda existem uns poucos súditos leais a mim que até o momento não foram descobertos. Embora eu não possa fazer contato direto com nenhum dos meus agentes naquele mundo, posso compartilhar com você os relatórios que eu receber de lá. Evidentemente, são informações altamente confidenciais, mas, considerando sua situação e nosso relacionamento, vou lhe garantir acesso aos documentos que puderem ser de seu interesse. Estou esperando um próximo despacho para daqui a uma hora. Se quiser, posso entrar em contato com você quando isso chegar. No ínterim, pedirei a um dos meus secretários que examinem todas as transmissões recebidas de Santanni nos três últimos dias para tentar localizar alguma informação sobre Raych, Manella e Bellis Seldon.

– Majestade, muito obrigado. Humildemente, eu lhe agradeço. – E Hari Seldon afundou a cabeça enquanto a imagem do Imperador desaparecia na holotela.

Sessenta minutos depois, Hari Seldon continuava plantado no mesmo lugar, diante de sua escrivaninha, à espera de notícias vindas do Imperador. A hora que havia acabado de escoar fora uma das mais difíceis de toda a sua existência; só a destruição de Dors lhe havia causado dor maior.

Era não saber que deixava Hari desesperado. Ele construíra toda a sua carreira em cima da noção de *saber*, tanto sobre o futuro como sobre o presente. E agora ele não tinha a menor ideia do que estava acontecendo com as três pessoas que lhe eram mais preciosas.

A holotela zumbiu discretamente e Hari apertou o contato para responder. Agis apareceu.

– Hari – ele começou a dizer e, pela lenta e discreta tristeza de sua voz, Hari soube que aquela ligação lhe traria más notícias.

– Meu filho – Hari pronunciou.

– Sim – o Imperador confirmou. – Raych foi morto, hoje cedo, num bombardeio contra a Universidade de Santanni. Eu soube pelas minhas fontes que Raych estava inteirado do ataque iminente e se recusou a desertar de seu posto. Muitos rebeldes são universitários e Raych achou que, se soubessem que ele continuava lá, não iriam atacar... Mas o ódio venceu a razão. Veja, a universidade é, como você sabe, uma universidade *Imperial* e os rebeldes acham que devem destruir todas as coisas que são imperiais antes de reconstruírem sua nova sociedade. Idiotas! Por que... – e então Agis se calou como se, de repente, tivesse percebido que Seldon não dava a mínima para a Universidade de Santanni, ou para os planos dos rebeldes... Não naquele momento, pelo menos. – Hari, se é que isso pode fazê-lo se sentir um pouco melhor, lembre-se de que seu filho morreu defendendo o conhecimento. Não foi pelo Império que Raych combateu e morreu, mas pela própria humanidade.

Seldon levantou os olhos, inundados de lágrimas. Com voz débil, ele ainda indagou:

– E Manella e a pequena Bellis? O que aconteceu com elas? Encontraram a *Arcadia* vii?

– Essa busca ainda não nos trouxe resultados, Hari. A *Arcadia* vii de fato deixou Santanni, como você disse, mas parece ter desaparecido. Pode ter sido sequestrada por rebeldes ou pode ter feito algum desvio de emergência. Nesta altura, simplesmente não sabemos.

Seldon inclinou a cabeça, dando a entender que compreendia.

– Obrigado, Agis. Embora tenha me trazido uma notícia trágica, pelo menos me disse alguma coisa. Não saber era pior. Você é um verdadeiro amigo.

– Então, meu amigo, agora vou deixá-lo com suas lembranças – arrematou o Imperador. A imagem dele foi sumindo da tela e Hari Seldon dobrou os braços sobre o tampo da escrivaninha, ali apoiou a cabeça e então chorou.

30

Wanda Seldon ajustou a faixa da cintura de seu traje único, puxando-a para ficar um pouco mais apertada. Com uma pazinha de mão começou a arrancar o mato que tinha brotado em sua pequena floreira do lado de fora do Prédio da Psico-História, na Universidade de Streeling. Em geral, Wanda passava praticamente o tempo todo dentro da sua sala, trabalhando em seu Primeiro Radiante. A precisa elegância estatística daquelas fórmulas lhe proporcionavam conforto. As equações invariantes eram em certo sentido apaziguadoras, agora que o Império tinha enlouquecido. Mas quando a lembrança de seu amado pai, de sua mãe e de irmãzinha se tornavam demais para ela, quando nem mesmo as pesquisas que realizava eram capazes de distraí-la da perda terrível que lhe havia sido imposta recentemente, Wanda sempre vinha para esse lugar ao ar livre, a fim de cavoucar o chão terraformado, como se ajudar algumas plantas a viver pudesse em alguma medida, mesmo que mínima, aliviar sua dor.

Desde a morte de seu pai, um mês atrás, e do desaparecimento de Manella e de Bellis, Wanda, que sempre fora magra, vinha perdendo peso. Poucos meses antes, Hari Seldon teria demonstrado preocupação pela perda de apetite de sua neta querida, mas agora, afundado em seu próprio luto, ele nem parecia reparar nisso.

Uma profunda mudança se havia operado em Hari e Wanda Seldon e nos poucos membros remanescentes do Projeto de Psico-História. Hari parecia ter desistido. Agora, passava quase todos os dias sentado em uma poltrona no solário de Streeling, contemplando a área da universidade, aquecido pelas lâmpadas brilhantes no alto do domo. De vez em quando, os integrantes do projeto diziam a Wanda que o guarda-costas de Seldon, o homem chamado Stettin Palver, insistia com Seldon para que fossem caminhar sob o domo ou tentava fazê-lo conversar sobre os futuros rumos do projeto.

Wanda se refugiara a ponto de quase se tornar uma reclusa, estudando as fascinantes equações do Primeiro Radiante. Ela podia perceber que o futuro que seu avô tanto lutara para alcançar estava finalmente tomando forma, e ele tinha razão: a Enciclopédia deveria ser instalada em Terminus; ali seria construída a Fundação.

E a Seção 33A2D17? Ali, Wanda podia ver o que Seldon chamava de a Segunda Fundação, ou a Fundação Secreta. Mas como? Sem o ativo interesse de Seldon, Wanda se sentia perdida quanto a como seguir em frente. E a dor pela destruição de sua família era tão intensa e profunda que ela não parecia ter forças suficientes para desvendar o caminho por si.

Os membros do próprio projeto, as mais ou menos cinquenta pessoas que tinham permanecido, continuavam fazendo seu trabalho na medida do possível. A maioria era de enciclopedistas, pesquisando fontes de dados que precisariam copiar e catalogar quando enfim se mudassem para Terminus, se e quando obtivessem acesso irrestrito à Biblioteca Galáctica. Nessa altura, estavam trabalhando movidos apenas pela fé. O professor Seldon tinha perdido o direito a uma sala privativa na biblioteca, de modo que a perspectiva de algum outro membro da equipe conseguir acesso privilegiado era remota.

Além dos enciclopedistas, os demais integrantes eram historiadores analistas e matemáticos. Os historiadores interpretavam as ações e os eventos passados e presentes, e depois entregavam seus dados aos matemáticos que, por sua vez, inseriam esses dados na grande Equação Psico-Histórica. Um trabalho longo e árduo.

Muitos membros do projeto tinham saído porque a remuneração era escassa; os psico-historiadores eram alvo de muitas piadas em Trantor, e a limitação de verbas havia forçado Seldon a adotar cortes drásticos nos salários. Mas a constante e tranquilizadora presença de Hari Seldon – até então – tinha superado as exigentes condições de trabalho no projeto. De fato, todos os integrantes que haviam restado, até a última pessoa, tinham tomado essa decisão por puro respeito e devoção ao professor Seldon.

"Agora", Wanda pensava com amargura, "que motivo eles têm para ficar?" Um leve sopro da brisa levou uma mecha de seus cabelos loiros a cair sobre seus olhos. Ela a empurrou para trás, distraída, e continuou a arrancar os talos de mato.

– Senhorita Seldon, posso lhe falar por um momento?

Wanda se virou e olhou para cima. Um rapaz, que lhe pareceu ter vinte e poucos anos, estava em pé no caminho de cascalho ao lado dela. Ela imediatamente sentiu que ali estava uma forte e temível inteligência. Seu avô havia escolhido sabiamente. Wanda ficou em pé para falar com ele.

– Estou reconhecendo você. É o guarda-costas do meu avô, não é? Stettin Palver, se não estou enganada?

– Sim, está certa, senhorita Seldon – Palver confirmou e seu rosto corou de leve, como se ele tivesse ficado feliz por ser notado por uma moça tão linda. – Senhorita Seldon, eu queria conversar com você sobre seu avô. Estou muito preocupado com ele. Temos de fazer alguma coisa.

– Fazer o quê, senhor Palver? Estou perdida. Desde que meu pai... – e ela engoliu em seco, como se tivesse dificuldade para falar – morreu e que minha mãe e minha irmã desapareceram, tudo que consigo é fazer com que ele saia da cama de manhã. E, para lhe dizer a verdade, esses fatos também me abalaram muito. Você entende, não é? – Ela o olhou diretamente nos olhos e viu que ele entendia.

– Senhorita Seldon – Palver respondeu suavemente –, eu sinto muitíssimo por suas perdas. Mas você e o professor Seldon estão *vivos* e devem continuar trabalhando na psico-história. O professor parece ter desistido. Eu tenho a esperança de que talvez você, nós pudéssemos imaginar alguma coisa para redespertar nele uma esperança. Uma razão para continuar, entende?

"Ah, senhor Palver, talvez o vovô tenha razão", Wanda pensou. "Eu mesma duvido que haja algum motivo para seguirmos em frente." Mas ela respondeu:

– Lamento, senhor Palver. Não consigo pensar em nada. – Com um movimento da mão, ela mostrou o chão. – Agora, como pode ver, preciso voltar a arrancar esses matinhos impertinentes.

– Não acho que o seu avô tenha razão. Acho que realmente existe um motivo para seguir em frente. Só precisamos encontrá-lo.

Aquelas palavras a atingiram com muita força. Como é que ele podia saber o que ela havia pensado? A menos que...

– Você consegue manipular mentes, não é? – Wanda perguntou e segurou a respiração, como se tivesse receio da resposta que Palver pudesse dar.

– Sim, posso – o rapaz afirmou. – Sempre pude, acho. Pelo menos, não consigo me lembrar de *não* fazer isso. Metade do tempo nem tenho consciência de que isso está acontecendo. Eu apenas sei o que as pessoas estão pensando ou pensaram.

Encorajado pela compreensão que ele sentia emanar de Wanda, Palver continuou.

– Às vezes, tenho *vislumbres* disso vindo de outra pessoa. Sempre acontece quando estou no meio de muita gente, e não consigo localizar quem é, mas sei que existem outras pessoas como eu... como nós, por aí.

Empolgada, Wanda agarrou a mão de Palver tendo deixado cair a ferramenta que estivera usando, já totalmente esquecida dela.

– Você tem alguma ideia do que isso pode significar? Para o vovô, para a psico-história? Um de nós pode fazer algumas poucas coisas, mas nós dois juntos... – e Wanda começou a andar na direção do Prédio da Psico-História, deixando Palver plantado no caminho de cascalho. Já quase na entrada, ela se parou e se virou.

“Venha, senhor Palver. Precisamos contar isso para o meu avô”, Wanda formulou a frase, sem abrir a boca.

“Sim, imagino que precisamos fazer isso mesmo”, Palver respondeu, a caminho de alcançá-la.

31

– Wanda, você está me dizendo que fiquei buscando por toda a parte em Trantor alguém com o seu poder e essa pessoa está justamente aqui, há meses, sem que soubéssemos? – Hari Seldon perguntou, incrédulo. Ele continuava cochilando no solário quando Wanda e Palver o despertaram para lhe transmitir essa extraordinária notícia.

– Sim, vovô, pense nisso! Nunca tive a chance de conhecer Stettin. O tempo que você fica com ele, vocês o gastam basicamente fora do projeto, e eu passo quase o tempo todo enfurnada na minha sala, trabalhando no Primeiro Radiante. Quando é que *iríamos* nos encontrar? Aliás, na única vez em que nossos caminhos se cruzaram os resultados foram muito significativos.

– E quando foi isso? – Seldon estranhou, tentando achar alguma pista em sua memória.

– Na última audiência, perante a juíza Lih – Wanda explicou imediatamente. – Lembra-se daquela testemunha ocular que jurou que você e Stettin tinham atacado os três arruaceiros? Lembra-se de como ele se descontrolou e contou a verdade no final, mesmo parecendo não saber como nem por que estava fazendo aquilo? Mas Stettin e eu tínhamos nos unido. Nós dois estávamos forçando Rial Nevas a falar a verdade. Ele tinha sido muito convincente em seu depoimento original. Duvido que um de nós, agindo sozinho, teria conseguido influenciá-lo. Mas *juntos* – e ela lançou um tímido olhar de esguelha para Palver, em pé, discretamente afastado – nosso poder é espantoso!

Hari Seldon assimilou toda essa explicação e então fez menção de que ia falar alguma coisa. Mas Wanda ainda tinha algo a dizer.

– De fato, estamos pensando em passar esta tarde testando nossa habilidade mental, separados e juntos. Com base no pouco que descobrimos até agora, parece que o poder de Stettin é um pouco menor do que o meu, talvez chegue a cinco, na minha escala. Mas cinco, combinado com o sete que eu sou, nos faz chegar a doze! Pense nisso, vovô! É fantástico!

– O senhor entende, professor? – Palver, então, se pronunciou. – Wanda e eu somos aquela inovação revolucionária que o senhor estava buscando. Podemos ajudá-lo a convencer os mundos da validade da psico-história, podemos ajudá-lo a encontrar outros como nós, podemos ajudar a recolocar a psico-história nos trilhos.

Hari Seldon ergueu o olhar para abranger os dois jovens, em pé à sua frente. Eles estavam iluminados pelo brilho da juventude, com vigor e entusiasmo, e Hari Seldon percebeu que aquilo fazia bem ao seu velho e cansado coração. Talvez, no final das contas, nem tudo estivesse perdido. Ele não tinha acreditado que seria capaz de sobreviver à mais recente tragédia, a morte de seu filho e o desaparecimento de sua nora e de sua outra neta, mas agora percebia como Raych vivia em Wanda. E em Wanda e Stettin, ele soube instantaneamente, residia o futuro da Fundação.

– Sim, sim – Seldon concordou, anuindo vigorosamente. – Venham comigo vocês dois, ajudem-me a levantar. Preciso voltar ao meu escritório para planejar nosso próximo passo.

32

– Professor Seldon, entre – disse Tryma Acarnio, com voz gélida. Hari Seldon, acompanhado de Wanda e Palver, entrou no intimidante escritório do bibliotecário-chefe.

– Obrigado, bibliotecário-chefe – agradeceu Seldon, enquanto se acomodava numa cadeira e encarava Acarnio do outro lado da ampla escrivaninha. – Desejo apresentar-lhe minha neta, Wanda, e meu amigo Stettin Palver. Wanda é um membro inestimável do Projeto de Psico-História, e sua especialidade é a matemática. E Stettin, bem, Stettin está se tornando um psico-historiador generalista de primeira qualidade, isto é, quando não está no cumprimento de seus deveres como meu guarda-costas – e Seldon deu uma breve risadinha amistosa.

– Sim, ótimo, tudo isso é muito bom de saber, professor – Acarnio salientou, surpreso com o bom humor de Seldon. Ele tinha esperado que o professor chegasse resmungando pelos cotovelos, suplicando por outra oportunidade de obter os privilégios especiais da biblioteca. – Mas não entendo o motivo pelo qual você quis me ver. Suponho que tenha compreendido que nossa posição é inabalável: não podemos permitir uma ligação da biblioteca com alguém tão extremamente impopular perante a população em geral. Afinal de contas, somos uma biblioteca *pública* e devemos ter em mente o que o público sente. – Acarnio se recostou; talvez *agora* começassem as reclamações.

– Entendo que não fui capaz de demovê-lo. No entanto, achei que se ouvisse o que têm a dizer dois dos membros mais jovens do projeto, os psico-historiadores de amanhã, por assim dizer, talvez conseguisse visualizar melhor o papel vital que ele (e a Enciclopédia em particular) desempenhará em nosso futuro. Por favor, ouça o que Wanda e Stettin vieram lhe dizer.

Acarnio lançou um olhar frio na direção dos dois jovens que ladeavam Seldon.

– Muito bem, então – ele concedeu, fazendo questão de olhar para a faixa de tempo que pendia da parede. – Cinco minutos e nada mais. Tenho uma biblioteca para cuidar.

– Bibliotecário-chefe – Wanda começou –, como meu avô seguramente já lhe explicou, a psico-história é um recurso imensamente valioso a ser usado na preservação de nossa cultura. Sim, *preservação* – ela repetiu, ao perceber como os olhos de Acarnio se arregalaram ao ouvir a palavra. – Uma ênfase indevida foi dada à destruição do Império. Por causa disso, o verdadeiro valor da psico-história foi ignorado. Com ela, ao nos tornarmos capazes de predizer o inevitável declínio de nossa civilização, também nos é permitido tomar medidas visando sua preservação. É essa a proposta essencial da Enciclopédia Galáctica. E é essa a razão de nós precisarmos de sua ajuda e da ajuda de sua grande biblioteca.

Acarnio não pôde resistir e sorriu. A moça tinha um encanto inegável. Era tão sincera, falava tão bem... Ele a contemplou, sentada à sua frente, com os cabelos louros penteados e presos para trás num estilo acadêmico francamente espartano, mas que não só era incapaz de encobrir a beleza de seus traços como ainda os salientava. O que ela estava dizendo começava a fazer sentido. Talvez Wanda Seldon estivesse certa; talvez ele tivesse analisado esse problema pelo ângulo errado. Se realmente fosse mais uma questão de *preservação* do que de *destruição*...

– Bibliotecário-chefe – foi a vez de Stettin Palver começar a falar –, esta grande biblioteca existe há milênios. Talvez ainda mais do que o Palácio Imperial, ela representa o vasto poder do Império, uma vez que o palácio abriga apenas o líder do Império, ao passo que a biblioteca é a sede da soma total do conhecimento imperial, de sua cultura e de sua história. Seu valor é incalculável. Não faz sentido preparar um tributo a esse grande repositório? A Enciclopédia Galáctica será precisamente isso: um sumário gigantesco de todo o conhecimento contido nestas paredes. Pense nisso!

De repente, tudo ficou muito claro para Acarnio. Como ele pôde deixar que o Conselho (especialmente Gennaro Mummery, aquele sujeito fétido e arrogante) o convencesse a rescindir os privilégios de Seldon? Las Zenow, uma pessoa cujo julgamento ele tinha em altíssima estima, fora um incansável defensor da Enciclopédia de Seldon.

Mais uma vez, ele relanceou os olhos pelo trio à sua frente, no aguardo de sua decisão. O Conselho teria uma enorme dificuldade para encontrar alguma coisa que fosse para se queixar a respeito dos membros do projeto, se é que os jovens que agora estavam em seu gabinete eram uma amostra representativa do tipo de pessoas que trabalhavam com Seldon.

Acarnio ficou em pé e caminhou por sua sala, com a testa vincada por uma ruga profunda, como se estivesse formulando pensamentos. De cima de uma mesa ele recolheu uma esfera de cristal leitoso e a sopesou na palma da mão.

– Trantor – Acarnio enunciou, em tom pensativo –, a sede do Império, centro de toda a Galáxia. Uma coisa notável, quando paramos para pensar nisso. Talvez tenhamos sido precipitados em nosso julgamento do professor Seldon. Agora que o seu projeto, essa Enciclopédia Galáctica, foi apresentado sob essa óptica – e ele fez um discreto aceno com a cabeça na direção de Wanda e Palver –, percebo a importância de lhe permitir que continue trabalhando aqui dentro. E, naturalmente, concedendo acesso a alguns de seus colaboradores.

Seldon sorriu agradecido e apertou a mão de Wanda.

– Não é apenas pela glória maior do Império que irei recomendar isso – Acarnio prosseguiu, parecendo até um pouco entusiasmado com a ideia (e com o som da própria voz). – Você é famoso, professor Seldon. Quer as pessoas pensem que você é um lunático ou um gênio, parece que *todo mundo* tem uma opinião a seu respeito. Se um acadêmico da sua estatura está associado com a Biblioteca Galáctica, isso só pode aumentar o nosso prestígio como bastião do empreendimento intelectual do mais alto gabarito. Ora, o brilho de sua presença pode ser usado para angariarmos os tão necessários fundos para atualizar as nossas coleções, aumentar nossos quadros, manter as portas abertas ao público por mais tempo... E a perspectiva de uma Enciclopédia Galáctica é, em si, um projeto monumental! Imagine a reação do público quando souber que a Biblioteca Galáctica está envolvida num empreendimento desse porte, destinado a dar destaque aos esplendores da nossa civilização, nossa gloriosa história, nossas brilhantes conquistas, nossas culturas magníficas. E pensar que eu, Tryma Acarnio, sou o responsável por garantir que esse projeto tenha início... – e então Acarnio mirou intensamente a esfera de cristal, mergulhando em seus próprios devaneios. – Sim, professor Seldon – Acarnio finalmente se arrancou de seus pensamentos e voltou ao aqui-agora –, o senhor e seus colegas receberão plenos privilégios exclusivos, além de um conjunto de salas onde trabalhar. – Com isso, recolocou a bola de cristal sobre a mesa e, com um sussurro de seu manto, encaminhou-se de volta para seu assento.

– Naturalmente, terei um pouco de trabalho até persuadir o Conselho, mas estou confiante de que posso lidar com todos eles. Deixem comigo.

Seldon, Wanda e Palver olharam uns para os outros em triunfo, contendo pequenos sorrisos no canto da boca. Tryma Acarnio indicou com um gesto que agora os três podiam se retirar, e eles assim fizeram, deixando-o instalado em sua cadeira, sonhando com toda a glória e todas as honrarias que adviriam à biblioteca sob sua égide.

– Impressionante – Seldon comentou, quando os três estavam seguramente instalados dentro de seu carro terrestre. – Se vocês o tivessem visto em nossa última entrevista... Ele chegou a dizer que eu estava "ameaçando a trama básica do nosso Império", ou alguma idiotice desse gênero. E hoje, após poucos minutos com vocês dois...

– Não foi muito difícil, vovô – Wanda confessou enquanto pressionava o contato para colocar o veículo em movimento no meio do trânsito. Ela se recostou quando o piloto automático assumiu o comando. Wanda inseriu as coordenadas do destino desejado no painel de controle. – Ele é um sujeito com uma noção muito grande de sua própria importância. A única coisa que precisamos fazer foi salientar os aspectos positivos da Enciclopédia e a vaidade dele entrou em cena e resolveu tudo, daí em diante.

– No instante em que Wanda e eu entramos – Palver acrescentou, confortável no banco de trás – ele já estava vencido. Depois que nós dois começamos a forçar, foi fácil. – Palver estendeu a mão e apertou carinhosamente o ombro de Wanda. Ela sorriu, e com sua mão deu tapinhas afetuosos na mão dele.

– Vou avisar os enciclopedistas o mais rápido possível – Seldon lembrou. – Embora restem apenas trinta e dois, são trabalhadores bons e dedicados. Vou deixá-los instalados na biblioteca e então atacarei o obstáculo seguinte: a questão dos créditos. Talvez essa aliança com a biblioteca seja o que me falta para convencer as pessoas a nos dar as verbas. Vamos ver. Vou ligar para Terep Bindris de novo e vocês dois virão comigo na próxima reunião com ele. Ele se mostrou favorável ao projeto na primeira vez, mas como conseguirá resistir a nós agora?

O carro terrestre enfim parou ao lado do Prédio da Psico-História, em Streeling. Os painéis laterais deslizaram para se abrir, mas Seldon não se movimentou de imediato a fim de desembarcar. Ele se virou para a neta.

– Wanda, sabe o que você e Stettin conseguiram fazer com Acarnio. Tenho certeza de que juntos conseguirão forçar alguns patronos financeiros a nos ajudar com créditos. Eu sei quanto você detesta se afastar de seu adorado Primeiro Radiante, mas essas visitas darão a vocês dois uma oportunidade de praticar, de melhorar suas habilidades, de ter uma noção melhor do que são capazes de fazer.

– Está bem, vovô, embora eu esteja segura de que, agora que você tem o aval da biblioteca, perceberá a resistência a seus pedidos diminuir consideravelmente.

– Existe ainda outro motivo que acho importante para insistir que vocês dois saiam e circulem juntos. Stettin, se não me engano, você disse que em certas ocasiões "sentiu" outra mente como a sua, mas não conseguiu identificar a pessoa.

– Sim – Palver confirmou. – Tive alguns vislumbres, mas todas as vezes eu estava no meio de uma multidão. E, nestes meus vinte e quatro anos de vida, posso me lembrar de ter captado esses vislumbres apenas quatro ou cinco vezes.

– Mas, Stettin – Seldon retomou o argumento, em voz baixa mas intensa –, cada um desses vislumbres possivelmente era da mente de alguém como você e Wanda, um outro mentálico. Wanda nunca sentiu esses vislumbres porque, para falar francamente, sempre levou uma vida muito protegida. Nas poucas vezes em que teve contato direto com a multidão possivelmente não havia nenhum mentálico por perto. E essa é a razão, talvez a mais importante de todas, para que vocês dois saiam à rua juntos, comigo ou não. Devemos achar outros mentálicos. Vocês dois juntos são fortes o suficiente para influenciar uma pessoa só. Um grande grupo de pessoas como vocês, todas forçando juntas, terá o poder de mobilizar um Império!

Depois disso, Seldon girou as pernas para fora e se içou para fora do carro terrestre. Assistindo ao idoso professor andar mancando pelo acesso ao Prédio da Psico-História, Wanda e Palver apenas intuíam vagamente a enorme responsabilidade que Seldon tinha acabado de colocar sobre seus jovens ombros.

33

Já passava do meio da tarde e o sol trantoriano escorria pela pele metálica que encobria o vasto planeta. Hari Seldon estava na beirada do deque de observação da Universidade de Streeling, tentando proteger, com as mãos, os olhos do intenso reflexo da claridade. Muitos anos haviam se passado desde que ele tinha saído da cobertura do domo, exceto pelas poucas visitas que fizera ao palácio e, por algum motivo, essas ocasiões não contavam. Na área do palácio, a pessoa continuava essencialmente *cercada*.

Seldon agora perambulava pela cidade, mesmo quando não estava acompanhado. Em primeiro lugar, porque Palver passava praticamente o tempo todo com Wanda, trabalhando no Primeiro Radiante, absorvido em suas pesquisas mentálicas, ou buscando outras pessoas como ele. Mas, se realmente quisesse, Seldon poderia ter achado outro rapaz – algum universitário ou um membro do projeto – para servir como seu guarda-costas.

Contudo, ele sabia que isso não era mais necessário. Desde a muitíssimo divulgada audiência e após a retomada de sua ligação com a Biblioteca Galáctica, a Comissão de Segurança Pública havia renovado seu interesse pelo professor Seldon, e ele sabia que estava sendo seguido. Tinha captado sinais de sua "sombra" em diversas ocasiões, nos últimos meses. Tampouco tinha dúvidas de que sua casa e seu escritório tinham sido grampeados, mas ele mesmo acionava um escudo de estática toda vez que se envolvia em alguma comunicação estratégica.

Seldon não sabia ao certo o que a Comissão pensava dele. Talvez eles mesmos não tivessem certeza também. Independentemente de pensarem que ele era um lunático ou um profeta, ocupavam-se zelosamente em saber onde ele estava o tempo todo, e isso significava que, até que a Comissão decidisse em contrário, ele estava seguro.

Uma brisa leve formou amplas dobras no manto azul-marinho que Seldon tinha colocado sobre seu traje único e despenteou os poucos fios de cabelo branco que lhe restavam na cabeça. Ele se inclinou sobre o parapeito para olhar mais abaixo e enxergar a ininterrupta manta de aço. Sob essa manta, como Seldon sabia, rumorejava o mecanismo de um mundo vastamente complexo. Se o domo fosse transparente, seria possível visualizar carros terrestres em disparada, gravitáxis zunindo em meio à intrincada malha de túneis interligados, hipernaves espaciais carregando e descarregando cereais, produtos químicos e joias indo e vindo de praticamente todos os mundos do Império.

Debaixo da cintilante cobertura de metal, a vida de quarenta bilhões de pessoas estava sendo conduzida com todas as dores, as alegrias e a intensidade de uma existência humana. Essa era uma imagem que ele amava profundamente – esse panorama das realizações humanas – e era uma verdadeira punhalada bem no meio do seu coração que, no intervalo de apenas poucos séculos, tudo isso que agora se descortinava aos seus olhos estaria em ruínas. O grande domo estaria rachado e partido, e entre seus fragmentos iria revelar-se uma terra árida e desertificada onde antes se havia erguido uma próspera civilização. Embalado por uma profunda tristeza, meneou a cabeça, pois sabia que não havia nada ao seu alcance que pudesse impedir tal tragédia. No entanto, da mesma maneira como previra a queda do domo, Seldon também sabia que, daquela terra nua e devastada pelas últimas batalhas do Império, novos brotos despontariam com o tempo e, de alguma maneira, Trantor conseguiria se reerguer como um membro vigoroso do novo Império. O Plano previa isso.

Seldon se acomodou em um dos bancos que circundava todo o perímetro do deque. Sua perna latejava de dor. O esforço da viagem tinha sido excessivo. Mas valera a pena contemplar Trantor mais uma vez por aquele ângulo panorâmico, sentir o ar a céu aberto e poder olhar lá para cima sem obstáculos.

Seldon pensou na neta, sentindo muita saudade dela. Agora, ele pouco a via e invariavelmente Stettin Palver estava junto, quando essas raras ocasiões aconteciam. Nos três meses que haviam decorrido desde que Wanda e Palver se conheceram, pareciam ter-se tornado inseparáveis. Wanda garantiu a Seldon que esse envolvimento constante era necessário ao projeto, mas o avô desconfiava de que se passava entre eles algo mais profundo do que apenas a devoção ao trabalho.

Ele se lembrou dos sinais inequívocos que haviam marcado o início de sua relação com Dors. Eles estavam presentes ali, na maneira como aqueles dois jovens olhavam um para o outro, com uma intensidade que era fruto não apenas da identificação intelectual, mas também de uma motivação emocional.

Além disso, por conta de seus talentos, Wanda e Palver pareciam mais confortáveis um com o outro do que com outras pessoas. Seldon havia inclusive constatado que, quando não havia mais ninguém por perto, Wanda e Palver nem mesmo *falavam* um com o outro.

Tinham habilidades metais suficientemente avançadas para não sentirem necessidade de pronunciar *palavras* para se comunicar.

Os demais integrantes do projeto não se inteiraram do talento peculiar de Wanda e de Palver. Seldon achara melhor manter em sigilo o trabalho daqueles dois mentálicos, pelo menos até que seu papel no Plano estivesse firmemente definido. Na realidade, o Plano em si estava firmemente definido, mas apenas na mente de Seldon. Quando mais uns poucos elementos se encaixassem, ele revelaria o Plano a Wanda e a Palver e, algum dia, se fosse preciso, a mais um ou dois de seus colaboradores.

Lentamente, com movimentos rígidos, Seldon ficou em pé. Devia estar de volta a Streeling daí a uma hora para uma reunião com Wanda e Stettin. Tinham enviado um recado a ele, dizendo que queriam encontrá-lo para lhe fazer uma grande surpresa. Outra peça do quebra-cabeça, Seldon estava imaginando. Pela última vez, Seldon abrangeu a visão de Trantor com o olhar e, antes de se pôr a caminho de tomar o elevador de repulsão gravitacional, ele sorriu e suavemente pronunciou:

– Fundação.

34

Hari Seldon entrou em sua sala e viu que Wanda e Palver já tinham chegado e estavam sentados à mesa de reunião, na extremidade daquele gabinete. Como era de hábito entre aqueles dois jovens, o aposento estava em completo silêncio.

Então, Seldon estancou ao perceber que havia uma nova pessoa em companhia de Wanda e Palver. Aquilo era muito esquisito. Por questão de educação, quando havia outras pessoas com eles, aqueles dois costumavam falar normalmente, mas ali nenhum deles estava abrindo a boca para dizer nada.

Seldon examinou o desconhecido: um sujeito de aspecto incomum, com seus trinta e cinco anos e a aparência de alguém míope que tivesse ficado tempo demais debruçado em seus estudos. Se não fosse por um certo traço de determinação no queixo daquele desconhecido, Seldon pensava que iria julgá-lo depreciativamente como alguém ineficaz, mas sem dúvida isso seria um erro. O rosto daquele homem sugeria igualmente força e bondade. Seldon concluiu que era uma fisionomia confiável.

– Meu avô – Wanda o saudou, erguendo-se graciosamente de sua cadeira. O coração de Seldon se apertou quando olhou para a neta. Ela havia mudado muito nos últimos meses, desde a perda de sua família. Antes, ela sempre o havia chamado de "vovô" e agora recorria ao tratamento mais formal, "meu avô". No passado, parecia que ela mal conseguia se controlar para não sorrir ou dar risadinhas o tempo todo. Ultimamente, sua expressão serena só de vez em quando era interrompida por um sorriso mais rasgado. Mas agora, como sempre, ela estava linda e aquela beleza só era superada por seu assombroso intelecto.

– Wanda, Palver – Seldon cumprimentou, beijando a neta no rosto e dando um carinhoso tapinha no ombro do rapaz. – Olá – Seldon saudou, voltando-se para o desconhecido que também se havia posto em pé. – Sou Hari Seldon.

– Estou profundamente honrado em conhecê-lo, professor – o homem respondeu. – Sou Bor Alurin – e ele estendeu a mão para aquela forma arcaica de cumprimento e, portanto, a mais formal de todas.

– Bor é psicólogo, Hari – Palver informou –, e um grande admirador do seu trabalho.

– E, meu avô, o que é mais importante ainda, Bor é um de nós.

– Um de vocês? – Seldon olhou de um para o outro dos jovens com uma interrogação no olhar. – Vocês querem dizer...? – e seus olhos faiscaram.

– Sim, meu avô. Ontem, Stettin e eu estávamos passeando pelo Setor Ery, dando uma volta, circulando, como você tinha sugerido, sondando outras pessoas e, de repente, *bammm!*, lá estava ele.

– Reconhecemos imediatamente os padrões de pensamento e começamos a olhar em torno de nós tentando estabelecer contato – Stettin continuou contando o episódio. – Estávamos numa área comercial, perto do espaçoporto, então as calçadas estavam lotadas de turistas e gente fazendo compras, em meio aos negociantes dos Mundos Exteriores. Parecia que ia ser uma busca infrutífera, mas então Wanda simplesmente parou e sinalizou *venha aqui* para alguém em meio à multidão e Bor apareceu. Ele apenas veio caminhando na nossa direção e respondeu *sim?*

– Notável – Seldon comentou, olhando radiante na direção de sua neta. – E doutor (é doutor, certo?) Alurin, o que acha de tudo isso?

– Bem, estou contente – confessou o psicólogo. – Sempre me senti um pouco diferente e agora sei por quê. E se eu puder ser de alguma ajuda para vocês, bem... – mas, de repente, o psicólogo baixou os olhos para os próprios pés, como se tivesse percebido que estava sendo presunçoso. – O que quis dizer é que Wanda e Stettin disseram que de alguma maneira eu poderia contribuir para o seu Projeto de Psico-História. Professor, nada me daria mais satisfação.

– Sim, sim, é exatamente isso, dr. Alurin. Aliás, acho que o senhor poderá fazer uma grande contribuição, se decidir se juntar a mim. Naturalmente, terá de abrir mão de tudo que estiver fazendo agora, seja seu consultório particular, seja o magistério. O senhor conseguiria fazer isso?

– Ora, professor, claro que sim. Vou precisar de um pouco de tempo para convencer minha esposa... – e, ao dizer isso, deu uma discreta risadinha, olhando de lado timidamente para cada um dos três interlocutores. – Mas posso conseguir isso.

– Então, estamos combinados – Seldon concluiu, em tom incisivo. – Você entrará para o Projeto de Psico-História. Eu lhe garanto, dr. Alurin, que essa é uma decisão da qual não irá se arrepender.

– Wanda, Stettin – Seldon disse, dirigindo-se aos dois, após a saída de Bor Alurin –, esta é uma excelente novidade. Com que rapidez vocês acham que conseguirão encontrar mais mentálicos?

– Levamos mais de um mês para localizar Bor, meu avô. Não podemos prever a frequência com que iremos encontrar mais pessoas como ele. Para ser sincera, ficar andando e circulando está nos afastando do nosso trabalho com o Primeiro Radiante e também está nos distraindo. Agora que tenho Stettin com quem "falar", a comunicação verbal me parece um tanto grosseira, muito *estridente*.

O sorriso de Seldon se desmanchou. Ele tinha receado ouvir isso. À medida que Wanda e Palver cultivavam e aperfeiçoavam suas habilidades mentais, a tolerância de que dispunham para a vida "normal" diminuía proporcionalmente. Não deixava de fazer sentido. Sua capacidade de manipular mentalmente outras pessoas distanciava-os delas.

– Wanda, Stettin, acho que está na hora de eu contar mais para vocês das ideias que Yugo Amaryl teve anos atrás, e também lhes falar sobre o Plano que elaborei com base naquelas ideias. Eu não tinha conseguido formulá-lo adequadamente até agora porque antes deste momento as peças não estavam todas no lugar. Como vocês sabem, Yugo achava que devíamos estabelecer duas Fundações, uma funcionando como um plano reserva da outra. Era uma ideia brilhante, e eu gostaria muito que Yugo tivesse vivido mais tempo para vê-la concretizada. – Seldon então fez uma breve pausa e soltou um melancólico suspiro de saudade.

– Mas estou divagando. Há seis anos, quando tive certeza de que Wanda era mentálica, ou tinha essa capacidade de mobilizar outras mentes, ocorreu-me que não apenas deveríamos ter duas Fundações como elas também deveriam ser de natureza distinta. Uma seria constituída de cientistas físicos; os enciclopedistas como o grupo pioneiro deste tipo, em Terminus. A outra seria composta pelos verdadeiros psico-historiadores, os mentálicos, *vocês*. É por isso que fiz tanta questão de que achassem mais pessoas como vocês. Bom, em resumo é isto: a Segunda Fundação deve ser secreta. Sua força residirá em seu sigilo, em sua onipresença e onipotência telepática. Vejam, há alguns anos, quando se tornou evidente que eu precisava ter um guarda-costas, dei-me conta de que a Segunda Fundação deveria ser o guarda-costas forte, silencioso e secreto da Primeira Fundação. A psico-história não é infalível. Porém, suas previsões são altamente prováveis. A Fundação, especialmente em seus anos iniciais, atrairá muitos inimigos, assim como se dá comigo hoje. Wanda, você e Palver são os pioneiros da Segunda Fundação, os guardiães da Fundação em Terminus.

– Mas *como*, meu avô? – Wanda interpelou. – Somos apenas dois, quer dizer, três, contando com Bor, agora. Para proteger a Fundação inteira nós iríamos precisar...

– De centenas? De milhares? Encontre tantos quantos forem precisos, minha neta. Você pode fazer isso. E sabe que sim. Agora há pouco, quando contava como tinha feito para encontrar o dr. Alurin, você disse que apenas tinha parado e emanado uma comunicação para a presença mentálica que estava sentindo e então ele aproximou. Você não está entendendo? O tempo todo insisti para que vocês saíssem pelas ruas, para circular e encontrar mais indivíduos como vocês. Mas isso se mostra difícil e até doloroso para vocês. Agora, percebo que você e Stettin devem se manter reclusos, a fim de constituírem o núcleo da Segunda Fundação. Dali vocês lançarão as redes no oceano da humanidade.

– O que o senhor está dizendo, meu avô? – Wanda perguntou num murmúrio. Ela havia saído de sua cadeira e estava ajoelhada ao lado de Seldon. – Você quer que eu vá embora?

– Não, Wanda – Seldon explicou, com a voz embargada pela emoção. – Não quero que você vá embora, mas essa é a única maneira. Você e Stettin devem se afastar da crua dimensão física de Trantor. Conforme a capacidade mentálica de vocês dois for ficando mais forte, vocês atrairão mais pessoas com o mesmo poder, e a silenciosa e secreta Fundação irá se desenvolver. Nós nos manteremos em contato; naturalmente, de vez em quando. E cada um de nós terá o seu Primeiro Radiante. Wanda, você consegue enxergar a verdade e a absoluta necessidade do que estou dizendo, não consegue?

– Sim, meu avô, consigo – respondeu Wanda. – O que é mais importante ainda é que eu *sinto* o brilhantismo dessa atitude. Fique tranquilo. Não o desapontaremos.

– Eu sei que não – Seldon concluiu, esgotado.

Como é que ele podia fazer uma coisa dessas? Como podia mandar embora sua neta adorada? Ela era seu último elo com os dias mais felizes de sua vida, com Dors, Yugo, Raych. Ela era a única outra pessoa de sobrenome Seldon em toda a Galáxia.

– Wanda, a falta que vou sentir de você será tremenda – Seldon disse, enquanto uma lágrima escorria lentamente por seu rosto finamente enrugado.

– Mas, meu avô – Wanda indagou, ao se erguer e ficar ao lado de Palver, preparando-se para sair da sala –, para onde iremos? Onde *fica* a Segunda Fundação?

Seldon ergueu os olhos e explicou:

– O Primeiro Radiante já lhe deu essa informação, Wanda.

A moça fitou Seldon como se não entendesse essa resposta, e vasculhou a própria memória.

Seldon estendeu o braço e pegou com força a mão de sua neta.

– Toque a minha mente, Wanda. Está ali.

Os olhos de Wanda se arregalaram quando ela entrou em contato com a mente de Seldon.

– Estou vendo – ela sussurrou.

Seção 33A2D17: o fim da estrela.

PARTE 5

EPÍLOGO

EU SOU HARI SELDON, ex-primeiro-ministro do Imperador Cleon I; professor emérito de Psico-História na Universidade de Streeling, em Trantor; diretor do Projeto de Psico-História; editor executivo da Enciclopédia Galáctica; e criador da Fundação.

Tudo isso parece muito impressionante, eu sei. Foram muitas as minhas realizações nestes meus oitenta e um anos de existência, e estou cansado. Reavaliando a minha vida, me pergunto se poderia ou deveria ter feito algumas coisas de outra maneira. Por exemplo: será que fiquei tão absorto pela imensa abrangência da psico-história que as pessoas e os acontecimentos que passaram por mim pareceram de menor importância?

Talvez eu tenha deixado de fazer alguns ajustes incidentes secundários aqui ou ali que, se tivessem sido feitos, não teriam absolutamente prejudicado o futuro da humanidade, mas poderiam ter melhorado extraordinariamente a qualidade de vida de alguém que me era caro. Yugo, Raych... Não posso evitar de pensar que talvez eu pudesse ter feito alguma coisa para salvar a minha adorada Dors...

No mês passado, terminei de gravar os hologramas das crises. Meu assistente, Gaal Dornick, os levou para Terminus para supervisionar a instalação dessas informações no Cofre Seldon. Ele tomará todas as providências para garantir que o cofre seja lacrado e que sejam preservadas as devidas instruções para sua abertura, durante as crises.

Até lá, é claro que já terei morrido.

O que irão pensar os futuros habitantes da Fundação quando me virem (ou, para ser mais preciso, quando virem meu holograma), durante a Primeira Crise, daqui a mais ou menos cinquenta anos? Será que comentarão minha aparência envelhecida, a debilidade da minha voz, como pareço pequeno, prostrado nesta cadeira de rodas? Será que poderão compreender – e valorizar – a mensagem que deixei para eles? Ah, tudo bem, não tem muito sentido alimentar essas conjecturas. Como diriam os antigos: a sorte está lançada.

Ontem recebi notícias de Gaal. Está tudo indo bem em Terminus. Bor Alurin e os membros do projeto estão prosperando no "exílio". Não deveria me vangloriar, mas não posso deixar de sorrir quando me lembro da expressão de satisfação pessoal na cara de Linge Chen, aquele idiota pomposo, quando ele baniu o projeto para Terminus, há dois anos. Embora, em última instância, o exílio tenha sido revestido dos ares de um Decreto Imperial ("Instituição científica estatal e parte dos domínios pessoais de Sua Augusta Majestade, o Imperador" – o comissário-chefe nos queria longe de Trantor e dos seus calcanhares, mas não podia aturar a ideia de abrir mão do controle completo da situação), ainda é uma fonte de prazer secreto saber que fomos Las Zenow e eu que escolhemos Terminus para sede da Fundação.

A única coisa que lastimo com relação a Linge Chen foi não termos podido salvar Agis. O Imperador era um bom homem e um líder nobre, mesmo que só fosse imperial no nome. Seu erro foi ter acreditado em seu título; a Comissão de Segurança Pública não tolerou a expansão da independência imperial.

Muitas vezes me pego pensando no que teria sido feito de Agis... será que o mandaram para o exílio em algum dos mais remotos Mundos Exteriores ou o assassinaram, como ocorreu com Cleon?

O menininho que hoje ocupa o trono é o Imperador-marionete perfeito. Obedece a todas as sugestões que lhe são sussurradas ao pé do ouvido por Linge Chen e imagina que é um verdadeiro estadista em formação. O palácio e as coreografias da vida imperial não passam de brinquedos com os quais ele se entretém, num jogo fantástico e grandioso.

E o que farei agora? Uma vez que Gaal foi de vez para se integrar à equipe em Terminus, estou completamente sozinho. De vez em quando Wanda me dá notícias. O trabalho no Fim da Estrela continua seu curso. Na última década, ela e Stettin acrescentaram mais de uma dezena de mentálicos a sua equipe. Seu poder cresce cada dia mais. Foi o contingente que atua no Fim da Estrela – a minha Fundação secreta – que forçou Linge Chen a despachar a Enciclopédia para Terminus.

Sinto falta de Wanda. Já se passaram muitos anos desde a última vez em que a vi, em que me sentei em silêncio ao lado dela e segurei sua mão. Quando Wanda partiu, ainda que estivesse atendendo a um pedido meu, achei que fosse morrer de um ataque do coração. Essa deve ter sido a decisão mais difícil que tive de tomar na vida e, embora eu nunca tivesse dito isso a ela, quase rescindi essa ordem. Mas, para que a Fundação pudesse ter êxito, era necessário que Wanda e Stettin fossem para o Fim da Estrela. A psico-história decretou que assim fosse; então, no final das contas, talvez não tenha sido de fato minha decisão.

Ainda venho aqui todos os dias, à minha sala no Prédio da Psico-História. Lembro-me de quando estas instalações estavam cheias de gente, dia e noite. Às vezes, sinto que está repleta de vozes, as vozes daqueles que já se foram há muitos anos – minha família, alguns alunos, colegas –, mas as salas estão vazias e silenciosas. Os corredores ecoam o ruído que o motor da minha cadeira de rodas produz.

Acho que eu deveria desocupar o prédio, devolvê-lo à universidade para que fosse usado por outro departamento. Mas, por algum motivo, é muito difícil abrir mão deste edifício. São tantas as recordações...

A única coisa que me restou agora é isto: meu Primeiro Radiante. Ele é o meio pelo qual a psico-história pode ser computada, por meio do qual cada equação do meu Plano pode ser analisada, tudo dentro deste pequeno e extraordinário cubo preto. Aqui sentado, com este dispositivo de aparência enganosamente simples na palma da minha mão, gostaria de tê-lo mostrado a R. Daneel Olivaw...

Mas estou sozinho e só me basta fechar um circuito para que as luzes deste gabinete se apaguem. Instalado em minha cadeira de rodas, o Primeiro Radiante é ativado e suas equações se espalham no ar à minha volta, em seu esplendor tridimensional. A um olhar não treinado, esses floreios multicoloridos não pareceriam mais do que uma massa confusa de formas e números, mas para mim, Yugo, Wanda e Gaal é a psico-história ganhando vida.

O que vejo diante dos meus olhos, à minha volta, é o futuro da humanidade. Trinta mil anos de possível caos, comprimidos num único milênio...

Essa mancha, que a cada dia brilha com mais fulgor, é a equação Terminus. E ali – distorcidos de maneira irreparável – estão os números de Trantor. Mas eu consigo ver... Sim, brilhando suavemente, mas de maneira constante, a luz de uma esperança, no Fim da Estrela.

Isto, *isto* foi o trabalho da minha vida inteira. Meu passado... o futuro da humanidade. A Fundação. Tão linda, tão cheia de vida. E nada pode...

Dors!

—— Seldon, Hari...

foi encontrado morto, debruçado sobre sua escrivaninha na sala que ocupava na Universidade de Streeling em 12069 E.G. (1 E.F.). Ao que parece, até seus últimos instantes Seldon trabalhou nas equações de sua psico-história. Seu Primeiro Radiante, ativado, foi encontrado na palma de sua mão...

Segundo instruções que havia deixado, o instrumento foi despachado para seu colega Gaal Dornick, que havia recentemente emigrado para Terminus...

O corpo de Seldon foi lançado ao espaço, também obedecendo a instruções que ele havia deixado. O funeral oficial em Trantor foi simples, embora muitos tivessem comparecido. A presença do velho amigo de Seldon e antigo primeiro-ministro Eto Demerzel no velório é digna de nota. Demerzel não era visto desde seu misterioso desaparecimento, logo após a conspiração joranumita, durante o reinado do Imperador Cleon I. As tentativas da Comissão de Segurança Pública de localizar Demerzel nos dias subsequentes ao funeral de Seldon foram infrutíferas.

Wanda Seldon, a neta de Hari Seldon, não presenciou a cerimônia. Disseram que estava inconsolável e que se recusava a participar de qualquer evento público. Até os dias de hoje, seu paradeiro permanece desconhecido...

Tem sido comentado que Hari Seldon deixou esta vida tal qual a viveu, pois morreu com o futuro que havia criado desdobrando-se ao seu redor...

ENCICLOPÉDIA GALÁCTICA

TIPOLOGIA:	Minion Pro Regular [texto]
	Century Old Style [títulos]
	Century Old Style [subtítulos]
PAPEL:	Pólen Soft 80 g/m² [miolo]
	Supremo 250g/m² [capa]
IMPRESSÃO:	Gráfica Santa Marta [agosto de 2021]
1ª EDIÇÃO:	agosto de 2014 [1 reimpressão]